SHANA ABÉ

Nur für eine Nacht

Buch

Für die junge Lady Amiranth St. Clare hängt der Himmel voller Geigen: Heute heiratet sie den begehrenswerten, unglaublich attraktiven und reichen Tristan Geraint. Doch sie landet unverzüglich auf dem harten Boden der Realität: Tristan hat sie lediglich ihrer guten Familie wegen geheiratet und verschwindet eine Woche später, um sich im Krieg als ruhmreicher Held zu beweisen. Amiranths Herz ist gebrochen, ihr Glück vorbei. An eine Rückkehr Tristans glaubt sie nicht, zu erleichtert und schnell war sein Abschied. Aber Tristan gerät in Gefangenschaft, acht lange Jahre. Während dieser Zeit leistet er Amiranth und dem friedlichen Glück, das er so leichtfertig verließ, geistig Abbitte. Er überlebt allein durch die Erinnerung an ihren Liebreiz und ihre ansteckende Fröhlichkeit. Als Tristan endlich heimkehren kann, begrüßt ihn allerdings eine fremde Frau – eine atemberaubend schöne junge Lady, die behauptet, die Cousine seiner leider verstorbenen Amiranth zu sein. Irgendwie kommt dem unglücklichen Witwer diese hinreißende Frau zwar vertraut vor, aber dem Geheimnis der vergangenen acht Jahre kommt Tristan erst näher, als er endlich sein Herz öffnet – und jene Liebe findet, die er sich stets erträumt hat …

Autorin

Shana Abé lebt mit ihrem Ehemann in einem kleinen Haus in Südkalifornien. Weitere Romane der Autorin sind bei Blanvalet in Vorbereitung.

Von Shana Abé ist bereits erschienen

Ein Kuss um Mitternacht (35756)
Süße Prophezeiung (35604)

SHANA ABÉ

Nur für eine Nacht

Roman

Aus dem Amerikanischen von Firouzeh Akhavan

BLANVALET

Die Originalausgabe erschien unter dem Titel
»The Secret Swan« bei Bantam Books,
a division of Random House Inc., New York.

Umwelthinweis:
Alle bedruckten Materialien dieses Taschenbuches
sind chlorfrei und umweltschonend.

Blanvalet Taschenbücher erscheinen
im Goldmann Verlag, einem Unternehmen
der Verlagsgruppe Random House.

1. Auflage
Taschenbuchausgabe Oktober 2003

Dieses Werk wurde vermittelt durch die Literarische Agentur
Thomas Schlück GmbH, Garbsen,
im Auftrag von Jane Rotrosen Agency LLC
Umschlaggestaltung: Design Team München
Umschlagillustration: Agt. Schlück/Duillo
Druck: Elsnerdruck, Berlin
Verlagsnummer: 35854
MD · Made in Germany
ISBN 3-442-35854-X
www.blanvalet-verlag.de

Prolog

Safere Manor
1349

Plötzlich hielt er den Riegel des Tores in der Hand.

Etwas erstaunt starrte Tristan auf das Metallstück und die Rostflecken, die wie getrocknetes Blut daran klebten. Es war ein verdammtes Glück, dass er sich nicht am bröckelnden Metall die Hand aufgerissen hatte. Wahrscheinlich trug die Meeresluft an diesem gottverlassenen Ort die Schuld an dem Verfall.

Jetzt erinnerte er sich wieder. Nichts überdauerte hier lange.

Vorsichtig ließ Tristan den unbrauchbaren Riegel neben sich in den Schotter fallen. Das Tor selber sah auch nicht sehr viel versprechend aus. Die eine Hälfte des Gitters hing schief in den Angeln und bot nur wenig Schutz gegen etwaige Eindringlinge, die das Anwesen betreten wollten.

Die Vorstellung ließ ihn plötzlich in Lachen ausbrechen. Wer würde schon hierher kommen wollen? Safere lag am Ende der Welt – fernab von jeder Zivilisation. Nur Ausgestoßene oder Verrückte würden hier leben.

Leider war das so, sein Lachen klang nun leise und unfroh und wurde sofort vom Wind davongetragen. Er kam aus Richtung Meer und zerrte beharrlich an seinen Haaren, während er die Augen staubtrocken werden ließ. Immer wieder hatte Tristan auf seiner Reise hierher die Augen gegen die Böen zusammengekniffen, als könne das die Sicht klären und ihn Teile der Landschaft wieder erkennen lassen. Aber das war nicht der Fall gewesen.

Er legte eine Hand wie einen Trichter an seinen Mund und rief einen Gruß durch die eisernen Gitterstäbe. Er verhallte an den nackten Mauern der Gebäude auf der anderen Seite. Niemand antwortete.

Vielleicht war ja niemand hier. Vielleicht war Safere ja so verlassen, wie es aussah. Er konnte sich ohnehin nicht vorstellen, dass irgendjemand hier würde ausharren wollen.

Wenn irgendeine Gegend je trist und Furcht einflößend ausgesehen hatte, dann war es dieser Ort. Welcher seiner geschätzten Vorfahren auch immer diesen Landstrich am Meer für sich ausgesucht hatte, hatte sich offensichtlich nicht davon abschrecken lassen, dass sich hier jede Vegetation standhaft weigerte zu gedeihen. So wie es da einsam auf einer Felsnase thronte und über das Meer schaute, schien Safere sich eher als Gefängnis denn als Festung zu eignen, so karg, abgelegen und trostlos wie es war. Ständig war das Dröhnen der Brandung gegen die Klippen zu hören. Der Wind verstummte hier nie.

Er bildete sich ein, Worte darin zu vernehmen – klagende Vorwürfe, die ihn erbarmungslos immer weiter umhüllten.

Sie ist fort … alle sind fort … Schmach … Schmach …

Er versetzte dem Tor einen heftigen Tritt. Der gebrochene Teil erbebte. Der andere Flügel rührte sich überhaupt nicht.

Tristan mochte Safere nicht. Er hatte es nie gemocht. Sogar jetzt im Hochsommer gab es kaum Grün. Je weiter er geritten war, desto weniger einladend wurde die Gegend. Sich endlos schlängelnde, unbefestigte Wege, bleiche Büschel von Gras, die ums Überleben kämpften, hoch oben schwebende Vögel, die in ziellosen Figuren über den blauen Himmel schwebten und sich schwarz gegen weiße Wolken abzeichneten, bestimmten die Landschaft.

Was es jedoch im Überfluss gab, waren Felsen. Weiße Felsen, goldene Felsen, es gab sogar welche, die rosa überhaucht schienen. Er entschied, dass ihm diese am besten gefielen. Die rosafarbenen machten irgendetwas mit dem Licht. Ein Phänomen, das während der Morgen- und der Abenddämmerung zu beobachten war, wenn Farben eingefangen und in ein Glühen verwandelt wurden, das die Umgebung mit Wärme erfüllte. Ja, die rosafarbenen waren … Tristan rief sich zur Ordnung und wandte sich wieder dem Problem mit dem Tor zu. Vielleicht konnte er sich darunter hindurchquetschen. Der Spalt, den der schief in den Angeln hängende Torflügel freigab, war gerade groß genug für ihn, wenn er sich beim Kriechen etwas Mühe gab. Sein Pferd müsste er zurücklassen.

Na, wunderbar! Der Earl of Haverlocke, der auf dem Bauch zu seiner Gemahlin zurückkroch. Welch ein herrlicher Anblick das sein würde. Und genau das, was er verdient hatte. Vielleicht war es der klagende Wind, der Tristan dazu brachte, sich aufzurichten und wieder um sich zu schauen. Viele mochten darüber lachen, wenn sie ihn so auf Händen und Knien im Dreck kauern sahen, aber es würden nicht die Geister dieses Ortes sein. Es hatte noch einen anderen Weg nach drinnen gegeben. Er meinte sich an eine Gartenpforte zu erinnern …

Er griff nach den Zügeln des braunen Wallachs und begann, an der Mauer, die das Anwesen umgab, entlangzugehen. Von hier aus konnte er den oberen Teil des Herrenhauses sehen, der aus Stein und Holz bestand und von der Sonne ausgebleicht war. Es war kein Banner gehisst, um ihn zu begrüßen. In der Tat sah er niemanden, der diese Aufgabe hätte übernehmen können. Die Kanten des Daches neigten und krümmten sich an Stellen, die nicht dafür vorgesehen waren. Einige der Schatten, die man sehen konnte, waren vielleicht auch Löcher in den Balken. Wenn das Haupthaus in einem genauso vernachlässigten Zustand war wie das Tor, konnte er wahrscheinlich glücklich sein, wenn er für die Nacht überhaupt ein Dach über dem Kopf fand, dachte er.

Am anderen Ende des Anwesens kam die mit Salz überzogene Felsmauer dem Rand der Klippe gefährlich nahe. Unter dem beharrlichen Ansturm der Elemente war sie immer weiter abgetragen worden. Er hielt die Zügel seines Pferdes mit einer Hand fest umklammert, während er sich mit der anderen an den rauen Steinen der Mauer abstützte. Das gab ihm eine Illusion von Sicherheit. Es würde nichts nützen, sollte einer von ihnen ins Straucheln geraten, aber das Gefühl von etwas Festem unter seiner Handfläche beruhigte ihn etwas.

Der Wallach schnaubte und riss den Kopf wegen des Windes hoch. Tristan zog ihn weiter. Nichts. Keine Gartenpforte – nur diese lange ununterbrochene Mauer, die kein Ende zu nehmen schien. Wie lächerlich anzunehmen, dass es vielleicht einen anderen Eingang geben könnte. Er musste wohl an ein anderes seiner Güter gedacht haben. Merlyff vielleicht. Oder Layton. In seinem Kopf hatten sich alle ununterscheidbar miteinander vermischt. Vielleicht hatte *keins* von ihnen einen Garten oder ein Tor. Noch eine Phantasievorstellung, die aus dem Nichts aufgetaucht war.

Das elende Eingangsportal rückte wieder näher. *Der Ausgangspunkt,* dachte Tristan, und aus irgendeinem Grund ging ihm dieser Gedanke nicht wieder aus dem Kopf.

Mit einem Seufzer näherte er sich dem Tor. Er ließ die Zügel los und umfasste das verrostete Metall des gebrochenen Torflügels, um es mit aller ihm zur Verfügung stehenden Kraft nach oben zu stemmen. Er wurde mit einem leisen Quietschen belohnt. Die Angeln protestierten gegen seine grobe Behandlung. Nach einer ganzen, mit Schweiß treibenden Anstrengungen verbundenen Weile war der Spalt groß genug, dass er hindurch konnte, ohne kriechen zu müssen.

Keuchend ließ er das Gitter los und wischte sich geistesabwesend die Hände am Vorderteil seiner Tunika ab. Der Rost hinterließ dunkle Schlieren auf dem grauen Stoff. Er trug keine Handschuhe.

Tristan betrat sein Anwesen.

Sobald er sich innerhalb der Mauern befand, nahm das Heulen des Windes schlagartig ab. Das plötzliche Nachlassen dröhnte fast schmerzhaft in seinen Ohren.

Keiner kam, um ihn zu begrüßen. Ihn empfingen nur noch mehr Staub und Gebäude und ein endloser Himmel.

Er holte tief Atem und rief dann wieder – und wieder erhielt er keine Antwort als das traurige Klagen des Windes.

Schmach, Schmach …

Ein unsanfter Stoß von hinten erinnerte ihn an sein Pferd. Der Wallach war ihm nach drinnen gefolgt und stand nun ungeduldig da, während er wieder mit dem Kopf schlug. Ja. Tristan hatte ein Pferd gestohlen – das sollte er nicht vergessen. Das Pferd musste hungrig sein. Er musste ihm etwas zu fressen besorgen. Irgendwo hier mussten die Stallungen sein.

Safere war ziemlich groß für ein Gut, das von einer Mauer umgeben war. Das Herrenhaus selbst nahm zusammen mit einem bescheidenen, gepflegten Garten den größten Platz ein. Der Garten erstreckte sich entlang der Mauern. Zumindest hier gab es lebende Pflanzen, Kräuter und Gemüse und sogar ein paar verstreute Blumen im hinteren Teil, die von den erfolgreichen Anstrengungen zeugten, dem kargen Boden Leben abzuringen. Womöglich hausten hier doch nicht nur Geister.

Glücklicherweise brauchte er sich nicht zu erinnern, wo die Stallungen waren. Es gab nur noch ein weiteres größeres Gebäude auf dem Gut, auf den ersten Blick sah es genauso verlassen wie alles andere aus. Er fand eine recht saubere Box und führte das Pferd hinein. Dann überlegte er, was als Nächstes zu tun war. Heu. Wasser. Hafer, wenn er welchen finden konnte.

In der Nähe raschelte es. Der schöne Kopf eines braunen Pferdes streckte sich über die gegenüberliegende Boxentür und beäugte ihn misstrauisch.

Als er sein Pferd versorgt hatte, nahm Tristan das andere näher in Augenschein. Es war eine Stute. Ein hübsches kleines Tier, mit klaren Linien und glänzenden Flanken. Das ließ ihn hoffen.

Er verließ die Tiere, die einander mit bebender Feindseligkeit betrachteten, und trat wieder in den hellen Sonnenschein nach draußen.

»Amiranth?«

Niemand antwortete ihm. Es war niemand da. Weder Leibeigene noch Dienstboten. Und sicherlich nicht sie. Er war ans Ende der Welt gereist und hatte alles genauso vorgefunden, wie er es vor so langer Zeit verlassen hatte – vergessen vom Rest der Welt.

Aber der Gedanke, sie nach so einer langen Zeit der Trennung wiederzusehen, ließ ihn weitergehen, lauschen und suchen. Seine Gemahlin war der einzige Grund, dass er so weit gekommen war. Seine Gemahlin war der einzige Grund, dass er überhaupt noch am Leben war. Er hatte diese Zusammenkunft unzählige Male im Geiste geplant. Was er sagen würde. Wie sie sich zu ihm umdrehen würde – erst überrascht und erstaunt – um dann voller Freude zu lachen und die Hände nach ihm auszustrecken.

Ein leises Geräusch aus der Ferne erregte seine Aufmerksamkeit. Überrascht fuhr Tristan herum. Vielleicht war es aus den Tiefen des Herrenhauses gedrungen. Ja. Er begab sich dorthin. Im Innern des Gebäudes war es dunkler, kühler und muffiger, als er es in Erinnerung hatte. Ein schwach erleuchteter Korridor aus Stein, der mit Holz vertäfelt war, erstreckte sich vor ihm. Zu beiden Seiten reihten sich geschlossene Türen aneinander. Er musste kurz innehalten, damit sich seine Augen an das dämmerige Licht gewöhnen konnten und sich die schwarzen Schatten in ein mildes Grau wandelten. Der Geruch von etwas, das Bienenwachs sein könnte, hing schwach in der Luft. Aber das einzige

Geräusch, das er jetzt hörte, waren seine eigenen Atemzüge und das gelegentliche Knacken der Holzbalken über ihm.

Tristan drang weiter ins Innere vor.

Er öffnete eine Tür nach der anderen und achtete darauf, in regelmäßigen Abständen Blicke über seine Schulter zu werfen. War er wirklich allein? Gab es hier wirklich niemand anderen? Niemand war ihm gefolgt. Dafür hatte er gesorgt. Bestimmt würde ihn hier niemand aufspüren können. Nicht auf diesem einsamen Stück Erde …

Hinter ihm war niemand. Die Leere hallte in Safere wider. In der Tat waren verlassene Zimmer und verstreute Möbelstücke, die mit einer dünnen Staubschicht bedeckt waren, das Einzige, was er an diesem seelenlosen Ort vorfand. Die Asche in den Feuerstellen war lange erkaltet. Die Fenster waren mit Dreck überzogen. Jeder einzelne Gegenstand zeugte von Verlassenheit.

Als er durch die Räume wanderte, versuchte er, sich ihr Leben hier vorzustellen und wie ihr Alltag wohl ausgesehen hatte. Er wusste, dass er sie kaum kennen gelernt hatte, bevor er sie verließ. Aber in seiner Vorstellung war sie im Verlaufe der Jahre erblüht und hatte all ihre Geheimnisse preisgegeben. Mit der Zeit war Tristan seine unbekannte Gemahlin so vertraut geworden wie er sich selbst.

Deshalb wusste er, dass sie den Wind und die Hitze dieses Ortes mit sanfter Geduld ertragen hatte. Vielleicht war sie sogar in dieser Umgebung gediehen, dieses hellhaarige Mädchen mit dem schüchternen Lächeln …

Ein weiteres Zimmer, noch mehr Staub, das Knacken der Balken in der Stille, Spinnweben, die überall herunterhingen.

Ja, entschied Tristan plötzlich und verschloss die Augen vor dem Anblick. Es hatte ihr hier gefallen. Bestimmt hatte es ihr gefallen. Er musste daran glauben. Bald würde er sie finden, und Amiranth würde ihn Zu Hause willkommen heißen. Wenn er endlich in ihren Armen lag, würde sich alles zum Guten wenden. Sie würde ihm die Vergangenheit vergeben. Sie würde ihn wieder akzeptieren, und mit ihrer Hilfe würde er seelisch und geistig wieder gesunden. Er würde nie wieder von ihr getrennt sein müssen. Sie würden bis ans Ende ihres Lebens Zeit haben, um einander wahrhaft kennen zu lernen.

In einem anderen Zimmer entdeckte er den ersten kleinen Hinweis auf ihr Leben. Ein elegantes kleines Arrangement, das aus zwei Stühlen bestand, die dicht vor einen niedrigen Tisch aus poliertem Holz geschoben waren, hinter dem gleich die Feuerstelle lag. Ein hölzerner Paravent rahmte die Szene ein und verlieh ihr einen Hauch von Ungestörtheit. Eine Stickarbeit lag auf dem Sitz des Stuhles, der ihm am nächsten war. Nadel und Faden waren ordentlich obenauf gelegt, als ob die Näherin jeden Moment zurückkehren wollte.

Tristan nahm den Stoff hoch. Es war eine verträumte Szene des Nachthimmels mit Sternen und einem Schwan auf einem mondbeschienenen See. Dann schüttelte er den Stoff. Eine dicke Staubwolke stieg auf und benebelte seine Sinne. Er musste husten und warf alles auf den Stuhl zurück.

Die Nadel fiel über die Kante des Stuhls und schwang sacht hin und her. Ein heller Silberschein, der von einem saphirblauen Faden gehalten wurde.

Hatte seine Gemahlin diese Arbeit begonnen?

Was könnte sie dazu gebracht haben, sie liegen zu lassen, wo sie doch fast fertig gewesen war, und sie der Vergessenheit dieses muffigen Zimmers anheim zu stellen?

Ein ungutes Gefühl beschlich ihn, doch er schüttelte es ab und setzte seinen Rundgang fort. Sie war hier. Sie musste hier sein.

In der Vorratskammer befanden sich Nahrungsmittel. Das musste ein gutes Zeichen sein. Es war zugegebenermaßen nicht viel: etwas Brot und Käse, Mehl, Wurzeln, getrocknete Früchte und Kräuter – aus dem Garten, nahm er an. Das reichte bestimmt nicht, um all die Leute zu ernähren, die hier eigentlich leben sollten, aber es war genug für ein paar Menschen, um eine Weile auszukommen.

Wieder vernahm er dieses Geräusch, das er nicht einordnen konnte. Jetzt kam es von draußen, gleich hinter der Küchentür. Doch als er wieder in den Sonnenschein trat, war dort nichts – nur der Staub, der weite Himmel und der spöttische Wind, all das, was auch schon vorher da gewesen war. Tristan schloss wieder die Augen und stieß den Atem zwischen zusammengebissenen Zähnen aus.

Allein, wieder allein. Sie war nicht hier. Niemand war hier. Vielleicht war sie es nie gewesen. Vielleicht war er überhaupt gar nicht verheiratet – das Ganze war nur einer seiner Träume gewesen, eine Wahnvorstellung, die sein Geist beschworen hatte. Jenes Mädchen, die zarte Berührung ihrer Hand, die Süße ihrer Lippen …

Nein. Es musste geschehen sein. Es musste wahr sein. Er hatte sie jeden einzelnen elenden Tag der vergangenen acht Jahre ganz dicht bei sich gehabt, war immer wieder seine Erinnerungen durchgegangen, bis jeder noch so kleine Augenblick tief in sein Herz eingebrannt war, sogar nachdem er sich nicht mehr an ihr Gesicht erinnern konnte. Sogar nachdem der Klang ihrer Stimme in seinem Geist verblasst war, als sie vom gefräßigen Schweigen seiner Zelle verschlungen wurde.

Was er auch durchmachen musste, Amiranth sorgte dafür, dass er nicht den Verstand verlor. Tristan hatte jeden Schwur geleistet, den er kannte, dass er sich ihrer würdig erweisen würde, sollte er nur je wieder nach Hause kommen. Er würde sich völlig verändern, er würde der beste, der ergebenste Ehemann sein. Er würde sie jeden Tag für den Rest ihres Lebens darüber glücklich machen, dass sie ihn geheiratet hatte. Bei Gott, das würde er tun.

Sie war keine Ausgeburt seiner Phantasie. Es gab sie wirklich, und irgendwo musste sie sein, das wusste er. Sie wartete auf ihn. Wenn nicht hier, so auf einem anderen seiner Besitztümer. Er würde sie finden. Es musste nicht hier sein, in diesem verlassenen Safere …

Doch als Tristan um die nächste Ecke bog, erkannte er, dass er sich geirrt hatte. Safere war doch nicht so verlassen, wie er gedacht hatte. Am Rande eines anderen Gartens saß die Statue eines Mädchens aus Marmor auf einer Marmorbank. Gedankenverloren blickte es die spärlichen Bäume und Büsche an, die sich an die Außenmauer drängten.

Zuerst begriff er nicht, was er sah. Ein Mädchen aus Marmor auf einer Marmorbank … doch es trug ein schwarzes Kleid, das in der Brise flatterte. Warum hatte man einer Statue ein Kleid angezogen? Warum war das Haar so golden?

Das Mädchen aus Marmor drehte den Kopf in seine Richtung und erwiderte tief in Gedanken versunken seinen Blick.

Tristan Geraint, der Earl of Haverlocke, blieb völlig überrascht stehen. Die Frau – kein Mädchen und nicht aus Marmor, sondern aus Fleisch und Blut – stand schnell auf und trat einen Schritt zurück.

»Nein, wartet.« Tristan streckte die Hände aus. Seine Handflächen wiesen Rostflecken auf. »Ich tue Euch nichts.« Er ließ seinen Blick über die Umgebung schweifen, konnte jedoch nichts außer dem Garten und der hellen Steinmauer dahinter entdecken. Sie war das einzige Lebenszeichen, diese Gestalt aus Gold, Weiß und Schwarz.

»Amiranth?«, fragte er, aber er glaubte nicht, dass sie es war. Das Haar dieser Frau war dunkler als das seiner Frau, soweit er sich erinnerte. Es war eher honigblond und unterschied sich von den silbernen Locken, die das junge Mädchen gehabt hatte. Sie trug es offen. Es war seltsam, dass eine erwachsene Frau ihr Haar so offen zur Schau stellte. Aber Tristan genoss den Anblick, wie es im Sonnenlicht schimmerte und bernsteinfarbene und an poliertes Gold erinnernde Reflexe aufflammten. Sie war nicht weggelaufen, aber sie hatte ihre Hände gehoben, um ihre Augen gegen die helle Sonne abzuschirmen. Er sah nur volle, rote Lippen, deren Farbe an einen Sonnenuntergang erinnerte, und ein reizend geformtes Kinn. Ein langer, eleganter Hals. Eine Böe überwand die Mauer und presste das schwarze Kleid an ihren Körper, wodurch er einen verführerischen Blick auf dessen schlanke Form erhaschte. Wenn Gott je eine Wüstenblume mitten in diese weite Leere gesetzt hatte, so hätte sie nicht mehr fehl am Platze gewirkt als diese Frau. Trotzdem wiederholte er seine Frage. »Amiranth St. Cl… Geraint?«

Verneinend schüttelte die Frau langsam den

Kopf, sodass das Sonnenlicht Blitze in ihr Haar wob. Tristan kämpfte gegen die Enttäuschung. Sie war nicht Amiranth. Er hatte sich einen Weg aus der Hölle gekämpft, nur um die falsche Frau zu finden.

Ein neuer Gedanke kam ihm: Dies könnte eine Dienerin von ihr sein. Eine Zofe vielleicht. »Wo ist sie?«, fragte er und trat noch einen Schritt näher. Dieses Mal wich die Frau nicht vor ihm zurück, aber um sie zu beschwichtigen, fügte er mit ruhiger Stimme hinzu: »Ich bin ihr Ehemann. Bringt mich zu ihr.«

Die Zofe ließ die Hände herabsinken und blinzelte nicht einmal im hellen Sonnenschein. Es war nicht zu leugnen, dass sie ihm irgendwie bekannt vorkam. Vielleicht hatte er sie bei der Hochzeit gesehen, damals, vor all den Jahren …

»Wo ist sie?«, fragte er wieder, ohne sich zu rühren.

Sie senkte den Kopf. Ein leichtes Runzeln erschien auf ihrer Stirn. Er sah zu, wie sie eine Hand hob, die sehr bleich gegen den schwarzen Ärmel ihres Kleides wirkte, und mit einem Finger in den Garten zeigte.

Tristan drehte sich um und spähte zwischen die Bäume. Da war niemand. Machte sie einen Scherz? Wollte sie ihn irgendwie auf die Probe stellen?

Als er wieder zu ihr blickte, zeigte sie immer noch stumm auf den Garten. Unerschrocken erwiderte sie jetzt seinen Blick. Mit dem goldenen Haar, das über ihre Schultern floss, wirkte sie so ernst und streng wie ein Racheengel.

Er spürte, wie ein seltsames Gefühl der Hilflosigkeit ihn überkam. Das war dann also das Ende. Dies war es, was er nach allem verdient hatte.

Tristan blickte wieder zum Garten hin. Da war es. Eine schlichte Tafel zwischen den Pflanzen, eigentlich nur ein flacher Stein mit jenem rosafarbenen Schimmer, der ihm gefallen hatte. Ein paar Worte waren grob in den Stein gehauen.

Ihr Name stand dort in ungelenker Schrift. Zweifellos war es nicht leicht gewesen, die Worte in den Stein zu meißeln.

Amiranth, Countess of Haverlocke
1326 – 1349
Ruhe in Frieden, liebste Freundin

1

Acht Jahre früher:
Iving Castle
1341

Es würde der herrlichste Tag ihres Lebens werden.

Heute sollte Lady Amiranth St. Clare zur Frau werden. Sie war fünfzehn Jahre alt und eine Braut.

Seine Braut. Die Braut von Tristan Geraint, dem Earl of Haverlocke.

Sie liebte ihn schon seit Jahren. Diese Liebe war innig, berauschend und überwältigend. Amiranth hatte niemandem je davon erzählt, nicht einmal ihrer Cousine Lily, ihrer vertrautesten Freundin. Dieses Gefühl mit jemandem – irgendjemandem – zu teilen, könnte ihm den Glanz nehmen, würde es von glänzendem Silber in stumpfes Zinn verwandeln.

Dieses Wagnis wollte sie nicht eingehen. Dieses wundervolle Liebesleid war ihr zu kostbar und lieb und voll süßer Qual, um es aufzugeben.

Das erste Mal hatte Amiranth ihn bei Hofe gesehen, als sie noch ein Kind war. Sie war erst neun Jahre alt gewesen, und in dem Augenblick, als sie ihn in der Reihe der Knappen erblickte, die an einer Wand im Vorzimmer des Königs herumstanden, hatte sie es gespürt – ihr Atem stockte, ihr Herz blieb stehen, ihr gesamtes Leben verhielt in diesem köstlichen Moment.

Er war wie die anderen jungen Männer gekleidet, die um ihn herumstanden. Alle waren mit schönen Tuniken und bunten Beinkleidern angetan und trugen das Wappen des Herrn, dem sie dienten. Er unterschied sich eigentlich gar nicht so sehr von den anderen. Wenn nicht ein schmaler Streifen Sonnenlicht gewesen wäre, der über den Boden glitt, wäre er ihr vielleicht gar nicht aufgefallen.

Doch der Sonnenstrahl war da und fiel schräg durch ein hoch oben liegendes Fenster. Und gerade in dem Moment, als sie in seine Richtung schaute, tat er einen kleinen Schritt in das Licht, weil ein Freund ihn angerempelt hatte. Die beiden lachten leise miteinander. Sie hatte das Gefühl, als sei sie völlig unerwartet in ein Fass mit honiggesüßtem Nektar getreten, der sie nun zähflüssig und süß erfüllte. Es war berauschend, ihn zu betrachten und Zeuge zu sein, wie solche Schönheit wie ein gewöhnlicher Knappe gekleidet war. Amiranth hatte nie zuvor solch dunkle Pracht, solch eine Würde bei einem Jungen gesehen. Himmel, bis zum jetzigen Augenblick hatte sie noch nicht einmal bemerkt, dass es überhaupt Jungen gab.

In diesem unglaublichen Moment wurde eine Saite in ihr angeschlagen, die in ihrem tiefsten Herzen ihren Widerhall fand: Hier war der Mensch, der ihr vom Schicksal bestimmt war, die andere Hälfte ihrer Seele.

Natürlich hatte sie damals noch nicht seinen Namen gewusst noch irgendetwas anderes über ihn, doch er war ein Knappe, und somit musste er mindestens vier Jahre älter sein als sie. Alles, was Amiranth gesehen hatte, war ein schlanker Jüngling, der im Sonnenlicht strahlte, das seine Schultern umhüllte. Er war größer als die meisten anderen. Das schwarze Haar fiel ihm zerzaust in die Stirn, und seine Lippen hoben sich an den Winkeln, wenn er lachte, als würde ihn mehr als reine Heiterkeit bewegen.

Seine Augen waren braun wie ihre eigenen – oder nein – dunkler, eher wie Gagat, jener geheimnisvolle Edelstein. Und genauso wirkten seine Augen, Augen, die nicht alles preisgaben und in deren Tiefe ein Zauber lag. Ernst blickende Augen, die sein Lachen nicht aufnahmen, sondern sich forschend im Raum umschauten. Er wartete auf etwas. Das konnte sie erkennen.

Sein Blick fiel auf sie und glitt dann rasch weiter, ohne sie weiter zu beachten. Amiranth war so erschüttert, dass sie nicht einmal zu einem Lächeln hatte ansetzen können. Sie hatte an jenem Tag nicht bleiben dürfen, um zu sehen, auf was er wartete. Sie war in der Begleitung von Constanz, ihrer Schwägerin, gewesen, die ihre Hand fest umklammerte und den Leuten, die sich näherten, ein schmallippiges Lächeln zuwarf. Constanz hatte sich bei größeren Versammlungen noch nie wohl gefühlt. Als Amiranths Bruder eintraf, verließen alle drei fast umgehend die Veranstaltung.

Amiranth gelang es, dem von der Sonne vergoldeten Jüngling noch einen letzten Blick über die Schulter zuzuwerfen. Nur ein kleiner Teil von ihm stand noch im Licht, denn er hatte sich umgedreht und sprach gestikulierend mit jemandem, der neben ihm stand. Sie hatte den Eindruck, als könne sie immer noch sein gebräuntes, intelligentes Gesicht mit dem leichten Lächeln und den funkelnden dunklen Augen sehen.

Das war das erste Mal gewesen.

Sie hatte anderthalb Jahre auf die nächste Gelegenheit warten müssen. Mittlerweile war sie elf und sehr stolz darauf, dass sie ihr Haar die ganze Zeit hochgesteckt tragen durfte. Amiranth erinnerte sich des Tages in aller Deutlichkeit, denn es war ein sehr frischer Oktoberabend und sie trug ein elfenbein- und goldfarbenes Kleid, das auf ihre Augen abgestimmt und gerade erst fertig geworden war. Es war fast eine Schande, einen Schleier zu tragen, doch sie hatte es trotzdem getan, denn sie war zu begeistert davon, erwachsen zu werden, als dass sie ihn hätte weglassen können.

Sie waren wieder auf dem Weg nach London gewesen. Ihr Bruder Augustin besuchte mindestens zweimal im Jahr den Königshof, und er hatte Amiranth erst kürzlich erlaubt, ihn und seine Gemahlin nunmehr regelmäßig zu begleiten. Amiranth konnte gut mit dem Baby, dem lieben kleinen Emile, umgehen, und sogar Constanz hatte eingestanden, dass sie nützlich sein könnte. Zu der Zeit lebten Lilys Eltern noch, sodass sie noch nicht nach Iving gekommen war, um dort zu wohnen.

Sie übernachteten in einem Landgasthaus. Die Sonne schien immer noch in rosigem Gold über dem Horizont, aber sie unterbrachen ihre Reise trotzdem, weil das Baby quengelig war. Augustin war weggegangen, um mit dem Gastwirt zu sprechen, während Constanz sich mit ihrem Sohn aufs Zimmer zurückgezogen hatte. Doch Amiranth war rastlos und überredete schon bald ihr Kindermädchen, mit ihr zusammen einen Spaziergang zu machen.

Die Luft war frisch und klar. Die meisten Bäume trugen noch ihr Herbstlaub, und wenn sie im leichten Wind flatterten, ließ die Sonne sie rot und orange aufblitzen. Amiranth schürzte gerade ihre Röcke, um vorsichtig über eine Schlammpfütze zu steigen, als das Spektakel im Hof begann.

Fünf Reiter preschten mit schäumenden Pferden und donnernden Hufen an Amiranth und ihrem verblüfften Kindermädchen vorbei, ohne ihnen auch nur einen Blick zuzuwerfen. Aber Amiranth hatte ihn gesehen. Er war da, mitten unter ihnen. Sein Haar war jetzt länger und vom Wind zerzaust. Er war mit Schlamm bespritzt und lachte über etwas, was einer der anderen gesagt hatte. Er schaute nicht in ihre Richtung. Er sah sie nicht.

Wieder schien die Zeit stehen zu bleiben, und jede Faser ihres Seins war auf ihn konzentriert. Sie saugte seinen Anblick förmlich auf, die Art, wie seine Hände die Zügel des Hengstes hielten, wie sich seine Handschuhe über den Knöcheln spannten. Der gesunde Glanz, der auf seinen Wangen lag und seine Haut noch dunkler erscheinen ließ. Sogar seine leicht gekräuselten Lippen fielen ihr auf, die immer noch etwas anderes hinter seinem Lachen vermuten ließen, etwas Helles und Bezwingendes im Dunkel seiner Augen. Nein, er nahm sie überhaupt nicht wahr. Er und die anderen aus seiner Gruppe stiegen im Hof ab, rempelten einander auf dem Weg in die Wirtsstube an und verteilten überall den Dreck von ihren Stiefeln.

Die Stallburschen, die nach draußen gekommen waren, um sich der Pferde anzunehmen, tauschten bissige Kommentare aus, und ihr Kindermädchen packte Amiranth unter schockierten Äußerungen am Arm und zerrte sie von der flegelhaften Gruppe fort nach drinnen in die privaten Räumlichkeiten.

An jenem Abend erfuhr Amiranth im Verlaufe eines betont beiläufigen Gesprächs seinen Namen: Tristan Geraint, der mittlere Sohn des Earl of Haverlocke.

Wild und ungebärdig sei er, hatte Augustin erklärt und entschlossen in seinen Lammbraten geschnitten. Ein nicht zu bändigender Heißsporn, die Verzweiflung seines Vaters. Durch und durch verdorben.

Tristan, dachte Amiranth, während sie die Augen schloss und den Klang seines Namens genoss. Sie nahm es ihm noch nicht einmal übel, dass er ihr neues Kleid von oben bis unten mit Schlamm voll gespritzt hatte.

Während sie älter wurde, ergaben sich hin und wieder andere Gelegenheiten, bei denen sie ihn sah. Doch immer waren diese Begegnungen kurz und fanden alle innerhalb des Londoner Hofes statt. Manchmal sah sie ihn etwas trinken oder sich unterhalten, und sie himmelte ihn schweigend aus der Ferne an. An sehr guten Tagen konnte es auch einmal sein, dass sie ihm in einem der Korridore im Kreise seiner Freunde begegnete. In diesen Momenten glich er einem Schwan unter lauter Pfauen. Wenn sie ihre Hand nur ein ganz klein wenig ausstrecken würde, könnte sie ihn streifen und so tun, als wäre es zufällig geschehen … aber, ach, sie wagte es nicht.

Er war selten ohne seine Gefährten zu sehen, und doch schien es so, als wäre Tristan Geraint immer allein. Vielleicht lag es an seiner Haltung, die beherrscht oder zurückhaltend oder gar nach etwas noch Dunklerem aussah. Sie konnte nicht sagen, was das war. Doch sogar wenn er lächelte, gestikulierte oder mit seinen Freunden scherzte, wirkte ein Teil von ihm irgendwie abwesend, fast unnahbar. Seine Mundwinkel, die so schön und sinnlich waren, schienen immer etwas zu verbergen.

Amiranth stellte sich vor, dass sie die Einzige war, die diesen Charakterzug an ihm wahrnahm. Irgendwie war sie die Einzige, die im Besitz des magischen Schlüssels war, den man brauchte, um ihn zu kennen und sein verborgenes Herz zu enthüllen. Nur sie war in der Lage, die Einsamkeit, die ihn umgab, zu vertreiben.

So war es vom Schicksal bestimmt.

Er sah sie nie. Wie inbrünstig sie auch beten mochte, Tristan schaute nie in ihre Richtung. Nur wenn sie in einer größeren Gruppe von Menschen war, fiel sein Blick vielleicht einmal auf sie, doch nur um dann auch schon weiterzugleiten. Und sie konnte trotz ihrer Gewissheit, dass er für sie bestimmt war, doch nie genug Mut sammeln, um ihn anzusprechen.

Also beobachtete Amiranth ihn aus der Ferne und träumte, plante und küsste ihren Handrücken, wobei sie sich vorstellte, dass es seine Lippen wären, die sie berührten, sollten sie einander je vorgestellt werden.

Das geschah nie. Doch das hielt sie nicht davon ab zu träumen.

In einem Jahr geschah etwas Schlimmes. Niemand sprach laut darüber, aber sie wusste, dass seine Eltern an einer Krankheit gestorben waren, kurz nachdem sein älterer Bruder auf der Jagd getötet wurde. Es kursierten Gerüchte über ihn, unerfreuliche Dinge. Sein jüngerer Bruder wurde von einem entfernten Zweig der Familie eiligst aufs Land verfrachtet. Einige meinten, um auch ihm die Krankheit zu ersparen … andere murmelten etwas von noch schrecklicheren Umständen. Sie fühlte zutiefst mit Tristan mit. Ihre Eltern waren bei einem Unfall gestorben, als sie erst drei gewesen war. Ihr Geliebter war jetzt auch ein Vollwaise, genau wie sie und Lily. Amiranth wusste sehr gut, wie man sich als Waisenkind fühlte. Sie sah Tristan eine sehr lange Zeit nicht wieder.

Und dann – war es pures Glück oder das Ergebnis all ihrer Gebete? – war sie in London, als er feierlich zum Ritter geschlagen werden sollte.

Der Ritterschlag einer Gruppe der edelsten und ehrenwertesten jungen Männer war eine sehr hoheitsvolle und steife Angelegenheit. Es lief jedes Jahr auf genau die gleiche Art und Weise ab. Überhitzte Räume. Parfümgeschwängerte Luft. Die Erwachsenen waren in leuchtende Farben gewandet und unterhielten sich flüsternd über ihren Kopf hinweg. Die leise dröhnende Stimme des Königs, viel zu weit entfernt, als dass man sie gut hätte verstehen können. Augustin wurden immer Sitzplätze ziemlich weit hinten im überfüllten Saal zugewiesen. Trotz ihrer vorzüglichen Abstammung reichten die eingenommenen Steuern ihrer Güter nie, um sich weiter vorn liegende Sitzplätze leisten zu können.

Gelangweilt und unruhig hin und her rutschend saß Amiranth da. Sie konnte nichts sehen, weil ihr der üppig mit Federn geschmückte Hut des Mannes, der vor ihr saß, die Sicht nahm, als die Knappen begannen, feierlich durch den Gang nach vorn zu schreiten.

Aus Gewohnheit versuchte sie, Tristan ausfindig zu machen, und als er vorbeiging, konnte sie fast nicht glauben, dass es wahr war. Sie war von ihrem Platz aufgestanden und veranlasste Constanz dazu, sie mit einer Hand auf Amiranths Arm wieder herunterdrücken zu wollen. Aber Amiranth schaute auf den sich entfernenden Hinterkopf von Tristan. Sein Anblick war ihr so vertraut und lieb, dass sie ihn am liebsten laut begrüßt hätte.

Constanz zog sie wieder auf ihren Stuhl herunter und schimpfte leise mit ihr. Amiranth nickte nur, während in ihrem Kopf die Gedanken durcheinander wirbelten. Sie ließ sich auf ihren Stuhl zurücksinken und fächelte sich mit einer Hand frische Luft zu, während sie eine Entschuldigung murmelte. Mit gerunzelter Stirn neigte sich ihre Schwägerin zu ihr. Amiranth sank noch mehr in sich zusammen und versuchte schwach auszusehen. Ihr Herz pochte erregt, und in dem Raum war es sehr warm. Es war nicht weiter schwer, einen Schwächeanfall vorzutäuschen.

Als Constanz ihr erlaubte, sich zurückzuziehen, ging Amiranth schnell weg und tat so, als suche sie nach einer Dienerin. Sobald sie außer Sicht war, gelang es ihr, in die Menge zu schlüpfen, die an den Wänden entlang stand, wobei sie sich hinter den Menschen versteckte. Sie wusste, dass Augustin, auch wenn er gesehen hatte, wohin sie sich wandte, während solch einer wichtigen Zeremonie nicht hinter ihr herrufen konnte.

Mit gesenktem Kopf schlängelte sich Amiranth fast gänzlich unbemerkt durch die versammelten Menschen und fand schließlich einen Platz, der nicht sehr weit von der Empore des Königs entfernt war. Unauffällig verbarg sie sich hinter den violetten Roben irgendwelcher königlicher Berater.

Er war da! Endlich näherte sich ihr Geliebter King Edward. Und jetzt war sie auch nah genug, um Tristans Profil zu sehen, als er den Kopf vor dem König neigte. Sie war nah genug, um seine Hände zu sehen, die entspannt seitlich herunterhingen, als er sich gebräunt und anmutig hinkniete, nah genug, um vom Aufblitzen von Edwards Schwert geblendet zu werden, als es das Sonnenlicht einfing, das durch das Buntglasfenster hereinfiel, und auf Tristans Schultern gesenkt wurde. Sie war nah genug, um zu sehen, dass sein glänzendes schwarzes Haar länger als je war und sich seine Spitzen immer noch unter dem Lederband lockten, das er zum Zurückbinden benutzt hatte.

Nah genug, um seinen gesenkten Blick, seine Wimpern, die sich lang und dunkel von seiner Haut abhoben, und den ehrfürchtigen Ausdruck auf seinem Gesicht zu sehen, als der König seinen Namen aussprach.

Ihr Herz schwoll von Gefühlen an, die sie nicht benennen oder erklären konnte. Stolz, Freude, Bewunderung, sogar Schmerz. Das Sonnenlicht ergoss sich auf die prächtigen Farben, die den Raum erfüllten, und Amiranth spürte, wie sie in ihren Tränen verschwammen, sodass sie alles um sich her nur noch undeutlich wahrnahm. Einzig Tristans Gestalt verlor nichts von ihrer Klarheit.

Schon immer hatte sie von diesem Augenblick geträumt, und während sie ihn ansah, spürte sie den Höhenflug ihrer Gefühle, die sie allein bei der Erinnerung daran überkamen. Diese Begegnung vor einem Jahr war das letzte Mal gewesen, dass sie ihn gesehen hatte. Bis heute – ihrem Hochzeitstag.

»Steh gerade!« Constanz zwickte Amiranth kräftig in die Schulter. »Du siehst wie eine Küchenmagd aus, wenn du die Schultern so hängen lässt.«

»Ja, Constanz.« Nicht einmal ihre Schwägerin konnte ihr die gute Laune verderben. Nicht heute Morgen, wo sie nur noch Stunden von der Erfüllung ihres größten und schönsten Wunschtraums trennten. Er war jetzt auf dem Weg zu ihr. Bald würde Tristan auf Iving Castle sein, und sie würden heiraten. Sie würde die glücklichste Frau sein, die es je gab.

Deshalb stand Amiranth geduldig neben Lily in dem Zimmer, das sie miteinander teilten. Beide achteten sorgfältig darauf, einander nicht in die Augen zu schauen, während sie den letzten Ermahnungen lauschten. Sie wagte es nicht, zu ihrer Cousine zu blicken. Sie würden nur beide in Lachen ausbrechen und der Xanthippe damit den Spaß verderben.

Mit auf den Hüften abgestützten Händen stand Constanz da und betrachtete Amiranth von oben bis unten. Die Linien, die sich von ihrer Nase bis zum Mund eingegraben hatten, vertieften sich.

»Sie werden schon sehr bald da sein. Mach uns keine Schande, Amiranth.«

»Das werde ich nicht, Constanz.«

»Natürlich wirst du das nicht tun! Du weißt, wie viel das bedeutet, Kindchen. Dein Bruder hat sich sehr viel Mühe gegeben, diese Hochzeit zu arrangieren. Bring das nicht in Gefahr.«

»Jawohl, Constanz.«

»Und bleib auf deinem Zimmer, bis man dich ruft. Ich will nicht, dass du dir dein Kleid ruinierst, so wie du immer herumtollst. Dafür habe ich viel zu viel Zeit darin investiert.«

»Ich werde hier bleiben, Constanz.«

»Deine Cousine kann dir Gesellschaft leisten. Sei bereit, wenn du gerufen wirst.«

»Jawohl, Constanz.«

Ihre Schwägerin wartete noch einen Moment, während sie sie mit ihrem durchdringenden Blick musterte. Dann nickte sie kurz und segelte aus dem Zimmer. Die Tür öffnete sich und für einen kurzen Moment drangen die Geräusche von draußen in den Raum – Rufe und Befehle, Gesprächsfetzen, die alle zu den fiebrigen Vorbereitungen für Tristans Gefolge und das anstehende Hochzeitsfest gehörten.

Amiranth und Lily blickten Constanz nach und schauten einander erst an, als die Tür ins Schloss fiel. Lily warf ihr ein leichtes Lächeln zu.

»Sie macht sich Sorgen um dich«, meinte sie voll freundlicher Güte.

»Sie macht sich Sorgen um ihre Schatztruhen«, antwortete Amiranth. Doch dann erwiderte sie das Lächeln, um ihren Worten die Schärfe zu nehmen. »Es geht doch nicht an, dass der Earl of Haverlocke die Zusage für den Betrag zurückzieht, den er versprochen hat, um der großen Ehre willen, meine Hand zu erringen.«

»Es ist eine Ehre.« Lily stand wie immer für sie ein. »Er muss überglücklich sein, dich zu bekommen!«

»Hoffen wir nur, dass er genauso denkt, wenn er mich erst einmal gesehen hat.«

»Natürlich wird er das. Du siehst bezaubernd aus«, erklärte Lily und lenkte sie damit höchst wirkungsvoll ab.

»Glaubst du wirklich?« Amiranth konnte nicht verhindern, dass ihre Stimme etwas beklommen klang.

Die Verlobung war arrangiert worden, ohne dass man einander gesehen hatte, und war das Ergebnis von fast einem Jahr lang währender Verhandlungen mit Angeboten und Gegenvorschlägen, Briefwechseln, der Einholung und dem Erhalt der Zustimmung des Königs sowie der endgültigen Besiegelung der Vereinbarung. Es hatte dem Arrangement nicht geschadet, dass Amiranth das Ganze ein wenig vorangetrieben hatte, wobei sie jedoch so vorsichtig und geschickt wie möglich vorgegangen war. Als die erste überraschende Anfrage von Haverlocke gekommen war, war es ihr gelungen, ihrem Bruder scheu und sogar ziemlich ruhig zuzulächeln – warum nicht, sie würde seine Werbung nicht von vornherein zurückweisen.

Augustin, der sich ständig Sorgen um seine mageren Einkünfte machte, hatte sich wie ein Habicht auf ihre Zustimmung gestürzt und der Glanz von Gold war in seinen Augen nur zu deutlich zu sehen.

Wie bei allen Heiraten in Adelskreisen sollte es auch hier ein ausgewogenes Tauschgeschäft sein. Sein Reichtum gegen ihre vornehme Herkunft. Wie viel der Earl of Haverlocke auch über sie wissen mochte, so hatte er doch noch nie auch nur einen Blick auf seine zukünftige Gemahlin erhascht. Heute Nachmittag sollten sie einander offiziell vorgestellt werden – endlich.

Aus Gewohnheit schaute Amiranth zur geschlossenen Hälfte des Glasfensters in ihrem Zimmer und versuchte, ihr Spiegelbild gegen den Himmel zu erkennen. Sie konnte nur Einzelheiten wahrnehmen: den silbernen Glanz ihres zurückgesteckten Haars; die großen, dunklen Augen; das blaue, mit Besätzen versehene Kleid. Sie konnte nicht sagen, ob ihre Wangen gerötet oder blass waren, ob das Blau ihr stand oder ob der reich ziselierte goldene Gürtel um ihre Taille sie noch pummeliger aussehen ließ, wie sie insgeheim befürchtete … Sie wollte unbedingt entzückend aussehen. Zumindest heute. Sie wollte die anderen mit ihrer Schönheit blenden, lächeln und den Neid der anderen Mädchen erwecken. Heute war ihr Hochzeitstag, und Amiranth war von dem inbrünstigen Wunsch erfüllt, dass Tristan sie sah, wirklich sah, so wie sie ihn immer gesehen hatte. Sie wollte ihn so gern beeindrucken. Was hätte sie darum gegeben, wenn sie so aussehen würde wie ihre ältere Cousine – die liebliche Lily, der jeder Anflug von Missgunst fremd und deren überwältigende Ausstrahlung so groß war, dass man nicht selten erlebt hatte, wie erwachsene Männer gegen Wände rannten, weil sie sie unverwandt angestarrt hatten. Auch wenn sie sich von der Farbgebung her sehr ähnelten, so hatte Amiranth doch das Gefühl, dass sie sich wie Meerjungfrau und Kabeljau voneinander unterschieden.

Lily hatte ihr mehr als einmal versichert, dass sie einander sehr ähnlich sähen: ihr Gesicht sei in Amiranths Alter genauso rund gewesen, ihr Haar hätte dieselben hellen, widerspenstigen Locken aufgewiesen. Sie hatte sogar dieselben Grübchen, wenn sie lächelte.

Amiranth wusste, dass Lily nur versuchte, ihre Stimmung zu heben. Dieses großmütige Verhalten war typisch für sie. Sie versuchte ihrer bewundernden Cousine ein wenig Hoffnung zu geben. Doch Amiranth gab sich keinen Illusionen bezüglich ihres Gesichts oder ihrer Figur hin.

Ihr ganzes Leben lang war sie unansehnlich gewesen. *Nur heute,* flehte sie. *Das ist alles, worum ich bitte. Lass mich nur heute strahlen.*

Sie wandte sich von der schimmernden Glasscheibe ab und holte tief Atem, um zu testen, wie sehr das neue Kleid und die Schnürung des Gürtels sie einengten. Sie schleuderte ein Bein in die Luft, und mit einem leisen Rascheln schwangen die königsblauen Stoffbahnen zurück.

»Du bist so schön, wie eine Braut je sein könnte«, erklärte Lily mit sanfter Stimme.

Trotz ihrer nervösen Anspannung stieß Amiranth ein leises Lachen aus. »Jetzt *weiß* ich, dass du Unrecht hast. Die schönste Braut, die es je geben wird, bist *du.*«

»*Wenn* ich jemals heiraten sollte – und ich kenne wirklich niemanden, der eine Frau ohne Namen, geschweige denn Vermögen haben wollte –, wäre ich wirklich froh, wenn ich nur halb so bezaubernd wie du jetzt aussehen würde.«

»Du wirst heiraten, warte es nur ab«, erwiderte Amiranth. »Einen Prinzen, dessen bin ich mir sicher! Ich werde dich an deinem Hochzeitsmorgen küssen und lachen und dich an diesen Moment erinnern.«

Die atemberaubend schöne und herzensgute Lily zeigte daraufhin wieder nur ihr schüchternes und liebevolles Lächeln.

»Hast du Angst?«

»Ja.«

»Ich hätte auch Angst.« Lily trat zu ihr und nahm ihre Hände. »Deshalb lass uns jetzt nicht weiter darüber nachdenken. Womit sollen wir uns die Zeit vertreiben, bis es so weit ist? Möchtest du singen? Oder nähen?«

Amiranth schaute sich in dem Zimmer um, in dem sie schon immer zuerst allein und später zusammen mit Lily gelebt hatte. Hier fühlte sie sich geborgen, und alles war vertraut. So lange sie sich zurückerinnern konnte, war alles immer gleich gewesen: ein großes, geschnitztes Bett, das mit üppigen goldenen, roten und grünen Stoffbahnen umhüllt war. Auf dem Steinfußboden lagen dicke, helle, mit Quasten versehene Teppiche. Es gab Schränke und Truhen, Felle und Wolldecken. Der Kamin bestand aus Schieferplatten, es gab halb offene Bleiglasfenster, durch die man den Himmel sehen konnte, und zwei Wände waren mit Wandbehängen geschmückt, die sich in der leichten Brise hoben und senkten. Auf ihnen waren Burgen, Hirsche und Flüsse abgebildet und man sah gekrönte Königinnen, die mit einem Gefolge auf weißen Pferden auf die Jagd ritten.

Sie hatte ihr ganzes Leben hier verbracht. Aber bald würde sie in anderen Gemächern leben, die einer Countess gebührten. Gemächer, in denen er zu ihr kommen, sie anlächeln und seine Gemahlin nennen würde.

»Ich würde gern einfach auf ihn warten, wenn es dir nichts ausmacht«, hörte Amiranth sich sagen. »Ja, ich werde warten.«

»Dann werde ich mit dir zusammen warten«, erwiderte Lily in der ihr eigenen ruhigen Art, und gemeinsam traten sie ans Fenster, um den von einem wolkenlosen Himmel überspannten Tag zu betrachten.

* * *

Sie waren spät dran, sehr spät. Die Sonne hatte den Zenit bereits weit überschritten, und die Gruppe aus Reitern war noch nicht gesichtet worden.

Als die Stunden verstrichen, ohne dass sie auftauchten, spürte Amiranth, wie ihr Herz sank und ihre Hoffnungen schwanden.

Vielleicht würde Tristan ja gar nicht kommen. Vielleicht hatte er nie vorgehabt, sie zu heiraten. Vielleicht war das Ganze nur ein Fehler oder ein grausamer Scherz gewesen. Wie konnte man den bestaussehenden Mann im ganzen Königreich auch mit dem unscheinbarsten Mädchen vermählen! Vielleicht hatte er eine andere vornehme, verzweifelte Familie mit einem in Frage kommenden Mädchen ausfindig gemacht, die sich mit weniger zufrieden gegeben hatte als die ziemlich hohe Summe, die Augustin gefordert hatte.

Vielleicht hatte er auch entschieden, dass er überhaupt nicht zu heiraten brauchte, dass es sich einfach nicht lohnte, sich mit einem der ältesten und vornehmsten Häuser Englands zu verbinden – unabhängig davon, wie hoch oder niedrig der Preis war.

Eine leichte Brise umspielte sie und strich zart über ihre Haut. Mit sich brachte sie den furchtbarsten Gedanken von allen. Ein Gedanke, der sie in Panik versetzte.

Vielleicht hatte Tristan Geraint sie bereits gesehen und erkannt, wie sie aussah. Vielleicht kam er nicht, weil er wusste, wie ihr Gesicht aussah und ihre stämmige Gestalt, die sie schon ein Leben lang begleitete – dazu ihr durchschnittliches Aussehen, ein durchschnittlicher Verstand, Durchschnitt, Durchschnitt, Durchschnitt …

Doch dann stieß der Späher in sein Horn. Sie blickte auf und ihre Hand fuhr an ihre Kehle. Lily strahlte sie hell wie ein Stern an, und Amiranth konnte dieses Strahlen nur erwidern. Sie war so glücklich und erleichtert, dass ihr Tränen in die Augen stiegen.

»Siehst du«, sagte Lily und klopfte mit einer Hand auf ihre Schulter. »Ich habe dir doch gesagt, mein Schatz, dass er kommen wird, ich habe es dir gesagt …«

Am Horizont erschien ein dunkler Fleck vor den sich weit ausdehnenden Wäldern. Bald erkannte man eine Reihe von Reitern mit flatternden Bannern. Es waren nicht viele, dachte Amiranth, die die Augen zusammenkniff, um besser sehen zu können. Irgendwie hatte sie mehr erwartet, obwohl sie nicht sagen konnte warum. Vielleicht weil es immer so ausgesehen hatte, als hätte er viele Freunde in London. Doch es war nur eine Hand voll Männer, die sich jetzt Iving näherten und in seine Farben – Purpur und Silber – gewandet waren.

Sie versuchte ihn in der Gruppe auszumachen, doch es gelang ihr nicht. Wieder stieg Panik in ihr auf. Er war nicht gekommen. Das war überhaupt keine Hochzeitsgesellschaft, sondern nur ein Bote mit Begleitern, der die Vereinbarung zurückziehen sollte. Heiliger Himmel. Wie sollte sie das ertragen?

»Ich glaube, ich sehe ihn«, meinte Lily jetzt und unterbrach damit ihre Gedanken. Sie deutete in eine Richtung, wobei sie darauf achtete, die Hand nicht aus dem Fenster zu strecken, sodass man sie bemerkt hätte. »An der Spitze, Amiranth. Das ist er doch bestimmt?« Amiranth beugte sich nach vorn und hielt den Atem an.

Der Reiter, der die Gruppe anführte, trug keinen Helm oder sonst irgendeine Rüstung zu seinem Schutz, die sie hätte sehen können. Er hatte noch nicht einmal ein Kettenhemd wie die anderen angelegt. Als sie sich der äußeren Mauer von Iving näherten, hob er den Kopf und ließ seinen Blick über die Burg schweifen.

»Er ist es!« Sie stieß den angehaltenen Atem aus. Mit dem Rücken lehnte sie sich gegen die kühle Steinmauer und war nahe daran, in ein Lachen auszubrechen. »Er ist gekommen!« Sobald die Gruppe in den Burghof geritten war, konnte man sie vom Fenster aus nicht mehr sehen. Aus der großen Halle drang anschwellender Lärm nach oben. Amiranth schloss die Augen und versuchte sich vorzustellen, was gerade geschah. War er bereits hereingekommen? Hatte Augustin ihn bereits begrüßt und nach drinnen gebeten? Blickte er sich vielleicht bereits jetzt suchend nach ihr um?

Sie spürte, wie Lily ihr wieder eine Hand auf die Schulter legte.

»Soll ich nach unten gehen und schauen, was da vor sich geht?«

Amiranth öffnete die Augen und warf ihrer Cousine einen dankbaren Blick zu. »Würdest du das tun?«

»Ich habe ganz furchtbaren Durst, du nicht auch?«, fragte Lily gelassen. »Und wir wollen doch nicht die Vorbereitungen für die Feier stören. Ich gehe einfach nach unten und schaue, ob ich für uns etwas zu trinken finden kann.«

Und mit einem Lächeln, das genauso sanft wie alles andere an ihr war, verließ Lily das Zimmer und achtete darauf, dass die Tür ein kleines Stückchen offen blieb.

* * *

Sie konnte es einfach nicht abwarten.

Amiranth hatte es versucht. Wirklich! Aber es ereignete sich so viel, und alles betraf sie, während sie doch nichts davon mit eigenen Augen sehen konnte. Er war irgendwo da unten! Er ging durch die Hallen – ihre Hallen! –, betrachtete die Räumlichkeiten und unterhielt sich mit ihrem Bruder. Er trat auf Stellen, über die sie selbst schon Tausende von Malen getreten war. Er sah all das, was sie immer vor Augen gehabt, und hörte Dinge, die sie auch immer vernommen hatte.

Sie musste ihn einfach sehen. Sie konnte nicht warten. Der Korridor vor ihrem Zimmer war verlassen. Obwohl es ein sonniger Tag war, schwebte im Innern der Festung ein Schleier aus kühlen Schatten. Fackeln an den Wänden durchdrangen in regelmäßigen Abständen das Dunkel des Ganges und spendeten genügend Licht, dass Amiranth sicher sein konnte, allein zu sein.

Von Augustins Söller aus konnte man nach unten in die große Halle blicken, wo sich alle aufhielten. Von dort oben würde sie einen hervorragenden Blick haben.

Niemand sah sie. Der Söller war so verlassen wie die Flure, durch die sie gehuscht war. Sie schlich zur Balustrade am Ende des Raumes, wobei sie sich so gut wie möglich im Schatten hielt. Die Verschlüsse ihres Gürtels funkelten im schwachen Licht, doch dagegen konnte sie nichts tun. Sie wollte ja wirklich nur einen winzig kleinen Blick nach unten werfen. Das war alles. Bevor irgendjemand etwas bemerkte, würde sie schon wieder weg sein …

Die Balustrade des Söllers bestand aus blauen Mauersteinen und Pfeilern, beeindruckenden hohen Bögen, die sich von einer Wand bis zur nächsten spannten. Amiranth stellte sich seitlich neben eine der breiten Säulen, damit diese sie gänzlich verbarg, und linste dann um deren Wölbung herum, um einen Blick auf das Geschehen unter ihr zu werfen.

Überall waren Menschen, die sich unterhielten, lachten und laut nach irgendetwas riefen. Als Erstes entdeckte sie Augustin, weil er es genoss, im Mittelpunkt zu stehen. Groß und blond wie er war, betonte die sorgfältig ausgewählte Kleidung, die aus seiner schönsten Tunika mit den dazu passenden Beinkleidern und einem schweren goldenen Kettenhemd bestand, das an den Schultern mit bunten

Edelsteinen besetzt war, seine beeindruckende Gestalt noch mehr. Er stand in der Nähe der Empore und sprach mit seinem Haushofmeister, der immer wieder nickte und nach links schaute.

Amiranth folgte dem Blick des Haushofmeisters.

Der Earl of Haverlocke stand etwas abseits vom Trubel. Er hatte die Arme vor der Brust verschränkt und schien über irgendetwas nicht ganz glücklich zu sein. Eine Gruppe seiner Männer umringte ihn in einem Halbkreis. Sie unterhielten sich miteinander, während ihre Blicke auf die Vorgänge in der Halle gerichtet waren. Die anderen hatten sich unter die Menge gemischt, einige tranken bereits. Doch Amiranths Blick heftete sich auf den Mann, dem sie schon bald angetraut werden würde.

Er trug keinen Bart, und sie war froh darüber, denn so konnte sie den klaren Schnitt seines Kiefers und den Schwung seiner Lippen erkennen. Vielleicht ließ ihn das jünger erscheinen, als er war, doch das gefiel ihr an ihm. Welch ein Glück, dass sie keinen Mann heiraten musste, der doppelt so alt war wie sie, wie es vielen Mädchen passierte, die sie kannte. Welch ein großes, wundervolles Glück, stattdessen denjenigen zu heiraten, den sie anbetete. Er sah so gut aus. Sogar jetzt, wo er entspannt sein Gewicht auf ein Bein verlagert hatte, sein Blick in die Ferne gerichtet war und er eine gewisse Zurückhaltung ausstrahlte, wirkte er allen anderen Männern im Raum überlegen. Für sie war er außergewöhnlich und schön, und in seiner purpurnen, mit Silber durchwirkten Tunika und mit den leicht gekräuselten Lippen wirkte er überaus männlich auf sie.

Ohne Vorwarnung schaute er plötzlich auf und

schaute sie direkt an. Amiranth erstarrte. *Er kann mich nicht sehen. Er kann nicht.*

Aber es schien, als ob er es doch könnte. Tristans Miene blieb sehr ernst, seine dunklen Augen enthüllten nichts. Er zeigte keine Überraschung über das, was er sah, noch schaute er weg. Stattdessen zeigte sich auf seiner Stirn ein leichtes Runzeln, während er immer noch in ihre Richtung starrte. Obwohl sie sich tief in den Schatten zurückzog, fühlte sie sich seinem Blick völlig ausgesetzt.

Es bestand keine Gefahr. Er hatte gar nicht die Möglichkeit, sie zwischen den Pfeilern auszumachen. Der Söller lag sehr hoch, und von allen Seiten umhüllten sie Schatten. Trotzdem spürte sie, wie sich die Schamesröte vom Hals aus ausbreitete, weil sie bei diesem kindischen Spiel ertappt worden war.

Sie blieb noch einen Augenblick da, wo sie war. Teils wollte sie ihren Mut auf die Probe stellen, teils fürchtete sie, sich zu rühren und sich mit einer Bewegung zu verraten. Sogar über diese Entfernung schien er ihr tatsächlich direkt in die Augen zu schauen. Dieser seltsame Moment zog sich in die Länge, während Tristan seinen durchdringenden Blick nicht abwandte.

Amiranth spürte, wie ihr noch wärmer wurde. Schwindel stieg in ihr auf, und auch die Steine, gegen die sie ihren Rücken presste, brachten ihr keine Linderung. Erbarmungslos ruhte sein scharfer wissender Blick auf ihr. Sie fühlte sich mit ihm verbunden, ihre Blicke hingen aneinander, und in diesem langen angespannten Augenblick spürte Amiranth, wie sich ein neues Gefühl in ihr entwickelte, das noch jenseits ihres heftigen Sehnens nach ihrer Vermählung lag. Aus irgendeinem Grunde stieg jetzt eine leise Furcht in ihr auf.

Er war so ernst. Furcht einflößend. Sie war ihm völlig ausgeliefert und wurde von der Strenge dieses Mannes, den sie bald heiraten würde, im Söller ihres Bruders festgehalten. Jemand trat zu ihm, um mit ihm zu sprechen. Er drehte sich um und ließ von ihr ab, ohne ihr noch einen weiteren Blick zuzuwerfen.

Amiranth taumelte mit wild schlagendem Herzen und einem metallischen Geschmack im Mund zurück. Als sie sich wieder in der Sicherheit des Flurs befand, hob sie zitternd eine Hand an ihre Lippen.

Sie senkte die Hand und auf ihren Fingerspitzen glitzerte Blut. Sie hatte sich in die Lippe gebissen, um sich seinem Zauber zu entziehen.

* * *

Sie trafen sich beim Abendessen, einer schnellen Mahlzeit, die vor der Zeremonie eingenommen wurde.

Augustin zog sie eng an sich. Sein Arm lag schwer um ihre Schulter, und er stellte sie mit seiner laut dröhnenden, herzlichen Stimme vor.

Tristan Geraint, die Liebe ihres Lebens, nahm ihre Hand und beugte sich darüber. Seine Lippen kamen noch nicht einmal für eine leichte Berührung nahe genug.

»Es ist mir eine Ehre«, erklärte er mit gelangweilter Stimme. Er ließ ihre Hand los und wandte den Blick von ihr ab.

* * *

In der letzten Stunde vor der Hochzeit saß Amiranth allein in ihrem Zimmer und starrte auf den Umhang, der auf ihrem Schoß lag, während sie mit der Zunge besorgt über den Schnitt auf ihrer Lippe fuhr.

Sollte sie es tun? Würde er ihm gefallen? Sie hatte viele Stunden an dem Entwurf gearbeitet, um ihn dann mit Nadel und Faden sorgfältig auszuführen: die Farben von Tristans und ihrer Familie – Purpur und Indigoblau – vereint in einem geometrischen Muster, das von einander abwechselnden Stoffbahnen aus Samt und Satin unterbrochen wurde. Die Kapuze war mit weißem Hermelin eingefasst. Sie hatte viele Monate daran gearbeitet. Tatsächlich hatte sie das Kleidungsstück erst vor wenigen Tagen fertig gestellt. An dem Tag, als Augustin ihr von Tristans Werbung erzählt hatte und ihre Träume endlich in Erfüllung gegangen waren, hatte sie mit der Arbeit begonnen.

Als der Umhang fertig war, hatte sie gedacht, dass er wirklich eines Königs würdig sei. Wie froh Tristan sein würde zu sehen, wie viel Gedanken und Mühen sie sich gemacht hatte! Er würde bemerken, wie kunstvoll sie ihrer beider Familien in diesem Muster verbunden hatte. Sie stellte sich vor, wie er ihn stolz tragen würde, wenn sie zu seiner Burg zurückritten, wie er sich im Wind blähen würde und die Farben als Tribut an seine Eleganz hinter ihm flatterten.

Aber als Amiranth jetzt auf das Stoffbündel auf ihrem Schoß blickte, beschlichen sie Zweifel. Vielleicht war der Umhang doch nicht so schön, wie sie dachte. Oder vielleicht würde es auch anbiedernd wirken, wenn sie ihm den Umhang jetzt gab – wie ein Schoßtier, das um seine Gunst buhlte. Sie hatte ihn ihm eigentlich später am Abend oder erst am nächsten Morgen geben wollen. Nachdem sie verheiratet waren.

Doch irgendetwas drängte sie dazu, sich vor der Vermählung mit ihm zu treffen. Es sah wie ein Friedensangebot aus, obwohl sie wahrlich nicht sagen konnte, warum sie mit ihm um Frieden feilschen sollte.

Doch beim Abendessen war er so still gewesen. Er war sogar ihren Blicken ausgewichen. Ja, entschloss sich Amiranth und stand auf. Sie würde ihm den Umhang jetzt geben, in dieser kurzen Zeitspanne, die noch bis zur Hochzeit blieb, und sie würde ihm sagen, wie froh – wie überaus froh – sie war, ihn zu heiraten. Sie würde ihm in Worten, die keinen Zweifel ließen, sagen, dass sie kein Missfallen über diese Vereinbarung empfände. Dass es ihr überhaupt nichts ausmache, dass er für ihren guten Namen bezahlte, um die Gerüchte, die ihn umrankten, zum Verstummen zu bringen. Dass es ihr nichts ausmache, dass er sie noch nicht … liebte.

Wenn sich die Gelegenheit dazu ergab, würde sie ihm sogar sagen, dass sie ohnehin nie an die Gerüchte geglaubt hatte.

Er konnte kein Mörder sein. Nicht der Mann, den sie liebte.

Lily war unten und besprach mit Constanz die letzten Details in der Kapelle. Jeden Moment würde Amiranth von Frauen umringt sein, die ihr aufwarten wollten. Wenn sie jetzt nicht ging, würde sie später keine Gelegenheit mehr dazu haben.

Sorgsam legte sie den Umhang über ihren Arm und verließ das Zimmer. Der Earl of Haverlocke war bestimmt in den schönsten Gemächern, die auf Iving für Gäste vorgesehen waren, untergebracht. Etwas anderes kam für Augustin gar nicht in Frage. Es handelte sich um Zimmerfluchten, die gar nicht so weit entfernt von ihrem Zimmer lagen und auf den größeren der eingefriedeten Gärten blickten, die es auf Iving gab. Zu dieser Jahreszeit war der Garten am schönsten und Unmengen von Blumen standen in voller Blüte, die die Luft mit ihrem Duft erfüllten. Er würde heute farbenprächtig und beeindruckend üppig aussehen, und Augustin wusste das.

Tristan war nicht in seinen Gemächern. Der Knappe schaute sie mit finsterem Blick an, als er auf ihr Klopfen hin die Tür öffnete und durch ihr Erscheinen überrascht wurde. Es dauerte ziemlich lange, bis er sich vor ihr verneigte. Auf ihre Frage hin behauptete er, nicht zu wissen, wo sich der Earl aufhielt.

Amiranth biss die Zähne zusammen. Sie schenkte ihm ein gekünsteltes Lächeln und fragte erneut, ob er sich *wirklich* sicher sei, dass er es nicht wüsste. Ob er nicht zumindest eine *Ahnung* hätte, wo der Earl sich aufhalten könnte, weil ihr *Bruder,* der Earl of Iving, ihn dringend zu sehen wünschte …

Der Knappe machte wieder ein missmutiges Gesicht und rieb sich die Stirn, wobei er unschlüssig in die Gegend schaute. Schließlich gab er zu, er nähme an, dass der Earl of Haverlocke vielleicht in den Garten gegangen sein könnte, und bot ihr an, ihn zu suchen. »Nein, danke«, erwiderte Amiranth und wandte sich rasch ab. Sie traute sich nicht recht, an ihm vorbei in Tristans Zimmer zu schlüpfen. Davon abgesehen konnte man auch durch einen der Hauptflure in den Garten gelangen.

Die Sonne begann allmählich unterzugehen. Bald würde die Dämmerung einsetzen. Als sie nach draußen trat, umfing sie ein weiches Licht, das scharfe Schatten auf das Gras und die Bäume warf.

Sie lauschte, doch zuerst hörte sie nichts außer dem sanften Plätschern des Springbrunnens, den Constanz vor ein paar Jahren hatte aufstellen lassen. Der liebliche Gesang der Vögel drang leise an ihr Ohr. Das Laub raschelte. Der ganze Ort strahlte Frieden aus.

»… nervös?«

Eine Männerstimme, doch nicht Tristans. Amiranth zögerte und schaute sich um. Immer noch konnte sie niemanden entdecken.

»Nein, eigentlich nicht.« Das war Tristan. Den honigsüßen Klang seiner Stimme erkannte sie sofort. »Ich will nur alles schnell hinter mich bringen.«

Es entstand eine Pause und wieder raschelte das Laub in ihrer Nähe. Etwas bewegte sich hinter einem riesigen gestutzten Busch, der direkt vor ihr lag. Die Sträucher waren zu phantasievollen Figuren zurechtgestutzt. Die Männer befanden sich verborgen hinter dichtem Buschwerk im Innern des Gartens, wie Amiranth erkannte. Sie bemerkten nicht, dass sie sich ganz in der Nähe aufhielt. Verlegen starrte sie nach unten auf ihre Füße. Vielleicht sollte sie wieder gehen.

»Vielleicht wird es ja gar nicht so schlimm, wie du befürchtest«, meinte der unbekannte Mann.

Tristan stieß ein sardonisches Lachen aus. »Vielleicht.«

Der andere Mann senkte seine Stimme. »Du weißt, was der König gesagt hat, Tristan.«

»Es ist unwahrscheinlich, dass ich das vergesse. ›Vermählt Euch gut, Haverlocke, und vermählt Euch bald.‹«

»Edward hat feste Vorstellungen von den Vorteilen, die eine Ehe mit sich bringt.«

»Ja. Er war sogar so freundlich, mir eine Liste

der in Frage kommenden Familien zu geben. Dies war die erste«, wieder erklang ein bitteres Lachen, »die *einzige* Familie, die auf meine Anfrage reagierte. Und hier sind wir nun.«

»Es ist eine weise Entscheidung zu heiraten.«

»In der Tat. Ich bin ordentlich verschnürt und herausgeputzt, um in den heiligen Stand der Ehe verfrachtet zu werden.«

»Bei dir hört es sich so an, als würdest du ins Gefängnis gehen.«

»Ist es nicht so?« Tristans Stimme war plötzlich viel näher. Er schien hinter einem Busch zu stehen, der die Form eines fetten Hasen hatte. Amiranth schaute auf, doch zu irgendeiner anderen Bewegung war sie nicht fähig. Sie konnte fast seine Gestalt hinter den Blättern erkennen – ein männlicher Körper, der sich gegen das Grün abzeichnete. »Der König hat mir ein Ultimatum gestellt. Wenn ich weiterhin in seinen Kreisen verkehren will, muss ich gehorchen. Deshalb gehorche ich.«

Geh, dachte Amiranth. *Geh. Hör dir das nicht an.*

»Alle heiraten, Tristan.«

Sie hörte ihn seufzen. »Ja, wahrscheinlich.«

»Tja, was hast du denn erwartet?«

»Ich weiß nicht. Irgendetwas … anderes.«

Der andere Mann kicherte. »Anderes? Wie anders?«

»Besser.«

»Liebe?«, half der andere ihm weiter und hörte sich jetzt vollkommen ernst an.

Amiranth biss sich auf die wunde Lippe, während sie auf Tristans Antwort wartete und ihre Finger sich tiefer in den Umhang bohrten.

»Nein«, meinte er schließlich. »Natürlich nicht.

Wie hätte es denn Liebe geben können? Wir sind uns vorher ja noch nicht einmal begegnet. Aber zumindest – Vertrautheit. Kameradschaft.«

»Diese Dinge werden mit der Zeit kommen.«

»Hör dich doch nur selbst an«, murrte Tristan. »Als ob du irgendetwas darüber wissen würdest.«

Sein Freund lachte. »Nun, ich habe schon so manche Liebesgunst errungen, kann ich dir sagen!«

»Ja, aber ich habe dabei nicht an deine Art von Liebe gedacht. Ich meinte …«

»Aha! Dann willst du also doch Liebe!«

In Tristans Antwort klang Verzweiflung mit. »Überhaupt nicht! Ich bin doch kein Dummkopf. Alles, was ich wollte, war, zumindest eine Wahl zu haben!«

Stille senkte sich herab. Die zwei Männer standen regungslos hinter den Sträuchern und waren anscheinend beide tief in Gedanken versunken. Amiranths ganze Aufmerksamkeit war nach wie vor auf Tristan gerichtet. Ihre Gedanken rasten.

Er wollte Liebe – er hatte es fast zugegeben. Er wollte Liebe, ihre Liebe! Das war einfach perfekt, denn sie *liebte* ihn, sie hatte ihn *immer* geliebt, und alles, was sie jetzt zu tun brauchte, war, es ihm zu sagen …

»Ich will damit doch nur ausdrücken«, sagte Tristan plötzlich, »dass ich sie heirate, weil ich muss. Sie heiratet *mich,* weil *sie* muss. Ich kann dir versichern, dass sie nicht die Countess of Haverlocke wird, weil sie mich liebt. Das Ganze ist nur ein Geschäft.«

»Wie kaltblütig von dir.«

»Ich bin mir sicher, dass sie ein vernünftig denkendes Mädchen ist. Sie wird sich keine Illusionen gemacht haben.«

»Du etwa?«

Er seufzte wieder. »Nicht mehr.«

Wieder senkte sich eine unerträgliche Stille über sie. Sie musste etwas tun, irgendetwas sagen. Amiranth hob das Kinn und holte tief Luft. Sie wollte schon so tun, als wäre sie gerade gekommen, als sich der andere Mann bewegte und die Arme in die Luft warf.

»Oh, nun mach doch kein so sauertöpfisches Gesicht. Ich finde, sie sieht doch ganz passabel aus.«

»Sie ist ein nichts sagendes Mädchen«, erwiderte Tristan mit seiner hinreißenden Stimme. »Ich bin mir sicher, dass sie irgendwo fern von mir ein nichts sagendes Leben führen wird. So läuft das nun mal.«

Das Entsetzen ließ Amiranth bei diesen Worten das Blut in den Adern gefrieren.

»Du Zyniker«, meinte der andere Mann.

»Ehrlich. Hast du wirklich angenommen, dass ich sie mit nach Frankreich nehmen würde? Sie ist wie eine dieser überzüchteten englischen Rosen, mein Freund, umhegt und verhätschelt. Innerhalb einer Woche würde sie dahinwelken. Ich gehe in den Krieg. Ich kann mit ihr nichts anfangen.«

Erheiterung klang in der anderen Stimme mit. »Du kannst mit einer Ehefrau nichts anfangen?«

Amiranth konnte Tristans Achselzucken fast körperlich spüren. »Ich werde wiederkommen. Irgendwann.«

Geh, dachte Amiranth. *Einen Schritt nach dem anderen. Beginne mit dem linken Fuß. Geh.*

»Was, wenn sie dich begleiten möchte? Sie schien mir ziemlich vernarrt in dich zu sein.«

»Ich werde sie bis nach Safere mitnehmen. Das liegt auf dem Weg.« Tristan stieß wieder einen

Seufzer aus, in dem seine ganze Frustration mitklang. »Wir nennen das Ganze einfach Hochzeitsreise.«

Sie hörte das Plopp eines Korkens, der aus einer Flasche gezogen wurde, und das dumpfe Klicken von Ringen, die gegen Glas schlugen. Der Freund sprach wieder.

»Wirklich schade, dass es nicht ihre Cousine ist. Hast du einen Blick auf sie geworfen?«

»Cousine?«

»Die gut aussehende. Iris oder Lily oder so ähnlich. Helles Haar, haselnussbraune Augen. Etwas älter. Die arme Verwandte, habe ich gehört, aus einem entfernten Zweig der Familie.«

»Ja, ich habe sie gesehen.« Wieder eine Pause. »Schade. Ich glaube, wir wissen, wohin die Schönheit in dieser Familie gegangen ist.«

Amiranth zog erst ihren linken Fuß nach hinten und dann ihren rechten. Sie drehte sich um und zog sich so leise aus dem Garten zurück, wie sie ihn betreten hatte.

* * *

Die Hochzeit war prächtig ausgerichtet und genau so, wie sie es sich immer erträumt hatte. Die Burgkapelle erstrahlte im herrlichen Glanz Dutzender weißer Kerzen, die in kunstvoll geschmiedeten eisernen Halterungen steckten. Die Leute drängelten sich in den Bänken und auf den Gängen. Alle schauten glücklich lächelnd zu. Ihre prächtig gewandete Familie stand ganz in der Nähe. Augustin, Constanz, Lily und sogar der kleine Emile, der sie mit großen Augen anstarrte, während er an seinem Daumen nuckelte.

Es war eine außergewöhnliche Zusammenkunft.

Kostspielig – weil der Earl of Haverlocke einer der reichsten Männer des Reiches war – und von königlicher Würde, weil die Blutlinie ihrer Familie mit der des Königs selbst verbunden war.

Es war eine Hochzeit, die einer Prinzessin würdig gewesen wäre. Sogar Amiranths Brautkleid war Ehrfurcht gebietend. Der tiefblaue Samt war mit Perlen und Gold bestickt und ein kostbarer Reif aus Granaten und Saphiren zierte ihre Stirn.

Und als ihr Bräutigam seinen Schwur ablegte und dabei etwas unsicher auf den Beinen stand, war er nah genug, dass Amiranth den Wein in seinem Atem wahrnehmen konnte. Nur Amiranth sah, dass seine Augen gerötet waren, als er blinzelte und leicht schwankte. Er machte den Eindruck eines Mannes, der sich nicht ganz im Klaren darüber war, was um ihn her geschah.

* * *

Sie wartete auf ihn in dem mit einem schönen Vorhang versehenen Bett im Gästezimmer. Sie sah zu, wie die Kerzen vor ihr allmählich immer weiter herunterbrannten, wobei das Wachs tröpfchenweise nach unten floss und zu einer festen Masse am Fuße des Kandelabers erstarrte.

Ein Schauder erfasste sie. Amiranth war kalt. Es war das erste Mal in ihrem ganzen Leben, dass sie völlig nackt in einem Bett lag. Es war ein seltsames Gefühl, so völlig schutzlos und verletzlich unter den glatten Laken zu liegen. Sie mochte das überhaupt nicht. Aber sie wusste, dass Tristan bald kommen würde, und es wurde erwartet, dass sie ihn in diesem Zustand empfing – hatte Constanz gesagt. Sie hatte auch noch andere merkwürdige und irritierend vage Dinge geäußert und Amiranth erklärt, dass sie sich ihrem Ehemann unterwerfen müsse und es ihre Pflicht wäre, ihm Dinge zu erlauben, egal wie schmerzhaft sie seien. Schon der Ausdruck auf ihrem Gesicht hatte in Amiranths Magen den Keim der Angst gesetzt.

Sie hatte die Laken jetzt bis zu den Schultern hochgezogen. Aber das half wenig gegen die kühle Luft, die sich langsam im Zimmer ausbreitete.

Der Geräuschpegel der Feierlichkeiten in der großen Halle ebbte auch Stunden nach ihrem unauffälligen Verlassen des Saales nicht ab. Von da aus, wo sie lag – halb versteckt hinter den Vorhängen –, konnte sie die Tür nicht richtig sehen, aber die Geräusche dahinter konnte sie sehr wohl hören. Die Feierlichkeiten schienen kein Ende nehmen zu wollen.

Bei der Hochzeitsfeier hatten sie und ihr frisch gebackener Ehemann nebeneinander gesessen und das Hochzeitsmahl zu sich genommen. Sie hatten das Essen und einen Weinkelch miteinander geteilt – aus dem Tristan das meiste trank. Seine Finger hatten ihre nur ein einziges Mal ganz leicht gestreift, als könne er ihre Berührung nicht ertragen. Amiranth hatte gelächelt und alle guten Wünsche im fröhlichsten Ton, den sie aufbieten konnte, erwidert. Tristan hatte nur gelegentlich genickt, während er sich nach noch mehr Wein umschaute.

Unter Constanz' sanftem Druck hatte sie sich hierher in sein Zimmer zurückgezogen, wo sie von mehreren Frauen bemuttert wurde, die sie entkleideten, parfümierten und ihr das Haar bürsteten. Lily hatte ihre Hand ganz fest gehalten und sie dann auf die Wange geküsst, bevor sie mit all den anderen den Raum verließ.

Seitdem waren vier Kerzen heruntergebrannt. Es gab immer noch drei Kerzen in dem Kerzenhalter, doch auch ihre Flammen verströmten nur noch ein schwaches gelbes Licht. Auch sie würden schon sehr bald verlöschen.

Amiranth starrte sie unverwandt an. Nichts konnte ihre Aufmerksamkeit von ihnen lösen, ganz bestimmt nicht der Klang von männlichem Gelächter, der immer noch aus der Halle nach oben drang. Doch irgendwann fingen ihre Augen an, so sehr zu brennen, dass sie sie schließen musste, während sie immer tiefer ins Bett glitt …

Durch das geräuschvolle Öffnen der Tür schreckte sie aus dem Schlaf auf. Keuchend setzte sie sich hastig auf. Im Zimmer war es fast völlig dunkel, nur eine einzige Kerze brannte noch und deren Flamme flackerte im Luftzug.

Stimmen drangen aus dem Gang vor der Tür. Amiranth verkroch sich in den Tiefen der Kissen, und in Panik, dass andere ihn begleiten könnten, zerrte sie die Laken um sich herum hoch. Was sollte sie tun? Sie war nackt und allein, wenn er sie mit hereinbrachte, würden sie sie alle sehen, und sie würden über sie lachen, weil es so lächerlich aussah, wie die kleine reizlose Braut im Bett auf ihn wartete …

Aber sie hörte, wie Tristan ihnen sagte, sie sollten jetzt gehen, und – dem Herrn sei Dank! – sie gingen, während sie Dinge grölten, die keinen Sinn für sie ergaben, und die einzelnen Wörter von Gelächter erstickt wurden. Die Tür schloss sich wieder.

Sie hörte, wie er sich durch den Raum bewegte, über etwas stolperte, einen leisen Fluch ausstieß und dann weiterging. Er schien erstaunlich lange zu brauchen, um zu ihr zu kommen. Amiranth stieß ein leises Hüsteln aus, falls er nicht wissen sollte, wo sie war. Dann war er da. Die Matratze sank nach unten, als er sich mit dem Rücken zu ihr auf den Rand des Bettes setzte. Er ließ den Kopf in die Hände sinken. Sie hörte ein leises Stöhnen.

Sie wartete darauf, dass er sich umdrehte, etwas sagte oder sie zumindest anblickte, doch das tat er nicht.

Er war betrunken. Er fand ihre Heirat so unerträglich, dass er jeden Gedanken an ein würdevolles Verhalten hatte fahren lassen und im Wein Vergessen gesucht hatte. Und jetzt schmerzte sein Kopf.

Gut, dachte sie, während sie sich aufrechter hinsetzte. *Das hat er verdient.* Wieder hörte sie ihn dumpf und elend stöhnen.

Die letzte Flamme neben ihnen flackerte und wurde schwächer. Sie schuf Schatten in seinem Haar und hauchte einen schwachen Glanz über die dunklen Spitzen. Seine langen schmalen Finger hatte er im Gewirr seiner Locken vergraben. Seine Haut schimmerte jetzt goldbraun. Gegen ihren Willen spürte Amiranth so etwas wie Sympathie mit ihm in sich aufsteigen. Dies war immer noch ihr Tristan, der hier müde und unwohl vor ihr saß. Es war nicht seine Schuld, dass sie ihm nicht gefiel; er war schließlich nur ein Mann. Natürlich musste er von ihrem Aussehen enttäuscht sein. Natürlich würde er sie mit anderen Frauen vergleichen – mit Lily – um festzustellen, dass ihr Aussehen einiges zu wünschen übrig ließ.

Er konnte nicht wissen, wie es in ihrem Herzen aussah, oder ihre Gedanken erahnen. Er konnte nicht wissen, wie sehr sie sich nach ihm gesehnt und dass sie sich jede Nacht in ihren Träumen sein Gesicht vor Augen gerufen hatte. Er war der Mann, den sie schon seit einer Ewigkeit liebte, auch das konnte er natürlich nicht wissen. Die heutige Nacht änderte daran gar nichts, ob sie es nun wollte oder nicht.

Amiranth streckte eine Hand nach ihm aus und legte sie auf seinen Arm. »Möchtet Ihr ein wenig Wasser?«

»Nein. Danke.«

Sie nahm ihre Hand weg. Tristan rührte sich nicht. Eigentlich tat er eine ganze Weile überhaupt nichts. Der Moment währte lange genug, dass auch die letzte Kerze endlich flackernd verlosch und nur noch ein dünner Rauchfaden nach oben zog.

Der Raum wurde nun nur noch vom schwachen Mondlicht erleuchtet, das durch das offene Fenster drang, welches zum Garten hin lag. Die Schatten verbargen sein Gesicht, als er sich zu ihr umdrehte. Seine Bewegung kam plötzlich und viel schneller, als sie ihm in seinem Zustand zugetraut hatte. Er hob sich als schwarzer schweigender Schatten von der Dunkelheit ab.

Sie spürte, wie er sich vor ihr aufrichtete. Seine Hände lagen auf ihren Schultern, drückten sie zurück aufs Bett, und dann war er – immer noch vollständig angezogen – über ihr, während er an den zwischen ihnen liegenden Laken zerrte. Sein Atem streifte ihren Nacken und sein ganzer Körper bedeckte ihren.

Amiranth stieß einen leisen Protestschrei aus, aber das schien er nicht zu hören. Sie spürte die seidige Berührung seines Haars an ihrer Wange, den weichen Stoff seiner Tunika und die Wärme seines kräftigen Körpers darunter. Seine Hände glitten von ihren Schultern über ihren weich geschwungenen Körper nach unten. Seine Hände lagen auf ihrer nackten Haut, es geschah alles so schnell, dass sie keine Zeit hatte zu begreifen, was er mit ihr machen wollte. Der Keim der Angst schwoll plötzlich noch viel stärker an, und ihr Atem wurde kürzer. Als Tristan sie dann ins Ohrläppchen biss, zuckte sie steif zurück. Doch dann hielt er inne und nahm wohl ihr leichtes Zittern wahr. Er schmiegte sich wieder an sie und küsste sie: ein zarter Kuss, seine Lippen berührten sie kaum, wie ein Raunen, aber schöner und erregender. Es beruhigte sie, als er es wieder tat und sie seine Zunge an ihrer Haut spürte. Er kostete ihren Geschmack, während seine Hände sich weiterbewegten, sie erkundeten und an Stellen berührten, die ganz seltsame, einzigartige Empfindungen durch sie hindurchströmen ließen. Was geschah hier eigentlich? Er schien ihren Körper besser zu kennen als sie selbst. Er liebkoste sie auf eine Art und Weise, die eigentlich ihr Schamgefühl hätte wecken müssen, stattdessen merkte Amiranth, wie sie sich ihm mit geschlossenen Augen entgegenwölbte. Er bewegte sich wieder, küsste nun leidenschaftlicher, drängender ihre Kehle, ihr Gesicht, ihren Mund. Als er einzelne Worte gegen ihre Lippen hauchte, klangen sie verträumt und waren so ganz anders als seine Berührungen. »Weich, weich … du bist so weich …«

Ihre Hände schlangen sich um seine breiten Schultern und erforschten deren Form unter der Tunika. Jenseits seines Gewichts, das sich gegen sie drückte, begann sie etwas Neues zu empfinden, etwas, das fast schon schön war. Die Art, wie er sich an ihrem Körper rieb, sich zwischen ihren

Beinen bewegte, brachte Wärme in ihr zum Knospen. Sogar die Art, wie er seine Lippen heiß und drängend auf ihre presste und dabei den Schwung ihrer Lippen erforschte, wurde schöner.

Es war aufwühlend und seltsam. Es war so – angenehm. Zögernd nahm sie sein Gesicht zwischen ihre Hände und erwiderte seine Küsse. Er hielt in all seinen Bewegungen inne und ließ zu, dass sie ihn eingehend erforschte. Sie kannte seine Lippen, die Form seiner Wangenknochen, jedes Detail seiner Gestalt. Wie herrlich fühlte es sich an, mit ihren Lippen über seine zu streichen und auf diese Weise zu spüren, was sie all diese Jahre nur angeschaut hatte. Wie aufregend, seine leicht rauen Wangen zu spüren, die Bartstoppeln, die bereits nachgewachsen waren, seinen Duft einzuatmen, der unter dem Geruch von Wein wahrzunehmen war, durch sein Haar zu streichen, wie auch er sie gestreichelt hatte. Unglaublich, dass sie diese Dinge mit Tristan Geraint, ihrem Ehemann, tun konnte …

Wieder machte er eine schnelle Bewegung und richtete sich auf. Verwirrt ließ Amiranth die Hände fallen. Er zerrte an seiner Tunika und seinen Beinkleidern. Als er wieder auf ihr lag, war etwas Neues zwischen ihnen, etwas Heißes und Steifes, und dann war es nicht mehr zwischen ihnen, sondern presste sich gegen sie, während es sich langsam und erstaunlich unnachgiebig in sie hineindrängte.

Das Vergnügen, das sie zuvor empfunden hatte, war auf einen Schlag verschwunden. Was er jetzt machte, tat weh, tat so sehr weh, dass sie laut nach Luft schnappte, ohne es unterdrücken zu können. Doch anstatt aufzuhören, holte Tristan tief Luft und stieß dann schnell und hart in sie hinein.

Der Schmerz barst in ihrem Innern. Amiranth

gelang es kaum, eine Hand über ihren Mund zu legen, um den Schrei zu ersticken. Was geschah da, oh Gott, wollte er sie ermorden?

Lang über ihr ausgestreckt, bewegte er sich weiterhin in dieser stechend schmerzenden Stelle. Ihre Körper waren auf eine Weise miteinander verbunden, die sie sich nie hatte vorstellen können. Der Schmerz ließ langsam nach, doch der Schock ließ sie immer noch bewegungslos verharren. In der Kühle der Nacht strömten ihr heiße Tränen über das Gesicht.

Tristans Atem war rau und abgehackt. Sich immer noch bewegend, küsste er ihr die Tränen von den Wangen. Sie nahm sein Gesicht nur verschwommen wahr.

Sein Rhythmus veränderte sich, wurde langsamer … endlich innehaltend, spannte sein Körper sich über ihr an und mit einem letzten langen Stöhnen brach er schlaff über ihr zusammen. Amiranth lag jetzt sehr ruhig unter ihm, während sie leise weinte, obwohl der Schmerz fast ganz verschwunden war. Immer noch presste sie eine Hand über ihren Mund. Tristans Atemzüge begannen länger und regelmäßiger zu werden. Es klang fast so, als würde er … einschlafen.

Bitte, ja! Lass es vorbei sein!

Endlich rührte er sich und hob den Kopf. Sie spürte seine Lippen an ihrer Wange, als er ihr noch einen sanften Kuss gab.

»Wein nicht, Liebling. Es tut mir Leid. Wein nicht.«

Sie nahm ihre Hand weg und kämpfte um ihre Beherrschung, als er sie wieder küsste und sich dann von ihr löste, wobei er einen brennenden Schmerz an der Stelle zurückließ, an der er in sie eingedrungen war. Die Nachtluft wirkte nun feucht und düster. Ihr Körper pochte vor Schmerz.

Tristan rollte sich weg und nahm dabei die Laken mit. Er murmelte irgendetwas Unverständliches, während er sich tiefer in die Matratze grub. Dann sagte er es noch einmal. »Liebe dich.«

Mitten in einem Schluchzer stockte ihr der Atem. Amiranth schniefte und schaute zu ihm, wie er jetzt flach auf dem Rücken lag, während die Laken ihn unordentlich bedeckten. Seine Augen waren geschlossen. Er sah sehr friedlich aus. Sie wischte sich über die feuchten Wangen und stützte sich dann auf einen Ellbogen, um ihn besser zu sehen.

»Was hast du gesagt?«, fragte sie leise.

Tristan gähnte und drehte sich noch einmal um, sodass er ihr nun den Rücken zuwandte. »Liebe dich«, murmelte er wieder. Seine Worte waren undeutlich, weil er dabei war einzuschlafen. »Ich liebe dich, süße Bess.«

Und dann begann er zu schnarchen.

2

Safere Manor
1349

Sie saßen an einem außerordentlich hässlichen Tisch, den Tristan noch schwach aus seiner Jugend erinnerte, und nahmen ihr Essen unter bedrückendem Schweigen in einem dunklen und ansonsten leeren Raum zu sich.

Die junge Frau mit den goldenen Haaren hielt den Blick gesenkt, sie tat ihm und dann sich selbst von den bescheidenen Speisen auf, die vor ihnen standen. Alle Gerichte bestanden aus unterschiedlichen Gemüsesorten, die gewürzt, gegrillt, gekocht oder eingelegt waren. Offensichtlich hatte sie alles selbst zubereitet. Er hatte niemanden gesehen, der ihr die Arbeit hätte abnehmen können.

Nachdem sie im Garten aufeinander getroffen waren, hatte sie ihn zurück ins Herrenhaus geführt, wobei sie ihn vorsichtig und immer noch schweigend im Auge behielt. Tristan war ihr gefolgt, weil er nicht wusste, was er sonst hätte tun sollen.

Amiranth war tot. Seine Reise hierher war umsonst gewesen.

Sobald sie im Hauptraum angekommen waren, hatte sich die Zofe zu ihm umgewandt und ihn mit angenehm heiserer Stimme gebeten, sich zu setzen. Aus irgendeiner alten Gewohnheit heraus hatte er den Stuhl am Kopfende des Tisches gewählt. Er merkte, dass es ihr auffiel. »Wer seid Ihr?«, fragte er sie schließlich, als sie nichts weiter tat, als vor ihm zu stehen und ihn mit ihrem düsteren Blick auf seinem Platz festzunageln.

Jetzt wo sie sich im Innern des Herrenhauses befanden, konnte er sehen, dass er mit seiner anfänglichen Einschätzung ihrer Schönheit richtig gelegen hatte. Aus irgendeinem Grund berührte ihre liebliche Erscheinung eine Saite seiner Erinnerung. Sie war jünger als er, doch nicht viel. Ihr fein geschnittenes Gesicht war fast zu vollkommen, um echt zu sein. Von ihrem Teint und ihrer Haarfarbe her hätte sie ein Kunstwerk aus Marmor sein können. Vielleicht die Verkörperung der Venus von der Hand eines verehrungsvollen Künstlers. Auch bei diesem Licht behielt ihr Haar diesen wundervollen Farbton, der an dunkles poliertes Gold erinnerte. Es war sehr lang und lockte sich an den Spitzen. Ihre Augen waren nicht blau, wie er erwartet hatte, sondern wiesen ein tiefes Braun auf, das einen verblüffenden Kontrast zu ihrem blonden Haar bildete. Tief in ihrem Innern meinte Tristan Gefühle wahrnehmen zu können, doch er vermochte sie nicht einzuordnen, als sie ihren Blick jetzt auf ihn richtete. »Ihr erinnert Euch nicht an mich«, stellte sie fest, und es war ganz und gar nicht als Frage gemeint. In ihrer Stimme klang keinerlei Erwartung mit, dass er das tun müsste. Trotzdem spürte Tristan, dass er rot wurde.

»Es tut mir Leid«, erwiderte er. »Es tut mir Leid.«

Sie neigte den Kopf ganz leicht zur Seite und musterte ihn abschätzend. Ihrer Miene war nach wie vor keine Regung zu entnehmen.

»Ich bin Lady Lily Granger. Amiranth war meine Cousine.«

Ein noch stärkeres Gefühl der Verlegenheit erfasste Tristan. »Natürlich«, stellte er fest und versuchte, seine Verlegenheit vor ihr zu verbergen. »Ich bitte Euch um Verzeihung.«

»Bei mir müsst Ihr nicht um Verzeihung bitten«, versetzte sie.

Er wusste nicht, was er darauf erwidern sollte. Ihre höfliche, doch nichtsdestotrotz direkte Anklage war vernichtend genug, um ihn tief zu treffen. Sie hatte Recht. Die Tatsache, dass es zu spät war, seine Ehefrau je um Verzeihung zu bitten, war eine Sünde von nicht wieder gutzumachendem Ausmaß.

Sie ließ ihn eine Weile in seinem Bedauern schmachten und wartete offensichtlich darauf, dass er noch etwas sagte. Doch außer weiteren Entschuldigungen kam ihm nichts in den Sinn und seine kläglichen Versuche in dieser Richtung hatte sie ja bereits verschmäht.

Deshalb starrte Tristan sie nur von seinem Stuhl aus an, obwohl er wusste, dass das unhöflich war. Doch er konnte nicht anders. Sie war ein Bindeglied zu Amiranth. Sie war der erste Mensch seit Jahren, der ihn nicht offen mit Verachtung strafte.

Ihr Blick glitt von seinem Gesicht zu seiner Kleidung, und sie runzelte leicht die Stirn. Er wusste, wie er aussah: seine Tunika war, wenn man es freundlich ausdrückte, höchstens als schäbig zu bezeichnen, so dreckig, zerrissen und alt, wie sie war. Seine Beinkleider wiesen Löcher auf. Nur die Stiefel, die er trug, waren seiner Stellung angemessen – er hatte sie einem arglosen Franzosen gestohlen, der sie nach einem Regenguss hinter seinem Haus zum Trocknen hatte stehen lassen. Noch mehr Entschuldigungen, die er schuldig war, wusste Tristan. Sein ganzes verdammtes Leben schien ihrer zu bedürfen.

Die Frau vor ihm zog eine Augenbraue hoheitsvoll nach oben. »Ihr seht eindeutig … anders aus.«

Er konnte ein dunkles schmerzerfülltes Lächeln nicht unterdrücken. »Menschen verändern sich, nicht wahr?«

Sie erwiderte sein Lächeln nicht. Tristan hatte das Gefühl, dass sie ihn immer noch abschätzend musterte und ihr Verstand noch nicht bereit war, diesen abgerissenen, bärtigen Mann zu akzeptieren, der behauptete ein Earl zu sein. Der Klang ihrer kultivierten Stimme umspülte ihn sanft.

»Wir dachten, Ihr seid tot.«

»Das dachte ich auch«, erwiderte er und lachte kurz auf.

»Ist das etwas, worüber man scherzt, Mylord?«, fragte sie sehr ernst. Das ernüchterte ihn. Er rutschte auf seinem Stuhl hin und her und wich ihrem Blick aus.

»Nein.«

»Nicht tot«, meinte sie, ohne sich zu rühren. »Nur ferngeblieben seid Ihr. Ist es so?«

Tristan musterte interessiert seine Hände. »Ich war … beschäftigt.«

»Acht Jahre lang.« Ein etwas ungläubiger Klang hatte sich in ihre Stimme geschlichen.

»Acht Jahre lang«, bestätigte er leise. »Wie Ihr schon sagtet.«

Sie verfiel wieder in Schweigen. Die Arme hatte sie über der Brust verschränkt, und ihr Haar floss immer noch über ihre Schultern. Als er wieder zu ihr aufblickte, bemerkte er das Licht, das sie von hinten umgab. Sie wirkte mehr denn je wie einer jener rechtschaffenen Engel, die in heiligen Schriften oder auf Kirchenfenstern dargestellt wurden. Irgendwie erwartete Tristan, jeden Moment von ihr mit einem flammenden Schwert niedergestreckt zu werden.

Ihr habt ohne Zweifel einen langen Weg zurückgelegt«, meinte sie.

»Ja«, stimmte er ihr wieder zu und war nicht in der Lage, dem noch etwas hinzuzufügen.

»Ich nehme an, Ihr seid endgültig aus Frankreich gekommen.«

»Ja.«

Erneut ließ sie abschätzend die Augen von oben nach unten wandern und richtete den Blick dann wieder auf sein Gesicht. Tristan konnte nicht sagen, warum es so war, aber er spürte fast, wie seine Qual etwas gelindert wurde, während er in der Tiefe ihrer Augen versank, die solch eine Wärme ausstrahlten.

»Wann habt Ihr das letzte Mal gegessen?«, wollte sie plötzlich wissen.

Er schüttelte den Kopf. »Ich weiß es nicht.«

Ihr Blick wurde wieder hart.

»Gestern«, meinte er, in seiner Erinnerung kramend. »Oder der Tag davor.«

Wieder schnellte ihre Augenbraue nach oben. »Bleibt hier.« Sie verließ den Raum.

Er folgte ihr trotzdem. Sie zog ihn an – der Anblick ihrer schwarzen Röcke, die über den Boden strichen, das Haar, das um ihre Hüften schwang. Sobald sie in der Küche angelangt waren, warf sie ihm einen scharfen Blick zu, der deutlich ihre Missbilligung zeigte. Er zögerte noch einen Moment und lungerte verlegen auf der Türschwelle herum.

Er wollte nicht allein sein. Er hatte schon viel zu viel Zeit allein verbracht.

Aber sie wollte ihn ganz offensichtlich nicht da

haben, deshalb zog er sich schließlich zurück und begab sich wieder in den Hauptraum seines Herrenhauses zurück, sank auf seinen Stuhl und zählte die Sekunden, bis sie wieder erschien.

Sie brachte ihm diese Gemüsegerichte. Durch den köstlichen dampfenden Duft, der von ihnen aufstieg, erfasste ihn ein leichter Schwindel. Er sah ihr dabei zu, wie sie ihm die Speisen mit fließenden, lange Übung verratenden Bewegungen vorsetzte. Als er sie nach Fleisch fragte – er träumte jetzt schon seit Jahren davon, wieder Fleisch zu essen –, erwiderte sie ihm mit leidenschaftsloser Stimme: »Es gibt noch zwei Hühner. Ihr könnt ja versuchen, sie einzufangen und zu schlachten, wenn Ihr wollt. Ich werde es jedenfalls nicht tun.«

Tristan aß das Gemüse. Es gab auch Wein. Die rubinrote Flüssigkeit glitzerte in sehr schönen Kristallkelchen. Er war etwas überrascht, solch kostbares Glas hier an diesem Ort aus Staub und Stein vorzufinden. Die funkelnden, eleganten Kelche schienen völlig fehl am Platze. Noch ein Teil seiner Vergangenheit, der ihm unbemerkt entglitten war. Finster blickte er auf das Glas in seiner Hand. Er schwenkte den Weinkelch und versuchte sich zu erinnern.

Sie bemerkte seinen musternden Blick. »Sie waren ein Hochzeitsgeschenk.« Sie hielt inne und fügte dann unverblümt hinzu: »Zu Eurer Hochzeit.«

»Ja«, antwortete Tristan, als würde es sich um das Offensichtlichste von der Welt handeln. Ihr Blick, kühl wie ein Gebirgssee, richtete sich wieder auf das Essen.

Im Verlauf der Mahlzeit kam ihm der Gedanke, dass die ganze Situation eigentlich ziemlich seltsam war. Er konnte es nicht mit Sicherheit sagen –

er schien sich nicht mehr recht an die Feinheiten vornehmer Gepflogenheiten zu erinnern –, aber gewiss sollte es hier doch noch ein paar andere Menschen geben, zumindest Leibeigene.

Natürlich sollte es Leibeigene geben, fiel ihm plötzlich ein. Es war einer jener unerwarteten Augenblicke der Klarheit, die ihn manchmal überkamen. *Das hier ist Safere. Die Dienerschaft besteht aus dreiundzwanzig Personen.*

Er blickte zu der Frau zu seiner Linken, die zwei Stühle weiter am gleichen Tisch saß. »Was ist mit den Dienstboten geschehen?«

Sie schaute nicht von ihrer Suppe auf. »Ist das wirklich das Erste, was Ihr mich fragen wollt, Mylord?« Ihre Stimme klang sehr beherrscht.

Plötzlich erfasste ihn Wut, und er starrte sie zornig an. Wie konnte sie es wagen, ihm zu trotzen? Wer war diese freche Dienstmagd mit dem schönen Gesicht und dem mangelnden Respekt überhaupt?

Jetzt schaute sie auf und begegnete seinem Blick. »Interessiert es Euch denn gar nicht, was Eurer Gemahlin widerfahren ist?«

Tristan blinzelte verwirrt und sein Zorn war augenblicklich verraucht. Amiranth. Richtig – er war gekommen, um Amiranth wiederzusehen, und hatte stattdessen Lily gefunden. Die Cousine. Keine Magd.

Ihm war heiß. Warum war es in diesem Zimmer so heiß? Im Kamin brannte noch nicht einmal ein Feuer. »Ja«, krächzte er mit rauer Stimme. »Erzählt es mir.«

Ihre Hände lagen zu beiden Seiten ihrer Schüssel. »Zufälligerweise ist die Antwort auf beide Fragen die gleiche. Die Pest brach aus. Alle starben – oder sind geflohen.«

»Die Pest ...« Er rieb sich die Schläfen. Er war plötzlich so müde und versuchte, einen Sinn in ihren Worten zu finden.

»Ja, die Pest«, fuhr sie ihn an, und ihr beherrschtes Verhalten schien schließlich doch zu bröckeln. »Der schwarze Tod. Vielleicht habt Ihr ja schon mal davon gehört? Soweit ich weiß, ist der Pest ja nur das halbe Königreich zum Opfer gefallen. Safere hat da keine Ausnahme gemacht. Vor sieben Monaten brach die Krankheit hier aus. Meine Cousine war eine der Letzten, die von der Seuche dahingerafft wurde. Letztendlich war sie ja auch nur eine von diesen überzüchteten englischen Rosen – sie starb vor zwei Monaten.«

Die beißenden Worte waren ihm vage vertraut, doch er konnte seine Gedanken nicht genug sammeln, um herauszufinden, warum das so war.

Er stand irgendwie neben sich und nahm noch nicht einmal mehr die Hitze im Zimmer wahr.

Tristan hörte seine eigenen Worte aus weiter Ferne zu sich dringen. Er sagte die richtigen Worte und versuchte, sie damit zu beschwichtigen.

»Es tut mir Leid. Das wusste ich nicht. Wie schrecklich.«

»Wie schrecklich«, echote sie, wobei sie sorgfältig darauf achtete, keine Wertung mitklingen zu lassen. »In der Tat.«

Er wusste nicht mehr weiter und versuchte zu begreifen, was geschah und all die Dinge, die geschehen waren, ohne dass er dabei gewesen war. Pest. Tod. Amiranth.

Das Erbsengericht, das vor ihm stand und vor einem Moment noch so appetitlich auf ihn gewirkt hatte, widerte ihn plötzlich an und war völlig ungenießbar. Sogar der Geruch aus Knoblauch und Gewürzen drehte ihm den Magen um. Er war völlig ausgehungert, es verlangte ihn nach Essen – aber er konnte nicht einen einzigen Bissen zu sich nehmen. Der leisen Ironie dieser makabren Situation konnte er sich nicht entziehen: Er konnte nicht verhindern, dass sein dunkles Lächeln zurückkehrte. Seine Stimme hub wieder an zu sprechen und drang immer noch aus weiter Ferne zu ihm … vielleicht von der Decke her.

»Das ist wirklich ein Dilemma. Ich kam her, um meine Frau zu sehen, und muss feststellen, dass ich keine mehr habe.«

»Lasst Euch nicht von Eurem Kummer überwältigen, Mylord«, entgegnete sie heftig, »sonst fügt Ihr Euch noch selbst Schaden zu.«

»Gewiss«, murmelte er. Tristan war sich der Tatsache vage bewusst, dass er sich schlecht benahm. Er wusste nicht, warum er das tat oder wie er damit aufhören sollte. Er warf der Cousine mit dem goldenen Haar einen flehentlichen Blick zu und hoffte, sie würde begreifen – wie heiß es hier drinnen war, wie seidig ihre Worte für ihn wurden und glatt und sanft über ihn glitten. Sie hatte ihr Gesicht abgewandt und war zweifellos sehr ärgerlich.

Wieder überfiel ihn ein Gedanke von leuchtender Klarheit: Hier war jemand, der seine unbekannte Gemahlin wirklich gekannt hatte – ihre Gewohnheiten, ihre Vorlieben, ihre Eigenheiten. Hier war jemand, der sie geliebt hatte. Jenes Mädchen, das er nur so kurz gekannt hatte, war wahrhaftig verschwunden.

Er rief sich die Inschrift auf Amiranths Grabstein in Erinnerung. Lady Lily war seiner Gemahlin offensichtlich mehr als nur eine Cousine gewesen. Sie war auch eine ergebene Freundin.

Nicht wie du, sprach eine leise, grausame Stimme in seinem Innern.

»Ihr müsst wissen«, erklärte er und übertönte schnell jene andere Stimme in seinem Innern, »dass man mir in Frankreich nicht erlaubte rauszugehen. Bis zum Schluss war ich allein, und dann öffnete sich die Tür. Sie nahmen mich mit, und ich lief davon. Es war nachts, und ich rannte davon. Sie haben mich nicht wieder einfangen können …«

Er redete wirres Zeug. Er konnte es an ihrem Gesicht ablesen und an der Art, wie sie ihn mit neu erwachter Aufmerksamkeit und weit geöffneten Augen anstarrte. Er flößte ihr Furcht ein. Das hatte er nicht gewollt, aber so war es.

»Tja«, meinte Tristan schwerfällig und immer noch aus weiter Ferne. Er spürte, wie sein Kopf gegen die Rückenlehne sank, und merkwürdigerweise verspürte er überhaupt keinen Drang, ihn wieder zu heben.

Ohne Vorwarnung tauchte plötzlich ihr besorgtes Gesicht über ihm auf. Ihr goldenes Haar ergoss sich wie ein wunderschöner Regenschleier über ihn und hüllte ihn kühl und hell ein. Er versuchte, eine Hand zu heben, um es noch besser zu spüren. Doch sie stieß seine Hand zur Seite. Ihr Atem wurde zu einem Fauchen an seiner Wange.

»Ihr seid krank!«

»Vielleicht«, stimmte Tristan ihr zu, während ihre Farben ihn vollends verwirrten.

»Vielleicht.«

»Die Pest«, hörte er sie sagen. Ihre Worte hallten in seinen Ohren nach, und merkwürdigerweise hoffte er ernsthaft, dass es stimmte. Die Pest würde ihm das geben, was kein anderer konnte oder wollte. Die Pest würde ihm einen Tod schenken, der keinen Raum mehr für Unsicherheiten ließ. Ja, sollte es doch die Pest sein. Aber was war mit ihr?

»Geht«, sagte Tristan.

»Seid kein Narr.« Sie zerrte ihn bereits von seinem Stuhl. »Seht Ihr hier irgendjemanden, der Euch helfen würde? Ihr nehmt entweder mit mir vorlieb oder mit gar keinem, Mylord.«

»Oh«, erwiderte er sehr vernünftig, als er gegen sie taumelte. »Dann nehme ich natürlich Euch.«

* * *

Es war nicht die Pest. Amiranth hatte genug gesehen, um zu erkennen, dass alle Anzeichen dagegen sprachen. Er hatte Fieber und war gerötet. Außerdem war er dünner, als sie ihn in Erinnerung hatte. Aber es gab keine der gefürchteten Schwellungen an seiner Kehle oder in den Achseln. Keine Pestbeulen. Es konnte nicht die Pest sein.

Ihre Diagnose war nicht nur das Ergebnis ihres Wunsches, dass es wahr sein mochte. Zumindest für sie wäre es viel besser, wenn es der schwarze Tod war. Aus irgendeinem Grund vermochte die Seuche Amiranth nichts anzuhaben. Als alle Menschen um sie her von der Krankheit befallen wurden und dahinsiechten, blieb nur sie gesund. Voller Entsetzen hatte sie zusehen müssen, wie all das, was sie in so vielen Jahren auf diesem Gut aufgebaut hatte, zu Asche und Staub zerfiel.

Und jetzt erhob sich aus dieser Asche so etwas wie ein Phönix – ihr lang vermisster Ehemann war endlich nach Safere heimgekehrt.

Sie hatte acht Jahre gebraucht, um zu dem Glauben zu gelangen, dass sie endlich über ihn hinweg war, dass sie den Schmerz, die Sehnsucht nach ihm überwunden hatte. Aber er hatte nur einen

Herzschlag lang gebraucht, um diesen Glauben zu vernichten.

In einem Moment hatte sie in der sicheren Abgeschlossenheit ihrer Welt im Garten vor Lilys Grab gesessen und im nächsten hatte sie aufgeschaut und ihn entdeckt, während er sie beobachtete.

Zuerst hatte sie gedacht, er sei ein Traum, eine Ausgeburt ihrer Phantasie. Wie konnte er real sein? Er trug einen Bart und wirkte angespannt. Darüber hinaus war er abgerissen wie ein Bettler. Er hätte auch irgendein Verrückter sein können, der durch das Tor spaziert war.

Aber sie hatte ihn im ersten Augenblick wiedererkannt, als er so allein da im gleißenden Sonnenlicht stand. Seine Augen, seine Stimme, sogar seine Hände, blutig und aufgerissen, hatten ihn verraten. Es war Tristan Geraint, der verschollene Earl of Haverlocke. Acht lange Jahre hatte sie gebrandmarkt mit seinem Namen auf seinem Gut gelebt. Ihr ganzes Leben war von seiner gedankenlosen Entscheidung, sie nach Safere zu verfrachten, geprägt. Acht Jahre waren vergangen, und doch hatte er jeden einzelnen Tag ihres Lebens auf die eine oder andere Weise überschattet, sogar nachdem alle dachten, dass er tot sei.

Wie musste Gott über sie lachen, dass er ihr endlich auf all ihre Gebete aus ihrer Vergangenheit antwortete: ihr Gemahl war zu ihr zurückgekehrt und er hatte sie noch nicht einmal wieder erkannt. Er hatte noch nicht einmal eine Ahnung. Er dachte – er dachte wahrhaftig – dass sie Lily sei.

Amiranth erkannte, dass die Zeit ihr Aussehen verändert hatte. Lily war die Erste gewesen, die darüber eine Bemerkung fallen gelassen hatte. Nur ein paar Jahre, nachdem sie nach Safere gekommen war, hatte sie darüber gesprochen, dass Amiranths Haar dunkler geworden sei und nun mehr dem ihren ähnelte. Ihr Gesicht, ihr Lächeln … sogar ihre Hände entwickelten sich langsam zu einem Spiegelbild von Lilys Schönheit. Die pummelige Figur ihrer Mädchentage, unter der sie so sehr gelitten hatte, schmolz in der ständigen Hitze von Safere dahin. Sie wuchs sogar noch um mehrere Zentimeter, sodass sie schließlich genauso groß war wie ihre Cousine.

Natürlich sahen sie nicht vollkommen gleich aus … aber sie waren einander doch sehr, sehr ähnlich. Lilys Haar wies einen eher hellen goldbraunen Farbton auf, während Amiranths Haar tiefgolden schimmerte. Lilys Augenfarbe war eine Nuance heller, Amiranths Wimpern einen Tick dunkler. Kleinigkeiten. Größere Gegensätze wandelten sich im Laufe der Zeit zu feinen Unterschieden. Amiranth konnte über ihr Glück nur staunen.

Vielleicht war es aber auch nur ein riesengroßer Witz – jetzt, wo es nicht mehr wichtig war, bekam sie endlich ein Stück von der Schönheit ihrer Cousine.

Am Ende hatten sie einander fast wie ein Spiegelbild dem anderen geähnelt. Lily hatte einmal lachend diesen Vergleich angestellt, und Amiranth hatte ihr zustimmen müssen. Aber sie wusste auch, dass Spiegel nur die Wahrheit widerspiegeln konnten. Ein dunkleres Abbild der Person, die vor ihm stand. Lily würde stets die strahlende Wahrheit bleiben. Freundlich und von Herzen gut. Amiranth konnte nur hoffen, eines Tages einen Abglanz dieser Tugenden ihrer Cousine zu erlangen, indem sie die Schatten, die in ihr wohnten, bekämpfte.

In dunklen Räumen hatten sogar die Dienstboten

sie miteinander verwechselt. Das war der einzige Grund gewesen, weshalb sie auf so eine verrückte Idee – Lilys Identität anzunehmen – gekommen war. Auf diese Weise wollte sie ihr Schicksal in die eigene Hand nehmen und dieses Leben hinter sich lassen, das Amiranth so sehr hasste. Sie brachte Tristan in das Zimmer, das seines gewesen wäre – das seines war, rief sie sich in Erinnerung –, das Zimmer des Gutsherrn. Sie ließ ihn auf das Bett fallen. Er war nur noch ein Schatten des Mannes, den sie einst gekannt hatte. Dann trat sie zurück und musterte ihn forschend. Sie war gleichzeitig verärgert und von Ehrfurcht ob seines Hierseins erfüllt. Ein Geist, gegen den sie so schwer gekämpft hatte, war irgendwie wieder zum Leben erwacht.

* * *

Die Welt war ein höchst verwirrender Ort.

Da war zum Beispiel dieses Zimmer. Es war Tristan völlig unbekannt, doch gleichzeitig kannte er es so gut, dass ihm selbst die Winkel, die er nicht sehen konnte, vertraut waren. Und dann war da noch diese Frau. Er war sich sicher, ihr nie vorgestellt worden zu sein. An solch eine Schönheit mit einem Gesicht reinster Unschuld und Augen, denen sogar, als ihre Hände diese schrecklichen Dinge mit ihm taten, die Sorge abzulesen war, würde er sich erinnern. Sie, dieser böse Geist im Gewand einer Heiligen, bereitete ihm Höllenqualen. Sie brachte ihn beinahe um, indem sie ihn bis an die Schwelle des Todes führte und dort stehen ließ. Denn es genügte nicht, wenn er einfach starb. Wenn er starb, würden die Schmerzen aufhören, und das wollte keiner.

Er versuchte, sie abzuwehren. Doch das führte nur dazu, dass er ans Bett gefesselt wurde, als er nicht hinschaute. Sie war gerissen, und er schrie sie an, dass er sie eigenhändig umbringen würde, wenn er wieder freikäme. Bei Gott, sie sollte genauso leiden wie er!

Aber sie beachtete seine Drohungen gar nicht und setzte ihre teuflischen Handlungen fort. Mal tat sie so, als würde sie sich um ihn kümmern, indem sie ihm das Gesicht wusch und sanfte Worte flüsterte, doch dann fügte sie ihm wieder Schmerzen zu und ließ ihm das Blut wie Feuer durch seine Adern rasen. Er litt Todesqualen. Glühende Glassplitter versengten seine Augen, Messer stießen in seinen Kopf.

Sie war eine Hexe, eine Harpyie. Umbringen würde er sie für das, was sie ihm antat. Doch in jenen Momenten, wenn sie ihn zärtlich berührte und ihr süßer Atem über seine Stirn strich, wollte er fast in Tränen ausbrechen. So groß war seine Liebe zu ihr. Wie konnte sie ihm das nur antun? Was hatte er bloß getan, dass er solche Qualen erleiden musste?

Tristan wusste es nicht und wurde zu müde, um zu versuchen, es herauszufinden. Die beste Lösung, die einzige wirkliche Zuflucht, die ihm blieb, war der Schlaf. In diesen Momenten konnte er sie hinter sich lassen. Während er schlief, konnte sie ihm nichts anhaben, weder im Guten noch im Bösen. Zum Schlaf, jenem dunkelsten Ort der Ruhe, hatte der Schmerz keinen Zutritt.

* * *

Er träumte, dass sie bleich und schmerzerfüllt sein dunkles Zimmer betrat.

»Euer Pferd!«, rief sie mit zitternder Stimme. Er wusste nicht, was sie damit meinte. Er hatte kein

Pferd. Oder? Nur als kleiner Junge hatte er ein graues Pony gehabt, auf dem sein Vater ihm das Reiten beigebracht hatte, und später dann sein Streitross, das gleich bei jener ersten Schlacht in Frankreich getötet worden war. Was für eine Gemeinheit von irgendeinem verdammten französischen Ritter, einfach den Hengst unter ihm abzuschlachten, sodass beide blutend in den Morast sanken.

»Ihr habt vergessen, im Stall den Riegel vorzulegen!«, schrie die Frau ihn leiderfüllt an. Mit einer fließenden Bewegung trat sie an sein Bett. Eine Vision aus Gold und Schwarz, in deren Gesicht sich alle Emotionen ablesen ließen. »Ihr habt vergessen, den Riegel vorzulegen!«

Sie war zutiefst bestürzt, fast schon verzweifelt. Tristan spürte, dass etwas wie triumphierende Schadenfreude in ihm aufsteigen wollte. Er wusste nicht, was sie meinte, aber die Hexe verspürte Schmerzen – endlich, nachdem sie ihm so schreckliche Qualen zugefügt hatte. *Ja,* wollte er sie verspotten, *der Stall, verflucht möget Ihr sein!* Aber er brachte keinen Ton heraus, deshalb konnte er sie nur anstarren und hoffen, dass sie das siegreiche Funkeln in seinen Augen sah.

Sie schien es nicht zu bemerken. Mit vor das Gesicht geschlagenen Händen sank sie vor ihm auf die Knie. Ihre Schultern zuckten.

»Der Garten«, sagte sie wieder und wieder ungläubig. »Oh, mein Garten ist dahin, dahin …« Sie ließ die Hände sinken. Ihr Gesicht war tränenüberströmt. »Wir haben nichts mehr zu essen.«

* * *

Eine außergewöhnlich schöne Frau saß neben ihm auf einem Stuhl. Sie hatte den Kopf über eine Nadel und ein Stück Stoff in ihren Händen gebeugt und nähte beim Schein einer Kerze. Sie schien nicht zu bemerken, dass er wach war.

Tristan musterte sie und fand die Erinnerung an sie an einem Ort, der ihm schon vor langer Zeit verloren gegangen war. Es war alles so merkwürdig: Er konnte nicht sagen, wo er jetzt war, warum er hier war oder warum er sich so fürchterlich fühlte. Er lag auf einem Bett, dessen klumpige Matratze genau am Ende seines Rückens schmerzhaft ins Kreuz drückte. Er war bis zu den Schultern mit Laken zugedeckt, die sich weich auf seiner nackten Haut anfühlten. Es musste Nacht sein – das Fenster hinter seiner schweigenden Gesellschafterin war völlig schwarz. Die Luft war sehr kühl.

Sicherlich hätte er zumindest von Sorge erfüllt sein müssen, aufzuwachen und festzustellen, dass er allein mit dieser Frau an diesem Ort und zu erschöpft war, eine Hand zu heben, um sich die Augen zu reiben. Doch er war es nicht.

Stattdessen erinnerte Tristan sich wieder an sie.

Es war auf einer Burg gewesen – nicht seiner eigenen. Eine überfüllte Halle, in der sich gut angezogene Menschen leutselig miteinander unterhielten. Der Geruch von frisch zubereiteten Speisen lag in der Luft und verband sich mit den duftenden Binsen, die den Boden bedeckten.

Die Leute scharwenzelten angeberisch um ihn herum und versuchten, eine Unterhaltung mit ihm zu beginnen.

Er hatte es gehasst. Er erinnerte sich daran, den Wunsch gehabt zu haben, woanders zu sein, wo es ruhiger war und er sich entspannen konnte, ohne dass jemand ihn anstarrte. Das war der Moment gewesen, wo er sie erblickt hatte.

Jetzt erinnerte er sich wieder. Sie war irgendwie über ihm gewesen, irgendwo oben auf einer Treppe oder einem Balkon. Ja, das war es. Sie hatte am Geländer eines Söllers gestanden. Sie hatte allein im Schatten gestanden, und er hatte den Glanz ihres Haares bemerkt. Jener außergewöhnliche Farbton, der an nachgedunkeltes Gold erinnerte und sogar im Halbschatten zu erkennen war.

Zuerst hatten ihm seine Augen einen Streich gespielt: er hatte gedacht, dass es nur ein Mädchen sei, das von dort oben wie eine Eule auf ihn herabblickte, fast noch ein Kind. Doch dann schien sich der Schatten zu verändern. Als er blinzelte und genauer hinsah, hatte sich das Mädchen in die Vision einer jungen Frau verwandelt – diese Frau –, fern und lieblich und aller Unruhe entrückt.

Iving Castle. Verlobung. Hochzeit. Und sie … ihr Name hatte an eine Blume erinnert … Tristan fand seine Stimme wieder. Sie klang abgehackt und heiser.

»Lily.«

Die Frau fuhr zusammen und ließ Nadel und Faden in ihren Schoß fallen. Er hörte sie den Atem in einem heftigen Seufzer ausstoßen, dann beugte sie sich zu ihm, um ihm die Hand auf die Stirn zu legen.

»Habt Ihr Schmerzen?«, fragte sie mit dieser heiseren Stimme, die für ihn so lieblich klang. Als er versuchte, ihr zu antworten, entrang sich seiner Kehle nur ein heftiger Husten, der seinen ganzen Körper erschütterte. Doch sie war da, dicht neben ihm, hielt seinen Kopf und drückte ihm einen Becher mit kühlem Wasser an die Lippen, während sie ihm sagte, er solle davon trinken.

Er nahm das Wasser an. Es war eine Wohltat für seine ausgedörrte Kehle. Doch gleichzeitig fühlte er sich beschämt, dass sie ihn in einem solch geschwächten Zustand sah. Was war mit ihm passiert?

Sanft ließ Lily seinen Kopf wieder zurück auf das Kissen sinken. Dabei fiel ihr dicker Zopf über ihre Schulter und strich über seine Brust.

»Ihr seid sehr krank gewesen«, erklärte sie und beantwortete damit seine unausgesprochene Frage. »Versucht noch nicht zu sprechen.«

Aber er musste wissen, ob seine Vision real gewesen war. Er hatte so viele Tage und Nächte damit verbracht, sich Dinge vorzustellen – wie sein Leben verlaufen war, wie es ihm wohl ergangen wäre, wenn er ein paar klügere Entscheidungen getroffen hätte. Und die ganze Zeit über hatte er sich gewünscht, noch einmal ganz von vorne anfangen zu können. Er hatte Jahre damit verbracht zu träumen, denn etwas anderes war ihm nicht geblieben. Zumindest dieser eine Traum sollte der Wahrheit entsprechen.

»Ich habe Euch auf dem Söller gesehen, nicht wahr?«, fragte er sie mit sehr rauer Stimme. »Vor der Hochzeit. Das wart Ihr, nicht wahr?«

»Ruht Euch aus«, erwiderte sie, während sie ihr Nähzeug aufnahm und vom Stuhl aufstand. Sie wollte gehen! Sie wollte ihn hier einfach so zurücklassen, ohne sein Verlangen nach der Wahrheit zu befriedigen. Die Verzweiflung gab ihm Kraft – Tristan hob eine Hand, um sie aufzuhalten, und griff nach ihrem Rock. Als sie sich unwirsch zu ihm umwandte, redete er erneut eindringlich auf sie ein.

»Ihr wart das! Ihr wart zur Hochzeit auf dem Schloss. Ich sah Euch von der großen Halle aus. Ihr habt mich beobachtet!«

Lily hielt inne, während sie ihn eingehend musterte. Der Kerzenschein verlieh ihren Wangen einen sanften Schimmer. Langsam sagte sie: »Ja. Das war ich.«

Er lächelte und ließ ihr Kleid los. Er erinnerte sich an sie. Sie war kein Traum gewesen. »Was habt Ihr dort oben gemacht?«, fragte er und hoffte dabei, dass sie sich vielleicht wieder hinsetzen würde, um sich mit ihm zu unterhalten oder nur ruhig dazusitzen und zu nähen wie zuvor, sodass er dieses schöne Mädchen bewundern könnte, das ihm Wasser gegeben hatte. Sie blickte auf ihre Hände und die Stickarbeit, die sie hielten, ohne zu antworten. Das Licht flackerte. Jetzt sah er etwas Neues an ihr. Eine Ahnung von jemand anderem, einem Mädchen mit hellerem Haar und einer ähnlich kleinen, geraden Nase.

»Meine Frau«, sprach Tristan und es war eine Offenbarung für ihn. »Ihr seid ihre Cousine.«

Lily richtete ihren Blick wieder auf ihn. »Das Fieber ist gebrochen.«

»Ich hatte Fieber?«

Leicht ironisch kräuselte ein ganz schwaches Lächeln ihre Lippen. »Ja.«

Es gelang ihm, eine Hand an seinen Kopf zu heben, um zu überprüfen, wie heiß er war.

Stattdessen fühlte er nur die Glätte seiner Haut, die kühl wie die Nacht war. »Ihr habt mir den Bart abrasiert«, meinte er verwirrt.

Sie hob die Augenbrauen. »Wegen Eurer Krankheit. Ihr könnt froh sein, dass das alles war, was ich Euch abrasiert habe.«

Verständnislos starrte Tristan sie an, aber sobald sie die Worte ausgesprochen hatte, schaute sie auch schon wieder weg, als würde sie plötzlich von

Schüchternheit überwältigt werden. Er drehte den Kopf, um das Zimmer in Augenschein zu nehmen. Von seiner langen Ruhe erfrischt, erkannte er es jetzt wieder. Die Möbel, die Form des Fensters, sogar den Stuhl, den sie sich ans Bett gezogen hatte. Normalerweise stand er drüben neben dem Schrank. Dies war das Zimmer seines Vaters. Dies war das Zimmer des Hausherrn von Safere.

Er war auf Safere! England!

Seine Aufmerksamkeit wandte sich wieder Lily zu, die immer noch vor ihm stand. Noch mehr Erinnerungsfetzen fielen ihm ein – ein heißer Himmel, das leere Gutshaus, das Marmormädchen im Garten, der Gedenkstein, in den der Name seiner Frau eingemeißelt war. Seine Hochstimmung verflog, bis nichts mehr davon übrig war. Amiranth war tot. Ja. Nachdem er so viele Jahre von ihr geträumt hatte, war sie nun fort. Nur ihre Cousine war an diesem gottverlassenen Ort zurückgeblieben.

»Was macht Ihr hier?«, fragte er sie schroff und unvermittelt.

Ihr Blick begegnete dem seinen, und ein Hauch von Unwillen war in ihren Augen zu erkennen. »Ich kümmere mich um *Euch,* Mylord.«

»Nein, nein.« Mühsam kämpfte er sich in eine aufrechte Position. »Ich meinte damit, was Ihr hier auf Safere macht?«

»Ich … kam kurze Zeit, nachdem Ihr gegangen wart, her, um bei meiner Cousine zu sein. Ich habe Amiranth Gesellschaft geleistet.«

»Amiranth brauchte Gesellschaft?«

»Sie war einsam«, erklärte Lily in überaus neutralem Tonfall.

Es war nicht nötig, dass sie das hinzufügte, was sie beide wussten: *Und das war Eure Schuld.* Allein der Gedanke daran ließ die Erschöpfung zurückkehren. Tristan war zu spät gekommen, um zu seiner einsamen jungen Gemahlin zu gelangen. Einsam und verlassen war sie gestorben, und niemand anders als er selbst trug die Schuld daran. Er erinnerte sich jetzt wieder daran, wie zurückhaltend und distanziert Lily ihm gegenüber gewesen war. Er hatte Glück, dass sie sich überhaupt um ihn gekümmert hatte. Warum hatte sie das getan? Er war zu müde, um sie danach zu fragen.

Lady Lily trat zur flackernden Kerze auf dem neben ihr stehenden Tisch. Sie beugte sich über die Flamme und schirmte sie mit einer Hand ab. Er sah sie die Lippen spitzen, während sich das goldene Licht über ihre Wangen ergoss. Dann erlosch die Flamme. Der Raum wurde in Dunkelheit gehüllt, und die Nacht hielt Einzug. Der schwächer werdende Geruch von Rauch zog über sein Gesicht.

»Schlaft«, hörte er ihre Stimme nahe der Tür sagen. Er konnte sie nicht sehen, sondern nur das leise Rascheln ihrer Röcke hören, als sie ihn verließ und ihre leichten Schritte im Gang verklangen.

3

Acht Jahre früher:
Auf dem Weg nach Safere Manor
1341

»Ein Wettrennen, Mylord!«, rief der junge Ritter Gilbert. »Bis zum Feld dort drüben und zurück!«

Amiranth sah ihren Mann grinsen und dann sein Pferd antreiben, um zu seinem Freund aufzuschließen. Während die beiden jungen Männer sich in wildem Galopp von der Reisegruppe trennten, wirbelten sie Staubwolken auf, die zeigten, welchen Weg sie einschlugen.

»Hervorragend«, grummelte sie und ließ den Vorhang neben sich fallen, sodass sie die Spur aus Purpur und Violett, die an ihr vorbeizischte, nicht mehr sah.

Sie saß allein in der kleinen Kutsche. Gelegentlich setzte sie sich von der einen auf die andere Seite, um zu verhindern, dass ihre Beine völlig taub wurden. Mit geschlossenen Vorhängen verwandelte die Sonne ihre Welt in ein gedämpftes Violett, das durch den schweren Stoff drang und mit dem Holz verschmolz, das sie umgab.

Das kontinuierliche Rollen und Schlingern der Kutsche bescherte ihr eine ständige Übelkeit. Doch als sie darum gebeten hatte, wie Tristan und seine Wachen zu reiten, hatte sie nur ungläubige Blicke geerntet. Offensichtlich tat eine Countess so etwas nicht, und die Tatsache, dass sie erst seit einer guten Woche eine Countess war, änderte nichts daran.

Also ritten alle Männer ihres Gemahls neben ihr

her. Junge Ritter, die im gleichen Alter wie er waren – von denen war bestimmt keiner älter als zwanzig –, und die Knappen bestimmten ihre eigene Geschwindigkeit, während sie miteinander scherzten und sich unterhielten. Amiranth dagegen verging vor Hitze in der qualvollen Enge der Kutsche, wo sie vor so tollkühnen und gefährlichen Dingen wie Sonnenschein und frischer Luft geschützt war.

Sie schlug ärgerlich nach den Vorhängen, wodurch die Quasten, die den unteren Rand säumten, in der Luft tanzten. Sie hasste dieses Gefährt. Sie hasste es, so zu reisen. Sie hasste die beengte Kutsche und die Wachen draußen, und am allermeisten hasste sie Tristan Geraint. Und soweit sie das beurteilen konnte, hegte er ihr gegenüber die gleichen Gefühle.

Am Morgen nach der Hochzeit war Amiranth allein in ihrem Brautbett erwacht. Die Laken und Bettdecken waren völlig zerwühlt, und von Tristan war nichts zu sehen. Sie hatte sich von ihrem Lager erhoben und war ob des Schmerzes an unerwarteten Stellen zusammengezuckt. Den Mägden gegenüber, die kamen, um ihr aufzuwarten und ihr beim Baden zu helfen, und sich über ihren Kopf hinweg anlächelten, hatte sie sich jedoch nichts anmerken lassen.

Sie hatte fast den ganzen Tag allein verbracht und sich förmlich versteckt, denn sie schämte sich zu sehr, um sich Lily oder gar Constanz mit ihren forschen Fragen zu stellen. Was sollte sie ihnen sagen?

Sie hatte ihr Herz einem Mann geschenkt, der es in keinster Weise verdiente. Ihre Heirat war ein Fehler. Ein ganz schrecklicher Fehler. Und am schrecklichsten war, dass sie nichts daran ändern konnte. Bis der Abend anbrach, hatte Amiranth Kopfschmerzen vorgeschützt. Doch schließlich fühlte sie sich zu elend, um auch nur noch einen Augenblick länger allein zu bleiben.

Tristan tauchte erst zum Abendessen wieder auf, als er mit dem Augustwind nach einer Jagd in die Halle geblasen wurde. Er war von seinen Männern umringt, als er sie nur mit einem kurzen Nicken begrüßte.

Ihre Erleichterung war groß, dass er weder in dieser Nacht – noch in einer anderen Nacht seitdem – zu ihr ins Bett kam. Sie hatte keine Ahnung, wo er die Nächte verbrachte oder mit wem. Es war ihr egal. Es spielte keine Rolle. Solange er sie nur nicht mit ihr verbrachte. Nur einen Tag später verließen sie Iving und ihre Familie. Offensichtlich hatte ihr feiner Ehemann es so eilig, nach Frankreich zu kommen, dass er keine Zeit hatte, auf Amiranths Wünsche und lange Abschiede, nach denen Amiranth sich plötzlich sehnte, Rücksicht zu nehmen.

Sie hatte dort im Hof der Burg gestanden, während sie zuschaute, wie Tristans Männer sich mit schnellen, fließenden Bewegungen und unter scharf hervorgestoßenen Befehlen auf gewaltige Schlachtrösser schwangen. Das war ihr alles fremd. Diese Männer und ihr Benehmen, ihr Anführer, dieser Mann, von dem sie einst gedacht hatte, ihn so gut zu kennen.

Sie hatte dagestanden und gespürt, dass sie anfing zu beben. Sie war krank vor Angst wegen all der Dinge, die geschahen, all der Tage und Nächte, die sie so würde verbringen müssen, zusammen mit Fremden, in einer Welt, die ihr fremd war – einer Welt, in der man sich keinen Deut darum scherte, ihr etwas Aufmerksamkeit, geschweige denn Zuneigung zu schenken. Lily stand dicht neben ihr und hielt beruhigend ihre Hand. Sie half ihr sogar, ihr Gesicht zu verbergen, als Amiranth eine verzweifelte Träne fortwischte. Lily hatte ihr gesagt, dass sie sie liebte, und hatte sie fest umarmt, als sie sich voneinander verabschiedeten.

Amiranth musste sich von innen ganz fest in die Wange beißen, um das Schluchzen zu unterdrücken, das in ihr aufsteigen wollte. Sie *wollte* Iving nicht verlassen! Sie *wollte* nicht verheiratet sein! Nicht mit ihm, nicht mehr! Heilige Mutter Gottes, nichts davon wollte sie, und sie konnte sich überhaupt nicht vorstellen, wie sie es je hatte wollen können.

Doch da war Tristan mit forschem, ungeduldigem Schritt zu ihr gekommen, und Amiranth hatte all ihren Mut zusammengenommen, um mit ihm zu seiner Reisegruppe und der Kutsche zu gehen, die auf sie wartete.

Wortlos half ihr Gemahl ihr beim Einsteigen, wobei er ihre Finger so behutsam umfasste, als seien sie zart genug, um zu zerbrechen. In einem Anflug von Trotz begegnete sie offen seinem Blick, damit er ihre geröteten Augen bemerkte. Doch er nickte ihr nur nüchtern zu. Er trat zurück und löste das Band, das die Vorhänge gehalten hatte, womit er ihren letzten Blick auf ihr Heim beendete. Das war das Ende gewesen.

Seit fast einer Woche war sie in dieser Kutsche eingesperrt, wo sie unter der Hitze und ihrem Kummer litt. Sie hatte nur eine verschwommene Vorstellung davon, wohin sie reisten. Sie wusste, dass sie zu einem seiner Güter wollten. Das, welches Frankreich am nächsten lag. Früher hätte sie der Gedanke, von ihm getrennt zu werden, in Verzweiflung gestürzt. Jetzt zählte sie nur noch die Tage, bis es so weit war.

Im Innern der Kutsche vernahm sie die donnernden Hufschläge der zurückkehrenden Wettstreiter. Amiranth hob eine Ecke des Vorhangs, um die beiden Reiter zu beobachten, die tief über die Hälse ihrer Pferde gebeugt und mit vor Aufregung glänzenden Gesichtern in wildem Galopp in ihre Richtung stürmten.

Es hatte sich herausgestellt, dass die andere Stimme im Garten auf Iving zu Sir Gilbert gehört hatte. Er war es gewesen, der Lily erwähnt hatte. Amiranth hasste auch ihn.

Tristan lag in Führung. Aber sein Freund war ihm dicht auf den Fersen. Beide flogen mit schäumenden Rössern die Straße entlang und näherten sich so schnell, dass sogar einige der Wachen aufschrien und eilig vom Weg drängten. Die Kutsche geriet plötzlich schwer ins Schwanken. Amiranth hörte die Pferde nervös wiehern und die Schreie des Kutschers, der versuchte, sie zu beruhigen. Draußen fingen Leute an zu brüllen. Ohne Vorwarnung machte die Kutsche plötzlich einen harten Schlenker nach links. Amiranth wurde zur Seite geschleudert und prallte gegen die Innenwand, was ihr den Atem nahm. Dann schien sich alles zu drehen und sie fand sich auf der Seite liegend, mit unter dem Sitz verklemmtem Arm auf dem Boden wieder. Die Vorhänge flatterten jetzt lose über ihrem Kopf. Verwirrt schaute sie blinzelnd zu ihnen auf. Sie begriff nicht, wie sie plötzlich unter das Fenster geraten war.

Das Geschrei, das von draußen in die Kutsche drang, hatte nicht nachgelassen, sondern war jetzt noch lauter und zusätzlich mit Flüchen gewürzt. Ein Gesicht erschien im rechteckigen Ausschnitt des Himmels, der das Fenster war, und war gegen das helle Licht nicht zu erkennen.

»Mylady! Seid Ihr verletzt?« Die besorgte Stimme eines Mannes. Es war nicht Tristan.

»Nein«, erwiderte sie. »Ich glaube nicht.«

Das Gesicht verschwand und dann auch das Fenster. Die Tür über ihr öffnete sich und Hände griffen nach unten, um sie aus der zerstörten Kutsche heraus und in eine Staubwolke auf einer unebenen Straße zu heben. Der Ritter, der ihr geholfen hatte, zog sich schnell zurück und verschwand zwischen den umherlaufenden Männern.

Amiranth hob eine Hand an ihren Kopf, während sie um sich schaute. Sie erblickte die Wrackteile der Kutsche, die auf einer Seite in einem großen Graben lag, während die frei beweglichen Räder sich immer noch langsam drehten. Am linken hinteren Rad, das in den Graben gekracht war, waren mehrere Speichen gebrochen. Mehrere Männer versuchten, die in Panik geratenen Pferde abzuschirren, die sich im Gespann verheddert hatten. Das war keine leichte Aufgabe.

»Das wär beinah schief gegangen!«, meinte jemand fröhlich.

Sir Gilbert, der noch im Sattel saß, trieb sein schwitzendes Schlachtross dichter an die Kutsche heran, um den Schaden zu begutachten. Er drehte sich zu der Gestalt um, die gerade auf ihn zugeritten kam, und grinste. »Da habt Ihr Euch beinahe selbst zum Witwer gemacht, Mylord, wo Ihr doch gerade kaum Bräutigam gewesen seid!«

Der Staub begann sich zu legen, und die andere Gestalt entpuppte sich als Tristan, der sich in seinem Sattel hin und her drehte, bis er sie endlich fand. Dieses Mal wich er ihrem Blick nicht aus, sondern schaute ihr fest in die Augen. Er lächelte nicht.

Amiranth rieb sich den verletzten Arm und starrte ihn an.

»Ihr hättet mich beinahe umgebracht«, platzte sie heraus.

Er blickte nach unten und wirkte offensichtlich bekümmert. Sein Haar war jetzt mit hellbraunen Streifen durchzogen, die aus Staub und Dreck bestanden, der sich mit dem Schweiß vermischt hatte, der an seinen Schläfen herunterlief. Als er wieder aufschaute, überwältigten seine dunkle Schönheit, das einmalige Ebenmaß seiner Züge und der Anflug von Reue um seine Lippen sie aufs Neue.

»Es tut mir Leid«, sagte Tristan. Das war das Erste, was er den ganzen Tag zu ihr gesagt hatte. Vielleicht lag es an der Hitze oder dem Schock oder einfach nur an ihrer Verbitterung – Amiranth spürte, dass sie nicht mehr an sich halten konnte.

»Es tut mir Leid? Es tut mir Leid? Warum, Mylord, weshalb denn? Ich bin diejenige, die sich bei Euch entschuldigen sollte! Wie konnte ich Euch nur bei Eurem unsinnigen Spielchen stören! Wie gedankenlos, Euch mit meiner Kutsche bei Eurem Rennen den Weg zu versperren! Ich bin wirklich die schlimmste Art von Ehefrau, die ihrem Ehemann das Vergnügen seines rücksichtslosen Benehmens verwehrt! Ich bitte Euch untertänigst um Vergebung, Mylord …«

Mit einer einzigen eleganten Bewegung war Tristan abgestiegen und völlig unerwartet ganz dicht vor sie getreten. Er griff nach ihrer Hand, mit der sie wild gestikulierend auf die zerbrochene Kutsche gezeigt hatte.

Das ließ sie plötzlich sprachlos werden, sie brach mitten im Satz ab, während er sich noch näher zu ihr neigte und erneut leise zu ihr sprach.

»Amiranth. Ich sagte, dass es mir Leid täte.«

Sie spürte, wie sich ihre Wut in Luft auflöste und ihre Gedanken wie das arme Kutschenrad auseinander brachen. Sie konnte nur noch zu ihm nach oben in seine unergründlich schwarzen Augen starren, deren Blick endlich auf sie gerichtet war, die sie hier in diesem Staub und der Verwüstung, während ihr Haar offen herunterfiel, endlich wahrnahmen.

Er sah sehr ernst aus. Fast gemächlich hob er seine freie Hand und legte sie mit leichtem Druck an ihre Wange – es war keine richtige Liebkosung, sondern vermittelte eher das Gefühl von zärtlichem Interesse. Verzückt erstarrte sie.

Es war wie ein Traum, der endlich, endlich wahr wurde. Er sah sie so, wie sie war – zerzaust, errötend und stumm vor Bewunderung. Die Zeit stand für sie still. Sie war völlig in seinen Anblick versunken, und schon diese einfache Berührung stürzte sie in tiefe Verwirrung. Sie hätte sich nicht bewegen können, auch wenn ihr Leben davon abhinge.

Ein ganz leichtes Runzeln schlich sich auf seine Stirn, während sie so dastanden und sein Blick immer noch forschend über sie glitt. Schimmernde Strähnen ihres Haars flossen zwischen ihnen herab und wiegten sich in der schwülen Brise, als wären die elfenbeinfarbenen Fluten nicht Teil von ihr.

Seine Hand lag immer noch an ihrer Wange, als Tristan die Augen schloss und den Kopf nach unten neigte. Seine Lippen legten sich fest, warm und lieblicher als der Himmel auf ihre. Also schloss auch Amiranth die Augen, denn sie hatte Angst zu denken oder auch nur zu atmen und so vielleicht aus diesem köstlichen Traum zu erwachen.

Als er den Kuss beendete, hatte sich seine Miene nicht verändert. Seine Stirn war immer noch leicht gerunzelt, als sei er sich nicht sicher, was er getan hatte. Er sah verwirrt, fast verdutzt aus. Er blinzelte mit den Augen, zog sich zurück, schaute auf die grüne Landschaft, die Kutsche, die Straße. Die Männer, die um sie herumstanden, rührten sich nicht und sagten kein Wort.

Tristan richtete seinen Blick wieder auf sie und lächelte. Ihr Herz verwandelte sich in flüssigen heißen Honig.

»Ich bin froh, dass Ihr Euch nicht verletzt habt.« Er drückte ihre Hand, und dann war er mit der gleichen Schnelligkeit und Anmut, mit der er sich ihr genähert hatte, wieder fort, als hätte es diesen Kuss nie gegeben. Als hätte es nichts davon je gegeben.

Sie schaute zu, wie er sich wieder seinen Gefährten anschloss. Alle redeten jetzt leise und düster miteinander. Nur Tristan verlor sein Lächeln nicht. Er sagte etwas zu Sir Gilbert, der plötzlich auflachte und den Kopf in den Nacken warf.

Amiranth stand allein mitten unter ihnen und spürte immer noch die Wärme seiner Lippen auf ihren – prickelnder Zauber an diesem ansonsten rauen Tag.

* * *

In dieser Nacht lagerten sie am Graben neben der nutzlosen Kutsche unter einem unendlich samtig und silbern funkelnden Himmel. Amiranth aß wie jeden Abend allein – aber zumindest war es heute Abend Tristan, der ihr das Essen brachte, das aus gebratenem Fasan und hartem Käse bestand.

Er hatte noch ein wenig bei ihr verweilt, nachdem er ihr ihren Anteil gegeben hatte, und sie hatte gewartet, während sie von ihrem Sitzplatz auf einem bemoosten Baumstamm zu ihm aufblickte und versuchte, keinerlei Erwartung in sich aufsteigen zu lassen. Über ihm glitzerten die Sterne und ihr Lichtschein verbarg seine Gesichtszüge. Sogar das Lagerfeuer warf so viele Schatten auf sie beide, dass sie sein Gesicht nicht richtig erkennen konnte. Amiranth kannte es jedoch so genau, dass sie kein Licht brauchte. Es wäre schön gewesen, wenn sie seine Augen hätte erkennen können.

»Geht es Euch gut, Mylady?«, fragte er fast zögernd.

»Ja.« *Nein. Ich vermisse Euch. Ich liebe Euch. Immer noch.*

»Es tut mir Leid wegen heute Nachmittag. Ich möchte, dass Ihr das wisst.«

Sie konnte nicht sagen, ob er damit den Unfall oder den Kuss meinte, und versuchte trotz ihrer schmerzlichen Verwirrung zu lächeln. »Ich habe es schon vergessen.«

»Safere Manor ist noch ein paar Tagesreisen entfernt«, erklärte er, als wolle er sie beruhigen.

»Oh.«

»Ich bin mir sicher, dass es Euch dort gefallen wird. Es gibt dort Gärten wie auf dem Schloss Eures Bruders.«

Sie nickte, immer noch lächelnd.

»Und – der Ozean. Mögt Ihr das Meer?«

»Ja«, erwiderte sie, obwohl sie in ihrem ganzen

Leben noch nie einen Fuß an einen Strand gesetzt hatte.

»Und …« Er rieb sich mit einem schmalen Finger die Wange, während er offensichtlich nach etwas anderem suchte, was sie interessieren könnte. Doch nach einer langen Pause fügte er nur hinzu: »Die Küchen auf Safere sind hervorragend ausgestattet.«

»Wie wundervoll«, antwortete sie und versuchte dabei ernsthaft zu klingen.

»Ja«, stimmte Tristan ihr zu und fiel wieder in Schweigen.

So verharrten sie noch eine Weile – er stehend, sie sitzend, während sich die Nacht zwischen ihnen ausbreitete. Einen endlosen Moment lang dachte sie – hoffte sie –, dass er sie wieder küssen würde. Aber schließlich machte er nur eine tiefe, elegante Verbeugung vor ihr und zog sich zurück.

Amiranth tat so, als würde sie ihn nicht dabei beobachten, wie er sich seinen Männern beim Feuer wieder anschloss, sich hinsetzte und so leicht wieder einer von ihnen wurde. Sie war hier die einsame Außenseiterin. Nie wurde es deutlicher denn nachts, wenn sie, von ihnen eingeschlossen, allein in der Mitte schlief.

Amiranth befand, dass sie auch die Nacht, wenn sie darüber nachdachte, hasste. Als sie begann, kleine Bissen von ihrer Mahlzeit zu sich zu nehmen, hörte sie, wie sie sich miteinander unterhielten und Geschichten über den Krieg, Frankreich und den Willen des Königs austauschten. Ihre Stimmen hoben und senkten sich über den steten Gesang der Grillen in den Wäldern.

»… unbesiegbar, sag ich euch!« Es war Sir Gilbert, der in solch leidenschaftlichem Ton zur Gruppe sprach. »Wir können nicht verlieren!«

»Das Problem mit den Schotten hat seinen Tribut gefordert«, meinte einer der Ritter und mahnte damit zur Vorsicht. »Wir sollten nicht blindlings in Frankreich einmarschieren, egal, was der König sagt.«

»King Edward hat das Recht auf seiner Seite«, beharrte Gilbert. »Ihm gebührt die Krone Frankreichs …«

»Und so wird es sein«, erklärte ein anderer. »Wir werden diejenigen sein, die sie ihm überreichen, nicht wahr, Jungs?«

Er erfuhr von allen Seiten Zustimmung, Weinflaschen wurden herumgereicht. Ein Schauer aus Funken stob gen Himmel und hob sich golden vom samtig blauen Firmament ab. Amiranth richtete ihren Blick wieder auf den verkohlten Fasan und kaute energisch. Sie versuchte ohne viel Erfolg, ihre Ohren vor dem Rest der Unterhaltung zu verschließen und sich stattdessen auf die Grillen zu konzentrieren.

»Die englischen Truppen warten … Verstärkung …«

»… achthundert Mann …«

»… nur fünf Monate brauchte man für die Belagerung von Calais …«

»… Lösegeld … ich denke da an das französische Gold …«

»… Juwelen!«

»… Frauen!«

Alle brachen in Gelächter aus und übertönten damit sogar die Geräusche des Waldes. Dann erklang Tristans klare Stimme und brachte sich gegen alle anderen zu Gehör.

»Wir haben sie zur See geschlagen, und jetzt werden wir sie an Land schlagen. In zwei Wochen werden wir da sein, um zu kämpfen – und zu siegen.«

»Ich wette, die Franzosen haben noch nie jemanden wie uns gesehen, weder zu Land noch zur See!«, erklärte Sir Gilbert.

»Ich wette nicht«, stimmte Tristan zu, und wieder brachen alle in Gelächter aus.

»Auf einen ehrenhaften Krieg!«, erklärte einer der Ritter, und die anderen erhoben sich, um in den Trinkspruch einzufallen. Es war ein enger Kreis aus Männern in glänzenden Rüstungen, die vom gelben Schein des Feuers beleuchtet wurden.

»Auf den Krieg!«

»Auf den Krieg!«

»Auf den Ruhm«, hörte Amiranth ihren Ehemann hinzufügen, und alle brachen in Beifallsrufe aus.

* * *

Nie zuvor hatte sie einen so heruntergekommenen Ort gesehen.

Das Gut Safere Manor schien nur aus hartem Stein und verbrannten Farben zu bestehen, das von oben von der Sonne versengt wurde und sich gegen das Meer von unten schützend zusammenkauerte.

Der Zug aus Rittern und Knappen näherte sich dem Besitz langsam. Von ihrem günstigen Aussichtspunkt auf einem der Kutschpferde aus hatte Amiranth den perfekten Blick auf ihr neues Heim, das sich über der flachen Landschaft erhob. Nur der Luft, die nach Meer und Salz roch, schien hier ein Hauch von Leben innezuwohnen. Sie hörte das Donnern des von Tristan versprochenen Ozeans gegen die Klippen, wo die Brandung gegen die Felsen schlug. Sogar das Meer schien dieses von einer Mauer umgebene Gut angreifen zu wollen.

Sie versuchte, nichts von ihrer Bestürzung, ihrem Gefühl des Verlusts zu zeigen – hier gab es kein üppiges Grün, keine flachen Hügel oder sich sanft windende Flüsse. Hier wartete keine Familie auf sie. Ihr würde noch nicht einmal die Annehmlichkeit ihrer eigenen Garderobe zuteil werden, denn ihre Truhen waren bei der zusammengebrochenen Kutsche zurückgelassen worden. Sie sollten in ein paar Tagen geholt werden, sobald die Kutsche repariert worden war. Deshalb schienen die Hitze, der Staub und die riesigen, seltsam geformten Felsbrocken, die in der Landschaft verstreut herumlagen, das Einzige zu sein, was Safere ihr zu bieten hatte.

Amiranth achtete darauf, dass ihre Miene so neutral wirkte wie nur irgend möglich, ehe sie zu Tristan schaute. Sie wollte ihm ihre wahren Gedanken nicht enthüllen: dass sie diesen Ort bereits jetzt fürchtete, dass sie sich überhaupt nicht vorstellen konnte, hier zu leben. Wie sollte irgendjemand hier leben können? Sie wusste, dass er vorhatte, hier zu übernachten, und dann in den ruhmreichen Krieg im Namen des Königs weiterziehen wollte.

Sie würde nicht vor ihm zusammenbrechen. Sie würde ihn nicht anflehen, sie nicht zurückzulassen, egal wie schrecklich auch alles scheinen mochte.

Aber ihre Anstrengungen, Gleichgültigkeit zu heucheln, waren an Tristan verschwendet. Er schaute gar nicht in ihre Richtung. Das war nicht weiter ungewöhnlich. Stattdessen beschirmte er seine Augen mit einer Hand gegen die Sonne und besah sich den Ort, wie sie es auch schon getan hatte. Sein Mund verzog sich zu einem gut aussehenden Lächeln. »Da!«, rief er, als ob keiner von den anderen es sehen könnte. »Bei Gott, schaut euch das an! Ich bin seit Jahren nicht mehr hier gewesen – es hat sich kein bisschen verändert!«

»Der letzte Vorposten vor Frankreich, was, Mylord?«, sagte einer der Ritter, und Tristan nickte zustimmend, während er sein Ross antraben ließ.

Amiranth dachte ärgerlich daran, ihr Pferd weiter in seinem schwerfälligen Schritt zockeln zu lassen, doch sie würden sie höchstwahrscheinlich einfach nur zurücklassen. Sie berührte die Flanken ihres Reittieres mit den Fersen. Das Kutschpferd stieß einen müden Seufzer aus und griff weiter aus, um zu den anderen aufzuschließen.

Das Tor bestand aus reich verzierten, kräftigen, schmiedeeisernen Gitterstäben, die an den Kanten mit Rostflecken gesprenkelt waren. Zwei Jungen, die nicht älter als Pagen sein konnten, bemühten sich, es zu öffnen, als sie sich näherten. Mit einem durchdringenden Kreischen schwangen die beiden Türflügel weit auf. Die Jungen verbeugten sich, als die Reisegruppe mit Amiranth am Ende vorbeizog.

Drinnen sah der Besitz nicht gerade viel versprechender aus als das, was sie schon von draußen hatte erkennen können. Sie wusste, dass der Earl of Haverlocke Güter besaß, die über das halbe Königreich verstreut lagen. Das hier musste wohl das trostloseste von allen sein. Jemand, ein Dienstbote von Safere, ein Mann mit einem verwitterten Gesicht und neugierigen Augen, half ihr vom Pferd. Unverhüllt musterte er erst sie und das Kutschpferd, das sie geritten hatte, um dann zu Tristan zu blicken, der bereits fortging. Eine kurze Reihe aus Dienstboten hatte sich zu ihrer Begrüßung aufgestellt und verbeugte sich schweigend, als er vorbeiging.

Trotz seines frechen Benehmens dankte sie dem Mann mit leiser Stimme und eilte ihrem Gemahl und den restlichen Rittern hinterher, wobei sie sich bemühte, den Eindruck zu erwecken, sie gehöre dazu. Alle begaben sich zu dem Gebäude, das das Herrenhaus zu sein schien – ein lang gestreckter und verwinkelter Bau aus Holz und Stein mit geschlossenen Fensterläden. Gleich daneben lag ein halb vertrockneter Garten mit windschiefen Bäumen, dürren Sträuchern und einem sorgfältig angelegten Gemüsegarten. Tristan schaute sich nach hinten um, und als er sie sah, deutete er mit dem Kopf zum Gemüsegarten. Sie konnte sein Nicken nur erwidern, während sie immer noch versuchte, zu den anderen aufzuschließen. Er ging weiter und verschwand im Herrenhaus.

Es war eine Erleichterung, sich endlich wieder in einem richtigen Gebäude aufzuhalten, wo man vor Wind und Hitze geschützt war. Im Haus war es sehr dunkel; Amiranth ging mit den anderen durch einen langen, schmalen Flur zu einem Raum am anderen Ende. Sie hörte Tristan vorne reden und andere ihm antworten. Sie war jedoch zu weit entfernt, als dass sie hätte verstehen können, was gesagt wurde. Sie meinte, eine Frauenstimme zu hören, und ging ein wenig schneller.

Der Raum am anderen Ende des Flurs war ziemlich groß, es handelte sich fast schon um einen Saal. Allerdings befanden sich nicht sehr viele Tische darin. Eigentlich gab es sogar nur einen einzigen Tisch hier. Er war lang und schwer. An beiden Langseiten befanden sich Bänke und an den Schmalseiten stand jeweils ein Stuhl. Über ihnen hingen Gobelins, die an den hohen Balken befestigt waren, die an der Decke entlangliefen. Ein einziges Fenster am anderen Ende des Raumes ließ Licht herein, dessen greller Schein einen in dem ansonsten von Schatten erfüllten Saal fast blendete.

Amiranth blieb stehen und ließ den Raum auf sich wirken, der Dunkelheit und Kälte ausstrahlte. Weitere Dienstboten hatten sich an einer der Wände aufgestellt. Diese verbeugten sich nicht – oder vielleicht war sie auch nur zu spät gekommen, um es zu sehen. Sie blieben mit zu Boden gerichtetem Blick und in Röcken oder Tuniken vergrabenen Händen stehen, wo sie waren.

Die Ritter waren bereits dabei, sich an den Tisch zu setzen, wobei sie sich umschauten und laut miteinander unterhielten. Nur Tristan blieb stehen und unterhielt sich mit der Frau, deren Stimme Amiranth meinte gehört zu haben. Es war eine ältere Dame in einem schlichten grauen Kleid und einem cremefarbenen Schleier. Sie nickte mit dem Kopf und versank immer wieder in Knicksen, während Tristan mit ihr sprach. Er schien nicht bemerkt zu haben, dass Amiranth in den Raum getreten war.

Sie straffte die Schultern und näherte sich den beiden. Geduldig stand sie neben ihrem Ehemann, als die Frau – Amiranth nahm an, dass es sich um die Haushälterin handelte – anfing zu sprechen.

»Natürlich ist es eine große Ehre, Euch hier begrüßen zu dürfen, Mylord! Wenn wir nur von Eurer Ankunft gewusst hätten – ich hoffe, dass alles Eure Zustimmung finden wird! Ich werde mich selbst um Eure Zimmer kümmern, Mylord! Wenn ich nur Zeit gehabt hätte …«

»Wir haben noch nichts gegessen, Frau«, erklärte Tristan und schenkte der Haushälterin sein verheerendes Lächeln. Amiranth beobachtete interessiert, wie das die arme Frau ganz durcheinander brachte, sodass sie den Blick senkte.

»Mylord! Wir bereiten schon ein schönes Essen vor! Suppe und Schalottenküchlein – ich wünschte nur, ich hätte gewusst, dass Ihr kommt, Mylord! Dann hätte ich Euch bestimmt ein Festessen vorsetzen können.«

»Das ist nicht nötig«, meinte Tristan gnädig. »Was da ist, wird reichen. Das Festessen hat bis heute Abend Zeit.«

Die Haushälterin versank wieder in einem Knicks und begann sich zurückzuziehen. Tristan drehte sich um und erblickte Amiranth, die dicht hinter ihm stand.

»Ah«, meinte er, und sein Gesicht leuchtete auf. »Da seid Ihr ja.« Sie begann sein Lächeln zu erwidern und war fast schon bereit, ihm angesichts des frohen Ausdrucks in seinen Augen seine Nachlässigkeit zu verzeihen. Tristan berührte sie an der Hand und rief nach der Haushälterin.

»Frau!«

»Ja, Mylord?«

Er schob Amiranth ein wenig nach von. »Dies ist meine Gemahlin. Sie wird Euch vielleicht in der Küche helfen können.«

* * *

Am nächsten Morgen würde er fort sein.

An diesen Gedanken, der ihr in diesem fremden dunklen Zimmer einen Hauch von Erleichterung verschaffte, klammerte sich Amiranth in der Nacht, während sie in ihrem schmalen Bett lag und durch das geschlossene Fenster keinen einzigen Stern sehen konnte. Sie seufzte und warf die Decken von sich, denn ihr war trotz der kühlen Nacht zu warm.

Die Haushälterin – ihr Name war Agnes – hatte sie für die Nacht in diesen Raum geführt. Amiranth nahm an, dass sie jetzt jede Nacht hier verbringen würde, denn Agnes hatte noch erwähnt, dass die frühere Countess of Haverlocke es immer benutzt hätte. Er war klein und mit hübschen Dingen wie bemalten Wandschirmen und hellen, freundlichen Teppichen ausgestattet. Das Bett war eine kunterbunte Mischung aus Edelsteinfarben und Pelzen, die durch ihr Alter muffig rochen.

Agnes hatte ihre Mithilfe in der Küche abgelehnt. Als Amiranth verlegen neben dem Herd gestanden hatte, war es sehr offensichtlich gewesen, dass sie keine Ahnung hatte, was sie tun sollte, obwohl ihr Ehemann ihre Dienste so großzügig angeboten hatte. Sie hatte keine Schwierigkeiten damit, einen Menüplan aufzustellen, das Essen jedoch zuzubereiten war etwas völlig anderes. Die Haushälterin schien Mitleid mit ihr zu haben. Sie bat sie, sich zu setzen, und brachte ihr Essen und Wein, sodass die erhabene neue Countess of Haverlocke schließlich allein am Gesindetisch über ihr Essen gebeugt dasaß.

Der Lärm, den Tristan und seine Männer im anderen Raum veranstalteten, blieb fröhlich, auch nachdem sie ihr Essen beendet hatten und wieder nach draußen in den Sonnenschein traten, um sich im Hof im Kriegshandwerk zu üben. Die Stimmung unter den Männern war offensichtlich ausgezeichnet, sie konnten ihren Kriegszug nach Frankreich kaum erwarten.

»Geht doch«, grummelte Amiranth in Richtung des Baldachins, der ihr schmales Bett überspannte. »Geht und bleibt mir für immer gestohlen. Eine Blase am Fuß werde ich eher vermissen als Euch, Tristan Geraint.«

Morgen würde er fort sein. Schön. So sollte es sein. Sie hatte keinen Grund, traurig zu sein, insbesondere wo ihr Ehemann gerade jetzt wieder in seiner Halle saß und das von Agnes versprochene Festmahl zu sich nahm. Aus reiner Boshaftigkeit hatte Amiranth sich auf ihr Zimmer zurückgezogen, denn sie lehnte es ab, noch eine weitere Mahlzeit über sich ergehen zu lassen, bei der sie komplett ignoriert wurde. Da war es besser, sich mit ihrer eigenen Gesellschaft und ihren Gedanken zu begnügen und sich nach der langweiligen Reise auszuruhen. Da war es besser, früh schlafen zu gehen und spät zu erwachen und so vielleicht sogar seine Abreise zu verpassen.

Er würde es noch nicht einmal bemerken. Sie wusste, dass es so sein würde. Sie hatte einen Jungen geheiratet. Nur einen Jungen, keinen Mann – trotz seines erwachsenen Aussehens. Ein Mann würde seine Gemahlin nie so wenig beachten. Gewiss würde das ein Mann nicht tun.

Morgen würde er fort sein. Und sie würde hier festsitzen, bis er sich dazu entschloss zurückzukehren.

Amiranth rollte sich herum und umklammerte ein Federkissen, das sie fest an sich drückte. *Ich bin* nicht *traurig,* dachte sie und biss die Zähne zusammen. *Das bin ich* nicht. *Soll er doch gehen.*

Das würde er ohnehin tun, ob sie nun wollte oder nicht. Da war es allemal besser, wenn sie sich damit abfand.

* * *

Während der grauen Dämmerung des frühen Morgens fuhr sie aus dem Schlaf auf und fragte sich, was sie aus ihren Träumen gerissen hatte. Nichts regte sich; nichts war zu hören, und sie nahm auch keine Bewegungen wahr. Die Umrisse des Raumes zeichneten sich im fahlen Licht ab, das langsam über das Fenstersims in das Zimmer drang.

Einen Moment lang konnte Amiranth sich nicht erinnern, wo sie sich befand. Die unbekannte Umgebung flößte ihr Furcht ein, und sie bewegte sich nicht. Was für ein Ort war das hier? Doch dann erinnerte sie sich wieder an alles, was passiert war, und welche Bedeutung dieser Morgen hatte.

Sie war müde. Sie wollte wieder einschlafen. Sie wollte sich diesem Tag nicht stellen. Sie schloss die Augen.

Plötzlich wurde sie von einer Welle der Übelkeit überrollt, die von ihrem Magen aus aufstieg und ihr den Hals zusammenzog. Sie riss die Augen wieder auf und presste eine Hand auf den Mund. Sie taumelte aus dem Bett heraus und schaffte es gerade noch rechtzeitig zu einer Schüssel.

Als es vorüber war, legte Amiranth sich keuchend und elend auf den harten Boden des Zimmers. Sie hatte ihr Zuhause verloren, und bald würde auch ihr Ehemann fort sein. Und um dem Ganzen noch die Krone aufzusetzen, war irgendeine der Speisen vom letzten Abend verdorben gewesen. Sie hatte das Gefühl gehabt, dass der Fisch in Aspik nicht mehr gut war. Dieser schreckliche Tag sollte also dadurch noch schlimmer werden, dass sie krank wurde. Ein schlauer Einfall kam ihr und drängte sich trotz ihres elenden Zustands in ihre Gedanken. Vielleicht war auch Tristan krank. Vielleicht waren alle krank. Es hatte eine ganze Menge Fisch gegeben. Vielleicht würden sie doch nicht heute aufbrechen.

Doch als die Sonne über Safere aufgestiegen war

und hellgolden erstrahlte, merkte Amiranth, dass sie die Einzige war, die es getroffen hatte. Tristan und alle anderen waren gesund und munter. Sie schienen förmlich in ihrer Erregung zu schwimmen.

Sie stand am Rand des Hofs, wo sie sich mit vor dem Bauch verschränkten Armen gegen das Mauerwerk des Hauses lehnte und zusah, wie sie ihre Pferde beluden. Diese jungen kühnen Ritter mit ihrer ruhmreichen Zukunft waren so ausgelassen wie eh und je. Sie schienen so gut wie gar keine Zeit für ihre Reisevorbereitungen zu brauchen. Die Hälfte der Männer saß bereits mit wehenden Bannern und glänzend polierten Schilden, die seitlich an ihren Schlachtrössern herunterhingen, im Sattel.

Tristan stand neben Sir Gilbert und einigen anderen Männern und war in Beratungen vertieft. Sie sah, wie sie ihr Gespräch beendeten, wie sie sich alle vor ihm verbeugten und sich dann zu ihren Pferden begaben. Ihr Gemahl ging zu seinem Hengst, und jetzt setzte sie sich von der Wand abstoßend in Bewegung, um zu ihm zu gehen, als er gerade auf sein Pferd stieg.

Schweigend blieb sie vor ihm stehen und blickte zu ihm auf. Er schaute sie freundlich an. »Seid Ihr gekommen, um mich gehen zu sehen, Mylady?«

Ja, wollte sie antworten.

»Geht nicht«, stieß sie bittend hervor.

Tristan beugte sich in seinem Sattel nach unten und legte eine Hand auf ihren Kopf, wie er es wohl bei einem seiner Lieblingshunde getan hätte.

»Ich muss gehen, Amiranth. Es ist Krieg. Ihr müsst verstehen.«

»Nein.«

Sein Blick wurde unstet. »Es tut mir Leid. Versucht, Euch um mich keine Sorgen zu machen. Ich werde schon bald zu Euch zurückkehren.«

»Wann?«, fragte sie und presste die Arme eng an ihren Körper, um nicht dem Drang nachzugeben, seinen Fuß zu umklammern.

»Bald«, wiederholte er und setzte sich wieder auf. Er war auf seinem Schlachtross so weit oben, dass ihr der Hals wehtat, als sie zu ihm aufblickte. Das warme Sonnenlicht schmeichelte seinem Gesicht und ließ seine Augen in einem dunklen Braun erstrahlen, als er auf sie herabblickte. Er schenkte ihr sein wunderschönes Lächeln, das sie so sehr liebte. »Lebt wohl, Mylady. Gott sei mit Euch.«

»Und Euch auch«, gelang es ihr zu erwidern, aber er hörte sie nicht, weil er bereits fortritt.

* * *

Bei der ruhmreichen Schlacht war irgendetwas schrecklich schief gegangen.

Als Erstes hatten sie sein Schlachtross getötet – sein Schlachtross! Deshalb stolperte Tristan durch den Nebel und den Morast. Er schwang sein Schwert gegen Männer, die hoch über ihm auf ihren Schlachtrössern saßen und die außerhalb seiner Reichweite waren. Er sah nur ihre Streitkolben, Lanzen und Schwerter aufblitzen, von denen das Blut heruntertropfte.

Er schlug sich so gut er konnte neben seinem im Morast versunkenen Hengst und versuchte, in dem Chaos die Schilde seiner Männer oder welche, die die Krone des Königs trugen, auszumachen, damit irgendjemand ihm beistünde. Aber um ihn herum waren nur Franzosen. Viele Franzosen, die mit kehligen Schreien durch den Nebel auf ihn zugeritten kamen und aus dem Nichts zu kommen schienen, in dem sie auch wieder verschwanden, während er sein Bestes tat, um sie abzuwehren. Der Nebel machte Tristan fast blind; Schweiß und Wasser verbanden sich, strömten über sein Gesicht und brannten in seinen Augen. Bei seinem Sturz hatte er seinen schützenden Helm verloren – der Nasenschutz hatte sich so weit verbogen, dass er ihm in die Wange schnitt. Sein Schild lag eingeklemmt unter dem massigen Körper seines Pferdes.

Heiliger Himmel, wo waren seine Ritter, sein Knappe? Wie hatten sie so schnell überwältigt werden können?

»Gilbert!«, brüllte er, während er einen weiteren Hieb abwehrte. »Cyril! Morley!«

Nur die verschwommenen Schreie von Männern und Pferden drangen durch den Dunst, die Kriegsklänge und den Tod zu ihm.

Die französische Wiese war ein einziges Schlammloch. Drei Tage Regen hatten den Boden in einen morastigen Sumpf aus Schlamm und fauligem Gras verwandelt, der mit Leichen übersät war. King Edwards Befehlshaber schienen sich dieser Schlacht so sicher gewesen zu sein, die ein erster, wichtiger Schritt zur Eroberung von Calais sein sollte. Sie hatten alles so sorgfältig geplant und waren mit so viel Leidenschaft an die Sache herangegangen. Doch die Franzosen schienen sie erwartet zu haben, schienen mit jedem verdammten Zug, den sie machten, zu rechnen und hatten sie innerhalb von wenigen Stunden von allen Seiten umzingelt. Ihre Armee kämpfte so wild und entschlossen wie ihre, war jedoch doppelt so groß. Sie verloren die Schlacht.

»*En avant!*«, drang sehr nahe ein Schrei aus dem Nebel. Tristan gelang es gerade noch rechtzeitig, sich umzudrehen und der Lanze auszuweichen, die ihn sonst durchbohrt hätte. Er stürzte auf den schlammigen Boden, und sein Kettenhemd und die Schutzpanzer waren zu schwer, als dass er sich hätte abrollen können. Mühsam kam er wieder auf die Knie hoch, als der Ritter sein Pferd wendete, um einen neuen Versuch zu wagen. Der gelbgrüne Wimpel an der Lanze flatterte bedrohlich.

»Jetzt seid Ihr dran!«, schrie Tristan wutentbrannt und kam wieder auf die Beine. Der französische Ritter senkte seinen Schild und brachte seine Lanze wieder in Stellung. Mit wirklich erstaunlicher Geschwindigkeit galoppierte er auf Tristan zu. Dieses Mal lenkte er die Lanze ab. Befriedigt spürte er den Ruck, als sein Schwert auf das Holz traf und es splitterte. Die Wucht des Aufpralls ließ ihn beinahe wieder in die Knie gehen, aber es gelang ihm schwankend, aufrecht stehen zu bleiben.

»Mylord!« Die Stimme war nah und wurde nur durch den Nebel gedämpft. Tristan schwang herum, sah jedoch nur den Nebel und die unheimliche Gestalt des Ritters, der wieder auf ihn zukam.

»Mylord! Gottes Gnade sei mit uns!«

Der qualvolle Schrei kam von Gilbert. Tristan bemerkte kaum den Franzosen, der wieder auf ihn zuhielt. Sich immer noch suchend umschauend, hob er sein Schwert.

»Gilbert!«

Das donnernde Stakkato von Hufschlägen ließ ihn sich wieder seinem Gegner zuwenden – zu spät. Gerade als der Ritter Tristan erreichte, drehte sich die Lanze in seinem Griff – eine schnelle schwankende Bewegung, die Tristan nie zuvor gesehen hatte.

Tristan hieb auf ihn ein – und verfehlte ihn. Die stumpfe Lanze traf ihn hart an der linken Seite und warf ihn so leicht wie eine Stechpuppe bei einem Quintainrennen nach hinten um. Alle Luft wurde aus seinem Brustkorb gepresst.

Benommen blieb er liegen und versank im stinkenden Morast. Er spürte kaum, wie er ihm in die Ohren drang, obwohl er sonst gar nichts fühlte. Er nahm verschwommene Bewegungen über seinem Kopf wahr, Hufe, die noch mehr Schlamm aufspritzen ließen, aber er konnte sich noch nicht einmal die Augen wischen. Tristan holte schmerzhaft keuchend Atem und stieß ihn dann wieder aus.

Das ganze Schlachtfeld wurde schwarz vor seinen Augen.

* * *

Frierend und verdreckt wachte er in einem engen Raum auf. Er lag auf einem Boden, der mit etwas bedeckt war, das wie fauliges Stroh roch. Ketten, kalt wie Eis, schnitten ihm in die Handgelenke.

Der erste verworrene Gedanke, der ihm kam, war, dass es eine ungewöhnlich dunkle Nacht war. Doch als sich seine Augen an die Umgebung gewöhnten, bemerkte Tristan einen schmalen unregelmäßigen Streifen Licht nahe bei der Tür: eine schwankende Fackel, deren Licht auf die unebenen Bretter einer geschlossenen Tür fiel.

Er befand sich in einem Zimmer. Einem Turmzimmer, wie er an dessen runder Form erkannte. Es gab keine Fenster, noch nicht einmal Schießscharten, und die Wände bestanden aus rau behauenen Steinen. Es konnte tatsächlich Nacht sein – oder Tag. Ohne Fenster hatte er keine Möglichkeit, das in Erfahrung zu bringen. Er versuchte aufzustehen, um sich das Zimmer besser anschauen zu können.

Ein verheerender Schmerz raste von der Brust bis zu den Knien durch seinen Körper. Der Schmerz raubte ihm den Atem. Immer noch an die Wand gekauert, hörte er sich keuchen, als eine leise Stimme von den steinernen Mauern widerhallte.

»Mylord?«

Der gespenstische Klang der Stimme war kaum wiederzuerkennen. Aber Tristan hatte so viele Jahre mit seinem Freund verbracht und dabei gute und schlechte Zeiten erlebt, dass er den Sprecher innerhalb eines Augenblicks wiedererkannte.

»Gilbert!« Seine eigene Stimme klang kaum besser. Nur ein leises Zischen. »Was ist passiert?«

»Niederlage«, erwiderte Gilbert immer noch schwach und verborgen im Dunkel. »Gefängnis.«

»Calais?«

»Nein – ich glaube nicht. Irgendwo im Süden. Wir haben Tage gebraucht, um herzukommen. Das habe ich sie zumindest sagen hören – Mirgaux war es, glaube ich.«

Der Name sagte ihm nichts. Tristan versuchte wieder, diesmal vorsichtiger, hochzukommen. Er stützte sich an der Mauer ab, um nicht sein ganzes Gewicht tragen zu müssen, als er spürte, wie der Schmerz zurückkehrte und seine Brust umklammerte. Als der Schmerz etwas nachließ, zerrte er an den Fesseln, die um seine Handgelenke lagen. Doch sie waren fest verschlossen. Zu seinen Füßen hörte er das Rasseln von Ketten. Mit einem Gefühl der Resignation erkannte er, dass er auch an den Fußgelenken zusammengekettet war.

»Was ist mit unseren Soldaten?«, fragte er, während er versuchte, mit den Augen die Schatten zu durchdringen. Gilbert machte eine kleine Bewegung; Tristan erkannte einen verschwommenen Fleck, der sich von den Steinen abhob. Er war genau gegenüber von ihm an die gerundete Mauer gekettet – in diesem engen Raum waren sie nicht weit voneinander entfernt. Tristan dachte, dass er ihn vielleicht mit ein wenig Mühe erreichen könnte.

»Tot«, flüsterte Gilbert. »Ich habe es gesehen. Sie hatten uns umzingelt. Morley schlachteten sie als Ersten ab, dann Lewis und Harold – wir haben gekämpft, Mylord, aber es waren zu viele.«

»Ja.« Tristan drehte sich um und besah sich die dicke Kette, die von einem Handgelenk nach oben zur Mauer verlief. Sie war hoch über ihm in den Stein eingelassen. Er riss so stark daran, wie er konnte. Die Kette rasselte und sprang auf und ab, wobei sie ihm weitere blaue Flecken bescherte, doch sie hielt.

»Ich bin wirklich erleichtert, dass Ihr noch am Leben seid«, meinte Gilbert jetzt schon mit ein wenig kräftigerer Stimme. »Eine ganze Zeit lang dachte ich, dass Ihr auch tot seid.«

»Noch nicht«, erwiderte Tristan grimmig und zerrte weiter an der Kette.

»Soweit ich das gesehen habe, haben sie nicht viele von uns gefangen genommen. Nicht mehr als dreißig.«

»Wo sind die anderen Gefangenen untergebracht?«

»Ich weiß es nicht.« Gilbert bewegte sich und brachte damit seine eigenen Ketten zum Rasseln. »Ich hörte, wie sie von Lösegeld sprachen. Wenn sie Euren Namen kennen, könnte das der Grund sein, weshalb sie Euch hier festhalten.«

»Vielleicht.«

Mit einem ärgerlichen Seufzer ließ Tristan von der Kette ab. Seine Stiefel fehlten, ebenso wie seine Rüstung, sein Schwert und sogar sein gefüttertes Wams. Offensichtlich war alles von den verfluchten Franzosen gestohlen worden. Der Boden unter seinen ungeschützten Füßen war eiskalt. Er versuchte, sie dichter unter seinen Körper zu ziehen, aber der Krampf in seiner Brust ließ es nicht zu. Stattdessen kauerte er unbeholfen an der Wand und versuchte durch den Mund zu atmen, um den Schmerz zu mindern.

»Tristan«, flüsterte Gilbert jetzt mit ganz leiser Stimme. »Glaubt Ihr, dass wir das hier überleben werden?«

»Ja«, log Tristan. Er atmete durch die zusammengebissenen Zähne aus und versuchte, nicht daran zu denken, was als Nächstes passieren würde.

* * *

Sie kamen mit Fackeln, Dolchen und Gerätschaften aus Eisen. Sie sprachen mit einem so schweren Akzent, dass er nicht verstand, was sie sagten. Alle hatten die gleichen langen, schmalen Gesichter, auf denen dunkle Schatten lagen. Das rauchende Licht des Feuers spiegelte sich in ihren Augen wider.

Als er auf ihre Fragen nicht antwortete, musste er feststellen, dass ihre Fäuste wirkungsvoll schonungslos waren. Er konnte sich später nicht an alles erinnern; nur an den Geschmack von Blut in seinem Mund und an das knirschende Geräusch des Schmerzes in seiner Brust bei jedem Atemzug.

Er versuchte nicht hinzuhören, als sie sich seinem Vasallen, dem edlen Sir Gilbert, seinem standhaften Freund, zuwandten. Er versuchte nicht hinzuschauen, aber sie hielten sein Gesicht und zwangen ihn dazu. Lang gestreckt, mit klaffendem Mund und verdrehten Augen, in denen man nur noch das Weiße sah, hing Gilbert an der Wand.

Stunden, Tage und noch Jahre später versuchte er es zu vergessen, doch es gelang ihm nicht: den Klang von Gilberts Schreien, die an seiner Seele nagten.

4

Safere
1349

Tristans Pferd war tot.

Bestürzt schaute Amiranth auf das Pferd, während sie mit einer Hand ihren Mund bedeckte. Es war erst zwei Tage her, dass sie den Wallach mitten in ihrem Garten entdeckt hatte, wo er gerade eifrig die letzten Erbsenranken vertilgte. Nach dem ersten Schrecken war es ihr gelungen, ihn einzufangen und wieder in den Stall zu bringen. Den größten Teil des Weges war er folgsam mitgegangen. Er wurde erst unruhig, als sie an Jorahs Box vorbeikamen. Jorah streckte ihren schönen Kopf über die Tür und bleckte die Zähne in Richtung des anderen Pferdes, wobei sie ein wütendes Wiehern ausstieß. Der Wallach hatte sofort darauf reagiert, und Amiranth hatte all ihre Kraft aufbieten müssen, um ihn in seine Box zu bugsieren. Endlich hatte sie es geschafft. Sie schaute nach, ob er Wasser hatte, kein Futter, das war erst einmal gestrichen, dann verließ sie benommen den Stall, um zu Tristan zurückzugehen, der immer noch unter seinem merkwürdigen Fieber litt.

Der Garten war ihre einzige Hoffnung gewesen, hier zu überleben. Als die Dienstboten einer nach dem anderen verschwunden waren, hatte sie sich darauf konzentriert, ihn zu versorgen; sie hatte den Pflanzen jeden Tag Wasser gegeben, hatte gejätet und sogar für ihn gebetet. Sie kannte sich mit Pflanzen nicht aus – Constanz war die Gärtnerin in der Familie gewesen –, aber jetzt war sie die Einzige, die noch da war, um sich um die zarten Sprösslinge zu kümmern.

Die flüchtenden Dienstboten hatten den größten Teil der Lebensmittelvorräte mitgenommen. Sie gingen bei Nacht, und es gab nichts, womit sie oder ihre Cousine sie daran hätten hindern können. Nur einige Treuergebene blieben – eine Zofe und zwei Küchenjungen, die Brüder waren. In den letzten paar Wochen hatten sie alle zusammengehalten. Jeder Einzelne von ihnen arbeitete, bis er nicht mehr konnte.

Am Ende hatte sich der Schatten der Seuche noch einmal über Safere gelegt. Amiranth hatte sie mit ihrem Segen gehen lassen, damit sie versuchten, in ihre Dörfer zurückzukehren, bevor das Ende kam.

Nur noch sie und Lily waren auf dem Gut, und schließlich war sie ganz allein.

Und der Garten. Er versorgte sie mit Essen; wenn sie sich gut genug um ihn kümmerte, würde er sie vor dem Wahnsinn bewahren.

Schon als die ersten Anzeichen der Geißel zu sehen waren, hatte sie gewusst, dass sie gezwungen sein würde, Safere zu verlassen. Wären die Umstände nicht so erbärmlich gewesen, hätte das ein Grund zum Feiern sein können, sie hatte diesen Ort nie gemocht oder gar geliebt. Ereignisse, auf die sie keinen Einfluss hatte, zwangen sie, hier zu leben, und jetzt zwangen sie die Ereignisse, auf die sie keinen Einfluss hatte, zu fliehen.

Aber sie wollte nicht allein gehen.

Verbrecher zogen durch das Land. Jeder wusste das. Eine Frau, die allein durch das Land reiste, war eine leichte Beute für Diebe oder Schlimmeres. Obwohl Safere in einiger Entfernung von jedwedem Dorf lag, konnte man es mit seinen leeren Zimmern und dem kaputten Tor nicht gerade als sicher bezeichnen. Aber es war auf jeden Fall sicherer als überhaupt kein Zufluchtsort.

Sie hatte auf die Rückkehr des umherziehenden Priesters gewartet, der das Gut mit seinen Diensten versorgte. Sie rechnete in zwei Monaten mit ihm. Er könnte das Grab ihrer armen geliebten Lily weihen; er könnte Amiranth die Absolution für ihre Sünden erteilen – Ärger, Wut, Angst, Verdrehung der Wahrheit –, und dann könnten sie diesen Ort gemeinsam verlassen. Wenn sie bis dahin warten konnte, wenn es ihr gelang, bis dahin zu überleben, hätte sie eine Chance.

Tristans Pferd hatte diese Chance zunichte gemacht. Und jetzt lag es aufgedunsen vom Rest ihrer Lebensmittel tot in seiner Box. Sie konnte es nur anstarren. Sie war völlig betäubt. Erst war sie von allen verlassen worden, dann die Pest und der vollständige Ruin und nun dies.

Es reichte nicht, dass es alles gefressen hatte, was in Reichweite gewesen war. Jetzt war es selbst auch zu nichts mehr nütze, und es gab nur noch ein Pferd für sie beide. Der Weg war zu weit, als dass sie den ganzen Weg zu zweit auf Jorah zurücklegen könnten, und das wollte sie auch gar nicht. Sie würde laufen müssen, während Tristan ritt, er war zu krank, um etwas anderes zu tun. Und lieber Gott, sie war bereits auch so schrecklich müde … Plötzlich kamen alle Emotionen wie in einer mächtigen Welle zurück. Sie wollte wieder auf die Knie fallen, wie sie es getan hatte, als sie den verwüsteten Garten gesehen hatte, und weinen. Sie wollte schreien, sich die Haare raufen und mit der

Faust gegen Gott wettern, der, sie verhöhnend, wieder den Tod zu ihr geschickt hatte, sodass sie sich allein durchs Leben schlagen musste.

Jorah biss in die Kante ihrer Boxentür und rüttelte wild daran. Der Gestank war wirklich schrecklich; nicht einmal das Pferd konnte ihn ertragen.

Amiranth riss sich zusammen. Sie warf eine alte Decke über den Wallach und führte Jorah dann in die am weitesten entfernte Box, während sie mit beruhigender Stimme auf sie einredete und ihr erzählte, dass alles in Ordnung war. Alles war in bester Ordnung und alles würde wieder gut werden. Sie konnte die Wahrheit nicht laut sagen, nicht einmal einem Pferd. Es war vorbei. Ihre letzte Hoffnung war dahin.

* * *

Tristan saß in seinem Bett und genoss den letzten Rest von seiner Brühe. Als er fertig war, nahm Lily ihm die Schüssel flink und unpersönlich, wie sie sich immer gab, ab.

»Das war köstlich«, erklärte er und hoffte, ihr eins ihrer seltenen Lächeln zu entlocken. Aber sie nickte nur und stellte die Schüssel auf das Tablett, das sie ihm gebracht hatte. Dann reichte sie ihm eine Scheibe schweres dunkles Brot.

»Ich kann nicht mehr«, sagte Tristan. »Ich bin satt.«

»Esst«, erwiderte Lily energisch und hielt ihm immer noch das Brot hin.

»Mylady, Ihr wollt mich mästen.« Er hatte jetzt ein verführerisches Lächeln aufgesetzt und schaute sie immer noch hoffnungsvoll an, ob sie es wohl erwidern würde. Aber seine neckenden Worte hatten keine Wirkung auf sie, zumindest nicht die, die er sich erhofft hatte. Ihre Lippen wurden schmal, als sie seinem Blick begegnete, und sie zog die Augenbrauen zusammen. Sie warf das Brot zurück auf das Tablett.

»Na schön«, meinte sie in einem Tonfall, der ihren Ärger kaum verhüllte. Sie drehte ihm den Rücken zu und schaute aus dem Fenster. Er lauschte ihrem Atem, der nur ein wenig zu schnell ging, während sie ihre Arme eng um sich geschlungen hatte.

»Es tut mir Leid«, meinte Tristan verwirrt. »Lily. Ich werde das Brot essen.«

»Was kümmert's mich?«, erwiderte sie kühl. »Werft es doch fort, wenn Ihr wollt. Es ist ohnehin alles egal.«

Und mit diesen Worten verließ sie das Zimmer.

Tristan starrte auf die Tür, die sie offen gelassen hatte. Es stand außer Frage, Lady Lily Granger war ihm ein völliges Rätsel. Er kannte sie erst seit fünf Tagen – nur fünf Tage, an die er sich erinnerte – und mit jeder Minute ihres Zusammenseins entdeckte er etwas Neues an ihr: ein Aufleuchten in ihren Augen, ihren dann und wann aufblitzenden Humor, eine Haltung ihres Kopfes, die ihm sagte, dass sie intensiv über etwas nachdachte; ihre zarten Hände, die so viel konnten und meist locker und entspannt waren. Sogar die Art, wie sie ihr Haar trug, offen oder zusammengebunden, gab Hinweise auf ihre jeweilige Stimmung, wie ihr Tag angefangen hatte, wenn er nicht dabei gewesen war, um zu sehen, wie sie aufstand, sich anzog und den Tag in Angriff nahm.

Und dann ihr Lächeln! Dieses seltene Ding reinsten Liebreizes, das ihm nur dreimal geschenkt worden war – er hatte jedes einzelne gezählt –, die leichte Krümmung ihrer Lippen, ein süßer Frohsinn, der eine verwandte Saite in ihm anschlug und seinen Widerhall fand. Sie hatte sogar ein Grübchen, welches einen flüchtigen Anflug von Schalk zeigte und ihn mit überraschtem Vergnügen erfüllte.

Vielleicht war es nicht richtig. Ganz sicher gehörte es sich nicht, solche Dinge bei der Cousine seiner verstorbenen Frau zu bemerken. Er kannte sie ja kaum. War sie verheiratet? Verlobt? Verliebt oder nicht? Sie würde es missbilligen, welche Richtung seine Gedanken nahmen. Das wusste Tristan sehr wohl.

Und doch entwaffnete sie ihn. Sie faszinierte ihn aus so vielen Gründen, dass er sie in seinem verwirrten Zustand nicht ordnen konnte. Es war etwas an ihr, ein Gefühl sie zu kennen, diese Frau namens Lily mit ihrer Stimme, ihrem Gesicht, ihren Händen und einer erstaunlichen Kraft unter einer erstaunlichen Schönheit.

Sie hatte ihn noch nicht einmal nach seiner Vergangenheit gefragt – noch nicht. Stattdessen hatte sie seine Anwesenheit mit einer Art geduldiger Würde akzeptiert. Dadurch war er ihr sogar noch mehr zu Dank verpflichtet.

Aber er hatte sie verstimmt, und er wusste nicht womit. Die schöne Lily, die nicht weniger getan hatte, als sein armseliges Leben zu retten.

Reue überkam ihn und lähmte seine Zunge, hielt die glatten Worte zurück, mit denen er sie vielleicht hätte bezaubern können. Der alte Tristan hätte zweifellos genau gewusst, was er sagen musste, um sie zu besänftigen. Aber dieser junge Ritter war vor Jahren gestorben. Der Mann, der er jetzt war, konnte nur schweigend auf die Stelle starren, wo sie eben noch gestanden hatte.

Was sollte er mit ihr machen? Er hatte keine Ahnung. Frustriert schloss Tristan die Augen, um sie dann wieder zu öffnen und sich rastlos im ehemaligen Zimmer seines Vaters umzuschauen. Er hatte bereits jeden einzelnen möglichen Fluchtweg verinnerlicht – *lüchte,* flüsterte eine Stimme in seinem Kopf, *sei bereit, wisse den Weg* –, obwohl seine Vernunft ihm sagte, dass kein Grund für solche Vorsichtsmaßnahmen bestand. Aber er konnte sich diesem ängstlichen Drang nicht entziehen, immer wissen zu müssen, wie und wie weit die Tür sich öffnete. Das Fenster; Glas, das man, wenn nötig, zerbrechen konnte, und groß genug, um hindurchzusteigen. Der Garten; Winkel, in denen man sich verstecken, Stellen, zu denen man hinrennen konnte … Lächerlich. Er war jetzt in England. Es gab keinen Grund, sich über eine Flucht Gedanken zu machen.

Die Tür, das Fenster, das Glas, der Garten …

Er schüttelte den Kopf, um diese innere Stimme zum Schweigen zu bringen, und schaute wieder weg. Es war das erste Mal, dass ihm die kleineren Dinge auffielen, die ihm vorher entgangen waren und alle Zeugnis von Lilys Anwesenheit ablegten.

Die Waschschüssel mit frischem Wasser neben dem Bett, daneben ein Wasserkrug und ein Becher. Zusätzliche Decken, die sauber gefaltet auf einer Truhe lagen, und daneben ein Haufen mit Männerkleidung. Der Stuhl aus hart poliertem Holz, den sie benutzte, ihr Ruheplatz, während sie sich um ihn gekümmert hatte. Und dann noch erstaunlicherweise ein kleines gerahmtes Porträt von ihm selbst an der Wand neben der Tür. Tristan schaute genauer hin und versuchte über die dunklen Farben hinweg, aus denen das Bild bestand, Weiteres zu erkennen.

Er warf die Decken zurück und stand vorsichtig auf. Der Raum schwankte nicht wie noch das letzte Mal, als er das vor zwei Tagen versucht hatte. Sein ganzer Körper schmerzte, seine Muskeln waren so verspannt, als sei er gerade vom Pferd gefallen, aber er stand. Er nahm die schlichte Tunika, die Lily für ihn gefunden hatte, und streifte sie über. Er genoss das Gefühl des kühlen Stoffes auf seiner Haut. Die Sachen schienen einst einem Bauern gehört zu haben. Dicker Stoff und eine robuste Hose. Sie waren so eine angenehme Veränderung nach den Lumpen, die er die letzten Jahre getragen hatte, dass er sich in ihnen wie ein Prinz fühlte.

Auf Tristans Lippen erschien ein leichtes ironisches Lächeln. Wenn ihn nur jene immer exquisit gekleideten Höflinge, mit denen er sich immer abgegeben hatte, so sehen könnten. Noch mehr Erinnerungen kamen ihm, die er jetzt als unerfreulich empfand, wenn er darüber nachdachte, wie er gewesen war und welch oberflächliches Leben er geführt hatte. Um sich abzulenken, trat er näher an das Porträt heran und betrachtete es neugierig.

Es war auf Wunsch seiner Mutter angefertigt worden, als er noch ein kleiner Junge von sieben oder acht Jahren gewesen war, wie er sich zu erinnern meinte. Er musste einfach über den steifen und förmlichen Blick des Kindes staunen. Was für ein glattes Gesicht dieser Junge hatte. Was für ernste Augen. Was für eine würdevoll gestellte Szene mit dem Hund, der gehorsam zu seinen Füßen saß und einen Vogel im Fang hielt. Er erinnerte sich daran, wie er für das Bild gesessen hatte und dass der Hund nicht hatte still sitzen wollen. Der Vogel war ausgestopft gewesen und hatte leere Augenhöhlen gehabt. Die nicht vorhandenen Augen hatten ihn in Tränen ausbrechen lassen, erinnerte er sich.

Er rieb sich über die Stirn, weil er einen leichten Kopfschmerz spürte. Er wandte sich ab, und schließlich fiel sein Blick auf die Scheibe dunklen Brots, die Lily auf dem Tablett liegen gelassen hatte. Er nahm die Scheibe und begab sich auf die Suche nach ihr.

Es war unheimlich, wieder durch die leeren Säle zu wandern. Seine Ankunft, die nur ein paar Tage zurücklag, schien ihm jetzt fremd und lange zurückzuliegen; das Fieber hatte seine Erinnerungen getrübt. Er nahm an, dass er es sich in einem der zahllosen französischen Dörfer geholt hatte, durch die er gereist war – wahrscheinlich in einer der Tavernen, in der er geschlafen hatte. Wochenlang hatte er mit den Ärmsten der Armen gewohnt. Nachts hatten sie wie die Sardinen Seite an Seite auf dem Boden geschlafen, um sich gegenseitig zu wärmen. Sehr schnell hatte Tristan gelernt, dass Armut anonym machte. Aber mittlerweile hatte er genug Geld gestohlen, um sich den Luxus zu leisten, auf dem Boden einer Taverne zu übernachten, so dreckig er auch sein mochte. Aus Erfahrung wusste er, dass das viel sicherer war, als unter freiem Himmel zu schlafen.

Er musste einen Augenblick stehen bleiben und sich an einem Türrahmen abstützen, um die Erinnerungen an jene Zeit abzuschütteln. Es war egal, dass es nur einige Wochen zurücklag. Jetzt war es vorbei. Er würde nicht mehr länger daran denken.

Die Schmerzen in seinem Kopf wurden schlimmer und verstärkten sich. Wieder rieb er sich über die Stirn und fand dann den Weg nach draußen in den Sonnenschein.

Die Luft außerhalb von Safere war genauso, wie er es erhofft hatte; erstaunlich angenehm, warm und mit einem leichten Duft nach Meerwasser. Er atmete tief ein und fühlte sich bereits besser. Es war wohl das erste Mal, dass er die Einzigartigkeit dieses Ortes wirklich zu schätzen wusste; die Hitze, das Salz und den Puls des Meeres. Allein die leichte Brise weckte in ihm die Freude daran, noch am Leben zu sein. Warum hatte er diesen Ort je als ungastlich empfunden? Gerade jetzt hatte Tristan das Gefühl, bis in alle Ewigkeit hier bleiben zu können.

Wenn … wenn …

Wenn er nach seinem stürmisch verlaufenen Leben nur noch einen Traum, einen Wunsch hätte, so wäre es dieser: hier zu bleiben, eingeschlossen von diesen Mauern, sicher vor der ganzen Welt, vor dem Krieg und Frankreich und dunklen Gefängnissen. Nur er und Lily inmitten dieser rauen Einöde, fernab aller Augen, die sie vielleicht verdammen mochten. Tristan schüttelte den Kopf. Was für phantastischen Vorstellungen er sich hingab. Natürlich würden sie – irgendwann – von hier fort gehen. So sehr er es auch leugnen wollte, so hatte er doch ein Leben außerhalb von Safere, eine Grafenwürde, die nach ihm rief, seine führende Hand forderte. Er würde sich darum kümmern müssen.

Irgendwann.

Aber bis dahin konnte er seinen heimlichen Träumen nachhängen. Als er Lily fand, verstärkte sich das Gefühl eines heimlichen Vergnügens in ihm. Sie saß auf der Marmorbank in ihrem Garten an der gleichen Stelle, wo sie gewesen war, als er sie das erste Mal entdeckt hatte – ja, genau dieses Gefühl hatte er dabei gehabt, als er sie entdeckt hatte. Auf irgendeine mystische Weise hatte sie nicht existiert, bevor er nach Safere gekommen war. Sie war aus einem Wirbel aus Sonne, Meer und kühler Brise entstanden, als er durch das Tor getreten war. Eine vollkommene Frau, die in diesem Garten Gestalt angenommen hatte, um ihn willkommen zu heißen und für ihn zu sorgen.

Entsetzt schreckte er aus seinen Träumereien auf. Dies war die Cousine seiner Frau. Er schuldete ihr und Amiranth weit mehr als diese beunruhigenden, selbstsüchtigen Gedanken. Sie drehte den Kopf wie damals in seine Richtung, und Tristan konnte nicht verhindern, dass diese gefährliche Vorstellung, sie sei nur für ihn da und sie hätte nur auf ihn gewartet, wieder über ihn kam.

Aber gerade in diesem Moment fesselte ihn wieder etwas Neues an ihr: die Haltung ihres Kopfes, die Dunkelheit ihrer Augen. Plötzlich erinnerte er sich an eine andere Frau – seine Frau, ein Mädchen, das eigentlich hätte noch am Leben sein sollen. Auf einmal schämte er sich; es sollte Amiranth sein, die auf der Bank saß und auf ihn wartete. Es sollte Amiranth sein, die dieses seltsame Gefühl der Sehnsucht in ihm weckte.

»Ihr solltet nicht hier draußen sein«, meinte Lady Lily, ohne sich zu erheben. Das Sonnenlicht fiel durch die Blätter des Baumes über ihr und sprenkelte ihr Haar mit dem Schimmer geschmolzenen Goldes.

Tristan spürte den beunruhigenden Drang, zu ihr zu gehen, sie zu berühren und die Weichheit dieser goldenen Masse zu ertasten. Stattdessen starrte er auf das Brot in seiner Hand und kämpfte gegen das Verlangen an.

Falsch, falsch, das ist falsch …

»Ich hätte gern Gesellschaft beim Essen«, sagte er schließlich. Das war zwar keine richtige Einladung, kam ihr aber schon recht nahe.

Als er wieder zu ihr schaute, sah er, dass sie ihn immer noch mit in den Schoß gelegten Händen und unverwandtem Blick betrachtete. Es fiel ihm schwer, ihrem Blick standzuhalten, deshalb schaute Tristan weg. Er entdeckte das auffallende Rosa des Grabsteins dicht neben ihren Füßen. Er trat näher, um ihn sich genauer anzusehen.

Jemand hatte bei der Gravur des Steines recht gute Arbeit geleistet. Die einzelnen Buchstaben waren zwar nur grob hineingehauen, doch gut leserlich. Drum herum war die Erde mit Efeuranken und einer anderen Pflanze bedeckt, die er nicht kannte. Die dunkelvioletten Blütenblätter erinnerten ihn an die Abenddämmerung.

Er rückte näher, um noch besser sehen zu können, und hatte nur noch Augen für den Grabstein, Amiranths Namen und ihren Titel, der davor stand. Die Ranken hatten den Stein fast vollständig überwuchert. Der Wind fuhr in die Zweige des Baumes, die über dem Grab hingen, und einzelne Tupfen von Sonnenschein ergossen sich über alles. In seinen Tagträumen mochten er und Lily wohl hier stehen. Aber es würde immer einen Geist geben, der sie verfolgte.

»Hat sie gelitten?«, stellte er die Frage, die er hasste und deren Antwort er wissen musste.

»Ja«, erwiderte Lily fast völlig gefühllos.

Von Schuldgefühlen getrieben, drehte Tristan

sich zu ihr um. »Warum ist sie hier draußen begraben worden?«, fragte er zornig. »Sie war eine Countess! Sie sollte zumindest in der Kapelle liegen!«

Er hatte den Eindruck, dass sie noch ein wenig blasser wurde, aber das konnte auch an den Lichtverhältnissen liegen. »Die Erde ist an dieser Stelle sehr locker, Mylord. Und allein konnte ich die Steinplatten in der Kapelle nicht bewegen.«

Jedwede Erwiderung blieb ihm in der Kehle stecken. Er starrte auf sie herab und erkannte, was er gesagt hatte. Die Schuldgefühle begannen sich erbarmungslos wie die Efeuranken wie eine Klammer aus Stahl um ihn zu legen. Er hörte, wie das Brot, das er gehalten hatte, auf dem Boden aufschlug, nachdem es seinen gefühllosen Fingern entglitten war.

Tristan drehte sich wieder zu dem Stein um. Dicht neben Lilys Füßen kniete er davor nieder. Er fuhr mit seinen Fingern die Furchen nach und ertastete ihre Form, als versuche er, durch die Berührung irgendeine tiefere Bedeutung zu finden. Solch einfache Worte für ein Mädchen, das ihm so einfach, aufrichtig und freundlich erschienen war.

Er wusste nicht mehr, wie ihr Gesicht ausgesehen oder ihre Stimme sich angehört hatte. Er erinnerte sich eher an ihre Art, wie sie gegangen war, den Schimmer ihrer Haut, die rosige Weichheit ihrer Lippen. Damals als er sie mitten auf der Straße geküsst hatte … welch seltsame Gefühle waren damals in ihm aufgestiegen. Es war wie ein langsames sanftes Erwachen gewesen.

Er meinte sich zu erinnern, dass sich ihre Haare während jenes Kusses gelöst hatten; er war sich dessen jetzt nicht mehr sicher, aber er hatte eine schwache Erinnerung daran, dass lange, helle

Strähnen ihres Haares sanft gefallen und dem Staub und der Hitze getrotzt hatten. *Was* er erinnerte, war Amiranths Reaktion: ruhig und zurückhaltend am Anfang, aber als sie sich bewegte, als sie seinen Kuss erwiderte, schien etwas in ihm zu schmelzen. Es war vielleicht das erste Mal, dass ihm bewusst wurde, dass das Mädchen vor ihm wirklich seine Frau war und sie nur nach Vertrauen und uneingeschränktem Glauben an ihn schmeckte. Ja, das war die Erinnerung, die er im tiefsten Innern seines Herzens bewahrt hatte. Das war die Erinnerung, die er mehr als jede andere in den letzten Jahren genossen hatte. Jener Kuss und welch gutes Gefühl sie ihm dabei gegeben hatte. Er war plötzlich jemand gewesen, den er überhaupt nicht kannte.

Tristan bemerkte erstaunt, dass seine Hand bebte. »Amiranth«, flüsterte er. Er fand keine anderen Worte, um seinen Schmerz auszudrücken oder für die Entschuldigungen, die er sagen wollte. Alles erschien ihm hohl und leer und auf nichts sagende Geräusche reduziert. Es gab so viele Dinge, die er ihr nie würde sagen können. Irgendwann hörte er, wie Lily sich bewegte.

»Hat sie Euch so viel bedeutet?«, fragte sie wieder leichthin.

Voller Hoffnungslosigkeit schüttelte er den Kopf. »Ich wollte, es wäre so gewesen. Ich kannte sie ja gar nicht. Ich hatte ja gar keine Gelegenheit, sie kennen zu lernen …«

»Nein. Dafür war keine Zeit, nicht wahr? Ihr wart ja so begierig auf Euren Krieg.«

Da lachte er leise und bitter auf. »Es war nicht mein Krieg, Mylady.«

»Ach? Das hatte ich aber angenommen. Ihr schient es so eilig zu haben, diesen Ort zu verlassen.« Er schaute zu ihr auf, und sie fügte hinzu: »So habe ich es zumindest entnommen.«

»Ich wünschte«, erklärte er leise, »ich hätte Safere nie verlassen. Ich wünschte, ich wäre hier geblieben, um mit ihr alt zu werden, zu sterben und begraben zu werden.«

Ein zweifelnder Ausdruck erschien auf ihrem Gesicht, der kaum zu erkennen war, ehe er wieder verschwand. Er wandte wieder den Blick ab, um sich der Realität in Form des Grabsteines, seinem rosa Farbton, dem Grün des Efeus und den kleinen Blumen zu stellen.

»Dies war Amiranths Lieblingsplatz«, erklärte Lily schließlich sanfter als zuvor. »Ich habe die Stelle vor allem aus diesem Grund ausgewählt, Mylord. Gemeinsam oder auch jeder für sich haben wir viele Stunden hier verbracht. Sie sagte immer, sie fände es so friedlich.«

»Ich verstehe«, sagte er und wandte sich müde vom Grab seiner Gemahlin ab.

Ein Vogel begann über ihnen zu singen, und der liebliche Klang übertönte das Rauschen des Windes und des Meeres.

»Ihr müsst Euch von Eurem Fieber erholen«, erklärte Lily schließlich, während der Vogel weitersang. »Ihr müsst wieder zu Kräften kommen. Uns bleibt nicht viel Zeit.« Tristan fand das Brot, das er fallen gelassen hatte, hob es auf und klopfte den Staub ab. Er brach es durch und beobachtete die Krümel, die in seine Handflächen fielen.

»Zeit wofür?«

»Wir müssen bald aufbrechen. Dafür müsst Ihr Euch gut genug fühlen.«

»Aufbrechen?« Er senkte die Arme, und in seiner Stimme klang Vorsicht mit. »Warum?«

»Weil«, erklärte sie und betonte dabei jedes einzelne Wort, »Euer Pferd – Euer totes Pferd – alle Lebensmittelvorräte aufgefressen hat. Ich habe es Euch bereits gesagt, aber ich nehme an, dass Ihr noch zu krank wart, um es zu begreifen.«

Die Vorsicht, die er gezeigt hatte, verwandelte sich in etwas Ernsteres. »Das Essen ist weg?«, fragte er ungläubig. Und dann: »Mein Pferd ist *tot?*«

»Ja, beides ist richtig.«

»Wie?«

»Ich nehme an, es hat zu viel von meinem Garten aufgefressen.«

Er schaute zu den Ranken und den Blumen.

»Nicht davon«, erklärte Lily mit einem erhabenen Wink aus dem Handgelenk. »Der Gemüsegarten, Mylord.«

»Mein Gott.« Tristan schaute wieder auf das Brot, von dem plötzlich jeder einzelne trockene Krümel, der herunterfiel und auf dem Boden oder seiner Tunika landete, kostbar war. Plötzlich sah er sie wieder vor sich, wie sie mit vor das Gesicht geschlagenen Händen weinte; die Silhouette einer goldenen Lily, die von Dunkelheit umgeben war. Damals hatte er eine seltsame Befriedigung dabei empfunden, er wusste nicht mehr, warum das so gewesen war, was ihm durch den Kopf gegangen war. Aber sie hatte vor seinen Augen geweint. Lily hatte geweint.

»Also versteht Ihr jetzt, warum Ihr essen müsst«, meinte sie vollkommen gefasst. »Verschwendet nicht das, was wir noch haben.«

»Wie lange reichen die Vorräte?«, fragte Tristan.

Sie schaute weg, wobei sie die Lippen wieder zusammenkniff.

»Wie lange reichen die Vorräte noch, Mylady?«,

fragte er diesmal fordernder, nachdem er aufgestanden war.

»Ich weiß es nicht«, gab sie zu und klang plötzlich unsicher. »Vielleicht eine Woche oder ein bisschen länger.«

Er begann zu lachen, wodurch er sie dazu brachte, schnell aufzustehen. Tristan griff nach ihrer Hand, bevor sie sein Gesicht berühren konnte.

»Nein. Mir geht es gut. Es ist nur so …« Er fand nicht die Worte, mit denen er ihr seine bittere Erheiterung über ihre Lage hätte erklären können, die seine zarten Träume bereits zerstört hatte. So viel also zu seinen Plänen, auf Safere zu bleiben. Zusammen würden sie diesen Ort verlassen müssen. Um sich der Welt zu stellen, vor der er sich am liebsten versteckt hätte. Irgendwie musste er den Mut dazu aufbringen.

Er hielt immer noch ihre Hand, über die er abwesend mit seinem Daumen strich. Die Berührung kam einem zärtlichen Streicheln schon sehr nahe. Beide schauten mach unten und erkannten offensichtlich gleichzeitig, was er da tat.

Tristan ließ sie los, als hätte er sich an ihr verbrannt. Lily versteckte beide Hände schnell hinter ihrem Rücken und schaute zu Boden.

»Nun gut.« Er trat einen Schritt zurück, um ihr nicht mehr so nah zu sein, und gab vor, nur Augen für das Brot zu haben, das er in seiner Hand zerbröckelte. »Wir werden zu meiner Burg reiten. Wir werden uns nach Glynwallen begeben. Glynwallen ist uns am nächsten. Wir sollten eigentlich nicht länger als zwei Wochen unterwegs sein.«

»Eure Burg«, wiederholte sie mit so ausdrucksloser Stimme, dass er sofort wusste, dass irgendetwas nicht stimmte. Er warf ihr einen scharfen Blick zu.

»Ja, Glynwallen. Dort werden wir in Sicherheit sein.«

Lily erwiderte seinen Blick mit völlig ausdruckslosem Gesicht, sodass er noch besorgter wurde. Tristan starrte sie finster an. »Nun, Mylady, was ist los?«

»Mylord«, erwiderte sie sehr förmlich, »ich habe nicht daran gedacht, das heißt …« Sie seufzte und ging zum Stamm des belaubten Baumes. »Ich habe Euch doch gesagt, dass wir annahmen, Ihr seid tot.«

Er antwortete sehr bedächtig. »Ja. Aber jetzt bin ich hier.«

»Ja. Aber der Earl of Haverlocke lebt jetzt auf Glynwallen.«

»Was?«

»Euer Bruder«, erklärte sie. »Euer jüngerer Bruder, Liam.«

Überrascht ließ er die Bedeutung ihrer Worte auf sich wirken. Liam – der Earl of Haverlocke? Natürlich. Wenn er tot war, würde Liam den Titel erben.

Das letzte Mal hatte er seinen Bruder gesehen, als dieser noch ein Kind gewesen war. Er konnte sich kaum mehr an ihn erinnern – ein kleiner übermütiger und gleichzeitig schüchterner Junge. Tristan war, als er das gleiche Alter gehabt hatte, ganz anders gewesen. Nach dem Tod ihres Vaters und des ältesten Bruders war Liam zu einem entfernten Zweig der Familie geschickt worden – irgendwelche Cousins, die auf dem Lande lebten. Tristan war von seinen Aufgaben und dem Ansehen, das er nun genoss, so überwältigt – so angetan, raunte seine innere Stimme ihm zu –, dass er die Abwesenheit des Jungen kaum bemerkt hatte. Aber jetzt war Liam der Earl. Die ganze Zeit, die er in Frankreich eingesperrt gewesen war, hatte er sich darüber keine Gedanken gemacht. Er hatte es sich versagt, zu viel darüber nachzudenken, warum er, auch nachdem die verfluchten Franzosen seinen Namen und Titel herausbekommen hatten, ein Gefangener blieb. Er hatte es sich versagt zu fragen, warum man ihn nicht freiließ, warum das Lösegeld, von dem er annahm, dass man es gefordert hatte, nie bezahlt worden war.

Liam hatte gedacht, er sei tot. Wahrscheinlich hatte man einen Leichnam vom Schlachtfeld irrtümlich für ihn gehalten; irgendein armer abgeschlachteter Ritter, der ihm geähnelt hatte und vielleicht in der Nähe seines Pferdes oder seines Schildes gefallen war. Guter Gott, das würde alles erklären. Niemand hatte daran gedacht, ihn zu retten, weil niemand wusste, dass er noch am Leben war.

Das hätte ihm Erleichterung verschaffen sollen. Warum tat es das nicht? Er konnte nur in die verborgenen Tiefen von Lilys Augen schauen, während er seine Gedanken sammelte.

»Das spielt keine Rolle«, erklärte Tristan schließlich. »Wir werden nach Glynwallen gehen, meinen Bruder begrüßen und diese Sache aufklären. Er wird uns bestimmt willkommen heißen.«

»Oh, bestimmt«, meinte sie sehr trocken. »Trotzdem kann ich Euch nicht dahin begleiten.«

»Warum nicht?«

»Das wäre äußerst unpassend. Wir sind nicht miteinander verwandt. Wir sollten nicht gemeinsam reisen, obwohl es so scheint, als hätten wir keine andere Wahl. Eigentlich sollten wir noch nicht einmal zusammen auf Safere leben. Und es ist völlig unmöglich, dass wir ohne passende Begleitung auf Eurer Burg eintreffen.«

»Wir sind durch Heirat miteinander verwandt«, erklärte Tristan fest. »Niemand darf uns vorwerfen …«

»Davon abgesehen«, fuhr sie, ohne sich unterbrechen zu lassen, fort, »habe ich den Schwestern vom Orden zum Heiligen Glauben Geld gestiftet. Ich werde in ihr Kloster eintreten.«

»Kloster?« Er konnte es nicht glauben. »Ihr wollt in ein Kloster eintreten?«

»Es ist schon vor Jahren abgesprochen worden.«

So etwas wie Trotz sprach aus ihrer Haltung, sodass Tristan es nicht in Frage stellen konnte. Obwohl es eigentlich gar keinen Grund dafür gab, fühlte er sich betrogen. Er hatte kein Recht, diesen Schmerz des Verlusts zu empfinden, der ihn durchzuckte. Er hatte kein Recht, all die Dinge zu sagen, die ihm alle auf einmal einfielen: *Nein, nein, das dürft Ihr nicht tun. Ihr werdet bei mir bleiben. Ich befehle es.*

»Ein Kloster«, gelang es ihm noch einmal hervorzupressen und alle ungebührlichen Einwände in sich zu verschließen. Er nickte ihr steif zu und tat so, als würde er es akzeptieren. »Dann gebt mir die Ehre, Mylady, Euch dorthin zu begleiten. Ich bin mir sicher, dass die Nonnen nichts gegen solch eine Vorsichtsmaßnahme einzuwenden haben, wo doch die Pest das ganze Land verwüstet.«

Als Erwiderung nickte Lily ihm zu und wandte dann wieder den Blick von ihm ab, um erneut ernst in den Garten zu schauen.

* * *

Die Tage vergingen für Tristan wie im Fluge. Nur Veränderungen des Lichts zeigten ihm, dass eine weitere Stunde, eine weitere Minute, noch ein

Sonnenaufgang oder -untergang mit Lily an seiner Seite oder ohne sie vergangen war.

Er wusste, dass irgendetwas mit ihm nicht stimmte. Er wusste, dass es für die Gefühle, die er empfand, keine vernünftige Erklärung gab und jeder sie für unpassend halten würde. Wie sollte er die Empfindungen, die ihn in ihrer Gegenwart überkamen, erklären? Er konnte sie ja noch nicht einmal sich selbst erklären. Er wusste nur, dass er das Gefühl hatte, in einem Raum mit einem ganzen Bündel sanft glühender, leuchtender Sterne zu sein, wenn er mit ihr zusammen war.

Vielleicht lag es daran, dass er sich durch sie Amiranth näher fühlte, jenem Mädchen, das er nie richtig kennen oder lieben gelernt hatte. Vielleicht waren es auch nur seine Schuldgefühle, die ihn so empfinden ließen. Das irregeleitete Verlangen nach seiner verstorbenen Frau, das sich nun auf die lebende Frau übertrug, die bei ihm war.

Tristan bemerkte, dass er nach Vorwänden suchte, um sich ihr zu nähern oder sich über sie zu beugen, wenn sie saß oder stand, und ihren Duft einzuatmen. Gelegentlich mochte seine Hand auch ihren Zopf streifen, wenn sie es nicht sehen oder spüren konnte. Sogar das leise Rascheln ihrer Röcke tat es ihm an. Es klang wie Poesie in einer Sprache, die er nicht kannte. Und erst ihre Augen … er fand es immer schwieriger, ihr direkt in die Augen zu schauen. Solch große, herrliche, braune Augen, wissend und weise, die von dunklen Wimpern umrahmt waren. Er mochte es am liebsten, wenn sie irgendeiner Arbeit nachgegangen war und sich ihre Haare dabei aus ihrem Knoten gelöst hatten. Strähnen aus poliertem Gold fielen dann in ihr Gesicht und umrahmten ihre Stirn und ihre Wangen.

Abgesehen von der Tatsache, dass sie immer weniger mit ihm redete, behandelte sie ihn genauso wie am ersten Tag, als er angekommen war. Sie schien nichts von seiner Vernarrtheit zu spüren, sondern kümmerte sich mit der ihr eigenen Kompetenz um die Vorbereitungen für ihre Abreise. Er verbrachte seine Tage damit, ihr zu folgen und, soweit er konnte, zur Hand zu gehen, obwohl sie immer wieder mit ihm schimpfte, weil er sich nicht ausruhte.

»Es wäre sehr schlimm, wenn Ihr auf der Reise wieder krank werdet«, meinte sie besorgt, während sie ihm dabei zusah, wie er Wasser vom Brunnen zur Küche trug.

»Ihr werdet mich nur wieder pflegen müssen«, erwiderte er, während das Wasser aus dem Eimer plätscherte.

»Dessen bin ich mir bewusst«, entgegnete sie scharf. »Und das ist etwas, was ich lieber vermeiden würde.«

»Ich werde mein Bestes tun, Euch nicht zu enttäuschen, Mylady.«

Und das tat er auch. Das Letzte, was er wollte, war, die wenigen Tage, die ihm noch mit ihr blieben, in einem Dämmerzustand zu verbringen, sodass er den nahenden Verlust nicht mitbekam. Nein, er wollte jeden einzelnen Augenblick mit ihr verbringen, ihn wirklich spüren, ob er nun Schmerz oder Vergnügen bereitete. Erst dann würde er vielleicht bereit sein, in seine eigene Welt zurückzukehren.

Ihre Nahrungsmittelvorräte gingen zur Neige. Lily ließ den Gemüsegarten eingehen und kümmerte sich nicht mehr darum, die Pflanzen zu begießen. Die Stoppeln der Pflanzen, die der Wallach stehen gelassen hatte, begannen einen schrumpeligen

Grauton anzunehmen. Sie kamen überein, innerhalb der nächsten zwei Tage aufzubrechen. Es gab noch etwas mehr Vorräte als für diese Zeit, doch die würden sie für die Reise brauchen. Gemeinsam arbeiteten sie in der Küche, wo sie ihm Anweisungen gab und sie zusammen Mengen von gesüßten Haferkeksen und getrockneten Früchten herstellten, bis ihre Hände vom Honig klebrig waren. Die Erbsen und die letzten Brote hatten sie mittlerweile aufgebraucht.

An ihrem letzten Abend auf Safere veranstalteten sie so etwas wie ein Festessen aus den restlichen frischen Lebensmitteln. In tiefem Schweigen nahmen sie gemeinsam im großen Saal ein förmliches reichhaltiges Essen zu sich, bei dem sie Wein aus glänzenden Gläsern tranken.

Tristan hatte das Schweigen zwischen ihnen lieben gelernt; es war kein angespanntes Schweigen, es gab keine versteckten Gefühle – außer seine eigenen –, keine versteckten Botschaften. Tatsächlich hatte er nie zuvor solch eine Ruhe wie mit dieser Lady kennen gelernt. Sie aß und trank und lächelte ihm sogar einmal zu, als er einen Bissen nahm, sodass die Gemüsepastete sich zu einem Hochgenuss in seinem Mund verwandelte.

Mit der gleichen Förmlichkeit wünschten sie einander eine gute Nacht und zogen sich in ihre Zimmer zurück.

Er hatte vor einigen Tagen bemerkt, dass sie in Amiranths altem Zimmer wohnte. Als sie sah, dass er ihr nachdenklich hinterherschaute, als sie zu der Tür ging, hatte sie mit einem leichten Erröten erklärt, dass sie diesen Raum seit seiner Ankunft benutze. So hätte sie ihn nachts besser hören können, während er krank daniederlag.

»Ich werde wieder in mein altes Zimmer umziehen, wenn Ihr wollt«, hatte sie ruhig hinzugefügt.

»Nein«, hatte er nur ein wenig zu schnell erwidert. »Bitte nicht. Bleibt, wo Ihr seid. So ist es besser.«

»Besser?«

»Ihr seid schon da«, hatte er leichthin erklärt. »Da macht es keinen Sinn, wieder umzuziehen.« Sie hatte ihm zugestimmt und war gegangen. Und seitdem lauschte er jede Nacht den Geräuschen ihrer Bewegungen, die durch die Verbindungstür drangen. Dabei stellte er sich vor, was sie wohl gerade tun mochte … was sie anhatte … wovon sie träumte. Bestimmt waren es weit unschuldigere Träume als seine eigenen.

In dieser Nacht war es nicht anders. Er lag im Bett seines Vaters – wann würde er es endlich als das seinige betrachten? – und lauschte auf die leisen Geräusche, die ihre Bewegungen begleiteten, während er an die Decke starrte. Sehr bald verklangen die Geräusche, und um ihn waren nur noch die Nacht, die Insekten draußen und das ferne Klagen des Windes. Er schlief ein.

Als Tristan die Augen wieder öffnete, war der Raum von hellen warmen Farben erleuchtet, die die holzvertäfelten Wände hervorhoben. Er setzte sich schnell auf und lauschte, wie er es immer tat, um festzustellen, ob Lily bereits wach war. Weil er gefragt hatte, wusste er, dass es ihre Gewohnheit war, kurz nach Sonnenaufgang aufzustehen. Jeden Tag hatte er sich vorgenommen, es ihr gleichzutun, aber die Nachwirkungen des Fiebers sorgten dafür, dass er lange schlief und erst lange, nachdem sie schon weg war, erwachte.

Doch heute war es anders. Ein kurzer Blick aus

dem Fenster zeigte ihm, dass die Sonne noch nicht über den Horizont gestiegen war. Nur diese lebhaften Farben, die sein Zimmer erhellten, kündigten ihre Ankunft an. Aus Lilys Zimmer war nichts zu hören, vielleicht schlief sie immer noch. Es konnte bestimmt nicht schaden, wenn er einmal kurz nachschaute. Das hatte nichts mit der Tatsache zu tun, dass er sie sich in all diesen Nächten in ihrem Bett vorgestellt hatte. Er wollte sich nur versichern, dass es ihr gut ging. Sollte er feststellen, dass sie noch schlief, ihr Haar offen um sie herum ausgebreitet war und sie mit entspannten Gesichtszügen dalag, wäre das nun ganz bestimmt nicht seine Schuld …

Ihr Bett war leer. Das ganze Zimmer war leer. Trotzdem tat er ein paar kurze Schritte in ihren Raum.

»Mylady?« Es kam keine Antwort.

In Tristan erwachte ein seltsames, ungerechtfertigtes Gefühl der Besorgnis. Es gab keinen Grund, weshalb er sich Sorgen machen müsste. Er hatte sie einfach wieder verpasst. Das war alles. Wahrscheinlich würde sie in der Küche sein und ihr Frühstück vorbereiten, oder im Stall, um nach ihrem Pferd zu sehen.

Er zog sich schnell an. Immer noch spürte er ein leichtes Unbehagen, ein leichter Schauer, der ihm über den Rücken rann.

Sie war weder in der Küche noch im Stall – die Stute stand unruhig mit einem Huf scharrend in ihrer Box. Auch im Garten konnte er sie nicht finden. Tristan suchte jetzt eiliger nach ihr und rief dabei ihren Namen. Als die aufgehende Sonne begann, die Luft zu erwärmen, rief er sich selbst zur Ruhe und versuchte ruhig nachzudenken.

Sie musste im Herrenhaus sein. Es gab nicht so viele Plätze, wo sie hätte hingehen können. Und der Ort, wo man sich am ehesten verlief, war das Herrenhaus mit seinem Labyrinth aus Zimmern und verdunkelten Fenstern. Außer … sie hatte ihn verlassen.

Nein! Tristan schlug mit der Hand gegen die Wand neben der Eingangstür. Er schlug so fest zu, dass es wehtat. Sie konnte nicht fort sein. Nach allem, was sie gemeinsam getan und geplant hatten, würde sie ihn nicht einfach verlassen. Und wenn überhaupt hätte sie bestimmt nicht ihr Pferd zurückgelassen. Aber vielleicht war sie krank oder ohnmächtig geworden oder saß irgendwo fest und brauchte ihn. Er musste sie finden.

Aber Lily war eindeutig nicht auf Safere. Er suchte in jedem Zimmer, in jeder Ecke, hinter jedem Wandschirm und Stuhl. Schließlich saß Tristan erschöpft mit in den Händen vergrabenem Kopf am Tisch in der großen Halle und starrte auf das Holz, während er nichts außer Verzweiflung spürte.

Er war wieder allein. Er hatte sie nicht verdient, das hatte er die ganze Zeit gewusst. Lily hatte ihm nur das angetan, was er Amiranth angetan hatte. Er konnte ihr dafür noch nicht einmal die Schuld geben. Vielleicht hatte sie es von Anfang an geplant, aber das erschien ihm so grausam, so überhaupt nicht zu der Frau zu passen, für die er sie hielt … »Oh Gott«, stöhnte er und ließ den Kopf auf den Tisch sinken.

Er konnte gar nicht mehr die Male zählen, die er gedacht hatte, dass er sterben würde; es war so häufig gewesen. In Zeiten der Gefahr und der Verzweiflung, während seiner Gefangennahme, die sich in lange Jahre der Kerkerhaft verwandelt hatte, eine schmerzhafte und trostlose Ewigkeit in Mirgaux. Sogar bei seiner Flucht, als es ihm gelungen war, sich von seinen Wächtern loszureißen und von einer drei Stockwerke hohen Befestigungsanlage ins schlammige Wasser eines Flusses, der an seinem Gefängnis vorbeifloss, zu springen, hatte Tristan ehrlich geglaubt, dass dies seine letzte Tat auf Erden sein würde.

Er hatte den Sprung überlebt. Der Schock und die Strömung hatten ihn auf den Grund des schwarzen Wassers gezogen; Stunden später war er hustend an einer versteckten Uferstelle an Land gekrochen. Er hatte im stinkenden Schlamm der Böschung gelegen und zu den nächtlichen Wolken am Himmel hinaufgestarrt, während er über die Freuden des Todes nachsann.

Doch nichts von der Hoffnungslosigkeit, der Verzweiflung, der Trauer und der Wut, die in jener Nacht wie eine Welle über ihm zusammengeschlagen waren, ließ sich damit vergleichen, wie er sich jetzt nach Lilys Verschwinden fühlte.

In schon vertrauter Weise pochte sein Kopf vor Schmerz. Tristan drückte den Handballen gegen seine Stirn und kniff die Augen zusammen.

Er würde ihr hinterhereilen müssen. Sie würde ihm dafür nicht dankbar sein, aber ihm blieb nichts anderes übrig. Zu Fuß unterwegs war sie vielen Gefahren ausgesetzt, gegen die sie sich nicht wehren konnte. Trotz ihrer Meinung über ihn und der Dinge, die sie getan hatte, verdiente sie so ein Schicksal nicht.

Er stieß seinen Stuhl zurück und ging wieder durch den Hauptflur zur Eingangstür des Herrenhauses. Er trat nach draußen und hob sein Gesicht der Sonne entgegen, um so ein wenig Kraft zu schöpfen. Als er den Kopf wieder senkte, blendete ihn einen Augenblick ein sich in einer Glasscheibe widerspiegelnder Lichtblitz. Tristan runzelte die Stirn und ging darauf zu. Es handelte sich um ein Fenster mit langen, oben abgerundeten Scheiben. Was war das für ein Raum? Er verfügte über eine eigene kleine, leicht zu übersehende Außentür, die den gleichen Farbton wie die Mauer aus Steinen aufwies. Es war die dunkle und schmale Kapelle, in der es nur eine Reihe mit Bänken gab, die bis zum Altar reichten.

Lily war hier und saß ganz vorne in der ersten Reihe. Eine in Schwarz gewandete Gestalt, die den Kopf im Gebet gesenkt hatte.

Einen Moment lang stand Tristan bewegungslos da, während er von Gefühlen überwältigt wurde, für die er keine Worte fand. Die Kapelle! Natürlich! Seit seiner Kindheit war er nicht mehr hier gewesen – gütiger Himmel, er konnte sich noch nicht einmal daran erinnern, wann er das letzte Mal an einer Messe teilgenommen oder es zumindest vorgehabt hatte. Sie war hier, seine Lily, ruhig und gelassen. Sie hatte ihn nicht verlassen!

»Ich wollte Euch etwas fragen, Mylord.« Ihre Worte hallten hohl von den dicht stehenden Steinmauern wider. Sie zeigte kein Erstaunen über sein plötzliches Erscheinen und drehte sich noch nicht einmal zu ihm um.

»Fragt«, antwortete er und versuchte so normal wie möglich zu klingen. Sie sollte nicht seine grenzenlose Erleichterung spüren. Er ging auf sie zu, wobei er den langen und lieblichen Schwung ihres Nackens und ihr locker hochgestecktes Haar, aus dem sich ein paar helle Löckchen gelöst hatten, bewunderte.

»Warum seid Ihr nach Safere gekommen?«

Tristan nahm in der Bank direkt hinter ihr Platz, wobei er sich ein bisschen weiter nach links setzte, damit er die zarte Wölbung ihrer Wangen sehen konnte. »Es ist mein Heim.«

»Ihr nennt viele Güter Euer Heim. Warum gerade dieses?«

Er atmete tief ein, ohne zu antworten.

»Lag es daran, weil es Frankreich am nächsten ist? Liegt es am bequemsten auf Eurer Reise zurück nach England, nachdem Ihr aus Eurem großartigen Krieg heimkommt?«

»Nein.« Er schaute zu dem Fresko an der Wand hinter ihr. Es handelte sich um ein Gemälde des Herrn am Kreuz voller Blut und mit Dornenkrone. »Ich erinnerte mich an meine Gemahlin. Ich habe an sie gedacht.«

»Tatsächlich?« Sie klang fast schon zynisch. Der Teil ihres Gesichts, den er sehen konnte, zeigte keine ihrer Regungen, sondern nur die helle Glätte ihrer weichen Haut. Er erinnerte sich wieder an ihren Seitenhieb.

»Ja, wirklich. Ich musste einfach daran denken …«

»An was?«

»Nichts.« Unbehaglich rutschte er hin und her. »Nichts. Nur … die Art ihrer Berührung – voller Unschuld. Daran erinnere ich mich.«

Sie gab einen leisen verächtlichen Laut von sich.

»Ich weiß, wie es sich anhört«, meinte Tristan. »Doch es ist die Wahrheit, Mylady.«

»Die Wahrheit«, wiederholte sie leise. »Soll ich Euch sagen, was wahr ist? Wie wäre es damit: Tod. Einsamkeit. Jene Unschuld in Eurer jungen Frau, an die Ihr Euch erinnert, wandelte sich über die

Jahre, als Ihr Monat um Monat nicht zu ihr zurückkamt, in Verbitterung. Sie hielt jeden Tag nach Euch Ausschau, Mylord – ich bin sicher, solch eine banale Tatsache ist für Euch ohne Bedeutung, und doch tat sie es. Aber natürlich seid Ihr nie gekommen, und schließlich wurde sie zur Witwe erklärt. Man sagte ihr, sie solle für immer hier bleiben. Safere wurde ihr Witwensitz, wo sich ihr Schicksal besiegelte.«

Tristan starrte auf seine rauen, narbenübersäten Hände, die einander fest umklammerten. »Ich nehme an, ich habe es nicht anders verdient«, sprach er in die Stille hinein.

»Nein«, stimmte Lily ihm gefasster zu. »Ich nehme nicht an, dass Ihr das habt.«

Unfähig, auch nur einen Augenblick länger sitzen zu bleiben, stand er auf, während ihm die bittere Wahrheit ihrer Worte nicht aus dem Sinn ging. Er trat vor sie und streckte ihr seine Hand entgegen.

»Wir sollten jetzt aufbrechen, Mylady.«

Weder nahm sie seine Hand, noch erhob sie sich von ihrer Bank, nur ihr Blick schweifte zum Boden zwischen ihnen. Er schaute auf die gleiche Stelle und bemerkte, dass er auf einem kleinen behauenen Stein stand, einem Grabstein zu einer Krypta. Tristan zog seinen Fuß zur Seite und las, was darauf stand: R.G., 1342.

Auf dem Stein lag ein einzelner Stängel mit winzig kleinen Glockenblumen. Beinahe wäre er darauf getreten.

Er schaute wieder auf und bemerkte zum ersten Mal die unnatürliche Blässe ihres Gesichts, die durch zwei deutlich gerötete Stellen hoch auf ihren Wangenknochen noch betont wurde. »Wer war das?«, fragte er sehr sanft.

Sie blieb so lange still, dass er schon dachte, sie wolle ihn einfach ignorieren, aber dann sagte sie leise: »Meine Tochter.«

Tristan verbarg seine Bestürzung. »Ich wusste nicht, dass Ihr verheiratet seid.«

Ihr Blick war fast wutentbrannt zu nennen. »Ich bin es nicht.« Sie stand auf und stürmte an ihm vorbei. Die Schritte hallten laut durch die Kapelle, als sie mit durchgedrücktem Rücken steif nach draußen eilte.

Er musste einfach noch einmal einen Blick auf den kleinen Stein werfen, dessen eingemeißelte Initialen sowohl prächtig als auch traurig wirkten. Er beugte sich nach unten und rückte den Stängel mit den Glockenblumen zurecht. Dann folgte er Lily.

Ein unehelich geborenes Kind – das erklärte schon eher, warum sie hier war. Das war ein viel nahe liegenderer Grund, nach Safere geschickt zu werden, als nur Amiranth Gesellschaft zu leisten. Wenn er sich recht erinnerte, hatte sie von der Großzügigkeit von Amiranths Bruder, eines entfernt verwandten Cousins, gelebt. Er wusste, dass ihre Affäre einen ziemlichen Skandal ausgelöst hätte. Und das Produkt dieser Affäre hatte mit der gebührenden Eile versteckt werden müssen. Verarmt oder nicht – eine unverheiratete, dem Adel angehörende Dame mit Kind konnte nicht einfach verstoßen werden. Stattdessen hatte man sie an diesen Ort verbannt, wo sie fernab der feinen Gesellschaft verschmachten sollte.

Tristan war in dieser gefährlichen, exklusiven Gesellschaft aufgewachsen, wo Worte und Taten einander häufig widersprachen und Intrigen, denen die Unbesonnenen zum Opfer fielen, an der Tagesordnung waren. Es war ein vergoldeter Kokon aus Gaunern, Prinzen und höfischer Zügellosigkeit, an die er sich noch deutlich erinnerte.

Sie war so wunderschön, schöner als jede andere Frau, an die er sich erinnerte. Wie einfach musste es gewesen sein, ihr Vertrauen in irgendeinen Freier auszunutzen. Wie schlau wohl die Verführung von Lady Lily eingefädelt worden war.

Er fragte sich mit wachsender Wut, wer wohl der Vater war und warum man ihn nicht gezwungen hatte, die Verantwortung für sein unehrenhaftes Verhalten zu übernehmen.

Er fand sie im Stall wieder. Es war nicht schwer herauszufinden, wohin sie gegangen war; der Klang ihrer Stimme führte ihn direkt zu ihr. Leise sang sie der braunen Stute etwas vor. Keine von beiden beachtete ihn, als er sich näherte.

»Lily«, sagte er unbehaglich. »Ich wollte nicht …«

»Es ist schon lange her.« Sie sprach mit ihm, schaute aber immer noch die Stute an. »Und ich wäre Euch dankbar, wenn Ihr es nicht wieder erwähnen würdet, Mylord.«

»Selbstverständlich.« Er besiegelte seine Worte mit einer fast vergessenen Geste der Höflichkeit und verbeugte sich vor ihr. Endlich schaute sie ihn an. Ihre Augen leuchteten sehr hell. Die fiebrigen runden Flecken auf ihren Wangen traten bei Tageslicht noch viel deutlicher hervor. Besorgt trat Tristan näher. »Geht es Euch gut?«

»Mir geht es hervorragend«, erwiderte sie mit eisiger Stimme. »Sollen wir jetzt aufbrechen, Mylord?«

Sie log. Diese Röte kannte er nur zu gut. Aber es gab nichts, mit dem er sie zum Bleiben hätte bewegen können. Das wusste Tristan sehr wohl. Davon abgesehen gab es auf Safere nichts mehr zu essen und damit keine Zukunft. Er stritt sich mit ihr, als sie darauf bestand, dass er die Stute reiten sollte. Sie wollte nicht auf seine Einwände hören und war mehr als uneinsichtig: sie wurde laut, ihre Augen begannen sich mit Tränen zu füllen, und die Röte der Besorgnis erregenden Flecken auf ihren Wangen fing an, sich über ihr ganzes Gesicht auszubreiten. Er konnte sie nur mit seiner Zustimmung beruhigen, dass er einen Teil des Weges reiten würde und ihr erlaubte, zumindest die ersten paar Meilen zu laufen.

Aber er beobachtete sie genau und wartete ab.

Sie waren zwei Tage unterwegs, als es passierte. Sie hatte sich standhaft geweigert, mit ihm den Platz zu tauschen, während sie irgendetwas dahingehend murmelnd erklärte, sie müssten so schnell wie möglich vorankommen, um das Kloster zu erreichen. Das eine Mal, als er versucht hatte, sie zu zwingen, auf der Stute zu reiten, hatte damit geendet, dass sie schreiend nach ihm trat und das verfluchte Pferd dabei beinahe durchgegangen wäre.

Mit einer Sache hatte sie Recht – sie mussten sich mit ihrem Vorankommen beeilen. Je zügiger sie reisten, desto eher würden sie ein Gasthaus erreichen. Das konnte von unschätzbarem Wert sein. Deshalb beschwichtigte er sie und ritt, während sie ging und er die ganze Zeit mit dem Unausweichlichen rechnete. Tristan zog bereits ernsthaft in Erwägung, sie zu fesseln und zu knebeln, damit sie auf dem Pferd sitzen blieb, als seine Befürchtungen Wahrheit wurden.

Es war Mittag und sie hatten gerade ein finsteres Tal durchquert. Endlich erschienen wieder ein paar vereinzelte Bäume an den Hängen. Lily trat von der Brücke und ließ plötzlich die Zügel des Pferdes los, während ihre Hand schlaff nach unten fiel. Er hatte sie die ganze Zeit so genau im Auge behalten, dass er bereits vom Pferd sprang, als sie begann, langsam und graziös zu Boden zu sinken. Tristan fing sie in seinen Armen auf, ehe sie zu Boden fallen konnte, und zog sie eng an sein rasendes Herz.

5

Im finstersten Augenblick von allen, in der Tiefe jener letzten schrecklichen Nacht der Krankheit, als ihre Cousine nach Luft ringend in ihrem Bett auf Safere lag, war ihr der Gedanke gekommen.

Was, wenn …

Amiranth hatte Lilys zarte Hand umklammert und mit trockenen Augen auf die geschwächte Gestalt vor sich gestarrt. Das flackernde Kerzenlicht warf ihre verzerrten Schatten gegen die Wände.

Sogar der Tod konnte Lily nicht ihre Schönheit nehmen. Sogar diese schreckliche Seuche konnte sie nicht ihres Liebreizes berauben. Ihr Haar glänzte immer noch hellgolden. Aus ihren Augen strahlte trotz des Schmerzes immer noch die gleiche Liebe. Diese Augen waren jetzt geschlossen – wahrscheinlich für immer.

Arme Lily, dass sie, die mit einem solch freundlichen Herzen gesegnet war, so jung an diesem verlassenen Ort sterben musste.

Arme Amiranth, die nun ohne sie hier leben musste.

Was, wenn …

Es war solch ein böser Gedanke. Was sie plante, war unverzeihlich. Selbstsüchtig. Schockierend.

Aber wer würde es je erfahren?

Eine Welle des Schmerzes überrollte ihre Cousine; einen Moment schlossen sich Lilys Finger fest zudrückend um ihre eigenen. Gurgelnder Husten erschütterte ihren ganzen Körper. Als der Anfall vorüber war, half Amiranth ihr, sich wieder zurückzulegen. Beide atmeten schwer und schnell.

Amiranth ließ ihre Finger über Lilys fiebrige Stirn gleiten und strich ihr dabei das Haar aus dem Gesicht. Sie konnte nicht mehr erkennen, ob Lily in ihrem Leiden wachte oder schlief. Seit Tagen war sie nicht mehr in der Lage gewesen zu sprechen oder zu essen. Es musste bald zu Ende sein. Bitte.

Wenn …

Gott verfluche diesen Gedanken! Sie war eine erbärmliche, abstoßende Kreatur, dass sie in diesem Moment an sich selbst dachte. Sie sollte ganz für Lily da sein, für sie beten, ihr helfen. Und wünschen, dass dieser Todeskampf endlich ein Ende nähme.

Aber der niederträchtige Gedanke wollte nicht weichen. Geboren in dieser Dunkelheit und genährt von Verzweiflung gewann er immer mehr an Kraft. Es war zu spät, ihn von sich zu weisen oder zu wünschen, dass er ihr nie in den Sinn gekommen wäre. Verstohlen schleichend hatte er von ihr Besitz ergriffen und verbarg sich nun in den dunklen Schatten ihrer Seele.

Und sogar jetzt, während der Tod in diesem trostlosen Zimmer immer näher kroch – *Ja, komm! Eile!* –, wusste Amiranth, dass sie am Ende doch diesen Schatten in ihr erliegen würde. Sie blickte auf ihre sterbende Cousine, die einzige Freundin, die sie je gehabt hatte, herab. Was, wenn ich das wäre?

Lily tat ihren letzten leisen Atemzug und atmete so langsam aus, dass Amiranth spüren konnte, wie die letzte Wärme dieser Welt mit ihr den Raum verließ. Ihre Finger erschlafften in Amiranths Hand.

Jetzt war sie wahrhaft allein. Möge Gott ihr beistehen.

* * *

Amiranth seufzte und drehte sich im Schlaf um. Sie war der Erinnerungen müde, der Hitze, die sie aussog, der Trauer und der Furcht. Als sie versuchte, alles von sich zu stoßen, bemerkte sie, dass sie ihre Arme nicht bewegen konnte. Sie waren fest an ihren Körper gebunden. Dies brachte sie zum Weinen, weil sie nicht einmal das tun konnte, was sie immer tat, um den Schmerz zu verdrängen.

Jemand sprach mit ihr. Ein Mann. Seine Stimme klang besänftigend und leise. Sie konnte ihn nicht gut genug hören, um zu verstehen, was er sagte; alles wurde vom Rauschen in ihrem Kopf übertönt; eine fortdauernde schnelle Folge von Tönen, die Wellen des Schmerzes durch ihren Körper wogen ließ.

Ihr war kalt und dann wieder heiß. Um sie herum waren nur Extreme. Nichts war sanft oder weich; nichts, auf was man sich verlassen konnte, außer der stete Klang der Stimme des Mannes, die vertraut und doch unverständlich war. Wer konnte in solch einem Ton zu ihr sprechen? Wer konnte sie so berühren, während sein sanftes Flüstern über ihre Wangen strich? Wer konnte sie so zart streicheln?

Sie öffnete die Augen und sah ihn. Das zerzauste schwarze Haar, das bis auf seine Schultern fiel, die funkelnden Augen, die sie anlächelten. Diese Lippen mit ihrem lockenden Schwung in den Mundwinkeln, der versteckten Heiterkeit …

Tristan war tot. Deshalb dachte Amiranth jetzt, dass sie es auch war, denn als sie noch lebte, hatte er sie nie so freundlich angeblickt. Sie verharrte in ihren Bewegungen und schaute zu ihm auf. Der blaue Himmel umrahmte sein Gesicht – das ergab Sinn, denn oben im Himmel würde es blau sein, nicht wahr? Und da war auch Sonnenlicht, das über seine Schultern fiel … sie hatte ihn schon einmal so gesehen …

Amiranth sah, wie ihre Hand sich nach oben streckte und prüfend seine Wange berührte. Er legte seine Hand über ihre und drückte sie noch fester an seine Wange. Er drehte den Kopf und küsste ihre Finger, während sich seine Augen schlossen.

Erstaunt sagte sie: »Der Tod ist doch ein wunderbares Ding.«

Er öffnete wieder die Augen. Dunkel und gut aussehend wie die Nacht, beugte er sich tiefer über sie.

»Schlaft jetzt, Lily. Bald werdet Ihr Euch besser fühlen.«

»Nein«, bemühte sie sich, sich ihm verständlich zu machen. »Ich … ich bin nicht …« aber der Rest ihres Satz verklang ungehört, und sie spürte, wie sich die Abenddämmerung über sie senkte. Die samtige Weichheit und tiefe Stille umhüllten sie wie die Geborgenheit seiner Arme.

* * *

Tristan hüllte sie noch fester in den eleganten Mantel, den er in einer der Taschen gefunden hatte. Er steckte die Ecken unter ihr fest, sodass er sich nicht so leicht verschob, wenn sie zitterte.

Es war wirklich eine sehr bemerkenswerte Handarbeit aus Samt und Hermelin, bei dem purpurne und blaue Quadrate helle Linien bildeten.

Es war eine Ewigkeit her, seitdem er solch ein schönes Kleidungsstück gesehen und solchen Luxus zwischen den Fingern gespürt hatte. Die Farben des Mantels schienen ihm fast zu kräftig, zu tief, zu üppig. Sie erzählten ihm von Dingen, an die er außer in seinen Träumen nicht gewagt hatte zu denken: Reichtum, Macht, Privilegien. Vorzüge eines vergangenen Lebens, die er für immer verloren geglaubt hatte. Er konnte sich nicht vorstellen, warum Lily diesen Umhang hatte mitnehmen wollen, er war offensichtlich für den Winter gedacht, aber jetzt war er froh, dass sie es getan hatte. Es war von größter Wichtigkeit, dass sie trotz des Fiebers warm gehalten wurde. Und die Sommernächte konnten empfindlich kalt werden.

Tristan setzte sich zurück und betrachtete sie. Sie atmete jetzt gleichmäßiger als noch am Tag zuvor. Das war gut. Sie würde sich wieder erholen. Er würde dafür sorgen, dass sie das tat. Er glaubte, dass sie nicht mehr weit entfernt von einem Dorf sein konnten. Er meinte sich aus früheren Tagen daran zu erinnern, dass die ersten Zeichen von Leben jenseits von Safere etwa drei Tagesritte vom Gut entfernt begannen, das hieß, dass sie nur noch einen Tag reisen mussten, um dorthin zu gelangen. Wenn er sich nur sicher gewesen wäre, dann hätte er es vielleicht gewagt, sie allein zu lassen, um loszureiten und Hilfe zu holen.

Aber das konnte er nicht tun. Er würde es nicht riskieren, sie allein zu lassen, während sie immer noch mit Fieber daniederlag; ohne ihn war sie vollkommen schutzlos. Doch er würde bald etwas tun müssen, sonst könnte es sein, dass die Krankheit so sehr von ihr Besitz ergriff, dass es keine Rettung mehr gab, wo immer sie auch unterkommen mochten. Wie er es auch drehte und wendete, er wusste nicht, was er tun sollte.

Tristan schaute sich in ihrem primitiven Lager um. Er hatte das Beste daraus gemacht – ihr Lager befand sich unter dem schützenden Dach zweier ineinander verwachsener Bäume, die in der Nähe eines Baches standen. Der Untergrund war trocken und weich. Bis jetzt war die Stelle genau richtig gewesen. Es gab Wasser, und die Bäume spendeten Schatten vor der unbarmherzigen Sonne. Eigentlich fühlte er sich sogar recht erleichtert, so unter freiem Himmel zu campieren, wo er nur von der warmen Luft umgeben war.

Von einem solchen Ort konnte man leicht die Flucht ergreifen. Es würde nicht weiter schwierig sein, mit Lily auf der Stute zu flüchten, wo sie von allen Seiten von freier Landschaft umgeben waren. Hier konnte ihnen nichts Schlimmes zustoßen. Kein Feind konnte sich ihnen unbemerkt nähern.

Und doch stellte er fest, dass er das Terrain ständig einer Prüfung unterzog, immer wieder schaute und sich der Umstände vergewisserte, die er bereits kannte: eine überschaubare Ebene, ein freier Himmel und ein flacher Horizont. Niemand kam, um ihn oder sie zu holen. Jedes Mal, wenn er sich von ihrer Sicherheit überzeugte, spürte er, wie der nagende Schmerz in seiner Brust weniger wurde und ihn nicht mehr fest im Griff hatte, aber er kam stets zurück, bohrte sich ganz langsam in ihn und wurde größer, bis er das Gefühl hatte, seine Rippen seien wieder gebrochen. Dann musste er jedes Mal wieder den Kopf heben und alles aufs Neue überprüfen.

Hier ist es sicher, sang seine innere Stimme. *Hier ist es sicher.*

Ja. Das war gut. Aber sie würden bald aufbrechen müssen. Es gab einfach nicht genug zu essen.

Die letzten vier Tage hatte er sie mit in Wasser aufgeweichtem Brot gefüttert, bis es alle war. Dann begann er aus den Haferkeksen, die sie gebacken hatten, Brei zu kochen. Mit viel gutem Zureden und nicht zu knappen Drohungen hatte er sie dazu gebracht, sich während des Fiebers von ihm füttern zu lassen. Der Brei und die Früchte hielten sie am Leben. Trotzdem würde es nicht genug sein, und er wusste es.

Sie brauchte eine richtige Unterkunft. Sie brauchte ein Bett oder zumindest ein Lager aus Stroh. Brühe. Ein warmes Zimmer. Einen Arzt, falls er einen finden konnte. Wären sie doch nur auf Glynwallen; er wüsste genau, was zu tun war. Auf Glynwallen könnte er ihr die Pflege angedeihen lassen, die einer Königin angemessen war … und dort kannte er alle Zimmer, alle Gänge, jeden Fluchtweg …

Tristan riss den Kopf hoch, rieb sich über das Gesicht und kämpfte dagegen, einzuschlafen. Auch er war noch nicht wieder ganz hergestellt. Zweifellos legte er häufiger, als er wollte, ein Nickerchen ein. Er sollte aufmerksam und auf der Hut sein. Er sollte sich die ganze Zeit vor möglichen Gefahren in Acht nehmen. Aber das leise Plätschern des Baches umhüllte mit seiner leisen Musik immer wieder seine Sinne und ließ ihn schläfrig werden. Gewiss war es besser, wenn auch er wieder ganz gesund wurde und seine Kräfte so schnell wie möglich zurückgewann. Sie waren immer noch weit genug von jeder Zivilisation entfernt; keiner würde kommen …

Er legte sich neben Lily auf den Boden, wobei er seinen Blick nicht von ihrem Gesicht abwandte, das jetzt ruhig und entspannt wirkte. Er hatte sie so gut er konnte unter den Bäumen vor der Sonne geschützt, aber die Luft flimmerte noch von der Hitze des Tages. Das Sonnenlicht, das sich im Wasser des nahe gelegenen Baches spiegelte, ließ silberne Flecken über ihre Gestalt tanzen.

Sein Blick glitt von ihrem Gesicht zu ihrer Brust und sah das immer noch stete, immer noch ruhige Heben und Senken, das jeden Atemzug begleitete.

Es ging ihr besser. Es war an ihm, dafür zu sorgen, dass es so blieb.

* * *

Amiranth erwachte mit starken Kopfschmerzen. Sie war in helles Licht getaucht, das hinter ihren Augen zu brennen schien. Sie versuchte, eine Hand zu heben, damit das Licht sie nicht weiter blendete. Doch da spürte sie, dass sie fest in irgendetwas gehüllt war. Sie zappelte ein wenig hin und her, und es gelang ihr, eine Hand frei zu bekommen. Erleichtert bedeckte sie damit ihre Augen und seufzte tief.

Allmählich drangen die Geräusche der Umgebung durch ihren Schmerz hindurch. Das Rauschen des Windes, wie er durch die Äste eines Baumes strich. Ein leises Murmeln von Wasser, wenn es über Steine fließt. Frösche. Gelegentlich ein Rascheln von oben, verursacht durch die Bewegungen eines kleinen Tieres im Geäst des Baumes, vielleicht ein Vogel oder ein Eichhörnchen.

Die leise Stimme eines Mannes. Das unruhige Stapfen von Hufen auf dem Boden. Amiranth bewegte ihre Hand und drehte den Kopf, um zu dem Mann und dem Pferd zu schauen, die nicht sehr weit entfernt von ihr standen. Die beiden blickten einander an, während seine Hände am Zügel lagen.

Sie kannte ihn. Nicht wahr? Er war ihr irgendwie vertraut. Wie seltsam, sich an diesem Ort wiederzufinden und so unter freiem Himmel zu liegen. Wie ungehörig von ihr, an solch einem Ort vor einem Fremden einzuschlafen.

Aber er war ja gar kein Fremder.

Nein. Es war Tristan. Ja, dort drüben stand Tristan, ihr Ehemann, neben ihrem Pferd und schien tatsächlich in ein ernsthaftes Streitgespräch mit der Stute vertieft.

Amiranth blinzelte und stützte sich dann auf ihren Ellbogen auf, um die Szene näher in Augenschein zu nehmen.

Er war es. Das stand fest. Er sah fast genauso aus, wie sie ihn in Erinnerung behalten hatte – groß und hager, mit zerzaustem Haar, das sich im Wind lockte und hob, ein vornehmes Profil und eine natürliche männliche Anmut in jeder seiner Bewegungen.

Er war zurückgekommen. Nach all dieser Zeit war er von den Toten zurückgekehrt und hatte ihre ganze Welt wieder auf den Kopf gestellt.

Sie spürte, wie eine seltsame verbissene Erheiterung über sie kam. Das sah Tristan mal wieder ähnlich! Aufzutauchen, wenn sie es am wenigsten wollte, und immer noch so erbarmungslos gut auszusehen, dass sein Anblick ihr einen schmerzlichen Stich versetzte.

Und welch eine Ironie des Schicksals, dass das Wiedererkennen auf seiner Seite nicht so deutlich ausgefallen war. Allmählich klärten sich ihre Gedanken und die Erinnerung kehrte trotz ihrer Kopfschmerzen zurück. Um sich zu schützen, hatte sie bei einer verzweifelten Lüge Zuflucht gesucht: Amiranth war tot und Lily lebte.

Lady Lily Granger war fast ein Nichts in der feinen Gesellschaft. Sie besaß kein Vermögen, keinen bedeutenden Familiennamen und damit keine erwähnenswerte Zukunft.

Lady Lily Granger war nicht wie ihre unglückliche Cousine an Safere gebunden. Durch ihren völligen Mangel an Rang oder Namen konnte sie in der Tat mit ihrem Leben machen, was sie wollte. Sie würde nie auf einen verschollenen Ehemann warten müssen, der vielleicht seine Ansprüche wieder geltend machte.

Sie würde sich nie entscheiden müssen, den Rest ihres Lebens auf Safere zu verbringen oder irgendeinen alten Mann zu heiraten, den der König ausgewählt hatte.

Lady Lily konnte sich einfach davonmachen und ungehindert, vergessen und frei in ein Kloster eintreten. Das stellte für Amiranth alles im Leben dar, was sie sich erträumte. Es war wirklich eine sehr verzweifelte Lüge gewesen. Wie konnte sie wohl Lily sein, die die Schönheit selbst gewesen war, nie ihre Stimme erhoben oder über jemanden je einen bösen Gedanken gehegt oder ein böses Wort gesprochen hatte? Keiner würde es glauben! Doch Lily war gestorben … und Amiranth hatte es trotzdem getan.

Und es hatte funktioniert. Ihr wahnwitziger Plan, von ihrem bisherigen Leben befreit zu werden, hatte funktioniert! Gott sei Dank hatte sie genug Verstand gehabt, die Scharade vor ihrem wieder aufgetauchten Ehemann fortzuführen.

Während sie Tristan jetzt im hellen Sonnenlicht beobachtete, fragte Amiranth sich das erste Mal, was Lily wohl zu ihrer Täuschung gesagt hätte. Ihre geliebte Lily war tot, und all ihre zarte Schönheit und Anmut – und ihre Wahrheitsliebe – waren mit ihr gestorben. Amiranth hatte nur getan, was sie tun musste. Sie würde es jetzt nicht bedauern.

Jorah warf ihren Kopf nach hinten, und Tristan verlor die Zügel. Mit aufgeregten schnellen Schritten tänzelte die Stute aus seiner Reichweite. Sogar ihr Pferd schien genug Verstand zu besitzen, eine Abneigung gegen den Earl zu hegen.

Sie beobachtete, wie er hinter der Stute herjagte. Der Wind trug seinen bestimmenden Ton zu ihr. Jorah schnaubte jedoch nur und sprang zur Seite, wobei sie kleine Staubwolken aufwirbelte.

Es wäre vielleicht lustig gewesen, doch Amiranth erinnerte sich allmählich aller Ereignisse der vergangenen Wochen: Krankheit. Hunger. Der Frieden, der sie im Kloster erwartete. Sie brauchten die Stute. Wenn sie ihn nicht aufhielt, würde Tristan sie noch ganz verjagen. Jorah war ihr treu ergeben. Sie war es immer gewesen. Aber sie mochte keine Männer, und Amiranth wollte nicht riskieren, dass sie in Panik geriet und davonrannte. Sie würde jedem Dieb ein hübsches Sümmchen einbringen.

»Halt«, rief sie – oder wollte es zumindest rufen. Ihre Stimme war heiser und atemlos. Man hörte sie kaum.

Ruhig stand Jorah direkt neben Tristan. Ihr schwarzer Schweif peitschte ihre Flanken. Sie zog die Lippen über die Zähne zurück, als der Mann sich ihr langsam von der Seite näherte, dann schnappte sie nach seiner ausgestreckten Hand. Tristan sprang hastig zurück; Amiranth hörte ihn fluchen.

Sie setzte sich auf und befeuchtete die Lippen. Dann stieß sie einen leisen Pfiff aus. Jorahs Ohren zuckten in ihre Richtung. Noch einmal warf sie den Kopf hoch und ging dann anmutig zu Amiranth, um ihren warmen Atem in deren Haar zu pusten. Amiranth streckte eine Hand aus und streichelte die zu ihr geneigten Nüstern. Dabei beobachtete sie, wie Tristan sich mit vor Sorge verdunkelten Augen näherte.

»Lily.«

Sie nahm viele Emotionen wahr, die in diesem Namen mitschwangen, ein samtiger Tonfall, der vor acht Jahren so nicht da gewesen war. Gegen ihren Willen spürte sie, wie sie darauf reagierte – wie schön wäre es, diese Gunst wirklich zu verdienen. Doch er sprach zu einer anderen Frau, nicht zu ihr.

Amiranth senkte den Blick, damit sie nicht länger sah, wie er in seiner ganzen Schönheit, von der Sonne überstrahlt und charmant vor ihr stand. Sie wollte nicht wieder jenes Sehnen in sich spüren.

Sie hörte, wie er auf Erde und Steine trat, während er näher kam. Und dann war er genau vor ihr, kniete auf einem Bein und nahm ihre Hand in beide Hände.

»Mylady.« Der Griff seiner Finger verstärkte sich. »Wisst Ihr, wer ich bin?«

Beinahe hätte sie gelacht, aber sie konnte sich noch gerade rechtzeitig zurückhalten. Stattdessen nickte Amiranth, denn sie traute ihrer Stimme noch nicht wieder. Er ließ ihre Hand los; sie spürte seine Finger, die jetzt ihr Kinn berührten und es anhoben, sodass sie ihm in die Augen schauen musste.

»Seid Ihr sicher?«, fragte er und blickte ihr dabei forschend ins Gesicht. »Ich bin Tristan.«

Sie entzog sich seiner Berührung. »Ich erinnere mich an Euch.« Ihre Stimme klang immer noch abgehackt, aber ihre Worte waren deutlich zu verstehen. Auf seinem Gesicht zeichnete sich Erleichterung ab.

»Gott sei gedankt«, sagte er sehr ernst. »Letzte Nacht habe ich schon befürchtet …« Er hielt inne und beendete seinen Satz nicht. Sie schauten einander tief in die Augen. Eine kaum merkliche Anspannung kehrte in seinen Körper zurück, doch genauso schnell entspannte er sich wieder und schenkte ihr ein schwaches Lächeln.

»Es geht Euch besser.« Er veränderte seine Position und setzte sich vor sie hin. »Ich bin froh.« Amiranth schaute sich um und bemerkte den Bach, die knorrigen Bäume und den azurblauen Himmel. Etwas bewegte sich am Rande ihres Gesichtsfeldes. Als sie ihren Kopf zu schnell drehte, war es um ihren Gleichgewichtssinn geschehen. Die Welt drehte sich und schwankte. Alle Farben wirbelten durcheinander. Sie stellte fest, dass sie in Tristans Armen lag, als alles wieder an seinen Platz rückte; der Himmel oben, der Boden unten. Er legte sie in den Sand zurück.

»Entspannt Euch. Ihr seid noch nicht ganz wiederhergestellt, Mylady. Versucht, Euch nicht zu überanstrengen.«

Wieder nahm sie die Bewegung wahr, es war Jorah, die in den Bach watete und Wasser trank.

»Wir müssen weiterreisen«, erklärte Amiranth.

Durchdringend sah Tristan sie an. Seine Hände lagen fest auf ihren Schultern. »Noch nicht.«

»Wie lange sind wir schon hier?«

»Fünf Tage.«

»Fünf Tage!« Sie versuchte, seine Hände wegzustoßen. »Wir müssen sofort aufbrechen! Wir haben nicht genug Proviant, um …«

»Ich weiß.« Er hatte seinen Griff nicht gelockert, und es bereitete ihm keinerlei Schwierigkeiten, sie trotz ihrer schwachen Gegenwehr festzuhalten.

»Lily, hört mir zu. Wir haben noch genug Essen für zwei weitere Tage.«

Keuchend lag sie da und versuchte zu verstehen.

»Ich glaube, wir sind in der Nähe eines Dorfes. Wenn wir bis dorthin kommen, haben wir es geschafft. Dessen bin ich mir sicher.«

»Ein Dorf.« Im Bemühen, sich zu erinnern, runzelte sie die Stirn »Ja. Haverton. Es liegt Safere am nächsten.«

»Das stimmt.«

»Aber bis dahin sind es noch drei Tage. Wir müssen heute aufbrechen, wenn wir mit unserem Proviant auskommen wollen.«

»Ich schätze, dass wir nur noch ungefähr einen Tagesmarsch entfernt sind.«

Amiranth hatte vergessen, dass sie bereits ein gutes Stück des Weges hinter sich gebracht hatten. Ihre Erinnerungen an die Reise waren, wenn es hochkam, nur bruchstückhaft zu nennen. Sie erinnerte sich daran, gelaufen zu sein, aber in welche Richtung, das war ihr entfallen. In ihrer Erinnerung sah sie hin und wieder Tristan vor sich, der sie schweigend aus der Ferne beobachtete. Wieder spürte sie die erbarmungslose Hitze, die sie von innen her verzehrte, und doch ging sie weiter, immer weiter …

Sie mussten schon eine ziemlich weite Strecke zurückgelegt haben, wenn sie nur noch einen Tagesmarsch von Haverton entfernt waren. Wie merkwürdig, dass sie sich nur an die Hitze und an ihn erinnerte.

»Sehr schön. Ich bin bereit, damit wir umgehend aufbrechen können.«

Tristan lehnte sich zurück. »Seid nicht albern. Ich werde allein gehen.«

»Das werdet Ihr ganz gewiss nicht tun!«

»Doch, das werde ich.« Sie sah wieder diese Andeutung eines Lächelns, und gegen ihren Willen spürte sie dessen Wirkung auf sich. »Ihr seid nicht in der Verfassung, um zu reiten. Ich werde Hilfe für Euch holen.«

Ein Prickeln der Furcht begann in ihren Fingerspitzen und breitete sich über ihre Arme bis in ihre Brust aus. Wenn er ging und ihm irgendetwas zustieß – ein Sturz vom Pferd, ein Dieb, ein Unfall –, wer würde dann je davon erfahren? Sie würden beide hier draußen sterben. Der Tod würde sie beide holen, so wie sie es immer befürchtet hatte. Sie würde diesem Ort nie entfliehen können, nicht einmal mit der Hilfe des Mannes, der sie hierher gebracht hatte.

Amiranth setzte sich wieder auf, und dieses Mal versuchte Tristan nicht, sie daran zu hindern. Ihre Worte klangen jetzt sehr fest. »Ihr könnt mich hier nicht zurücklassen.«

»Ich werde nicht lange weg sein. Wenn ich dieses Biest dazu bringen kann, ein ordentliches Tempo vorzulegen, werde ich innerhalb kürzester Zeit wieder zurück sein.«

»Wir müssen zusammen gehen. Das ist die einzige Möglichkeit.«

»Lily.« Er schüttelte den Kopf und berührte dann wieder zart ihre Hand. Sonnenlicht und Schatten vermischten sich über ihm und verwischten die klaren Linien seines Gesichts. »Ich würde Euch nie im Stich lassen, Mylady. Ich *werde* zurückkommen.«

Ich werde zu Euch zurückkehren …

Einmal vor all diesen Jahren hatte sie ihm geglaubt. Damals hatte er sowohl ihr Herz als auch ihr Vertrauen besessen. Sie würde den gleichen Fehler nicht noch einmal machen. Amiranth richtete sich gerader auf und deutete auf ihre Stute.

»Jorah wird nicht zulassen, dass Ihr ohne mich auf ihr reitet.«

»Wir werden sehen.«

»Nein, ich meine es ernst. Sie hört nur auf mich. Ihr werdet nicht mit ihr fertig werden.« Er warf einen Blick auf die Stute, die täuschend ruhig im Bachbett stand, während sie sie beobachtete.

»Das ist der Grund, weshalb die Leibeigenen nicht versuchten, sie mitzunehmen, als sie flohen«, erklärte Amiranth. »Sie war zu treu, als dass sie sie hätten bändigen können, und das wussten sie.«

»Zu boshaft meint Ihr wohl eher«, grummelte Tristan. Er seufzte und senkte den Kopf, um beide Hände in seinem Haar zu vergraben. Sie erlaubte sich den Luxus, ihn zu bewundern, während er es nicht bemerkte. Seine Hände waren immer noch so elegant und stark, sein Haar so tiefschwarz glänzend. Amiranth erkannte seine Haltung wieder. Vor Jahren, in ihrer Hochzeitsnacht hatte seine Abneigung gegen sie ihm nicht einmal erlaubt, ihr ins Gesicht zu schauen.

Tristan hob den Kopf, und Amiranth richtete ihren Blick wieder auf das Pferd.

»Wir werden zusammen gehen«, beharrte sie mit leiser Stimme.

»Ja«, stimmte er zögernd zu. »Ich nehme an, das werden wir.«

* * *

Haverton – welch ein hübscher Name für solch eine heruntergekommene Ansammlung von reetgedeckten Hütten mit weiß getünchten Lehmwänden, die von geisterhaften Gestalten bewohnt wurden, welche in Umhänge oder Decken gehüllt waren und sie anstarrten, als sie vorbeiritten.

Tristan führte die Stute durch Straßen, in denen die Hitze flimmernd aufstieg und dabei den Gestank nach Unrat und menschlichen Ausscheidungen mit sich trug. Gelegentlich warf er einen Blick auf Lily, die im Sattel kauerte, während ihr Haar in goldenen Strähnen über ihre Arme floss. Sie war nicht heruntergefallen. Noch nicht. Wo zur Hölle war der Dorfgasthof? Als er versuchte, einen der Dorfbewohner aufzuhalten, um ihn danach zu fragen, schreckte dieser vor ihm zurück und schrie förmlich eine unverständliche Antwort. Tristan beobachtete, wie er fast rennend in einer Gasse verschwand.

Sie warteten, aber als nichts weiter passierte, gingen sie weiter. Was für ein seltsamer Ort. Es gab hier noch andere Menschen. Das wusste er. Aber er sah fast niemanden. Er mochte vielleicht ein leises Flüstern vernehmen, wenn sie an einer Tür vorbeikamen. Er konnte manchmal im Schatten Augen aufblitzen sehen. Aber als sie sich der Mitte des Dorfes näherten, waren auch hier die Straßen leer. Sogar der Marktplatz war ausgestorben, die Ställe verlassen, und zerfetzte Markisen flatterten im Wind.

Er hielt an, um alles in Augenschein zu nehmen. Verfaultes Gemüse lag im Staub, die Türen waren verschlossen, die Läden vor den Fenstern zugemacht.

Ein leises Geräusch hinter ihm ließ ihn sich umdrehen. Lily war noch tiefer im Sattel zusammengesunken. Eine Hand hatte sie an ihr Gesicht gehoben. Was er von ihrer Haut sehen konnte, war dunkelrosa gefärbt.

»Wir suchen nach der Gastwirtschaft!«, rief er über den leeren Platz vor sich. Niemand antwortete ihm, obwohl er ein knarrendes Geräusch vernahm. Vielleicht wurde irgendwo eine Tür geöffnet. Als er in die Richtung sah, aus der das Geräusch gekommen war, sah er nur wie schon zuvor Schatten und triste Wände.

»Die Gastwirtschaft!«, rief er wieder so laut er konnte. »Wir wollen dort unterkommen!« Wieder hörte er einen Laut von Lily; sie hatte den Kopf gehoben und die Hand gesenkt. Sie atmete flach durch den Mund.

»Mylord. Wir müssen … fort.«

»Versucht, Euch nicht zu viel zu bewegen«, mahnte er sie und richtete dann seinen Blick wieder auf die Gebäude. »Kommt heraus, ihr Leute, und führt uns zum Gasthaus!«

»Mylord …« Lilys Stimme war nur ein leises Krächzen.

Er drehte sich um, als der erste Stein ihn mit einem schmerzhaften Stechen am Schulterblatt traf. Tristan wirbelte herum, und der zweite Stein traf ihn an der Stirn Die Wucht, mit der der Stein geschleudert worden war, reichte, dass Sterne vor seinen Augen zu tanzen begannen.

»Was zum …«

»Weg!«, keuchte Lily und zerrte an den Zügeln der Stute.

»Weg!«, hörten sie wie ein Echo die Stimme eines Mannes in der Nähe. Dann fielen weitere, die sich hinter den Mauern versteckten, in den drohenden Chor ein.

»Weg!«

»Geht weg!«

»Verschwindet!«

Ein weiterer Stein flog an seinem Kopf vorbei, krachte gegen die Wand hinter ihm und erschreckte die Stute. Lily schwankte Besorgnis erregend im Sattel, als das Pferd sich wiehernd im Kreis drehte und die Hufe auf die Pflastersteine der Straße klapperten.

»Lasst uns in Ruhe, ihr Narren!«, schrie Tristan, während er versuchte, das Pferd wieder unter Kontrolle zu bringen. »Seid ihr denn alle verrückt geworden?«

Noch ein Stein und noch einer. Er spürte, wie ihn einer am Bein traf und dann unten am Rücken. Etwas Warmes und Feuchtes rann sein Gesicht herunter; er wischte es weg und sah Blut auf seiner Hand.

»Verschwindet! Die Pest! Die Pest!«

»Überträger!«

Noch mehr Steine, ein ganzer Hagel davon. Die Stute stieß einen panischen Schrei aus und begann sich trotz seines festen Griffs um die Zügel im Kreis zu drehen. Mit brutaler Kraft brachte er das Pferd wieder in seine Gewalt, während er vor Anstrengung keuchte.

»Pestüberträger!«, skandierte der Pöbel jetzt, und die Steine begannen in noch kürzeren Abständen zu fliegen. Sie trafen ihn, das Pferd und – Lily. Sie gab einen erstickten Schrei von sich und vergrub ihren Kopf unter ihren Händen.

»Gott möge euch verfluchen!« Er zog die Stute so schnell er konnte vom Platz und betete darum, dass Lily die Kraft hatte, sich im Sattel zu halten. Die Steine folgten ihnen, trafen Wände und flogen in der schmalen Straße an ihm vorbei. Die Stute wieherte panisch und schlug aus, und immer noch wurden Steine geworfen. Die Menge brüllte noch lauter hinter ihnen im Chor.

»Pestüberträger!«

»Pest!«

»Fort mit der Pest!«

Tristan rannte, und entweder zog ihn das Pferd oder er das Pferd, während beide über den Boden schlidderten. Lilys Gestalt verschwand in einem Wirbel aus schwarzen Röcken und goldenem Haar, während sie sich an die Stute klammerte.

Sie ließen die letzte Hütte hinter sich und rasten weiter. Sie stürzten sich ins freie Feld, und die Schreie der Dorfbewohner verhallten allmählich hinter ihnen.

6

Sie schlugen ihr Lager unter einer kleinen Gruppe von Kiefern auf, die nur geringen Schutz gegen etwaige Verfolger boten, aber der einzige Unterschlupf weit und breit waren, den sie hatten finden können.

Irgendwann im Verlaufe ihrer Flucht hatte Tristan sich hinter sie in den Sattel geschwungen. Amiranth spürte, wie sich seine Arme fest um ihre Taille schlangen. Sie waren wahrscheinlich der einzige Grund, weshalb sie bei Jorahs weiten Sprüngen im Sattel blieb. Dann wurden sie langsamer, hielten an und wichen den Ästen mit klebrigem Harz und spitzen Nadeln aus. Beide glitten fast gleichzeitig aus dem Sattel. Tristan fing sie auf, und gemeinsam sanken sie zu Boden.

»Lily!«

Sie öffnete die Augen und sah, wie nah er ihr war. Zu nah. Er zog sie sogar noch näher an sich und drückte sie an seine Brust, während sie gemeinsam dasaßen. Sein Herz raste wie wilder Trommelschlag an ihrer Wange. Sie atmete zu schwer und fühlte sich seltsam matt und durcheinander. Das Haar war ihr ins Gesicht gefallen, und dunkelgoldene Strähnen hatten sich in ihren Wimpern verfangen, sodass sie fast völlig verborgen war – vor ihm, vor der Welt. Wie merkwürdig es war, von ihm gehalten zu werden. Amiranth schloss wieder die Augen, und sein Herzschlag verlangsamte sich allmählich. Das war irgendwie beruhigend. Sie spürte, wie er begann, ihr mit langen, fließenden Bewegungen übers Haar zu streichen.

Es ging ihr nicht gut. Das war der einzige Grund, weshalb sie ihm solche Freiheiten erlaubte. Sie war krank. Das erklärte auch, was jetzt mit ihr geschah. Dieser höchst unwillkommene Anflug von Vergnügen, so nah bei ihm zu sein.

Sie hob den Kopf, um sich das Haar aus den Augen zu streichen. Doch dann machte sie den Fehler, zu ihm aufzuschauen. Sein Gesicht war genau über ihr, und seine Augen waren tiefschwarz. Jetzt waren seine Lippen nicht mehr amüsiert gekräuselt, sondern es lag ein neuer verführerischer Zug um sie. Sein Gesicht trug einen Ausdruck, den sie an ihm noch nie gesehen hatte.

Dieser Wandel in ihm ließ sie erstarren. Die ganze Zeit hatte sie gedacht, Tristan gut zu kennen, ja fast besser als sich selbst. Sie hatte ihre Mädchenzeit damit verbracht, ihn zu erforschen, ihn kennen zu lernen und zu beobachten, während sie das Netz ihrer Träume um ihn spann. Mit Erstaunen musste sie erkennen, dass sie etwas an Tristan Geraint übersehen hatte.

Sie kannte diesen Mann nicht, der vor ihr stand. Was hatte dieser sich langsam verdunkelnde Ausdruck in seinen Augen zu bedeuten?

Er hob eine Hand und ließ sie über ihre Wange gleiten, während er gleichzeitig den Kopf senkte und seine Lippen ihren Mund zögernd berührten. Amiranth hauchte den letzten Rest von Vernunft so leise aus, dass sie es kaum bemerkte.

Sie war wieder ein junges Mädchen, und hier war endlich ihr Held, der Mann, den sie liebte. Hier war Tristan, der sie wahrhaftig küsste. Seine Berührung war süß und zart und gleichzeitig fest. Es lag nichts Hastiges oder Drängendes in seinem Kuss. Vielmehr wohnte ihm eine langsame und träge Faszination inne, die sich mit dem einzigartigen Gefühl verband, ihn zu spüren und seinen Geruch wahrzunehmen. Sein Mund öffnete sich leicht über ihren Lippen; es war ein köstliches Vergnügen, als er mit seiner Zunge ihren Geschmack kostete. Amiranth spürte ein leichtes Erstaunen in sich, dass er dies wirklich mit ihr tat, dass seine Arme sie wirklich eng an sich drückten, dass sie sich an ihn klammerte, seinen Kuss erwiderte und ihre wahre Freude daran hatte.

Sie atmeten jetzt beide schwer. Zwischen ihren Küssen holten sie immer wieder schnell und keuchend Atem. Ihre Finger gruben sich in den Stoff seiner Tunika und knüllten ihn über seinem Arm zusammen. Durch den Stoff hindurch spürte sie die Hitze seiner Haut, seine Stärke, seine straffen Muskeln und die Anspannung in ihnen, während er sie hielt. Ein ganz leichtes Zittern erfasste beide.

Sie kannte dieses Gefühl. Sie erinnerte sich daran, an dieses Gefühl aus Magie und Innehalten, dieses langsame Verweilen wie in einem Traum. Unzählige Nächte hatte sie diese Empfindung mit ihm geteilt, aber er war gar nicht wirklich bei ihr – er war schon fort, weit entfernt von ihr in Frankreich, und sie lag allein in ihrem Bett, während ihr nur ihre Phantasien, die der Dämmerung entsprangen, schmerzhaft und untröstlich Gesellschaft leisteten. Sie hatte sich dieser Illusion unzählige Male hingegeben: der Hoffnung, dass er zu ihr zurückkehrte, dass ihr Gemahl aus dem Krieg heimkehrte, zurückkam, um sie zu lieben. Ihr Gemahl.

Amiranth entwand sich der süßen Versuchung

dieses Traumes und seinen Armen. Während sie sich ihm entzog, spürte sie, dass seine Berührungen sie so leicht gehen ließen, wie Regentropfen über Glas perlen. Seine Arme sanken herab.

Sie schauten einander bestürzt an. Die Bedeutung ihrer Umarmung breitete sich zwischen ihnen aus. Er schaute sie an und hob eine Hand an ihre Wange. Amiranth drehte den Kopf zur Seite und ließ zu, dass ihr Haar wieder ihr Gesicht verdeckte. Tristan verharrte, ohne sie zu berühren. »Ihr blutet«, murmelte er.

Sie tastete über ihre Wange und die Feuchtigkeit, die sie dort spürte. »Das ist nicht von mir«, erklärte sie, sich immer noch hinter dem Schleier ihres Haares verbergend. »Es ist Euer Blut, muss es sein, denn ich bin nicht verletzt.«

Als sie zu ihm aufschaute, hatte sich sein Gesichtsausdruck nicht verändert. Er blickte sie immer noch sehr ernst und besorgt an. Jetzt bemerkte sie auch den Schnitt auf seiner Stirn, der ein dunkelrotes Rinnsal auf seinem Gesicht hinterlassen hatte. Es sah aus, als ob es wehtun würde. Warum bereitete es ihr Schmerz, ihn verletzt zu sehen?

Er senkte seine langen und tiefschwarzen Wimpern, die genauso sehr glänzten wie alles andere an ihm.

»Lily«, hub er an und wusste dann nicht weiter. Sein Mund wurde schmal; er starrte zwischen ihnen beiden zu Boden und holte tief Atem.

»Bitte, nehmt meine Entschuldigung an. Ich hatte kein Recht, das zu tun.«

»Ja«, erwiderte sie und hatte den seltsamen Drang zu weinen.

Sie hörte ihn leise seufzen und wartete darauf, dass er noch etwas sagen würde. Aber Tristan erhob sich wortlos und ging von ihr weg zum anderen Ende des kleinen Wäldchens, bis seine Gestalt zwischen den Baumstämmen und Ästen kaum mehr zu erkennen war.

Amiranth blickte wieder auf den Streifen Blut, sein Blut, auf ihrer Hand. In diesem Moment schien dessen purpurne Farbe eine neue tiefe Bedeutung für sie zu erlangen, die gleichzeitig von Gefahr und außergewöhnlicher Schönheit sprach.

* * *

In diesem kleinen Wäldchen gab es keinen Bach. Tristan bedauerte es sehr, dass ihnen deshalb nur das Wasser, das sie bei sich hatten, zur Verfügung stand. Hier gab es nicht das sanfte Plätschern, das seine Gedanken begleitete und beruhigte oder sie ertränkte. Irgendetwas, das ihn von der bevorstehenden Katastrophe ablenken könnte.

Wie süß Lily geschmeckt hatte. Wie schön es gewesen war, sie zu küssen. Wie falsch, wie abgrundtief schlecht, wie gern er es wieder tun wollte.

Sie hatte seine Entschuldigung angenommen. Würde sie auch ein zweites Mal – ein drittes oder viertes Mal – so freundlich sein? Und auch beim hundertsten Mal, wenn er nach ihr griff, ihre unschuldige Leidenschaft in Besitz nahm und sie nicht mehr losließ? Wenn er das täte, würde sie nicht mehr lange unschuldig bleiben. Dafür konnte er sein Wort geben. Sie würde erblühen und ihn in ihre Arme schließen, sodass er sie mehr über diese Gefühle lehren könnte, er könnte ihr zeigen, wie man sich ihrer bediente und sie zu strahlendem Glanz für sie beide brachte.

Selbstsüchtige, arrogante Gedanken.

Er war verdammt, und er wusste es.

In seinem Geist war die Entschuldigung bereits unterjocht, geschlagen und dünner als Blattgold ausgewalzt worden, das in der sengenden Hitze seines Verlangens nach ihr zu kleinen Tropfen schmolz.

Was war eine Entschuldigung schon neben der dunklen, hitzigen Seite in ihm, die nach ihr rief, ja förmlich schrie, seine Gedanken in einen feurigen Wirbel stürzte und seinen Körper zu Lust und wildem Verlangen trieb? Der Wunsch, sie wieder zu berühren, nagte an ihm. Er spürte dieses Begehren fast wie einen körperlichen Schmerz, der so hell brannte, dass er die Zähne zusammenbeißen musste, um ihn zu ertragen.

Aber nein, er hatte sich entschuldigt, und sie hatte ihren Kopf geneigt und die Entschuldigung angenommen – doch es tat ihm *nicht* Leid. Er würde es wieder tun, wenn er könnte. Er würde sie sogar noch weiter diesen verbotenen Pfad mit sich ziehen. Er würde bei ihr liegen und ihr huldigen – der lieblichen, strahlenden Lily –, bis sie seinen Namen in höchster Leidenschaft herausschrie und die schrecklichen Tiefen seines Herzens verstand.

Im bleichen Licht des Mondes schaute Tristan zu ihr. Sie saß in einem versteckten Winkel der Bäume und glaubte wahrscheinlich, sich in sicherer Entfernung von ihm zu befinden. Eigentlich sollte sie jetzt schlafen. Es war ein seltsamer und anstrengender Tag gewesen, an dem sie fast gesteinigt, verfolgt und beinahe verführt worden wäre. Und ihr Körper kämpfte immer noch gegen das Fieber. Sie sollte zumindest versuchen zu schlafen; und vielleicht hätte sie das auch getan, wenn er nicht da wäre. Wenn er sie nicht geküsst hätte.

Bei diesem Licht konnte er sie nicht gut erkennen. Er konnte nicht sagen, ob sie zu ihm schaute, wie er es tat. Ihr Haar schimmerte milchig blass unter dem Mond und den Sternen. Das silbrige Licht auf ihren Wimpern warf Schatten auf ihre Wangen und verhüllte ihre Augen. Sie war in ihren violetten Umhang gehüllt; der Besatz aus Hermelin auf ihren Schultern schien fast überirdisch zu strahlen.

Sie hatte nur einen halben Haferkeks gegessen. Mehr würde sie nicht essen, auch nicht, wenn er die Stimme erhob und sie eine Närrin nannte. Es seien nur noch vier von den Keksen übrig, hatte sie ihm in ihrer beherrschten Art erklärt. Und sie wüssten nicht, wie weit sie noch reisen müssten, ehe sie mehr Essen fanden. Als er drohend einen Schritt auf sie zugegangen war, hatte sie gemeint, er würde bluffen, und war fest geblieben, während ihre Augen – fiebrig oder aus einem anderen Grund – glänzten. Tristan hatte den Rückzug angetreten. Er war immer noch nicht in der Lage, ihr zu nahe zu kommen.

Ein halber Haferkeks. Bei dieser Menge würde sie innerhalb einer Woche tot sein, auch wenn er die nächsten Tage gar nichts mehr aß. Und er wollte seine Seele nicht mit einem weiteren Toten belasten.

Er stand abrupt auf und sah, wie sie zusammenzuckte.

»Ruht Euch aus«, sagte er und ging zu der Stute, die in der Nähe graste.

»Was tut Ihr da?«

Sie hatten dem Pferd den Sattel nicht abgenommen, denn sie waren sich einig, dass es besser wäre, vorbereitet zu sein, wenn sie plötzlich fliehen müssten. Tristan löste flink die Zügel von dem Ast, um den sie geknotet gewesen waren. Die Stute tat einen vorsichtigen Schritt zur Seite, blieb aber ansonsten ruhig. Er stieg in den Sattel.

Lily stand auf und zog den Mantel, in den sie gehüllt war, fest um sich.

»Was tut Ihr da?«, fragte sie erneut voller Sorge. »Wo wollt Ihr hin?«

»Ich bin bald wieder da.«

»Was? Nein! Ihr könnt nicht …«

Er wendete das Pferd bereits und strebte aus dem Wäldchen.

»Schlaft!«, rief er noch einmal zurück und trieb die Stute zum Galopp an.

* * *

Sie legte sich wieder auf den Boden und schaute in den mitternächtlichen Himmel, während er fort war. Dabei verfluchte sie ihn, sich selbst und sogar Jorah, die ihn nicht abgeworfen hatte.

Der Nachthimmel war mit Sternen übersät. Ein unendliches, silbriges Glitzern, das so nahe schien, dass man meinte, die Sterne berühren zu können. Der Mond war untergegangen, und er war immer noch nicht zurückgekehrt.

Was für ein Wahnsinniger war der Earl of Haverlocke eigentlich? Was konnte er in dieser kalten und stillen Nacht ohne Vorräte oder Freunde schon machen, wo ja nun auch kein Dorf in der Nähe war, das ihn aufgenommen hätte?

Wenn ihrem Pferd irgendetwas zustieß, würde sie ihn umbringen. Ja, das würde sie. Trotz der erstaunlichen Tatsache, dass Jorah Tristan heute Nacht akzeptiert hatte, war die Stute doch immer eine treue Gefährtin gewesen. Sie verdiente es nicht, von einem Verrückten zu Schanden geritten zu werden.

Er könnte sich dort draußen verletzt haben. Vielleicht hatte man wieder mit Steinen nach ihm geworfen und getroffen.

Amiranth spürte, wie ihre Lippen ein bitterliches Beben befiel, und kämpfte dagegen an. Sie brauchte diese Dinge nicht mehr für ihn zu empfinden. Sie brauchte sich nicht mehr um ihn zu sorgen. Sie machte sich keine Sorgen. Er hatte einen jahrelangen Krieg überlebt. Ganz offensichtlich benötigte und verdiente er ihre Sorge nicht.

Aber was könnte er denn gerade tun?

Das war egal. Sie würde sich keine Gedanken darüber machen. Die Sterne am Himmel waren so nah, sie versprachen Geheimnisse und friedlichen Schlummer.

Die Erde unter ihr erbebte in einem dröhnenden Sturm. Sie hörte ein gedämpftes, fernes Donnern, das gleichmäßig und vertraut klang.

Wieder wach, setzte Amiranth sich auf und blickte wild um sich, bis sie ihn ausmachte, wie er schnell und tief über Jorahs Hals gebeugt auf das Wäldchen zuritt. Das Sternenlicht warf wabernde Schatten über beide und ließ Tristans Gesicht deutlich hervortreten, während Jorahs Beine so schnell über den Boden wirbelten, dass sie nicht voneinander zu unterscheiden waren. Einen beunruhigenden Augenblick lang schienen sie zu einem heidnischen Wesen zu verschmelzen: Reiter und Pferd, eine mystische Kreatur aus einer verzauberten Nacht.

Sie blinzelte, und es waren wieder nur Tristan und die Stute, die über Staub und Steine flogen. Amiranth stand auf, als er näher kam, und wartete mit dem äußeren Anschein von Gelassenheit, die sie nicht empfand, als er auf dem Pferd zu ihr kam.

Jorah blieb mit den hohen, tänzelnden Schritten, die sie bevorzugte, stehen. Sie schnaubte durch die Nüstern, schüttelte den Kopf und kam näher. Amiranth hob die Hand, um ihr über den Kopf zu streichen, und die Stute knabberte schwer atmend an ihrem Handrücken.

Der Schnitt auf Tristans Stirn blutete wieder. Der Wind hatte schwarze Streifen, so fein wie Spinnweben, über seine Schläfe und die Wange gezogen. Freudestrahlend lächelte er sie an.

»Meine schöne Dame«, grüßte er sie, sprang vom Pferd und landete mit müheloser Anmut vor ihren Füßen.

»Was habt Ihr getan?«, fragte sie und fürchtete doch die Antwort.

Als Antwort griff er nach dem Beutel aus Sackleinen, der vom Sattel herunterhing, und öffnete ihn mit einer schwungvollen Bewegung. Als er sich wieder zu ihr umdrehte, lag immer noch dieses anziehende Lächeln auf seinen Lippen. Tristan griff in den Beutel und zog einen Laib Brot heraus.

Amiranth starrte darauf und nahm ihn wortlos entgegen, als er ihn ihr reichte. Als Nächstes holte er etwas heraus, das etwa die Größe ihrer Faust hatte und in dünnes weißes Leinen gewickelt war. Er packte es für sie aus, und zum Vorschein kam ein grob geschnittenes Stück Käse. Auch diesen reichte er ihr.

»Und jetzt, Mylady Lily …« Tristan hob den Beutel ein wenig höher, und seine Hand tauchte bis zum Boden des Sackes. Voller Erstaunen sah sie zu, wie er eine ganze gedeckte Pastete heraushob, deren Kruste nur am Rand ein wenig eingedrückt war. Tristan hielt sie sich unter die Nase und atmete tief ein.

»Ich glaube, es ist eine Fleischpastete«, sagte er, und sein Appetit darauf war deutlich zu erkennen. Er hielt sie ihr dicht unter die Nase.

»Taubenpastete«, meinte sie schwach.

Er nickte und reichte ihr die Pastete. Dann ging er zurück zu Jorah und führte sie wieder zu den Bäumen. »Ich habe auch Wasser mitgebracht. Es gab einen Brunnen.«

»Was habt Ihr getan?«, fragte Amiranth wieder, diesmal aber energischer.

»Ich habe uns gerettet.« Er band die Stute an einen Ast und klopfte ihr auf den Hals.

»Gütiger Gott.« Sie stand da mit dem ganzen Essen im Arm und starrte erst auf die Lebensmittel und dann zu ihm. Der Duft der Taubenpastete löste ein scharfes Stechen in ihrem Magen aus.

Tristan beobachtete sie, und langsam verschwand das Lächeln von seinem Gesicht. Umhüllt von Sternenlicht und Schatten, blieben seine Augen verborgen und der Schnitt seines Kinns schien schmal und streng. Mit seinem vom Wind zerzausten Haar und seiner dunklen Anmut wirkte er aufs Neue wie irgendein heidnisches Wesen – diesmal ein grübelnder Gott, der sie schweigend betrachtete.

»Habt Ihr das Essen gestohlen?«, wollte sie wissen.

»Sie sahen eigentlich nicht so aus, als ob sie mir die Sachen einfach geben würden, oder?« Er nahm ihr die Pastete ab und setzte sich unter eine der Kiefern. »Kommt essen, Mylady.«

»Ihr hättet nicht stehlen sollen.« Aufgeregt schaute sie ihn an. »Ich habe Geld. Wir hätten dafür zahlen sollen.«

»Oh ja«, erklärte er in sarkastischem Tonfall.

»Ich kann mir vorstellen, wie sehr sie sich gefreut hätten, mein Geld anzunehmen. Und wir wollen ihnen ja auch nicht übel nehmen, dass sie uns heute Nachmittag versuchten umzubringen, nur weil wir dieselbe Luft wie sie geatmet haben.«

»Aber …«

»Kommt schon, Lily. Verschwendet nicht, was wir haben. Schaut her, ich gebe Euch die Hälfte.« Einladend hielt er ihr die Pastete hin. Die Stiche in ihrem Magen wurden noch schmerzhafter. Sie sah, dass er wieder sein leichtes, schurkisch-verführerisches Lächeln aufgesetzt hatte.

»Ich habe nur getan, was ich tun musste. Ich habe es für Euch getan, Mylady. Lasst meine Mühe nicht umsonst gewesen sein.«

Schwankend und wieder müde schüttelte Amiranth den Kopf.

»Wenn wir auf Glynwallen sind«, sagte er weich, »und sich die Lage beruhigt hat, werde ich jemanden schicken, der den Bäcker für seine Unannehmlichkeiten bezahlt.«

»Wenn *Ihr* auf Glynwallen seid, meintet Ihr«, stellte sie schnell richtig.

»Natürlich.« Aus seiner Miene sprach die reine Unschuld. »Wenn *ich* da bin.« Sie tauschten einen langen Blick, und sie spürte ein seltsames Pochen im Herzen, das durch das Gefühl ausgelöst wurde, von ihm gehe eine schwer zu beschreibende Gefahr aus. Doch dann löste Tristan den Blickkontakt und wandte sich wieder seiner Pastete zu. Er zog einen Dolch aus dem Gürtel und begann durch die knusprige Kruste zu schneiden. Der Duft des Essens überwand ihre Zweifel. Immer noch den Käse und das Brot im Arm haltend, setzte sie sich neben ihn und zog ihren Rock um sich zusammen. Tristan reichte ihr die Hälfte der Pastete, die sich noch in der Form befand.

»Taube«, seufzte er selig und nahm den ersten Bissen.

* * *

Sie brachen beim Anbruch der Morgendämmerung auf. Er weckte sie, indem er ihr seine Hand schwer auf die Schulter legte. Amiranth stöhnte und versuchte, sich von ihm wegzudrehen.

»Tut mir Leid, Lily.« Seine sanfte, leise Stimme erklang dicht neben ihrem Ohr. »Wir müssen los.«

Sie fühlte sich so ausgelaugt. Es schien, als könne sie die Krankheit überhaupt nicht mehr abschütteln. Am liebsten hätte sie bis ans Ende ihres Lebens geschlafen. Aber er zog an ihrem Arm. Verschlafen kam Amiranth auf die Beine.

»Schon wach?«

Seufzend rieb sie sich die Augen und schaute an ihm vorbei zu Jorah, die bereits gesattelt und beladen war und deren Ohren im Wind zuckten. Tristan nahm ihr den Umhang von den Schultern und faltete ihn schnell zu einem Paket aus Samt und Pelz.

»Ich entschuldige mich für die Eile, aber ich halte es für angebracht, weg zu sein, ehe die Dorfbewohner aufwachen.«

Sie murmelte irgendetwas, das sich wie eine Zustimmung anhörte. Dann blinzelte sie und betrachtete ihn genauer. »Was fehlt Euch? Ihr seht schrecklich aus.«

Seine Augen waren blutunterlaufen, und er sah völlig mitgenommen und bleich unter seiner gebräunten Haut aus. »Nichts.«

»Oh Gott – seid Ihr etwa wieder krank?« Ihr wurde bang ums Herz. »Habt Ihr Fieber?«

Er entzog sich ihr abrupt, als sie ihm die Hand auf die Stirn legen wollte. »Ich habe nichts weiter, Mylady. Es ist nur des Bäckers Teufelswerk.«

»Bäcker?«

»Die Pastete.« Er hob sie in den Sattel und keuchte unter der Anstrengung, obwohl sie versuchte, ihm zu helfen. Als sie saß, trat er zurück und wischte sich die Stirn. »Zumindest seid Ihr davon nicht krank geworden wie ich.«

»Nein«, meinte sie, und dann reichte sie ihm nur nach einem kurzen Moment des Zögerns ihre Hand.

Ohne sich zu rühren, blickte er auf ihre ausgestreckte Hand.

»Wenn Ihr krank seid«, erklärte Amiranth, »müsst Ihr mit mir zusammen reiten.« Sein Blick kehrte zu ihrem Gesicht zurück. Er schien noch ein wenig blasser geworden zu sein.

»Wenn Ihr krank seid und sie kommen«, erklärte sie geduldig, »müssen wir zusammen reiten.« Sie wartete und fügte dann hinzu: »Zumindest im Moment.«

Er schaute sich um, blickte durch die zierlichen Bäume hindurch und auf den Weg, der sich deutlich abzeichnete und direkt zum Pestdorf führte.

»Kommt«, sagte sie und versuchte entschlossen zu klingen.

Tristan kletterte hinter ihr in den Sattel.

Sie verließen das Wäldchen in einem flotten Trab, der das unangenehme Ziehen in Amiranths Kopf in einen pochenden Schmerz verwandelte. Tristan war eine angenehme Stütze hinter ihr. Seine Arme lagen im Gegensatz zu gestern, als er sie auf ihrer Flucht an sich gedrückt hatte, weil ihr Leben in Gefahr gewesen war, locker um ihre Taille. Sie schloss die Augen und dachte wieder an die

Angst jener schrecklichen Minuten. Sie erinnerte sich wieder an das Gefühl, als er seine Brust fest an ihren Rücken gedrückt hatte, während sein Kinn über ihrer Schulter lag.

Schließlich ging Jorah vom Trab in Schritt über und wurde dadurch so langsam, dass ihr Kopf nicht mehr so schmerzte. Amiranth richtete sich ein wenig auf, und Tristans Griff lockerte sich noch mehr, sodass er kaum noch zu spüren war.

Die Sonne stand hoch am Himmel, und hauchdünne Wolken zogen am Horizont entlang. Es herrschte bereits eine so große Hitze, dass Amiranth ein leichtes Unwohlsein verspürte. Außer dem Klappern von Jorahs Hufen und dem Knacken des Sattelleders war nichts zu hören. Sogar Tristans Atem war kaum zu hören, so leise war er.

Sie merkte, dass sie immer unbeteiligter wurde, während sie mit dem Teil ihres Verstandes, der noch zu rationalem Denken in der Lage war, ihre Möglichkeiten erwog. Der Rest von ihr schwebte irgendwo außerhalb ihres Körpers und empfand keinen Schmerz mehr.

Wenn er wieder krank war, wenn er Fieber hatte wie sie jetzt, würden sie auf jeden Fall sterben.

»Ich habe gehört, dass man Magenprobleme bekommt, wenn man nach langer Zeit wieder Fleisch zu sich nimmt«, sagte Amiranth.

Tristan brummte etwas, schien aber ansonsten nichts dazu äußern zu wollen.

Sie fuhr fort. »Auf Safere habt Ihr erzählt, dass Ihr kein Fleisch gegessen hättet. Vielleicht ist das mit Euch passiert.«

»Vielleicht.«

Seine Stimme klang kräftig, aber er war kurz angebunden.

»Wie lange ist es her, Mylord?«

»Was? Dass ich kein Fleisch hatte?«

»Ja.«

Er sagte nichts. Sie wartete und drehte sich dann in seinen Armen um. Er saß zu nah, als dass sie ihn hätte genau sehen können. Sie erhaschte nur einen Blick auf sein Kinn, den Schwung seines Wangenknochens und lockiges schwarzes Haar. Energisch setzte er sie wieder zurecht, sodass sie ihn überhaupt nicht mehr sehen konnte.

»Ich weiß nicht«, meinte er.

»Tja, wahrscheinlich müsste es aber schon eine ganze Weile her sein. Monate? Vielleicht sogar ein halbes Jahr?«

Er atmete jetzt schneller. Seine Arme spannten sich kurz an und lockerten dann wieder ihren Griff.

»Ich weiß es nicht«, wiederholte er.

Amiranths Tonfall wurde schärfer. »Wenn Ihr wieder das Fieber haben solltet, Mylord, müssen wir Schritte unternehmen, um uns darauf einzustellen. Wenn wir beide auf einmal krank sind …«

»Jahre«, unterbrach er sie mit leiser, fast schroffer Stimme.

»Oh, ich verstehe.«

Wieder senkte sich Schweigen über sie. Sie bemerkte, dass sie in den Anblick von Jorahs Mähne vertieft war, die sich genau in der Mitte teilte. Oben fiel sie über die linke Seite, unten über die rechte Seite von ihrem Hals. Bei jedem Schritt schwang sie mit.

»Wie viele Jahre?«, fragte sie laut.

Tristan antwortete nicht.

»Ich finde es sehr seltsam«, meinte sie, »dass ein Ritter des Königs überhaupt kein Fleisch hat. Das scheinen ja sehr widrige Umstände gewesen zu sein, Mylord.«

Er stieß ein freudloses Lachen aus.

»So war es in der Tat, Mylady.«

Irgendetwas riet ihr aufzuhören – seine Worte, der unterdrückte Tonfall, der ihr einen warnenden Schauer über die Haut jagte.

Er hatte nichts über Frankreich erzählt, außer bei jener unverständlichen, seltsamen Rede in der ersten Nacht in der großen Halle von Safere. Damals hatte sie nicht weiter darauf geachtet; es als Unsinn abgetan, dessen Ursache das Fieber war. Doch sie hatte mit eigenen Augen feststellen können, dass es ihm in der Ferne kaum gut gegangen sein konnte – so abgerissen, krank und allein, wie er zurückgekehrt war – ganz anders, als er vor Jahren aufgebrochen war.

Amiranth gewährte ihm sein Schweigen, denn genauso wenig wie er anscheinend darüber sprechen wollte, hatte sie den Wunsch, davon zu hören. Er hatte seinen ruhmreichen Krieg ihr vorgezogen, was kümmerten sie also die Folgen. Sie brauchte die Einzelheiten nicht zu kennen, die Niederlage war offensichtlich genug.

Außerdem war es bestimmt leichter, nichts darüber zu wissen. Es war einfacher, wenn es ihr egal war.

Aber jene Amiranth, die blass und rein wie der Wind über ihr schwebte, wunderte sich über seine Zurückhaltung hinsichtlich der Vergangenheit … und ihre Hinnahme. Gewiss stimmte da irgendetwas nicht. Gewiss hatte sie doch das Recht, mehr darüber zu erfahren … Sie fragte wieder: »Wie viele Jahre?«

Das Klappern von Jorahs Hufschlägen füllte die

Stille rhythmisch und gleichförmig. »Acht«, erwiderte Tristan schließlich.

Ein warnendes Gefühl breitete sich in ihr aus, erfüllte sie und durchdrang sogar ihren schwebenden Zustand. »Acht? Aber wie konnte das geschehen?«

»Ich will nicht darüber reden.«

»Aber …«

»Es reicht!«

Klapp-klapp-klapper-di-klapp …

»Hattet Ihr die Männer des Königs verlassen?«, fragte sie ruhig. »Ist das der Grund?«

Keine Antwort. Sie spürte nur wieder jene leichte Anspannung seiner Arme, die um ihre Taille lagen. Sein Atem klang ein wenig gepresster, als er sollte.

Er war vom Schlachtfeld geflüchtet. Natürlich.

Das erklärte vieles – warum er so lange kein Fleisch gehabt hatte; warum er allein und in solch erbarmungswürdigem Zustand nach Safere zurückgekehrt war. Aber vor allem erklärte es, warum sie all diese Jahre nichts von ihm gehört hatten, sodass man dachte, er sei tot. Er war nur weggelaufen, hatte sich versteckt und hatte sie ihren einsamen Klagen angesichts seines Todes überlassen.

Er unterbrach ihre Gedanken. Seine Worte waren leise und gequält. »Ich war acht Jahre lang fort. Da würde ich doch eher sagen, dass die Männer des Königs mich verlassen hatten.«

»Was soll das bedeuten?«

Tristan seufzte. »Nichts. Das ist jetzt alles unwichtig.«

»Ich möchte doch nur verstehen …«

»Lady Lily.« Sein Tonfall war scharf, fast schroff.

»Wenn Ihr Euch oder mich achtet, werdet Ihr mir einen Gefallen tun, lasst es ruhen.«

Sie riss sich zusammen und erhob keine weiteren Einwände, denn es war das erste Mal, dass sie einen Hinweis auf seine eiserne Entschlossenheit erhielt und einen kurzen Blick auf seinen festen Willen tat, den sie immer in ihm vermutet hatte. Das ließ sie selbst in ihrem eigenen seltsamen Zustand innehalten.

Er verbarg seine Vergangenheit vor ihr. Sein Vertrauen in sie war nicht groß genug, um ihr die persönlichen Erfahrungen seines Krieges – oder deren Fehlen – zu enthüllen, und er schob sie jetzt genauso leicht beiseite, wie er es immer getan hatte.

Und doch schien es höchst unwahrscheinlich, dass der Earl of Haverlocke seinen König im Stich lassen könnte, dass der Mann, den sie einst gedacht hatte zu lieben, in der Lage wäre, die hehren Ideale des Rittertums so vollständig aufzugeben. Das konnte nicht wahr sein. Das war nicht möglich. Aber warum leugnete er es dann nicht?

Ihr Kopf schmerzte fürchterlich. Sie konnte nicht mehr klar nachdenken. Amiranth spürte, wie Mitleid und Kummer mit ihm, mit ihr, mit diesem ungewollten Moment zwischen ihnen in ihr aufstieg. Und sie sagte sich, dass das daran lag, dass die Krankheit sich wieder in ihrem Körper ausbreitete.

Zur Hölle mit ihm. Sollte er doch seine Geheimnisse für sich behalten. Sie hatte ihre eigenen. Der hinter ihr sitzende Tristan verharrte in seinem Schweigen, während seine Hände gleich bleibend fest um ihre Taille lagen.

Und so dehnte sich das Schweigen aus, aus Minuten wurden Stunden, bis sie irgendwann nicht mehr wusste, wie lange sie schon nichts mehr gesagt hatten, weil der schwebende Teil von ihr vollständig Besitz ergriffen hatte und Amiranth kein Gefühl mehr für die Zeit hatte, die vergangen war.

Sie ritten im Schein der glühenden Sonne. Sie hielten sich im Schatten von Bäumen, wenn es möglich war, und benutzten ansonsten die offene Straße. Es schien ihr so, als hätte sie ein wenig geschlafen, aber es war kein richtiger Schlaf, es konnte kein richtiger Schlaf sein, wenn man wund, erhitzt und unbequem im Sattel saß.

Sie hatte Durst. Tristan gab ihr den Wasserschlauch, und sie trank mit langen Zügen die warme, übel riechende Flüssigkeit. Es löschte nicht ihren Durst. Es half kein bisschen. Als sie eine Rast einlegten, gab er ihr Brot und ein wenig Käse. Sie aß, so viel sie konnte. Er ließ nicht zu, dass sie länger als nötig an einem Ort verweilten. Sie ritten weiter.

Irgendwann merkte Amiranth, dass sie sich mit ihrem ganzen Gewicht gegen ihn lehnte. Ihr Kopf ruhte unter seinem Kinn. Tristan hielt sie locker umschlungen und hatte jetzt die Zügel in der Hand. Nur das endlose Klappern von Jorahs Hufschlägen war zu hören.

Abenddämmerung. Der Himmel war strahlend rot und rosa-violett. Es waren die schönsten Farben, die sie je gesehen hatte. Wieder hielten sie in irgendeinem Wald – ein richtiger Wald, stellte sie mit plötzlichem Erstaunen fest – und suchten sich zwischen grünen Bäumen, Farnen und Gras einen Unterschlupf.

Er half ihr aus dem Sattel und ließ sie sich neben einer Eiche hinsetzen. Amiranth brach in Tränen aus, weil sie glücklich war, nach so langer Zeit endlich wieder Gras zu sehen. »Na, na!«, beruhigte er sie, während er ihr vor ihr kauernd die Augen trocknete. »Mein Liebling, mein Schatz, keine Tränen ...«

Das versetzte sie so in Erstaunen, dass sie still wurde. Sie blickte zu ihm auf, und Tristan schenkte ihr sein leichtes Lächeln, während seine Finger kühl an ihrer Wange lagen. »Schlaft ein wenig«, sagte er. »Gleich hier, Lily. Legt Euch hin und schlaft.«

Er half ihr, sich auf dem süß duftenden Gras auszustrecken, das sich so wundervoll an ihrer erhitzten Haut anfühlte. Ihre Augenlider wurden schwer.

»Schlaft«, hörte sie ihn wieder sagen, und es war solch eine beruhigende Versuchung. »Schlaft jetzt. Ich werde da sein, wenn Ihr wieder wach werdet.«

Also verdrängte sie all ihre Sorgen und ließ sich in das weiche Gras, dessen grüne, grüne Tiefen sinken.

* * *

Es handelte sich um eine Stadt, kein Dorf. Eine sehr kleine Stadt, räumte Tristan ein, und auch ein bisschen schäbig. Aber nichtsdestotrotz eine Stadt.

Eine Stadt war Fremden gegenüber vielleicht aufgeschlossener als ein Dorf. Eine Stadt bemerkte vielleicht nicht einmal, dass zwei Neuankömmlinge durch die Straßen ritten. Er beobachtete die Stadt eine Weile, wobei er sich zwischen den Bäumen eines nahe gelegenen Hügels verbarg. Die Stadt war in dem üppigen Tal errichtet worden, das unter ihnen lag. Zwei Flüsse umschlossen das Städtchen und verschwanden dann im Gewirr der Straßen und Gässchen. Man sah Leute umhergehen, das hielt er für ein gutes Zeichen. Man ging also immer noch seinen alltäglichen Geschäften nach. Kein

Hauch von Verzweiflung oder Abschottung war zu spüren, soweit er das sehen konnte.

Er zerbrach sich den Kopf, um auf den Namen dieses Ortes zu kommen, doch ohne Erfolg. Er musste schon mal hier gewesen sein. Zumindest als Kind – ja, gewiss war es damals gewesen. Aber das Städtchen sah genauso aus wie zahllose andere Städte, die über das ganze Königreich verteilt waren.

Eine Schmiede. Eine Schlachterei. Eine Bäckerei mit Mühle. Eine Gastwirtschaft. Tristan konzentrierte sich auf die Gegend um die Gastwirtschaft herum. Er beobachtete die Leute, die hineingingen und herauskamen, und lauschte auf den Lärm, der manchmal vom Wind den kleinen Hügel hochgetragen wurde. Die Nacht war bereits hereingebrochen; Lampen und Fackeln erleuchteten jetzt die Eingänge der Gebäude und hießen einen fröhlich willkommen.

Wo es eine Gastwirtschaft gab, dürfte auch eine Herberge in der Nähe sein. Es musste einfach so sein. Er rechnete fest damit.

Er ging zu Lily zurück, die immer noch im hohen Gras schlief. Sie sah so lieblich aus in ihrem zerzausten Kleid und mit den offenen Haaren, die sich golden über grünes Gras ergossen, während zarte Schatten über ihr schwebten. Sie sah wie eine Nymphe aus, die man beim Schlafen ertappt hatte. Nur der sanfte rosa Schimmer auf ihrem Gesicht offenbarte ihre Zugehörigkeit zu den Sterblichen.

Tristan kniete vor ihr nieder und weckte sie so sanft er konnte. »Es ist wieder Zeit aufzubrechen. Wie geht es Euch? Könnt Ihr Euch hinsetzen? Hervorragend. Das ist wundervoll, Lily. Hier ist das Pferd. Lasst mich Euch helfen.«

Er stieg hinter ihr auf und drückte sie eng an sich. Sie strahlte Wärme in seinen Armen aus und bestand nur aus weichen Rundungen und schläfriger Verwirrung. Tristan trieb die Stute aus dem Wald und den Weg hinunter zur Gastwirtschaft.

Am Stadtrand wollte er, dass sie sich gerade hinsetzte. Sie tat es, strich sich das Haar aus den Augen und schaute sich um.

»Lasst mich für uns beide sprechen«, flüsterte er ihr zu. »In Ordnung? Ich werde uns für heute Nacht ein ordentliches Zimmer besorgen. Dann wird es Euch gleich besser gehen.« Hoffentlich, fügte er in Gedanken entschlossen hinzu.

Niemand hielt sie auf. Er hatte Lily, bevor sie die Stadt betraten, in den Umhang gehüllt und die Kapuze weit in ihr Gesicht gezogen. Dieser Anschein von Sittsamkeit sollte dazu dienen, die verräterische Röte ihres Gesichtes zu verbergen. In den Straßen ernteten sie neugierige Blicke, aber niemand belästigte sie.

Jetzt, wo sie sich tatsächlich inmitten der Leute befanden, bemerkte er bei den meisten die verhungerten Blicke, mit diesem Hunger lebte er nun schon seit Jahren. Aber die Mehrheit der Leute schien sich eigentlich eher für das Pferd zu interessieren. Tristan musste zugeben, dass sie ein wirklich hübsches Tier war, und trotz der vergangenen harten Tage konnte man deutlich sehen, dass sie nicht irgendein Klepper war. Bis zu diesem Moment hatte er nicht bedacht, wie sehr die Stute an solch einem gewöhnlichen Ort auffallen würde. Sie konnten es sich nicht leisten, Aufsehen zu erregen.

An der Ecke einer geschäftigen Straße stieg Tristan ab und ließ Lily allein im Sattel reiten. Auf diese Weise konnte er die Stute mit festem Griff um die Zügel weiterführen. Er begegnete den gaffenden Blicken der Leute mit einem warnenden Gesichtsausdruck, der die meisten sich rasch abwenden ließ.

Als er sich nach Lily umschaute, beobachtete sie ihn mit ihren großen braunen Augen, die nun weit aufgerissen waren. Ihre Mundwinkel zeigten jetzt leicht nach unten. Er versuchte ihr zuzulächeln, um sie ohne Worte zu beruhigen. Doch der sorgenvolle Ausdruck wich nicht von ihrem Gesicht.

Er fand die Gastwirtschaft, ohne nach der Richtung fragen zu müssen. Aus der Ferne des Waldes hatte sie durch die lärmende Geschäftigkeit und das Schild, das ein fettes Schwein mit einem Bierkrug zeigte, irgendwie gemütlich und einladend gewirkt. Er hatte Dutzende solcher Gastwirtschaften in seiner Jugend gesehen – oder eher Hunderte. Man würde ein einfaches, aber reichhaltiges Essen vorgesetzt bekommen, und dazu gab es saures Bier oder verwässerten Wein. Über dem Schankraum würde es Zimmer geben, die man mieten konnte. Sie würden mit unbequemen Betten und, wenn man Glück hatte, mit einem Kamin ausgestattet sein. Und er konnte jetzt feststellen, dass sich diese Dinge nicht geändert hatten. Aber als er sich umdrehte, um wieder nach Lily zu sehen, bemerkte er das erste Mal, etwas verspätet, wie fehl am Platze sie hier war – eine edle Dame auf einem edlen Pferd. An solch einem Ort waren beide zweifellos so selten wie Diamanten.

Trotzdem führte er sie weiter in den Hof, während seine Gedanken nur um das Zimmer kreisten, das ihnen einen sicheren Unterschlupf bieten würde.

Als ein Junge herankam, um sich des Pferdes anzunehmen, trat ein Mann in einer Wolke aus

Rauch aus der Gastwirtschaft. Er ging auf Tristan zu, nahm erst ihn und dann Lily in Augenschein.

»Kann ich zu Diensten sein?«

»Meine Herrin möchte ein Mahl zu sich nehmen. Gebt uns Euer bestes Zimmer und schickt uns sofort Essen nach oben.«

»Eine feine Dame, hä?«, meinte der Mann spöttisch, während er neugierig starrend näher trat. Tristan stellte sich ihm in den Weg. Er war breiter und einen guten Kopf größer als der andere Mann und wusste, wie man sich beides zunutze machte.

»Euer bestes Zimmer«, wiederholte er mit einem drohenden Unterton in der Stimme. »Und eine Mahlzeit. Sofort.«

Der Gastwirt trat mit mürrischem Blick zurück.

»Ihr müsst im Voraus bezahlen.«

»Zeigt uns das Zimmer, und dann sprechen wir über den Preis.«

»Zuerst zahlen«, beharrte der Mann, während er noch einen Schritt zurücktrat und dabei auf die Tür zuhielt.

»Wisst Ihr eigentlich, wer ich bin?«, hub Tristan ungläubig an. »Ich bin …«

»John«, unterbracht ihn Lily mit leicht heiserer Stimme. »Bezahl den Mann.«

»Was?«

Er und der Gastwirt drehten sich beide gleichzeitig zu Lily um, die immer noch im Sattel saß. Sie lehnte sich aus dem Sattel nach vorn und streckte Tristan ihre Hand hin, in der ein paar Münzen lagen. Die Kapuze war immer noch über ihren Kopf gezogen, aber das schwache Licht aus der Wirtschaft enthüllte bereits ihr gerötetes Gesicht. Ruhig begegnete sie seinem Blick und sprach dann wieder mit festerer Stimme.

»John, ich sage dir, bezahl dem Mann, was er verlangt, und lass uns einkehren. Ich bin ziemlich müde und nicht in der Stimmung für dein Feilschen.«

Tristan hatte sie noch nie in so einem Ton sprechen hören. Sie war ganz die hochherrschaftliche Adlige, die es gewohnt war, dass jedem ihrer Befehle Folge geleistet wurde. Als er sie weiter nur anstarrte, hob sie hochmütig eine Augenbraue.

»Bitte, trödele nicht herum. Ich möchte jetzt mein Mahl zu mir nehmen.«

Er nahm die Münzen, die eine unglaubliche Summe bildeten. Es war viel zu viel für solch eine einfache Absteige.

Der Gastwirt wusste es auch.

»Sofort, Mylady«, sagte er und grinste sie an.

Wortlos ließ Tristan die Münzen in die Hand des Mannes fallen und beachtete das Grinsen nicht weiter. Er drehte sich um, um Lily vom Pferd zu helfen.

Sie glitt zu schnell aus dem Sattel und fiel fast gegen ihn. Doch dann fing sie sich mit zittrigen Beinen und stützte sich schwer auf seine Arme.

»Hier entlang, Mylady«, sagte der Gastwirt, und sie folgten ihm in den Dunst der verqualmten Schänke.

7

Amiranth hielt die Scharade, so lange sie konnte, aufrecht, indem sie sich schwer auf Tristan stützte, während sie die Treppe zum einzigen Zimmer der Herberge hochstiegen, das über einen eigenen Salon verfügte.

»Das beste in der Stadt«, brüstete sich der Gastwirt, während er ihr immer wieder abschätzende Blicke über die Schulter zuwarf. »Mylady werden nicht enttäuscht sein.«

»Das hoffe ich«, erwiderte sie kühl.

Tristan ging mit festem gleichmäßigem Schritt neben ihr. Seine Augen glitzerten kalt und gaben nichts preis. Die Stärke seines Armes unter ihrer Hand war das Einzige, was sie davon abhielt, zu Boden zu sinken.

Er führte sie sofort zum Sessel vor dem Kamin und half ihr, sich hinzusetzen. Lautstark drängte er sie, sich aufzuwärmen und sich nach ihrer langen Reise auszuruhen. Sie hörte, dass er sich entfernte und weiteres mit dem Gastwirt besprach. Aber ihre Stimmen klangen jetzt seltsam verzerrt und schienen sie nur durch ein ununterbrochenes Dröhnen zu erreichen, das ihren ganzen Kopf erfüllte und sich mit den Geräuschen aus dem Schankraum von unten vermischte. Einmal hatte sie das Gefühl, dass Tristan sie etwas gefragt habe könnte, und sie konnte nur mit einer Hand schwach abwinken. Sie hoffte, dass er begriff, was mit ihr los war.

Das Feuer brannte hell, so hell ... sie musste ihre Augen schließen, nur für einen Augenblick ... Eine Berührung an ihrer Schulter. Tristan stand vor ihr und versperrte ihr die Sicht in die Flammen.

»Das Abendessen für meine Herrin«, sagte er und half ihr aufzustehen. Die Welt um sie her schwankte nicht mehr so stark. Das Dröhnen in ihrem Kopf war nur noch ein leises Brummen.

Mit einer Hand auf seinem Arm ging sie zu einem kleinen Tisch, auf dem bereits Fleisch und Beilagen angerichtet waren. Eine Frau überwachte die Mahlzeit und hielt einen Krug mit irgendeinem Getränk in der Hand. Die Frau gab den anderen Bediensteten immer wieder kurze Befehle, während sie Ale in Amiranths Becher goss. Mit leuchtend grünen Augen schaute sie neugierig von Tristan zu Amiranth.

»Lasst uns allein«, sagte Amiranth zu ihr. »Mein Diener wird mir aufwarten.«

Die Frau knickste und murmelte eine Erwiderung. Erst als alle Bediensteten das Zimmer verlassen hatten, wagte Amiranth es, der Schwäche nachzugeben, die ihren ganzen Körper beherrschte. Sie seufzte leise und lehnte sich wieder mit geschlossenen Augen zurück. Der Geruch von gebratenem Lamm drang in ihre Nase und ließ Übelkeit in ihr aufsteigen. »Trinkt«, sagte eine Stimme dicht neben ihrem Ohr.

Sie öffnete die Augen und blickte auf Tristan, der ihr einen Becher an die Lippen hielt. Sie nahm das Ale. Sie spürte den leicht bitteren Geschmack und löschte damit ihren Durst. Als sie ausgetrunken hatte, nahm er ihr den Becher ab und kam dann mit einem Stück Brot zurück, das er in Sauce getaucht hatte. Sie stieß seine Hand beiseite.

»Ich kann selbst essen.«

»Ich glaube nicht«, erwiderte er mit genauso leiser Stimme wie sie. »Ihr habt behauptet, ich sei Euer Diener, Mylady. Da wäre ich ja ein schöner Diener, wenn ich es Euch überlassen würde, selber zu essen.«

Eine Prise Sarkasmus schwang in seiner Stimme mit, die jedoch so leicht war, dass sie ihr fast entging. Amiranth wurde wütend. »Ihr konntet denen ja wohl nicht gerade erzählen, dass Ihr der Earl of Haverlocke seid, Mylord.«

»Warum nicht?« Er gab seinen Vorwand, sie füttern zu wollen, auf und ließ sich zurück auf die Fersen sinken. »Das hätte uns ein gutes Maß mehr Respekt von diesem diebischen Gastwirt eingebracht. Das kann ich Euch sagen. Jetzt sind wir nur eine unverheiratete Dame und ihr Diener.«

Sie spürte, wie jede Menge Energie in ihren Körper zurückströmte.

»Eine unverheiratete Dame und ein Diener mit einem *Zimmer* und einer *Mahlzeit.* Ihr dagegen hättet dafür gesorgt, dass man uns gleich hinauswirft.«

»Es ist offensichtlich, dass Euch die Macht eines Titels nicht klar ist.«

»Ich kann klar erkennen, wann einem ein Titel mehr schadet als hilft!«

»Der Earl of Haverlocke ist ein alter und angesehener …«

»Der *Earl of Haverlocke* ist nicht hier. Obwohl er bestimmt schon einmal hier gewesen ist, sodass sein Gesicht bekannt sein dürfte. Aber Euer Bruder befindet sich jetzt höchstwahrscheinlich das Leben genießend auf seiner Burg und ist von vielen Leuten umgeben, die sich für seine Identität verbürgen. Ihr dagegen, Mylord, seid nichts als ein Fremder in den Kleidern eines armen Mannes.«

Sie sah, dass er über ihre Worte nachdachte, und nahm dabei aufs Neue jenen Zug kalten Stolzes in ihm wahr, dem sie einen Schlag versetzt hatte. Er schien ihre Worte als einen tätlichen Angriff zu werten, obwohl sie ihm doch nur die Wahrheit gesagt hatte. Er runzelte die Stirn und hatte die Augen grimmig zusammengekniffen.

Ja, sie erinnerte sich an diesen Gesichtsausdruck bei ihm.

Merkwürdigerweise beeindruckte sie das aber längst nicht mehr so sehr wie noch vor ein paar Jahren. Vielleicht lag es einfach nur daran, dass sie erwachsen geworden war und ihn nicht mehr mit verliebten Kalbsaugen ansah. Aber vielleicht versteckte sich auch so etwas wie Unsicherheit, ein feiner Riss in seiner Eitelkeit hinter seinem Stolz. Vielleicht lag es auch nur am Licht.

Amiranth gab keinen Ton mehr von sich und kniff die Lippen zusammen. Sollte er doch im eigenen Saft schmoren. Sie hatte Recht, und das wusste sie auch.

Mit einem Laut der Empörung stand er abrupt auf und trat wieder zum Kamin. Er streckte eine Hand aus und legte sie gegen den Stein. Er drückte immer fester dagegen, als wolle er dessen Standfestigkeit überprüfen.

Gegen den Schein des Feuers zeichnete sich seine Gestalt dunkel ab – Muskeln und Mann mit geschmeidigen Formen.

»All diese Jahre war ich fort«, sprach er leise in Richtung der Flammen, »und dann komme ich zurück, und nichts ist so, wie es sein sollte. Meine Gemahlin, mein Titel, mein Heim – alles hat man mir genommen.« Er schüttelte den Kopf. »Ich kann das nicht verstehen.«

»Es ist doch eigentlich ganz einfach«, kam sie ihm entgegen und betrachtete ihn weiter, wie er vom Licht umrahmt wurde. »Tristan Geraint ist tot, und das schon seit Jahren. Es bedarf eines Wunders, um ihn zurückzubringen.«

Er stieß ein kurzes Lachen aus. »Ich fürchte, Mylady, dass ich meinen Teil an Wundern bereits aufgebraucht habe.«

»Tatsächlich? Dazu kann ich natürlich nichts sagen.«

Er zog den Kopf ganz leicht zwischen die Schultern und blickte mit gesenktem Kopf auf den Holzbohlenfußboden. Seine Hand wirkte dunkel gegen den Stein, seine Finger gebräunt und schmal. Er drückte noch fester gegen den Stein, bis die Haut um seine Nägel herum weiß wurde.

Plötzlich fiel ihr auf, wie verletzlich er wirkte. Ein Mann, der gegen eine Welt anging, die er nicht kannte. Etwas in ihr schmolz bei diesem Anblick dahin, und sie empfand fast so etwas wie Mitgefühl.

»Ihr solltet an Eure Zukunft denken und jetzt planen«, erklärte sie ihm und versuchte dabei, gegen ihre Gefühle anzukämpfen.

»Das tue ich, Lily. Bei Gott, das tue ich.« Seine Stimme klang jetzt rau. Er ließ seinen Arm fallen und drehte sich endlich zu ihr um. Der Feuerschein in Gold und Orange umrahmte den hoch gewachsenen Ritter. »Ich denke die ganze Zeit darüber nach.«

Wieder wurde sie von diesem seltsamen Gefühl erfasst, dass einen Herzschlag aussetzen ließ, als sie seinem ernsten, fast forschenden Blick begegnete.

Amiranth musste den Blick abwenden und auf ihren Schoß senken. Irgendwann hörte sie, wie er sich bewegte.

»Und was ist mit Eurer Zukunft, Lady Lily? Habt Ihr Euch auch alles gut überlegt?«

»Natürlich.«

»Ein Kloster«, sagte er leiser als zuvor. »Solch ein behütetes, abgeschlossenes Leben, jeden Tag Gebete, überall Nonnen.«

»Es wird sehr angenehm sein«, erklärte sie mit fester Stimme.

»Bestimmt.«

Jetzt schlug er wieder diesen gelangweilten Ton an, der sie damals immer so verletzt hatte. Sie hielt ihren Blick gesenkt und betrachtete ihre Hände und die ineinander verschlungenen Finger. Ihre Nägel waren sehr kurz, passend für die Arbeit und fürs Überleben.

»Ich bin einmal dort gewesen«, erklärte sie trotzig. »Zu Besuch. Es ist reizend dort. Grün. Es gibt Wälder, Gärten und Bäume und Vögel dort. Ein kleiner Fluss fließt an der Kapelle vorbei, und über eine kleine Brücke kann man ihn überqueren.«

»Wie nett«, meinte er im gleichen gelangweilten Tonfall.

»Ja«, stimmte sie ihm zu, und dann wiederholte sie noch einmal energischer: »Ja. Ich bin sicher, dass es mir dort gefallen wird.«

Er hatte ihr den Rücken zugewandt, als hätte er nicht mehr das geringste Interesse an ihrer Unterhaltung. Seine nächsten Worte sprach er in Richtung des Feuers.

»Soll ich Euch jetzt aufwarten, Mylady?«

»Nein. Ich werde mir selbst nehmen.«

Tristan näherte sich dem Tisch, und ohne ihre

abwehrende Geste zu beachten, kniete er sich an ihrer Seite nieder. Er hatte einen Bissen Lammfleisch in der Hand.

»Sie werden immer wieder hereinkommen. Das wisst Ihr doch.« Sein Gesicht hatte sich wieder in eine ausdruckslose Maske verwandelt. »Um die einzelnen Gänge zu bringen.«

Ihr Blick wanderte von der Tür zu seiner Hand, die er ihr abwartend hinhielt. Der Lärm aus der Schankstube unten bildete eine permanente Geräuschkulisse.

»Passt mit dem Fleisch auf«, warnte Amiranth ihn.

»Ich weiß.«

* * *

Er war an ihrer Seite geblieben und hatte sie so umsichtig gefüttert, wie er es wohl bei einem Kind getan hätte. Trotz der starken Vorbehalte, die sie immer noch hegte, hatte sie ihn gewähren lassen. Hungrig und doch nicht hungrig nahm sie die kleinen Bissen an und betrachtete nachdenklich sein Profil, wenn er sich bedächtig über die Teller beugte. Ihr Fieber schien ein Eigenleben entwickelt zu haben. Mal stieg es an, mal ging es zurück. Dieser langsame, aber sich immer wiederholende Kreislauf bescherte ihr lange Momente der Klarheit, die von Zeiten abgelöst wurden, in denen ihre Gedanken frei dahinschwebten. Was für eine dumme Lüge, ihn als ihren Diener zu bezeichnen. Sie hatte ihren Zweck erfüllt, sie hatte ihnen Zutritt zur Herberge verschafft, aber sie konnte immer noch nicht ganz glauben, dass es geklappt hatte.

Als das Essen beendet war, ließ sie ihren Blick wieder forschend über ihn gleiten. Er war nach wie vor mit den Gewändern eines Bauern von Safere bekleidet. Hoch gewachsen und schön strahlte er golden im Lichtschein des Feuers. Wie hatte der Gastwirt ihr nur glauben können, wo doch alles an ihm von seiner edlen Herkunft sprach? Sein Gesicht, seine Haltung, sogar seine Stimme zeugten so deutlich von seiner vornehmen Abkunft, dass er auch gleich das Familienbanner hätte schwingen können.

Er war ein Earl, der verschollen und nun wieder aufgetaucht war und heute Nacht in diesem kleinen Zimmer umherging und ihr Lager für die Nacht vorbereitete, während sie müßig wie eine Königin beim Feuer saß.

Die Frau, die schon zuvor aufgewartet hatte, erschien wieder mit zwei Mägden. Sie räumten den Tisch mit lautem Geklapper, aber ohne viel zu sagen, ab. Die Frau mit den grünen Augen warf Tristan immer wieder Seitenblicke zu.

Einen Augenblick lang befürchtete Amiranth, dass die Frau das erkannt hatte, was dem Gastwirt entgangen war. Doch nein. Sie lehnte sich in ihrem Sessel zurück und legte ihre Wange in ihre Handfläche, während sie die heimlichen Blicke der Frau beobachtete.

Hatte je solch ein Ausdruck auf ihrem Gesicht gelegen, wenn sie ihren Ehemann angeschaut hatte, fragte sich Amiranth. Hatte sie ihn vielleicht als junges Mädchen je so eingehend, so hoffnungsvoll angesehen?

Er war zu schön für einen Diener. Er war zu schön für dieses Zimmer, für die Lüge, die sie über ihn in die Welt gesetzt hatte. Und doch gingen ihm alle Aufgaben leicht von der Hand. Er schüttete für sie Wasser in eine Schüssel, befahl, dass mehr

Handtücher gebracht werden sollten, mehr Decken, mehr Feuerholz für seine Herrin.

Zweifellos hatte er schon früher unzählige Male in dieser Weise aufgewartet. Deshalb wusste er, was zu tun war und was er sagen musste.

Sie versuchte, ihn sich bei einer Schlacht vorzustellen, doch es gelang ihr nicht. Sie versuchte sich vorzustellen, wie er kämpfte, sich umdrehte und wegrannte, aber auch dazu war sie nicht in der Lage. Was war wahr und was war falsch? Sie wusste es nicht. Sie war so müde. Sie ließ sich von ihm bis aufs Unterkleid ausziehen, während er ihr mit geschmeidigen, flinken Fingern das schwere Bliaut abstreifte. Er führte sie zu ihrem Bett, wobei er langsam neben ihr herging. Angesichts der neugierigen Blicke der Frauen ging Amiranth sehr gerade. Sie legte sich auf die Felle, und er deckte sie zu. Als er sich umdrehte, entließ er die anderen. Amiranth schloss die Augen und ließ sich vom lieblichen Klang seiner Stimme sofort in den Schlaf wiegen.

***

Der verfluchte Boden war zu hart.

Tristan konnte auch mit drei Decken, die er unter sich ausgebreitet hatte, und einem Kissen für seinen Kopf nicht darauf schlafen.

Von der Tür her zog es erbärmlich, denn sie schloss nicht richtig …

… würde sie klemmen, wenn man es eilig hatte? War die Treppe breit genug, um hinunterzurennen? Wie hoch lag das Fenster? Wie weit war es bis nach unten? …

Durch den Zug war die linke Seite seines Körpers, wie sehr er sich auch in die Decken wickeln mochte, ganz kalt.

Lily schlief nur ein paar Schritte entfernt so friedlich auf ihrem weichen Bett. Er sollte sich für sie freuen. Er sollte erleichtert sein, dass sie jetzt so gut aufgehoben war, wie er es sich verzweifelt für sie gewünscht hatte. Dass sie zumindest heute Nacht ihren ganzen Schlaf ungestört nachholen konnte.

Er lag, wie jeder echte Leibeigene, der teils Wächter, teils Diener war, es tun würde, am Ende ihres Bettes auf dem Fußboden. Er kannte seine Rolle; er hatte jahrelang das Leben eines Earls geführt, ehe man es ihm genommen hatte. Er erinnerte sich daran, was er tun, wie er sich verhalten, was er sagen musste, um die Rolle, die Lily ihm angedichtet hatte, überzeugend zu spielen und die Leute nicht misstrauisch werden zu lassen.

Aber er konnte nicht schlafen. So nicht.

Sich die Augen reibend und grimmig lächelnd, setzte Tristan sich auf. Er hatte jahrelang in einer unbeheizten Zelle ohne anständige Decken geschlafen. Dieses Zimmer war im Vergleich dazu der reinste Palast. Doch damals war er allein gewesen, immer allein. Heute Nacht schlief sie in die Annehmlichkeiten der Zivilisation gehüllt neben ihm.

Unter warmen Decken.

In einem ganz weiten Hemd.

In einem Bett, das wirklich groß genug für zwei war.

Das Feuer war fast ganz erloschen. Die Dunkelheit der Nacht war in das Zimmer eingekehrt, und im Bereich des Kamins war nur noch ein schwaches, rotes Glimmen zu erkennen. Seitdem sie sich hingelegt hatte, waren Stunden vergangen. Aus dem Schankraum drangen fast keine Geräusche mehr nach oben. Nur ein gelegentliches

Schnarchen von den Männern, die unten schliefen, drang durch die Fußbodenbretter.

Er schaute zu Lily, die nachts mit offenem Haar, dessen lange Locken sich wie ein Kissen aus gesponnenem Gold über die Laken ergossen, schlief und dabei so schön aussah. Durch die langen Jahre der Kerkerhaft waren seine Augen immer noch an die Dunkelheit gewöhnt, und er vermeinte sogar, dass er sie jetzt besser sehen konnte denn bei Tageslicht, wo ihr Strahlen nicht so deutlich war. Der Schlaf und die Träume nahmen ihr die zurückhaltende Vorsicht, die immer wie ein Schatten auf ihr zu liegen schien.

Die strahlende Lily sollte für den Rest ihres Lebens in einem Kloster eingeschlossen werden? Undenkbar. Wie hatte sie sich nur solch ein Leben auswählen können? Wie konnte sie ihrem sprühenden Geist solche Fesseln auferlegen?

Plötzlich fand er sich neben ihrem Bett kniend wieder, wo er forschend ihr Gesicht, ihre Hände, die auf den Decken lagen, ihre zarten Handgelenke, ihre weiche Haut betrachtete. Er konnte den Blick nicht von ihren geschlossenen Augen abwenden, die von langen reizenden Wimpern bekränzt waren, die eher einem kleinen Mädchen zu gehören schienen als der Frau, die ihm das Leben gerettet hatte. Ihre entzückend geschwungenen Augenbrauen, die so weiblich wirkten, waren jetzt ganz entspannt. Sein Blick fiel auf ihre vollen schönen Lippen, die so süß waren. Er erinnerte sich daran, wie sie geschmeckt hatten, was für ein Gefühl es gewesen war …

Alle anderen Gedanken schienen in der Dunkelheit dahinzuschmelzen. Während Tristan sie anstarrte, setzte sich ein neues Wort in ihm fest, nur eines, das sich immer wiederholte, ein gefährliches Wort, das ihn umhüllte und sie, bis er an nichts anderes mehr denken konnte: mein, mein …

Er beugte sich immer tiefer über sie, langsam, ganz langsam, während er kein einziges Mal den Blick von ihrem Gesicht abwendete. Lily schlief weiter. Sie war sich seiner Gedanken, seiner Anwesenheit, der Gefahr, der sie jetzt ausgesetzt war, nicht bewusst.

Sein Gesicht schwebte ganz dicht über ihrem, ihre Lippen berührten einander beinahe. Er atmete ihren leichten und unendlich lieblichen Duft ein, der ihn vollständig erfüllte. Er spürte, wie ihm davon schwindelig wurde. Er fühlte sich berauscht, verloren.

Tristan senkte seine Lippen auf ihren Mund.

In ihrem friedlichen Schlaf umhüllte sie ihn mit ihrer köstlichen Wärme. Es war ein ganz leichter Kuss. Er berührte ihre Lippen kaum und bereitete sich eine süße Qual, indem er seinen Mund federleicht über sie hinweggleiten ließ.

Seine Augen schlossen sich. Es war himmlisch.

Er spürte, wie sie seufzend Atem holte, und hielt über ihr schwebend inne. Aber sie wachte nicht auf. Also setzte er seinen Kuss immer noch sanft fort. Er kämpfte gegen sein Verlangen nach ihr an, nach dem, was ihm *nicht* gehörte, trotz des pochenden Schmerzes in seinem Körper. Und weil dieser Gedanke das Verlangen unerträglich steigerte, ließ Tristan seine Zunge von ihren Lippen kosten, ließ sie über sie gleiten, obwohl ihm das noch mehr Qualen bereitete.

Sie seufzte wieder, aber dieses Mal hielt er nicht inne. Gierig neigte er sich eng über sie, während seine Hände ihr Kissen umklammerten. Sein Mund saugte sich an ihren Lippen fest, kostete sie, wollte immer mehr, oh, sie war so wundervoll, so herrlich, und er spürte einen solch großen Hunger nach ihr.

Schwer atmend riss er sich los und blickte zur Decke, zur Wand, überallhin, nur nicht zu ihr.

Immer noch schlafend, hob Lily eine Hand an ihren Mund und strich mit den Fingerspitzen über ihre Lippen, während sie den Kopf drehte. In einem langen murmelnden Seufzer stieß sie den Atem aus.

»Tristan …«

Was für ein entsetzlicher Fehler. Dies war nicht der Himmel, es war die tiefste Hölle. Er stand auf und ging auf die Tür zu. Er schaute nicht zu ihr, denn er hatte Angst, dass er seinem Verlangen nachgeben und zu ihr zurückgehen könnte, um sie auf eine Weise zu wecken, die seinen Namen von einem Seufzer in eine Bitte verwandeln würde.

Er hörte das Rascheln ihrer Decken. Als er endlich wieder in ihre Richtung schauen konnte, sah er, dass sie sich umgedreht hatte und nun mit dem Rücken zu ihm lag. Ihr Haar glänzte immer noch golden und ergoss sich wie ein leises Flüstern über ihren Rücken und die Decken. Was für ein Gefühl wäre es, ihr Haar zu berühren.

Tristan tat die wenigen kurzen Schritte, die er brauchte, um das Zimmer zu verlassen, und schloss leise die Tür hinter sich.

Er war zu lange ohne eine Frau gewesen. Mehr war an der ganzen Sache nicht dran, redete er sich selber ein. Acht Jahre – und an das letzte Mal, als er sich der Fleischeslust hingegeben hatte, erinnerte er sich kaum noch: seine Hochzeitsnacht, die aus einem Gewirr von Erinnerungsfetzen bestand, die zu undeutlich waren, um sie zurückzuholen.

Seine Frau. Amiranth.

Er spürte, wie er wieder von Scham erfasst wurde, die seine Lust abkühlte und seinen Kopf klar genug werden ließ, dass er ihn, eine Grimasse ziehend, gegen die Wand im Gang sinken lassen konnte.

Amiranth, dachte er trostlos, während er versuchte, sich ihr Gesicht, ihre Augen, irgendetwas in Erinnerung zu rufen, um den Zauber, den Lily um ihn und seinen Körper gesponnen hatte, zu lösen. *Amiranth, Amiranth.*

Ihre Unschuld war ihm verloren. Sie war der Grund, weshalb er jetzt hier stand und gegen seine niedersten Instinkte kämpfte. Eigentlich war sie der einzige Grund, weshalb er überhaupt ihre Cousine kannte, dass er mit ihr reiste und sich nach ihr sehnte.

Was würde sie wohl dazu sagen, fragte er sich. Was könnte sie wohl sagen? Er war zu spät zurückgekommen, trotz seiner noblen Absichten hatte er keinen seiner schönen Schwüre halten können, die er für sie in Frankreich abgelegt hatte. Sie war zu früh gestorben. Er würde nie die Chance erhalten, sie glücklich zu machen.

Würde sie jetzt ihren Segen geben? Er war sich sicher, dass sie ihre Cousine geliebt hatte. Wenn er Lily glücklich machen konnte, wenn er sie heiraten und für sich gewinnen konnte und sein restliches Leben damit verbrachte, all ihre Wünsche zu erfüllen, würde Amiranth sie dann immer noch verfolgen?

Tristan stieß ein kurzes unterdrücktes Lachen aus. Lily heiraten. Verdammt unwahrscheinlich.

Nur durch ein Wunder oder zumindest einen päpstlichen Dispens würde er in die Lage versetzt werden, die Cousine seiner verschiedenen Frau zu heiraten. Nur durch eine lange, beschwerliche Reise durch die römischen Gerichtshöfe, Geldgeschenke an den richtigen Stellen und offizielle Bittschriften ließen sich vielleicht die Gesetze der Blutsverwandtschaft beugen.

Wenn er die Welt davon überzeugen konnte, dass er derjenige war, der er behauptete zu sein. Und *wenn* sie ihn nähme.

Niedergeschlagen dachte Tristan, dass sie das höchstwahrscheinlich nicht tun würde. Auch wenn er es schaffte, den Geist seiner verstorbenen Frau zu vertreiben, war es vollkommen klar, dass Lily nie ihr Einverständnis geben würde. Sie wollte ihr Kloster und sonst nichts. Seine Gedanken waren nur Träume, dass er sie vielleicht erringen könnte. Er war wirklich verrückt. Vielleicht war dies alles auch nur ein verwickelter neuer Alptraum und er saß immer noch in seiner Zelle in Frankreich, wo er auf den Tod wartete, wo er auf den Tod hoffte.

Noch einmal öffnete er die Tür zum Zimmer und sah, wie sich ihre Gestalt von den dunklen Schatten der Nacht abhob. *Real, das ist real,* dachte er, und Erleichterung stieg in ihm auf. Was auch die Sünden seines Lebens gewesen sein mochten, Lady Lily Granger war wirklich da.

Er schloss die Tür und begann langsam den Gang hinunterzugehen. Was er jetzt brauchte, war ein Glas Ale. Ein schöner Becher Ale, vielleicht zusammen mit ein wenig Lammfleisch, ja. Das würde seinen Appetit anregen und ihn für die Reise, die noch vor ihnen lag, vorbereiten.

Er ging die Treppe zu schnell hinunter und tappte beinahe in die leise tuschelnd geführte Unterhaltung im Schankraum.

»... die hat wirklich schöne Sachen an. Das kann ich dir sagen. Und diese Stute! Hast du die gesehen?«

Die Stimme eines Mannes, des Gastwirtes, nahm Tristan an, kam aus Richtung der Bar, die er von seinem Blickwinkel aus nicht sehen konnte. Er ging die Treppe jetzt langsamer hinunter und blieb noch außerhalb des Raumes stehen, sodass man ihn von drinnen nicht sehen konnte. Von hier *aus* konnte er einen großen Teil der Gastwirtschaft, die Tische, den Kamin, erkennen. Auf dem Boden verstreut lagen Männer in tiefem Schlaf, müde Reisende und die Angestellten des Hauses lagen in der Nähe des Feuers.

Das laute Schnarchen eines der Männer übertönte die Antwort der Frau. Jetzt sprach wieder der Gastwirt mit flüsternder Stimme.

»Das wird ganz leicht sein, sage ich dir. Denk darüber nach, Moira. Ist doch nur 'ne Frau und ihr Leibeigener. Bestimmt hat sie sich ihren Weg in die Stadt reingehurt. Die laufen mit 'ner Menge Geld rum. An wen sollten sie sich schon wenden? Und wer würde ihnen denn glauben?«

»Vielleicht der Friedensrichter.«

Das war die Frau mit den unangenehmen Augen, die ihnen aufgewartet hatte. Tristan erinnerte sich an sie und die versteckten nachdenklichen Blicke, die sie ihm zugeworfen hatte.

»Was? Der Friedensrichter? Soll mich verdächtigen? Ihnen mehr Glauben schenken als mir? Wer ist denn all diese Jahre ein guter Freund von ihm gewesen?«

»Freund«, schnaubte die Frau. »Ja, du bist ein echter Freund, in der Tat. Er hatte nur einmal weggeschaut, und schon hattest du mit seiner Frau rumgemacht. Und rede nicht so laut, du Dummkopf.«

»Aber Moira, Liebling, du weißt doch, dass du die Einzige bist, die ich liebe …« Die Stimme des Gastwirtes wurde leise und einschmeichelnd, und man konnte das darauf eingehende Schnurren der Frau hören. Tristan starrte auf die Wand vor sich, während seine Gedanken rasten.

Er besaß keine richtige Waffe, kein Schwert, nur seinen Dolch, den man nur auf kurze Distanz einsetzen konnte. Und es waren einfach zu viele. All diese Männer, die unten schliefen und zweifellos genauso gierig und auf Beute aus waren wie das Pärchen, das sich gerade unterhielt.

»Dann machen wir es also«, sagte der Mann, immer noch leise sprechend. »Ich bringe die Stute zur alten Schäferhütte im Wald. Du kümmerst dich um das Geld im Zimmer.«

»Ich? Warum soll *ich* Kopf und Kragen riskieren und nach oben gehen? Du holst das Geld, und ich bringe die Stute weg.«

»Moira, Schätzchen, du bist die Einzige, der sie nicht misstrauen …«

Tristan hörte nicht weiter zu. Er raste bereits flink wie eine Katze die Treppe nach oben. Er fand ihr Zimmer und schloss leise die Tür hinter sich, wobei er sie einer eingehenden Prüfung unterzog. Ein einfaches Schloss, das mit einem Dietrich leicht zu knacken war. Noch leichter wäre es, es einfach aufzubrechen.

Er zog einen Sessel zur Tür hinüber. Er würde nicht viel nützen, war aber besser als gar nichts.

Die Frau würde es nicht wagen, so offen in das Zimmer einzubrechen. Aber die Stute würde der Gastwirt schnell wegführen können. Wenn sie einmal fort war, würde es nicht einfach sein, Jorah wieder ausfindig zu machen.

Und vielleicht hatte der Gastwirt ja Recht. Wenn er zurückkam, würde der Friedensrichter dieses schäbigen kleinen Städtchens einem Gastwirt womöglich eher Glauben schenken als einem Leibeigenen und einer Hure.

Vielleicht besaß der Gastwirt ja auch so viel Geschick, seinen Freund davon zu überzeugen, dass *sie* die Diebe waren. Er hatte schon früher von solchen Geschichten gehört.

Die Vorstellung, eine Nacht oder auch nur eine Minute lang wieder eingesperrt zu sein, konnte Tristan nicht ertragen. Freudig würde er den Tod diesem Schicksal jederzeit vorziehen.

»Lily! Wacht auf!«

Er hatte sie bei den Schultern gepackt und hochgezogen, wobei er ihr protestierendes Stöhnen nicht beachtete.

»Wacht auf«, flüsterte er wieder drängend. »Steht auf! Wir müssen weg!«

»Was? Warum?«

Er ließ sie auf der Bettkante sitzen, wo sie sich erstaunt die Augen rieb. Er hob ihr Bliaut auf und warf es ihr zu, während er sich eilig durchs Zimmer bewegte, um den Rest ihrer mageren Habseligkeiten zusammenzupacken.

»Das Fenster«, befahl er. »Macht es auf. Leise.«

»Tristan?« Jetzt hörte sie sich noch besorgter an. »Was ist passiert?«

»Wir brechen auf. Jetzt.«

»Das tun wir nicht«, widersprach sie, nachdem

sie es endlich geschafft hatte aufzustehen. Sie drückte sich das Bliaut an die Brust.

»Schaut durchs Fenster zum Stall«, meinte er und zog sie am Ellbogen zum Fenster.

»Da, ganz rechts, seht Ihr das? Erkennt Ihr das Pferd wieder?«

Sie keuchte angesichts des Schauspiels, das sich ihr bot. Ein in einen Umhang gekleideter Mann zog ein widerstrebendes Pferd aus dem Stall heraus, während seine erstickten Flüche bis zu ihnen nach oben drangen. »Jorah!« Lily drehte sich zu ihm um. Ihre Augen glänzten hell im Dunkel der Nacht. »Was macht er da?«

Tristan warf ihr auch noch ihren Umhang zu, den sie – das Bliaut noch in der Hand – auffing. »Er holt sie nicht raus, damit sie sich ein bisschen die Beine vertreten kann. Das ist mal sicher.«

Er öffnete das Fenster, und die kalte Nachtluft strömte herein. Durch den Zug flatterten die Locken auf Lilys Schultern. Der Gastwirt kam nicht gut voran; das Pferd begann sich gegen ihn zu wehren, und der Mann versuchte, das wütende Wiehern durch gutes Zureden zu dämpfen.

»Raus«, flüsterte Tristan und drängte sie in Richtung Fensterbrett.

Sie leistete Widerstand. »Halt! Wir müssen ihn aufhalten! Wir müssen nach unten gehen und Alarm schlagen.«

Er hielt ihr mit einer Hand den Mund zu. »Unten ist eine Frau, die uns gleich ausrauben will. Sie hat eine ganze Horde Spießgesellen dabei. Sie wird demnächst hochkommen.«

Sie stieß seine Hand beiseite, senkte jedoch ihre Stimme und passte sich seiner Lautstärke an.

»Wir rufen den Gastwirt …«

Er drückte sie aufs Fensterbrett runter und brachte seinen Kopf auf gleiche Höhe mit ihr. »Das ist der Gastwirt, Mylady. Für den sind wir nichts weiter als eine Hure und ihr Leibeigener, die reif zum Pflücken sind. Beeilt Euch.«

Zu ihrer Ehre war zu sagen, dass sie nicht weiter mit ihm diskutierte. Er sah die Wandlungen, die sie durchmachte und von Entrüstung über Zorn zu Entschlossenheit wurden. Lily ließ den Umhang fallen und zog sich das Bliaut über den Kopf; er musste stehen bleiben und ihr helfen, indem er den Stoff über ihren Körper nach unten zog und die Verschnürung so schnell er konnte festzog, während sie schon mit ihren Schuhen kämpfte. Es gab noch viele lose Bänder und Schnüre, als sie schon nach ihrem Umhang griff und ihn sich um die Schultern warf. Er half ihr dabei, die Beine über das Fenstersims zu schwingen und sich dann langsamer auf das kurze, glitschige Stroh des Daches gleiten zu lassen. Ihr Gesicht war ihm zugewandt, während sie sich an seinen Unterarmen festhielt.

»Vorsicht«, warnte er und stützte sie. »Es geht steil nach unten, aber etwas weiter links befindet sich ein kleiner Haufen. Könnt Ihr ihn sehen?«

»Ja.« Ihre Stimme klang leise und dünn.

»Schafft Ihr das?«

»Ja.« Ein leichtes Beben begleitete ihre Antwort, die nicht mehr ganz so selbstsicher klang. Die Stute wieherte erneut, und Hufe klapperten auf Pflastersteinen. Tristan konnte den Mann und das Pferd nicht mehr sehen. Sie würden zwar noch nicht weit gekommen sein – aber wie nah war der Friedensrichter? Wie schnell konnte er hier sein? Das Bestechungsgeld, damit er Unrecht sprach, lag bestimmt schon bereit, die Zelle wartete.

Er lehnte sich weiter aus dem Fenster, wobei er Lily vorsichtig und langsam nach unten sinken ließ, indem er ihre Arme bis zu den Händen durch seine Hände hindurchgleiten ließ, bis er nicht mehr weiterkonnte. Sie hing nun frei in der Luft, und unter ihr befand sich nur der Boden.

»Fürchtet Euch nicht.« Die Anspannung war seiner Stimme anzuhören. »Es ist nicht tief.« Plötzlich schaute sie wieder zu ihm hoch. Ihre Augen waren sehr dunkel und groß, das goldene Haar wehte um sie herum.

»Lasst nicht los …«, ertönte ihr ersticktes Flüstern.

»Es tut mir Leid«, erwiderte Tristan und ließ ihre Hände los.

* * *

Dem Gewirr aus wirbelnden Röcken und einem kurzen Heulen des Windes in ihren Ohren folgte der schwere Aufschlag auf dem Boden.

Um sie herum stieg eine Wolke aus Staub und Dreck auf, der sich langsam wieder auf ihr setzte. Benommen lag sie da, bis sie merkte, dass über ihr Sterne und der Überhang des Reetdaches waren.

Vom Dach her rief eine Männerstimme leise den Namen ihrer Cousine.

Amiranth rappelte sich auf die Ellbogen hoch und atmete Erde ein, während sie taumelnd auf die Beine kam. Sie konnte Tristan nicht antworten. Sie konnte noch nicht einmal Luft holen. Plötzlich blitzte neben ihr etwas auf. Ein Mann, Tristan, fiel vom Dach, landete mit einem Grunzen und einer geschickten Drehung auf dem Boden. Er war schon wieder auf den Beinen, ehe sie alles mitbekommen hatte.

Er sah genauso zerzaust wie sie aus und umklammerte zwei Beutel mit seinen Armen. Sie starrten einander einen Moment an, während der Staub zwischen ihnen aufstieg. Aus der Ferne war wieder Jorahs Wiehern zu vernehmen.

Tristan griff nach ihrer Hand. »Kommt mit.«

Sie rannte mit, während sie versuchte, mit der freien Hand die Röcke zu raffen, um nicht über die Stoffbahnen zu fallen, die sich zwischen ihren Beinen bauschten. Er lief schnell und zog sie förmlich über die unebenen Steine.

Jorah befand sich am anderen Ende des Hofes vor dem Tor, das auf die offene Straße führte. Sie keuchte, schnaufte und tänzelte auf den Pflastersteinen. Als sie sich aufbäumte, zog der Gastwirt jetzt viel lauter fluchend noch fester an ihren Zügeln. Er schlug ihr auf die Nüstern, als sie mit den Vorderbeinen wieder auf dem Boden aufkam.

Zeit und Raum hatten plötzlich keine Bedeutung mehr für Amiranth, und sie bekam auch nicht mit, wann sie sich von Tristan losriss. Alles geschah in einem Moment ausufernden Zorns, als sie sah, wie ihr Pferd misshandelt wurde, wie es die Augen verdrehte, sodass nur noch das Weiße zu sehen war, und wie die Gebissstange an ihrem zarten Maul riss. Sie ging so plötzlich auf den Gastwirt los, dass sie nur kurz seinen erstaunten Gesichtsausdruck wahrnahm, als sie sich mit ihrem ganzen Gewicht auf ihn stürzte und laut brüllend mit beiden Fäusten auf ihn einschlug.

Der Mann ließ die Zügel los und taumelte schreiend zurück, als sie ihn traf. Sie rangen einen Moment miteinander, ehe er sie mit einem gewaltigen Hieb von sich stieß, der sie zu Boden schleuderte.

»Hexe!«, schrie er und machte einen Schritt auf sie zu.

Tristans Körper behinderte ihre Sicht auf die sich entfesselnde Gewalt. Die beiden Männer attackierten einander mit harten, erbarmungslosen Schlägen, und man hörte Fäuste, die auf Fleisch trafen. Amiranth rappelte sich auf, wich ihnen aus und suchte nach ihrer Stute. Neue Geräusche waren jetzt zu hören. Aus der Gastwirtschaft kam Licht, Leute drängelten sich nach draußen. Jorah war, immer noch in Panik, über den geschlossenen Hof gesprungen. Die Zügel schleiften zwischen ihren Vorderbeinen über den Boden.

Die neu hinzugekommenen Leute traten zwischen sie und ihr Pferd. Amiranth blieb abrupt stehen und beobachtete bestürzt, wie die großen, kräftigen Männer näher kamen.

»Da sind wir«, rief einer. »Hast du Ärger, Nigel?«

Der Gastwirt und Tristan umklammerten einander, erstarrt in einem Moment grenzenloser Brutalität. Tristan hatte seine Fäuste in der Tunika des Mannes vergraben; der Gastwirt hielt ihn sich vom Leib, indem er sich mit einer Hand an seiner Schulter abstützte und die andere über Tristans Nase gelegt hatte. Zwischen seinen Fingern tropfte Blut herunter.

»Der Friedensrichter«, brüllte er zurück, ohne Tristan aus den Augen zu lassen. »Holt den Friedensrichter! Ich hab hier ein Diebespärchen geschnappt!«

»Den Teufel habt Ihr«, knurrte Tristan.

Amiranth schaute schnell zu Jorah, die immer noch mit vor Furcht zitternden Flanken neben der Gastwirtschaft stand. Einer der Männer hatte ihre Zügel genommen. Es waren mindestens ein halbes

Dutzend neue Leute hinzugekommen, und weitere waren schon in der Tür zu sehen. Jemand hielt eine Laterne hoch; sie schaukelte in seiner Hand hin und her und warf wahnwitzige Schatten über alle.

»Sagt ihm, dass er das Pferd loslassen soll«, sagte Tristan grimmig zum Gastwirt. »Lasst sie los, und wir gehen.«

»Ja, das werdet ihr zweifellos tun!« Erfolglos versuchte der Mann, Tristan abzuschütteln, dann drehte er den Kopf in Richtung der Männer. »Ich hab sie selbst erwischt, Jungs, wie sie meine neue Stute stehlen wollten! Holt den Friedensrichter, dann befassen wir uns richtig mit diesen beiden!«

»Deine Stute, Nigel?«, fragte einer der Männer zynisch.

»Sie ist eine Schönheit«, fiel der Gastwirt schnell ein. »Bringt einen schönen Batzen Geld ein, wenn man sie verkauft. Kannst du dir doch vorstellen, Will Stone. Mehr als genug für so ein paar Kerle wie uns.«

Bedächtig nickend tauschten die anderen Blicke miteinander. Ein paar Stalljungen waren an den Rand des Hofs gekrochen und beobachteten mit offenen Mündern fasziniert die Ereignisse. Auch die Frau, die ihnen aufgewartet hatte, war nach draußen gekommen und stand neben Jorah.

»Na denn«, sagte der Mann mit der Laterne und begann sich Amiranth zu nähern. »Was hat denn so eine kleine Süße wie du mit Diebereien am Hut? Das sieht wirklich schlecht für dich aus, schätze ich. Vielleicht finden wir ja eine Lösung …«

Sie bewegte sich, aber im nächsten Moment stand bereits Tristan vor ihr, so schnell und dunkel wie die Schatten, die auf den Hof fielen.

»Fass sie an«, sagte er warnend, »und du bist ein toter Mann.«

»Ganz schön mutig«, spottete der Mann mit der Laterne. »Du gegen mich? Und was ist mit meinen Brüdern hier?«

»Ich nehme es mit euch allen auf«, schwor Tristan in einem Tonfall, dem Amiranth von ganzem Herzen Glauben schenkte. Er klang noch wilder als zuvor und völlig furchtlos.

Der andere Mann stellte die Laterne auf den Boden und ließ seine Fingergelenke knacken.

»Oh!«, rief Amiranth aus und griff sich an den Verschluss ihres Umhangs. »Oh, mein Kopf, die Schmerzen!«

Niemand achtete auf sie; Tristan und der Mann begannen einander um das flackernde Licht herum gebeugt zu umkreisen.

»Die Pest«, stöhnte Amiranth lauter als zuvor und näherte sich den beiden, wobei sie den Umhang zurückwarf, um ihr nachlässig geschnürtes Kleid zu enthüllen. »Das letzte Dorf vor zwei Tagen, John … wir sind zu lange geblieben …«

Jetzt hatte sie ihre Aufmerksamkeit errungen. Tristans Gegner hielt inne und warf ihr einen misstrauischen Blick zu.

»Der Schmied«, fuhr sie fort. Sie blieb stehen und streckte eine bebende Hand nach Tristan aus. »Erinnerst du dich an den Schmied, wie er krank wurde, bevor er wegging …«

»Was ist das?« Jetzt richtete sich der andere Mann ganz auf und starrte sie an. Amiranth behielt ihren Blick auf Tristan gerichtet und streckte immer noch die Hand nach ihm aus.

»Gütiger Himmel, schaut sie euch an«, rief einer, und sie trat näher an die Laterne heran, strich sich das Haar aus dem Gesicht und hoffte, dass sie immer noch genauso gerötet war wie am Abend, als sie angekommen waren.

»John«, ertönte wieder ihre Stimme, die jetzt in echter Furcht zu brechen schien. »Bring mich von hier fort. Die Pest, sie wird nur zu bald auch hierher kommen. Ich weiß es. Ich *sehe* es in ihren *Gesichtern* …«

Die anderen begannen, deutlich aus der Ruhe gebracht, aus dem Lichtkreis zurückzuweichen. Nur Tristan blieb, wo er war. Er erwiderte ihren Blick, aber in seinen Augen brannten immer noch seine wilden Emotionen.

»Fort«, stöhnte sie und schwankte auf ihn zu.

Er besaß Verstand genug, um sie aufzufangen und sie ganz eng an sich zu drücken.

»Mylady«, murmelte er dicht neben ihrem Ohr.

»Die Pest«, hörte sie die anderen wiederholen. »Bei allem, was heilig ist, die Pest. Schaut sie euch an …«

Sie riss sich von Tristan los und schwang zu dem Mann herum, der ihr Pferd hielt. »Meine Stute!«, schrie sie. »Der Schmied hat meine Stute berührt, erinnere dich, John, er hat sie beschlagen!«

»Ja«, erwiderte Tristan dicht hinter ihr.

Der Mann ließ Jorahs Zügel los, als wären sie plötzlich glühend heiß, und sprang Amiranth förmlich aus dem Weg. Von allen Leuten, die herumstanden, schien nur die Frau noch nicht recht überzeugt zu sein. Wut oder Gier, Amiranth wusste es nicht, verzerrte ihr Gesicht.

Es spielte keine Rolle. Sie griff wieder nach den Zügeln; mit gespitzten Ohren kam Jorah auf sie zu. Tristan warf die Beutel mit ihren Habseligkeiten über ihren Widerrist und hob dann Amiranth schnell auf ihren Rücken, der ohne Sattel war. Sie nahm an, dass der Gastwirt ihn getrennt hatte verkaufen oder behalten wollen. Mit geschmeidiger Anmut schwang Tristan sich hinter sie, sodass sie einen warmen und festen Rückhalt hatte.

»Nigel«, schnauzte die Frau neben ihren Füßen. »Was soll das? Sie ist nichts weiter als eine gerissene Hure!«

»Um Himmels willen, Moira, halt dich fern …«

»Sie hat nicht die Pest«, beharrte die Frau mit noch schrillerer Stimme als zuvor. »Ich habe sie den ganzen Abend beobachtet! Ich hätte es bemerkt!«

Amiranth blickte sie flehend an. »Ich bitte Euch inständig, Frau. Bewahrt Euch selbst vor dieser Art Tod! Verbrennt Eure Kleider, das Bettzeug, ach, wenn es nur nicht schon zu spät ist …«

»Du gerissene Schlampe!« Die Frau kam noch näher. In diesem Licht hatten ihre Augen jede Farbe verloren und wiesen nur noch ein stumpfes Grau auf. »Es ist nicht die Pest! Bestimmt nicht!«

Ohne Vorwarnung griff sie nach dem Zaumzeug. Die erschreckte Jorah tänzelte wiehernd zur Seite. Amiranth bemühte sich, wieder die Kontrolle zu bekommen, aber die Frau ließ nicht locker. Aus purer Verzweiflung beugte Amiranth sich nach vorn und spuckte ihr ins Gesicht. Die Männer schrien alle zusammen auf, die Frau taumelte kreischend zurück.

Mit einem lauten Schnalzen und einem leichten Druck gegen die Flanken trieb Tristan die Stute an, die sich sofort in Bewegung setzte. Jorah stürzte sich so plötzlich in Richtung Straße, dass Amiranth den Halt verlor und beinahe heruntergefallen wäre, wenn Tristan sie nicht mit festem Griff um die Rippen an sich gezogen hätte.

Sie rasten über das dunkle Land und wurden schon bald von der Finsternis der Nacht verschlungen.

* * *

Gegen Morgen fanden sie einen neuen Unterschlupf, wieder in einem dichten dunklen Wald. Abwartend und beobachtend, ob sie verfolgt wurden, blieben sie dort. Niemand kam hinter ihnen her.

Als der beginnende Tag allmählich den Himmel erhellte, bewegten sie sich leise, vorsichtig und wachsam durch den Wald aus Kiefern und Ulmen, ohne ein Wort miteinander zu wechseln.

Immer noch im Sattel sitzend und weiterreitend, verzehrten sie zu Mittag einen Teil des Käses und des Brotes, das er zuvor gestohlen hatte. An einem Fluss, der silbern glänzend an ihnen vorbeiströmte, hielten sie an, um den restlichen Weg ihrer Reise zum Kloster zu besprechen. Beide wussten, dass es sehr wohl ihre einzige Hoffnung auf eine Ruhepause sein konnte.

Tristan glaubte, dass er den Weg dorthin kannte; Amiranth stimmte ihm zu und meinte, dass es sich richtig anhörte. Bald würden sie dort ankommen. Dort würden sie in Sicherheit sein. Die Kirche würde sie beschützen, dessen war sie sich sicher. Sie könnten sich auskurieren und ausruhen.

Sie sprachen nicht darüber, was danach sein würde.

* * *

Zwei Tage später kamen sie beim Orden zum Heiligen Glauben an. Die Außenmauer bröckelte und der Geruch von Rauch lag gespenstisch in der Luft.

Das Tor stand weit offen. Sie stiegen beide ab und betraten das Anwesen.

Um sie herum waren nur die geschwärzten Außenwände der Gebäude. Asche und Ruß überzogen die Steine in fantastischen unregelmäßigen Mustern.

Das Kloster war verlassen. Es war bis auf die Grundmauern heruntergebrannt.

8

Er ging über mit Unkraut überwucherte Platten und trat vorsichtig über die Trümmer des zerstörten Altarraumes. Die Ave-Marias und Segnungen waren für immer verklungen.

Die Schönheit des Tages stand im krassen Widerspruch zu den Klosterruinen, die ihn umgaben. Über dem Ganzen wölbte sich ein zartblauer Himmel, und eine sanfte Brise strich durch die Äste der alten Bäume, die immer noch in großer Zahl die Wege hier säumten.

Wären die verkohlten Überreste der Kapelle vor ihm nicht gewesen, hätte er sich durchaus vorstellen können, den Tag auf einem idyllischen Landsitz zu verbringen, wo er einen verschlafenen Sommertag genoss.

Er überquerte die Holzbrücke, die Lily ihm in der Nacht in der Herberge beschrieben hatte. Sie besaß immer noch einen besonderen Reiz und war von den Flammen verschont geblieben, die alle anderen Gebäude vernichtet hatten. Sie wölbte sich über einen gewundenen Fluss, an dessen Ufer Kreuzblumen und Wicken gediehen. Die hellen Blumen zeichneten sich deutlich sichtbar vom grünen Moos und den Steinen ab.

Er fand Lily im Hof hinter der Kapelle, wo sie auf einer Bank saß, deren Fuß von Efeuranken überwuchert war. Die Hände hatte sie in ihren Schoß gelegt, und mit gesenktem Kopf blickte sie auf den

Boden. Sie war umgeben von in voller Blüte stehenden Rosenbüschen. Alle Farben des Regenbogens strahlten hell neben ihrem dunklen Kleid.

Tristan setzte sich nicht sehr dicht neben sie und beobachtete ein Amselpaar, das sich auf einem geborstenen Balken zunickte.

»Glynwallen liegt drei Tage entfernt.«

»Ich kann nicht …«, ihre bebende Stimme verklang.

»Seid vernünftig, Lily«, sagte er ihm härtesten Ton, den er ihr gegenüber je angeschlagen hatte. »Welche andere Möglichkeit gibt es denn? Ihr könntet auch nach Iving zurückgehen und bei Augustin leben …«

Nahe daran, die Fassung zu verlieren, schaute sie jetzt auf.

»Aber Glynwallen liegt näher«, beendete er seinen Satz. »Wir brauchen eine richtige Unterkunft und Essen, und wir müssen uns ausruhen. Wir gehen dorthin. Ihr könnt Euch ja überlegen, was Ihr danach machen wollt.«

Irgendwie benommen schüttelte sie langsam den Kopf. Er hatte das Gefühl, dass sie eigentlich gar nicht ihn ablehnte, sondern eher diesen Ort und was damit geschehen war. Ihre sorgfältig geplante und behütete Zukunft war im wahrsten Sinne des Wortes in Schutt und Asche gelegt worden.

Er spürte, wie so etwas wie Befriedigung und gleichzeitig Hoffnung in ihm aufstiegen. Aber er unterdrückte dieses Gefühl, bevor es sich zu sehr in ihm festsetzen konnte.

»Die Schwestern«, sagte sie mit ihrer verlorenen Stimme. »Sie müssen irgendwo hingegangen sein. Ich kann sie ausfindig machen …«

Er seufzte und sprach wieder, diesmal ein wenig

freundlicher. »Habt Ihr den Acker hinter dieser Mauer gesehen?« Er wusste, dass sie das nicht getan hatte. »Es ist ein Friedhof. Der ganze Bereich. Ich fürchte, Eure Schwestern sind dort.«

Ein wortloser, dünner Laut entwich ihr und wurde sofort durch die Hand, die sie über ihren Mund presste, erstickt. Sie schaute ihn nicht an, sondern blickte stattdessen heftig blinzelnd auf den Boden.

»Es waren keine Vandalen, die das verursacht haben, Mylady. Keine Heiden oder Söldner. Ich glaube, es war die Kirche selbst. Ich glaube, die Pest hat diesen Ort verwüstet, und sie haben ihn in Brand gesteckt, damit sie sich nicht weiter ausbreitete.«

Das ergab Sinn. Er wusste es, doch es linderte die schreckliche Wahrheit seiner Worte nicht. Er stand auf. »Ich habe, glaube ich, einen Keller gefunden. Es könnte dort Lebensmittel geben. Kommt mit, damit wir nachsehen.«

Langsam, fast schleppend erhob sie sich und folgte ihm zu einer ramponierten, schräg in den Angeln hängenden Holztür, die er entdeckt hatte. Tristan hatte nur einen kurzen Blick von oben in das Dunkel des Kellers geworfen, am Fuße der Treppe war es dunkel, feucht und erstaunlich kalt. Er nahm eigentlich nicht an, dass es dort unten wirklich noch Lebensmittel gab, aber es konnte nicht schaden nachzuschauen.

Er musterte sie verstohlen, als er den zweiten Flügel der schweren Tür öffnete und ein Schwall muffiger Luft nach draußen drang. Ihre Mattigkeit bereitete ihm große Sorge. Sie wirkte benommen, nicht ganz bei sich und schien fast nichts von ihrer Umgebung wahrzunehmen. Sollten sie plötzlich in eine gefährliche Situation geraten, dann …

Er hatte das starke Gefühl, sie dicht bei sich behalten zu müssen, obwohl es ganz offensichtlich war, dass schon seit einiger Zeit niemand mehr im Kloster gewesen war. An diesem traurigen und entweihten Ort konnten gar keine Gefahren lauern. Aber ehe sie die behauenen Stufen nach unten gingen, hielt er inne und schaute sich noch einmal nach allen Seiten um.

Nichts als von Ruß geschwärzte Mauern und leere Felder. Die Brücke, das Wasser. Die Stute stand lammfromm in der Nähe und machte sich über das lange Gras und den Klee her, die im Schatten eines Walnussbaumes wuchsen.

Lily stand bleich und gleichzeitig fiebrig gerötet neben ihm. Ihre Wimpern waren feucht und ihr von der Sonne überstrahltes Haar glänzte bernsteinfarben. Ihr Blick war in die Ferne gerichtet, sie schien seine Anwesenheit überhaupt nicht wahrzunehmen.

Sie wirkte plötzlich sehr zart auf ihn; eine einsame Frau in einem Garten, in dem es spukte, umgeben von den Überbleibseln einer verschwundenen Welt. Er nahm ihre Hand und führte sie die Treppe hinunter.

Wie gut er das Gemäuer, die dicht beieinander stehenden Wände, den engen Raum kannte; wie überaus vertraut die Schatten und die Kühle der Luft waren, obwohl er doch noch nie hier gewesen war. Der hinlänglich bekannte Geruch nach Dreck und Staub umgab ihn. Nichts Lebendiges war zu sehen und der Gestank von Rauch hing die ganze Zeit in der Luft. Durch die offen stehenden Türflügel fiel Sonnenlicht auf die glatten Steine und zeigte, dass diese mit Moos und orangefarbenen Flechten überzogen waren. Vorsichtig tat er einen Schritt nach dem anderen, wobei er sich besonders bei schattigen Stellen vorsah. Seine Hand hielt ihre fest umschlossen.

Am Fuße der Treppe gab es kein Licht mehr. Dahinter erstreckten sich die unbekannten Tiefen dieses kalten Ortes, die sich schwarz in der Dunkelheit abzeichneten. Er wünschte sich sehnlichst eine Lampe.

»Warum bleiben wir stehen?« Lilys Stimme klang zögernd, als hätte die Finsternis, die sie umgab, sie auch irgendwie berührt.

Tristan holte tief Luft, dann ging er weiter. Festgestampfter Boden unter den Füßen, eine niedrige Decke. Weiche zarte Fäden streiften über sein Haar und seine Wangen – entweder herabhängende Wurzeln, die sich durchgegraben hatten, oder Spinnweben – hier unten roch es nach Winter, nach kaltem Tod, der in den Ecken lauerte, wo immer diese Ecken auch an diesem finsteren, gespenstischen Ort sein mochten. Jetzt konnte er auch die Ratten hören, die verstohlen und hungrig auf ihn zukrochen.

Die Augen schließend, blieb er wieder stehen und kämpfte gegen diese Visionen.

Nicht real, nicht real …

»Tristan?«

Lily war dicht hinter ihm. Sie war das Einzige, was an diesem Ort Hitze ausstrahlte, das Einzige, was um ihn her wirklich war. Sein Griff um ihre Hand wurde fester.

»Seht Ihr etwas?«, fragte sie leise.

Er öffnete die Augen. Die Dunkelheit begann sich zu teilen und nahm Formen an, die nah und Furcht einflößend waren.

Vor ihm war eine Mauer, ja, das konnte er jetzt

erkennen. Und da hingen … *Ketten?* Lange schwere Ketten, die mit Rost bedeckt waren. An den Handschellen war Blut und auf dem Boden war Blut, das sich ölig glänzend und zäh fließend genau zu seinen Füßen sammelte. Quiekend rannten die Ratten gierig darauf zu.

Tristan machte auf dem Absatz kehrt und eilte zu dem Viereck aus Licht zurück, während er Lily hinter sich herzerrte. Zwei Stufen auf einmal nehmend, raste er die Treppe hinauf. Er achtete nicht auf ihr Keuchen, sondern riss sie ohne innezuhalten hinter sich her, als sie stolperte.

»Nicht so schnell! Was …«

Sie tauchten wieder in die Helligkeit des strahlenden Himmels, und erst da ließ er ihre Hand los. Seine Finger wirkten steif und unbeholfen, als hätte jemand anders sie hier nach draußen ans Tageslicht gezerrt.

Lily starrte ihn wütend an und rieb sich ihre Hand.

»Was sollte das denn?«, wollte sie wissen. »Habt Ihr den Verstand verloren? Wir hätten die Treppe runterfallen und uns alle Knochen brechen können! Und was wäre dann aus uns geworden?«

Er konnte ihr keine Antwort geben. Er biss nur weiter die Zähne zusammen und konzentrierte sich auf ihr Gesicht, die Farbe ihrer Wangen, die Glut in ihren Augen.

Nicht real. Nicht real! Ruhig durchatmen …

Er sah, wie sich ihre Haltung änderte. Ganz allmählich wandelte sich ihr Ärger in Unsicherheit, und die wütend gerunzelte Stirn glättete sich. Sie wich einen Schritt vor ihm zurück, während sie ihre Hand an die Brust drückte und ihn mit einem langen Blick musterte. Ihre Augen wanderten über ihn, über sein Gesicht und dann tiefer zu seiner Kehle. Als sie wieder sprach, klang ihre Stimme ruhiger.

»Habt Ihr irgendetwas gesehen, Mylord?«

Tristan spürte, wie sich sein Mund zu etwas wie einem Grinsen verzog. Ein kurzes, verlegenes Schütteln mit dem Kopf, nein.

»Es war ziemlich kalt da unten«, fuhr sie immer noch sanft fort. »Ich glaube, ich muss mich dort drüben auf der Bank in der Sonne wieder aufwärmen. Wollt Ihr mich begleiten?«

Er nahm ihre Hand, als sie sie ihm reichte. Jetzt fasste er sie ganz vorsichtig an und tat so, als würde er sie zu der verfluchten Bank führen, die im prallen Sonnenlicht stand, obwohl es in Wahrheit sie war, die ihn führte.

Gemeinsam ließen sie sich auf der in warmes Sonnenlicht getauchten Bank nieder. Das Rascheln ihrer Röcke klang sehr laut in seinen Ohren; Vögel zwitscherten in den Bäumen; das beruhigende Plätschern des nahen Baches klang wie eine unendliche Ballade über den Steinen. Der Duft der Rosen wehte mit dem Hauch des Windes warm und berauschend zu ihm.

Lily saß ganz ruhig neben ihm. Sie bildete einen untrennbaren Teil des Lichts und des strahlenden Tages.

Tristan spürte, wie sich der schwere Druck auf seiner Brust allmählich löste. Langsam kehrte das Gefühl mit kribbelnder Hitze in seine Arme und Beine zurück. Irgendwann bemerkte er, dass ihm die Sonne ziemlich heiß auf den Kopf brannte; dass ein heftig dröhnender Schmerz hinter seiner Schläfe pochte. Er hob eine Hand und wischte sich mit dem Ärmel die Stirn. Eine mit Pollen beladene

Biene flog schwerfällig taumelnd und summend an ihnen vorbei.

»Was habt Ihr gesehen, Mylord?« Lily schaute ihn nicht an.

»Nichts. Dunkelheit. Das ist alles.«

»Oh.«

Er wusste nicht, ob sie ihm glaubte oder nicht. Es war egal. Er würde ohnehin nicht darüber sprechen. Und daran denken würde er auch nicht mehr …

… Ratten, Blut, Tod …

Lily sagte: »Ihr seht schlecht aus.«

»Ich habe Kopfschmerzen.«

»Oh«, sagte sie wieder, diesmal weniger zurückhaltend. »Nur das?«

»Ja. Nur das.«

Er rieb sich die Schläfe, an der Stelle, wo der Schmerz saß. Er schien wie ein Dämon, der in ihm zum Leben erwacht war.

Sie warf ihm einen Seitenblick zu, den er nicht erwiderte. »Ich glaube, ich gehe jetzt mal nachschauen, ob da doch Nahrungsvorräte sind. Ich meine, so etwas wie einen Vorratsbehälter gesehen zu haben.«

Schnell und anmutig erhob sie sich und war schon fünf Schritte weit gegangen, ehe er merkte, dass sie vorhatte, allein dort runter zu gehen.

»Lily! Wartet!«

Er holte sie neben den Trümmern einer grauen Säule ein, die über den Weg gestürzt war. Sie drehte sich um und legte ihre Finger über seine Hand, mit der er ihr Handgelenk umfasste. »Ich brauche nicht lange. Ich glaube, ich erinnere mich, wo es war.«

Er spürte, wie die Kälte von seinen Füßen über seinen Rücken wieder in ihm hochkroch. »Ihr könnt da nicht runtergehen«, erklärte Tristan und bemühte sich, vernünftig zu klingen.

»Warum nicht?«

»Es ist nicht sicher.«

Sie neigte den Kopf zur Seite und schaute ihn forschend an. »Noch vor ein paar Minuten war es sicher genug.«

»Ich habe mich geirrt. Da unten ist nichts. Es gibt keinen Grund, weshalb wir da runtergehen sollten.«

»Wir gehen ja auch gar nicht da runter.« Sie nahm seine Hand von ihrer. *»Ich* gehe.«

»Nein«, presste er zwischen zusammengebissenen Zähnen hervor, und die Kälte bohrte sich tiefer in ihn hinein. »Ich verbiete es.«

»Ihr seid nicht mein Herr, Mylord«, gab sie zurück. Ein leichter Unwille hatte sich in ihre Stimme geschlichen. »Ich werde tun, was mir gefällt.« Sie ging weiter.

»Verdammt noch mal, Lily!« Wieder holte er sie ein und stellte sich ihr in den Weg. »Wir sollten diesen Ort verlassen. Hier gibt es nichts für uns. Wir müssen uns beeilen, nach Glynwallen zu kommen, um dort Unterschlupf zu finden.«

»Ohne Essen? Das halte ich für unklug. Es wird nicht lange dauern. Wenn Ihr Recht habt, werde ich ganz schnell wieder da sein. Und wenn ich Recht habe, werden wir zumindest nicht hungern müssen.«

»Hungern?« Er unterdrückte das raue Lachen, das eine Reaktion auf dieses eiskalte Ding in ihm war. »Wir haben Haferkekse und Brot …«

»Sehr wenige Haferkekse und noch weniger Brot«, verwies sie ihn. »Wir brauchen Essen. Ihr wisst das.« Sie hob das Kinn und begegnete herausfordernd seinem Blick. Sie sah so wunderschön und so bezaubernd tollkühn aus in ihrem zerknitterten Kleid und mit dem ungekämmten Haar.

Sie würde es tun. Er wusste es. Leichtfertig und gedankenlos würde sie nach unten steigen, ohne daran zu denken, was in den Schatten lauerte. Er spürte, wie sich das Eis in sein Herz bohrte, als er sich vorstellte, wie sie allein in diese Todesfalle mit den Ratten und dem Blut tappte.

Tristan unterdrückte die unvernünftige Angst in sich. Der Schmerz in seiner Schläfe begann wie Feuer zu brennen.

»Na gut, Mylady. Wir gehen zusammen.«

»Ihr braucht nicht mitzukommen …«

»Ich sagte, wir gehen«, knurrte er und zwang sich, zurück zum klaffenden Schlund der Kellertür zu gehen.

* * *

An diesem Abend aßen sie von den Bäumen heruntergefallene Walnüsse und hinter grünen Blättern und Dornen verborgene Brombeeren von den Büschen, die entlang der Klostermauern wuchsen. Es gab auch Birnen und Äpfel aus dem verwahrlosten Obstgarten hinter der Kapelle. Die Weintrauben waren noch nicht reif, und die Vögel hatten fast alle Pflaumen aufgefressen.

Aber Amiranth hatte im Keller noch Schätze gefunden: Wein, ganze Krüge davon, und einen halben Laib angeschimmelten Käse, der an den Rändern höchstwahrscheinlich von Ratten angeknabbert worden war. Sorgfältig schnitt sie den Schimmel und die Ränder weg und versuchte nicht daran zu denken, wer noch von diesem Käse gekostet hatte.

Sie hatten sich entschlossen, in dem, was noch von der Kapelle übrig war, zu übernachten, da sie am wenigsten vom Feuer in Mitleidenschaft gezogen worden war. Die Zellen der Nonnen waren nur noch Trümmerhaufen, doch die Kapelle hatte immer noch vier Wände und die Deckenbalken. Sie machten sich neben dem Altar ein Feuer aus dem frischen Holz, das auf dem Boden herumlag; der weiße Rauch kräuselte sich den Sternen entgegen. Amiranth sprach ein schnelles Gebet und bat um Vergebung. Sie hoffte, dass Gott verstünde, warum sie in dieser Nacht in seinem Haus schliefen.

Tristan aß schweigend, fast schon mürrisch und beachtete sie die meiste Zeit gar nicht. Das passte ihr gut. Seine Hände waren von den Dornen der Brombeersträucher zerkratzt und seine Fingerspitzen waren schwarz von ihrem Saft. Er war vor ihr mit dem Essen fertig. Vor allem, weil sie diejenige gewesen war, die das Essen vorbereitet hatte, dachte sie verärgert und lehnte nun an der Mauer, die ihr gegenüberlag. Er riss einer gelben Rose, die er aus dem Garten hatte, ein Blütenblatt nach dem anderen aus.

Amiranth beobachtete ihn unter ihren Wimpern hervor und versuchte zu erkennen, was von seiner guten Stimmung noch übrig war. Jener belustigte Zug um seine Lippen war noch zu sehen, aber etwas anderes war hinzugekommen: ein Anflug jenes launischen Missvergnügens, das sie von damals noch so gut in Erinnerung hatte.

Sie gewährte ihm diese Laune. Sie spürte, dass er das Recht dazu hatte. Ganz offensichtlich hatte er nicht in den Keller zurückkehren wollen. Er hatte sich sehr merkwürdig verhalten und schien fast in Panik zu sein. Ihr war unbegreiflich, was er dachte; es war doch nur ein Keller, überhaupt nichts Ungewöhnliches, der sich in nichts von anderen unterschied. Und doch war er da drinnen förmlich zu Stein erstarrt. Kalt und versteinert, als sei das Leben geradewegs aus ihm herausgeflossen, sodass nur ein totenblasser Mann zurückblieb, an dem jeder Zug zart und in aller Schärfe hervortrat.

Wieder zu ebener Erde, hatte er sie nur angestarrt, als sie eine Erklärung verlangt hatte. Da hatte sie die Wildheit in ihm gesehen, jene in die Enge getriebene und verzweifelte wilde Bestie.

Welch seltsame Empfindungen waren in ihr aufgestiegen. Sie hatte das Gefühl der Zärtlichkeit nicht begrüßt; sie wollte nicht, dass das Rätsel, das Tristan Geraint umgab, sie noch kümmerte. Vielleicht verabscheute er die Dunkelheit. Oder er hasste die Kälte oder die Gespenster dieses Ortes …

Doch egal, was auch der Grund sein mochte, musste sie erkennen, dass es nichts weiter als ein Akt der Tapferkeit von ihm gewesen war, sie zurück in den Keller zu begleiten. Er hatte nicht gehen wollen. Aber er war mitgekommen.

Sie hatte den Käse gefunden, und sie hatten ihn gemeinsam die Treppe hoch zum Licht getragen. Schließlich hatte er ihn allein genommen und förmlich zu Boden geworfen. Dann war er weggegangen und schnell in den Rosengarten geeilt, wobei er sich mit den Händen durchs Haar gefahren war.

Sie war allein zurück in den Keller geschlüpft, um den Wein zu holen.

So nahmen sie heute Abend also ihr ungewöhnliches Mahl zu sich, und zumindest Amiranth fand es nicht schlecht. Sie hatten zu essen und zu trinken. Der Käse war hervorragend, die Beeren waren saftig und reif. Es gab genug Äpfel, Birnen und Walnüsse, um auch über die nächsten Tage zu kommen.

Sie tranken den Wein aus zwei großen Muschelschalen, die als Wegbegrenzung gedient hatten. Es gab keine Überreste von Tellern oder Bechern im ehemaligen Kloster. Die Schalen waren eine erfreuliche Entdeckung gewesen. Sie hatte sie im Fluss ausgewaschen und in Weinkelche umfunktioniert. Amiranth hatte ihren Vorschlag, sie als Trinkschalen zu benutzen, ziemlich schlau gefunden. Sie kam sich irgendwie exotisch, fast schon verrucht vor.

Doch Tristan hatte nur mit den Achseln gezuckt, sich umgedreht und war ihr mal wieder aus dem Weg gegangen.

Die Blätter der von ihm zerpflückten Rose wirbelten jetzt in der Abendbrise an ihren Füßen vorbei. Die blassgelben mischten sich unter die rosa- und die korallenfarbenen Blätter, die er bereits abgerupft hatte. Mit der Brise kam auch Rauch, der an ihr vorbeizog und sie die Augen schließen ließ. Sie wandte den Kopf ab und nahm noch eine Brombeere. Als sich der Rauch verzogen hatte, führte sie die Beere an ihre Lippen und kostete erst mit ihrer Zunge vom köstlich aromatischen Saft. Sie schloss ihre Lippen darum, und als sie aufschaute, sah sie, dass Tristan sie durch den Dunst mit dunklen, durchdringenden Augen beobachtete. Er schien völlig gefangen genommen, die zerpflückte Rose hing zwischen seinen Fingern herab.

Sie biss zu schnell zu; in einem Schwall ergoss sich die Süße der Frucht und überflutete ihren Mund. Schnell hielt sie eine Hand vor ihren Mund, als sie den Saft an ihren Lippen spürte, und schluckte verlegen.

»Eine Nonne«, meinte Tristan fast empört und warf die Rose ins Feuer. Sie hielt den Blick von ihm abgewendet und beobachtete, wie der Stängel der Rose braun wurde und die Blätter durch die Hitze anfingen, sich einzurollen.

»Sagt mir eins, Lady Lily.« Er streckte seine Beine aus und legte sie vor ihr übereinander. Das Schattenspiel des Feuers betonte die Muskeln, die sich unter seinen Beinkleidern abzeichneten. »Warum habt Ihr so lange mit dem Eintritt in Euer Kloster gewartet?«

»Ich …« Sie schüttelte den Kopf, während sie versuchte, die Wirkung des Weins und seines durchdringenden Blicks abzuwehren und einen klaren Gedanken zu fassen. »Ich wollte meine Cousine nicht allein lassen.«

»Und doch hättet Ihr sie verlassen.«

»Irgendwann, ja.«

»Ziemlich herzlos von Euch, findet Ihr nicht?«

»Was?« Entrüstet starrte sie ihn an.

Mit vor der Brust verschränkten Armen bedachte er sie mit einem leicht spöttischen Lächeln. »Nun, eigentlich wart Ihr ja gekommen, um ihr Gesellschaft zu leisten. Und trotzdem wart Ihr so erpicht darauf zu gehen.«

»Die Übereinkunft mit dem Kloster war schon vor langer Zeit getroffen worden, Mylord. Sie – ich hätte auf Amiranths Erlaubnis, zu gehen, gewartet.«

»Und sie allein gelassen.«

»Sie wäre nicht lange allein geblieben«, gab Amiranth zurück. »Der König hatte ihren nächsten Ehemann schon im Auge, das kann ich Euch versichern.«

Er ließ die Arme sinken. »Wirklich?«

»Ja.« Sie blickte nach unten und spielte mit der

Muschelschale, auf deren Grund sich ein Rest von Rotwein gesammelt hatte.

»Wer?«

Sie zuckte mit den Achseln.

»Ich weiß es nicht. Bestimmt irgendein alter Mann. Sie hatte bereits ein Vermögen in die Kassen des Königs gezahlt, um fünf Jahre lang nicht heiraten zu müssen. Die Frist war fast abgelaufen, als … als die Pest kam.«

»Er, dieser zukünftige Ehemann, ist nie nach Safere gekommen, um sie zu sehen?«

Amiranth hob den Kopf und sprach die nächsten Worte mit bewusster Betonung. »Niemand ist je nach Safere gekommen.«

»Außer Euch«, schloss Tristan langsam.

»Ja. Außer mir.«

Ungewollt berührt von seiner Miene, senkte sie den Blick wieder. Sie empfand ein leichtes Schuldgefühl angesichts des Bedauerns, das sie kurz in seinen Augen bemerkt zu haben glaubte. Sie unterdrückte dieses seltsame Gefühl und griff nach einer weiteren Brombeere, die sie jedoch wieder zurücklegte.

Nachdenklich stellte Tristan fest: »Also hatte Amiranth nicht den Wunsch, sich wieder zu vermählen?«

»Warum sollte sie? Ihre erste Erfahrung war ja wohl kaum sehr ermutigend.« Darauf erwiderte er nichts, sodass sie ihn wieder unter den Wimpern hervor beobachten konnte. Er schien ihr so fern, fast ein Geist, und so gut aussehend und einsam, wie er es schon immer gewesen war, sei es in ihren Träumen oder im wahren Leben.

Sie fragte: »Hätte es Euch etwas ausgemacht, wenn sie sich wieder verheiratet hätte?«

Das leichte Lächeln kehrte zurück. »Das kann man wohl sagen. Zwei Ehemänner sind einer zu viel.«

»Ich meinte eigentlich, wenn Ihr nicht zurückgekommen oder eher, wenn Ihr tot gewesen wärt …« Sie wusste nicht, wie sie ihren Satz zu Ende führen sollte, und versuchte es dann noch einmal. »Wenn Ihr nicht hättet zurückkehren können und sie allein gewesen wäre, hätte es Euch dann etwas ausgemacht, wenn sie einen anderen Mann geheiratet hätte?«

Aus dem Schatten heraus schaute er zu ihr. Das glimmende Feuer umschmeichelte immer noch seine Gestalt. »Ja«, gab er schließlich zurück. »Das hätte mir etwas ausgemacht.«

»Aber wenn sie nun einen netten Mann kennen gelernt hätte, der sich gut um sie kümmern würde?«

»Sie war meine Ehefrau«, erklärte Tristan kurz. »Die fünfte Countess of Haverlocke. Und wenn Ihr es vielleicht auch nicht glauben mögt, Mylady, aber das ist für mich wichtig.« Durch den Rauch hindurch wechselten sie wieder einen langen Blick.

»Was würdet Ihr tun«, hörte Amiranth sich fragen, »wenn sie immer noch am Leben wäre?«

»Meint Ihr, wenn sie jetzt hier wäre?«

Sie zuckte wieder mit den Achseln. »Was würdet Ihr tun, wenn Amiranth, sagen wir, noch lebte, aber sich von Euch trennen wollte?«

Er schaute weg. »Eine dumme Frage, Mylady.«

»Was würdet Ihr tun?«

Er machte ein finsteres Gesicht und klopfte sich mit einem Finger ans Knie. »Warum sollte eine Frau von ihrem Ehemann getrennt leben?«

»Wenn sie Euch nicht liebt und Ihr sie auch nicht …«, erklärte Amiranth sanft.

»Liebe«, wiederholte er überrascht. »Liebe? Warum sollte das eine Rolle spielen?«

»Wenn es das aber täte«, beharrte sie.

»Ich würde ... mit ihr darüber sprechen. Ich würde sie fragen, warum sie gehen will und wohin sie wollte.«

»Und würdet Ihr sie gehen lassen, Mylord?«

»Nein«, erklärte er bestimmt. »Natürlich nicht. Eine Frau gehört zu ihrem Ehemann. Nichts anderes zählt.«

Sie spürte einen Schmerz in ihrer Brust. Sie atmete aus und merkte erst jetzt, dass sie die ganze Zeit die Luft angehalten hatte. »Eine höchst seltsame Antwort angesichts Eurer Vergangenheit«, murmelte sie in Richtung Boden.

»Dann sollte ich vielleicht sagen, dass ich aus der Vergangenheit gelernt habe«, erwiderte Tristan kurz angebunden.

Sie spürte seinen Blick und fand schließlich den Mut, ihn wieder forschend zu betrachten. Das Haar fiel ihm wellig ins Gesicht, das Schwarz seiner Augen war nicht zu erkennen. Durch Feuerschein und Rauch wirkte er überirdisch und fern.

Ohne Vorwarnung stand er plötzlich auf. »Es ist spät. Ihr solltet schlafen.«

Mit diesen Worten drehte er sich um und ließ sie mit dem Feuer und dem aufsteigenden Rauch allein, während die Rosenblätter an ihr vorbeiwehten.

* * *

Auf ihrer restlichen Reise zu seiner Burg versuchte er, sie zu ignorieren.

Ihr Haar, ihr Mund, ihre Augen. Wie sie bei ihrer Mahlzeit in den Ruinen der Kapelle ausgesehen hatte, als der Brombeersaft ihre Lippen noch röter gefärbt hatte und sie im Licht einladend glänzten.

Ihr Körper, der sich auf dem sattellosen Rücken der Stute an ihn presste, ob er es nun wollte oder nicht, bis er es schließlich nicht mehr ertragen konnte und zu Fuß weiterging. Er bestand darauf, dass es so fürs Pferd besser wäre.

Der leise melodische Klang ihrer Stimme trieb ihn in seiner vor Leidenschaft glühenden Vorstellung dazu, dies als lockende Versuchung wahrzunehmen.

Das alles trieb ihn fast in den Wahnsinn, wenn er nicht schon dessen Opfer geworden war. Und es wurde noch schlimmer, viel schlimmer, wenn er ihr nahe war, mit ihr sprach, sie noch besser kennen lernte.

Sie war die vollkommene Verbindung von Geist und Schönheit; Vernunft und Gefühl verschmolzen in ihr, und sie war nur in diese Welt gesetzt worden, um ihn für den Rest seines Lebens zu quälen. Er bewunderte ihre Intelligenz, ihren Mut, ihren Einfallsreichtum. Er stellte sich vor, mit ihr alt zu werden, beim Schein eines Kaminfeuers Schach zu spielen, über den Verlauf ihres Lebens zu sprechen, gemeinsam zu essen, zu schlafen, Wein aus Muschelschalen zu schlürfen, um Himmels willen …

Jeden Atemzug, jeden Schritt, jeden Moment, der ihn seinem Zuhause und dem Ende seines Elends näher brachte, hielt er sich an seinen Entschluss. Er musste nur Geduld haben, bis das alles vorüber war. Er musste nur den rechten Augenblick abwarten, dann würde sie fort sein und er könnte sein altes Leben wieder aufnehmen.

Er würde sich keinen unvernünftigen Gedanken hingeben. Er würde sich nicht nach etwas sehnen, das nie sein konnte. Er würde nicht länger darüber nachdenken, was ihr Verlust für ihn bedeutete, noch wie bald sie schon fort wäre und dass er dann einer unsicheren Welt allein entgegentreten müsste.

Er versuchte sich zu erinnern, wer er war und was er hätte tun sollen. Er besaß eine Burg, Landgüter, Pächter. Er hatte einen Titel und ein Übermaß an Pflichten, denen er bald würde nachkommen müssen. Er hatte einen Bruder, und er musste Erklärungen einfordern.

Aber jetzt gab es nur Lily, die sorglos wie ein Milchmädchen und lieblich wie eine Taube mit bis über die Knöchel hochgerutschten Röcken und baumelnden zierlichen Füßen auf dem Rücken ihrer Stute saß.

Geduld, Geduld …

Sie stimmten darin überein, Dörfer völlig zu meiden. Das war nicht schwierig; dieser Teil des Königreiches war dicht bewaldet und dünn besiedelt. Jede Stunde, die verging und die sie sich dem Heim seiner Kindheit näherten, wurde ihm die Gegend vertrauter. Trotz all seiner Sorgen machte ihn das froh, und als die ersten hellen Türme von Glynwallen über den Baumwipfeln in Sicht kamen, musste Tristan anhalten und alles in sich aufnehmen.

Glynwallen. Eine gewaltige Burg – einige bei Hofe, die eine spitzere Zunge hatten, nannten sie auch monströs –, die aus gelbbraunen Steinen und dicken, imposanten Strebepfeilern errichtet worden war. Die Burg zeichnete sich nicht so sehr durch Eleganz denn durch geballte Kraft aus. Es gab keinen Burggraben; er war nicht notwendig. Eine hohe Mauer, die unendlich lang schien, umgab die gesamte Anlage und bot den Gebäuden, dem Burghof und dem Bergfried selbst im Innern Schutz. Stein auf Stein von hell- bis graubraun türmte sich zu runden und eckigen Türmen auf, die bis zum Himmel selbst zu reichen schienen. Die Burg war nicht schön. Doch sie war sein imposantes und wahres Zuhause.

Lily lehnte sich nach vorn und vergrub die Finger in der Mähne der Stute. »Ist das die Burg?«

»Ja.« Er setzte sich wieder in Bewegung.

»Wartet.« Sie sprang vom Pferd und ließ sich auf den Boden gleiten. Er sah zu, wie sie die Beutel herunterzog, die ihre Habseligkeiten enthielten, und sie vor sich stellte. Sie schaute sich schnell um und dann wieder zu ihm.

»Wir müssen uns vorbereiten.«

»Inwiefern?«

»Wir müssen etwas anderes anziehen.«

Sie zeigte auf ihr staubiges Gewand, das an einigen Stellen eingerissen war und dessen Saum an einer Seite herunterhing, dann kniete sie sich hin und wühlte in dem Beutel. »Es dauert nicht lange.«

Tristan drehte sich um, als sie das sagte. Er richtete seinen Blick auf die Türme seiner Burg und versuchte, die verräterischen Geräusche ihrer Bewegungen zu ignorieren. Er versuchte, sich nicht auszumalen, was sie wohl gerade tun mochte, wie sie das Kleid abstreifte, das Unterkleid, schönes Leinen und lange Bänder, phantasievolle, weibliche Dinge. Als sie seinen Namen sagte, drehte er sich zu ihr um und erblickte eine feine Dame, die er nicht wiedererkannte.

Das alte schwarze Kleid war fort. Sie war nun mit einem glänzend strahlenden Gewand angetan, das einen hellen Grünton aufwies, der an Sommerblätter unter Eis erinnerte. An den Seiten glitzerten silberne und goldene Stickereien, die unzählige winzige rosa Blumen einfassten, die das Mieder und den Saum verzierten. Unter den geschlitzten Ärmeln und den Schlitzen im Rock blitzte ein Kleid hervor, das in einem etwas dunkleren Grün gehalten war. Die Farben harmonierten perfekt mit ihrem goldenen Haar und dem warmen Braun ihrer Augen.

Sie sah wie eine Prinzessin aus. Eine zarte, wunderschöne Fee, die direkt aus ihrer Welt zu kommen schien. Unfähig auch nur ein einziges Wort zu sagen, starrte er sie an. Sie strich ihr Haar zurück und ließ es über ihre Schultern fallen.

»Jetzt Ihr«, sagte sie.

Er konnte nicht aufhören, sie anzustarren. Ohne davon etwas zu bemerken, beugte sie sich über die Beutel.

»Wir haben nichts, was für einen Earl angemessen wäre«, meinte sie, »außer dem hier.« Sie zog den Winterumhang heraus. Sie schüttelte die Falten aus und ließ das Licht darauf fallen, sodass Purpur und Indigo wie Juwelen aufleuchteten und sich hell vom Wald abhoben. Er räusperte sich. »Das … das kann ich nicht anziehen. Es gehört Euch.«

Sie warf ihm einen ungeduldigen Blick zu. »Eigentlich gehört der Umhang Euch. Er wurde für Euch angefertigt.« Sie warf ihm den Umhang über die Schultern, ehe er Einwände erheben konnte. Samtweich, kühl und schwer legte sich das Gewicht des Umhangs um ihn.

Konzentriert richtete sie den Verschluss an seinem Hals. Sie stand so dicht vor ihm, dass er die Spitzen ihrer Wimpern erkennen konnte, die wie dunkler Honig im Licht wirkten. Ihre Hände verharrten bei ihrer Arbeit; ihre Blicke begegneten sich. Ihm stockte der Atem, und er spürte, wie Hitze in ihm aufstieg, als ihr Blick sanft wurde und ihre Lippen sich teilten. Er konnte jetzt ihren Duft wahrnehmen, er konnte sie fast schmecken …

Sie trat zurück und ließ die Arme sinken.

»Ich glaube, das ist gut genug.« Sie klang ein wenig atemlos. Sie zögerte und fügte dann hinzu: »Sollen wir jetzt gehen, Mylord?«

Tristan starrte auf den Boden. »Ja.«

Er fand die Seitenstraße, die von der Hauptstraße abzweigte und direkt zum Burgtor führte. Er führte Jorah, während er die Umgebung in sich aufnahm und den Ort musterte, den er vor acht Jahren so sorglos verlassen hatte. Er erkannte alles wieder, die Felder und die Hütten der Bauern, die hier lebten. Er erinnerte sich an die Farbe des Bodens, des Weizens und der Gerste, der Hecken und Bäume, sogar an die Häuser, an denen sie vorbeikamen und die sich seit Generationen nicht verändert hatten.

Doch er führte die Stute weiter, ohne auch nur einmal anzuhalten; auch nicht, als einige Leute aus ihren Häusern traten, um sie anzustarren. Er erkannte niemanden wieder, so oder so hätte er von diesen Leuten niemanden gekannt. Als gedankenloser Jugendlicher hatte er sich nicht mit ihnen abgegeben. Sie waren nur seine Arbeiter, Bediensteten und Leibeigenen gewesen. Sie verrichteten ihren mühevollen Teil der Arbeit im komplizierten Ablauf des Gutes, und er tat seinen. So hatte er zumindest damals gedacht.

Doch jetzt schmerzte ihn der Anblick ihrer müden und neugierigen Gesichter, ihrer einfachen Kleidung und Werkzeuge. Tristan hatte das Gefühl, sie jetzt ein wenig besser zu verstehen. Er verstand jetzt alles ein wenig besser.

Bewusst begegnete er ihren Blicken und nickte ihnen zu. Aber niemand erwiderte sein Nicken. Er sah in ihren Augen nur Überraschung, Neugier und Interesse.

Der Wald wurde immer lichter, und es standen immer weniger Bäume zwischen ihm und seiner Burg. Sie zogen langsam hindurch, ein Mann zu Fuß und eine Frau auf einem Pferd, keine Begleiter, keine Banner, keine Knappen oder Ritter, keine Fanfare. Ein zusammengewürfelter Zug aus Bauern folgte ihnen in fast ängstlicher Entfernung. Bevor sie den letzten Baum hinter sich ließen, drehte er sich um, um Lily einen letzten Blick zuzuwerfen. Lady Lily, die schöne Prinzessin, saß jetzt wie eine Edelfrau mit beiden Füßen zu einer Seite zu Pferde. Ihr Haar wehte sacht im Wind, zarte Wölkchen zogen wie die Schatten leuchtender Perlen über ihr Haupt. Sie erwiderte seinen Blick nicht, sondern schaute zur vor ihnen liegenden Burg. Ihre Miene war undurchdringlich.

Tristan musterte sie ein letztes Mal und versuchte, diesen Augenblick – ihren Anblick vor dem strahlenden Himmel und den Wäldern seines Zuhauses, die Farben ihres Kleides und das im Sonnenlicht glänzende Haar – fest in seinem Gedächtnis zu verankern. Bald würde sie fort sein, aber zumindest würde er dann noch die Erinnerung haben – dies und Glynwallen.

Er zog die Stute weiter und näherte sich dem Tor.

9

Das Torhaus war riesig. Es war wahrhaftig das größte, das Amiranth je gesehen hatte. Es war fast so groß wie das gesamte Herrenhaus auf Safere, und es war der einzige Teil der Burg, an dem sie eine Art künstlerischen Einfluss erkennen konnte: die Steine um das Tor waren ihrer Farbe nach angeordnet. Über dem Torbogen zeigte ein behauener Steinquader ein angekettetes Einhorn, dessen spiralförmiges Horn geradewegs zum Himmel wies. Ein Huf hing warnend oder fluchtbereit in der Luft. Das Tor stand einladend offen, aber das Fallgitter war herabgelassen. Durch das Flechtwerk hindurch konnte sie einen Blick auf die Gebäude im Innern werfen, eine Kapelle, ein Kornspeicher, Stallungen, Gärten. Etwas weiter in einer Ecke war ein sanfter Erdhügel, der zum Bergfried führte.

»Halt!«, rief ein Wachtposten, der hoch oben auf dem Torhaus stand.

Tristan blieb stehen und drehte sich um, um ihr die Zügel zu reichen. Amiranth nahm sie und blickte ihm forschend ins Gesicht. Doch sie fand dort keine Anzeichen für irgendeine Gefühlsregung. Sie hoffte, dass er nicht so nervös wie sie war.

»Wer da?«, rief der Wachtposten.

»Der Herr dieses Ortes«, rief Tristan mit laut schallender Stimme zurück. »Ich bin Tristan, der Earl of Haverlocke. Hebt das Fallgitter!«

Hinter ihnen wurde ein plötzliches leises Stimmengewirr vernehmbar, als hätten die Bauern alle auf einmal tief Luft geholt, dem dann aufgeregtes Tuscheln folgte. Weder Tristan noch Amiranth drehten sich um.

»Wie war noch einmal Euer Name, Sir?«, fragte der Wachtposten ungläubig.

»Tristan! Earl … of … Haverlocke! Öffnet jetzt endlich dieses Fallgitter!«

Der Wachtposten verschwand außer Sicht. Hinter ihnen erhob sich wieder das Stimmengewirr, es waren Unglauben, Spannung und Erregung herauszuhören. Amiranths ganze Aufmerksamkeit war auf den Mann vor ihr gerichtet, der entspannt neben der Stute stand und sich ganz gelassen umschaute. Sie ballte die Hände so fest zu Fäusten, dass sich ihre Nägel in die Handflächen gruben, und versuchte genauso gelassen wie er zu wirken. Ein halbes Dutzend Männer tauchte oben auf dem Torhaus auf. Einer lehnte sich über die Zinnen und schaute zu ihnen herunter.

»Einer meiner Männer hat mir da eine ziemlich seltsame Geschichte erzählt«, tönte er schleppend. »Er hat mir erzählt, dass da ein Fremder sei, der den Namen eines toten Mannes trüge. Da ich weiß, dass das nicht stimmen kann, sagt mir Euren wahren Namen und den Grund Eures Hierseins.«

»Wer seid Ihr?«, wollte Tristan wissen. »Ich kenne Euer Gesicht nicht!«

»Noch ich Eures! Verschwindet von hier, Schurke, und verschwendet nicht meine Zeit.« Der Mann begann sich abzuwenden.

»Bei allem, was heilig ist«, rief Tristan mit dröhnender Stimme, »solch unverschämtes Benehmen werde ich auf meinem Grund und Boden nicht dulden! Ihr seid nicht Charles Bingham, mein Kastellan! Schickt mir diesen Mann *und* meinen Bruder Liam – sofort!« Alle Männer blieben stehen und schauten einander an. Amiranth konnte hören, wie sie schnell und besorgt miteinander beratschlagten, doch zu leise sprachen, als dass man etwas hätte verstehen können.

Der Anführer trat wieder vor und sagte: »Charles Bingham, sagtet Ihr? Das ist der Name eines weiteren toten Mannes. Und ich würde gern wissen, woher Ihr den kennt.«

»Ich bin der Herr von diesem Ort. Ich kenne Euch nicht, aber es gibt eine ganze Menge guter Männer, die ich kenne und die mich kennen! Schickt meinen Bruder her und wir werden die Angelegenheit klären.«

»Der Earl of Haverlocke ist nicht da«, erwiderte der Soldat brüsk.

»Dann holt den Haushofmeister her, der meine Güter verwaltet! Holt Silas James her!«

»Silas James wohnt nicht mehr hier. Ihr verschwendet immer noch meine Zeit, Kerl. Verschwindet von hier!«

»Alain Grayson!«, brüllte Tristan. »William Fremont! Gaylord Roswald! Jacob Wentford! Dylan of Trent! Holt diese Männer, und ich werde Euch zeigen, was mein wahrer Name ist, Soldat!«

Wieder redeten die Männer der Wache miteinander. Einige nickten und schienen mit dem Anführer zu diskutieren. Gemeinsam verschwanden sie hinter dem Stein. Hinter ihnen erhob sich ein neuer Schwall von tuschelndem Gewisper. Die Bauern sprachen jetzt unter steigender Erregung lauter. Sie drehte den Kopf und schaute zu ihnen. Einen Halbkreis bildend, standen sie in einem weiten Bogen um sie herum und hielten sich vom Tor fern. Einige erwiderten ihren Blick, aber noch mehr sahen nicht in ihre Richtung, sondern schauten zum Ende der Menschenansammlung, wo etwas zu sein schien, das sie nicht sehen konnte.

»Diese Namen sind uns wohl bekannt«, hörte sie eine Stimme nicht mehr laut brüllend ganz nah sagen. Sie sah, dass sich die gesamte Wache hinter dem Fallgitter versammelt hatte und sie durch die Streben hindurch anstarrte. Der Kastellan ergriff wieder das Wort. »Doch jeder hätte sie in Erfahrung bringen können. Das ist kein Beweis, dass Ihr Tristan Geraint seid.«

»Wo sind sie?« Tristan trat einen Schritt vor. »Fragt sie selbst!«

»Leider«, meinte der Kastellan mit einem boshaften Grinsen, »sind alle diese Soldaten fort. Nach dem Ableben ihres Herrn haben sie alle diesen Besitz verlassen.«

»Wie praktisch«, murmelte Amiranth.

Herablassend warf der Kastellan ihr einen Blick zu, dann wendete er sich wieder an Tristan. »In der Tat. Und deshalb fordere ich Euch jetzt das letzte Mal auf, diesen Ort zu verlassen, Sir. Ihr seid hier nicht willkommen.«

»Ist es wirklich wahr?« Eine neue Stimme, ein neuer Mann tauchte hinter ihnen auf und drängte sich durch die Menge. Amiranth und Tristan drehten sich beide um und sahen einen älteren Mann, einen Bauern mit langem weißem Haar und strahlend blauen Augen auf sich zukommen. »Stimmt es?«, sprach er weiter und ging direkt auf Tristan zu. »Bei der heiligen Mutter Gottes, ich habe nie damit gerechnet …«

»Silas!« Tristan ging sichtlich schockiert auf den

Bauern zu und griff nach seinen Armen. »Silas James, bei meiner Seele!«

»Mylord!« Der Mann begann zu zittern, während er zu ihm aufschaute. »Mein lieber, guter Herr!« Plötzlich fiel er auf die Knie, griff nach dem Saum des prächtigen Umhangs und vergrub sein Gesicht darin. Tristan versuchte ihn wieder hochzuziehen.

»Was ist mit Euch passiert?«, fragte er mit finsterer Miene.

»Er ist es!« Der Mann namens Silas riss sich von Tristan los und blickte zu den Männern der Wache. »Es ist der rechtmäßige und wahre Herr von Haverlocke! Ich schwöre es bei meinem Leben!«

»Was ist schon das Wort eines alten Bauern …«, hub der Kastellan unsicher an.

»Das Wort eines ehrenwerten Mannes!«, unterbrach Tristan ihn wütend. »Ein ehrlicher und treuer Mann, der jedes Recht hätte, selbst hinter diesem Tor zu stehen! Wer hat ihm das angetan? Sprecht!«

Unsicher ließ der Kastellan den Blick zwischen seinen Männern und Tristan hin- und herschweifen. »Er ist selbst von seinen Aufgaben zurückgetreten. Er verließ die Burg, damit ein anderer seine Position einnehmen konnte. Er ist alt. Das ist alles.«

»Öffnet das Fallgitter«, befahl Tristan kalt. »Und ich werde das, was während meiner Abwesenheit so sichtlich falsch gelaufen ist, wieder gerade rücken.«

Der Kastellan zögerte und trat einen Schritt zurück. »Ich – ich kann nicht. Das Wort eines einzigen Mannes zählt nichts. Ihr habt keinen Beweis.«

»Beweis!« Tristan explodierte. »Ihr wollt einen Beweis? Hier ist Euer Beweis, Soldat!«

Und zu Amiranths Entsetzen deutete er auf sie, die immer noch auf dem Rücken der Stute saß.

»Hier ist meine Gemahlin Amiranth, die Countess of Haverlocke, die mich bestätigen wird!«

Sie spürte, wie ihr das Blut aus dem Gesicht wich, ihr Körper zu Eis wurde und ihr das Herz bis auf den Boden sackte. Sprachlos blinzelnd, starrte sie auf ihn herab und bemühte sich, nicht in Ohnmacht zu fallen.

Er wusste es! Er wusste alles, oh Gott, er hatte es die ganze Zeit gewusst!

Tristan wandte sich vom Fallgitter ab und ging auf sie zu, wobei er ihr mit zusammengekniffenem Mund einen Furcht erregenden Blick zuwarf. Er griff nach ihr, und sie spürte, dass sie leichter als Asche von Jorahs Rücken glitt. Innerlich war sie ganz leer, bis auf das panische Schlagen ihres Herzens in ihrer Brust.

Er fing sie auf und beugte seinen Kopf zu ihrem Ohr, als wolle er ihr ein Kosewort zuraunen, während er ihr schnell etwas zuflüsterte.

»Bitte, Lily. Ich gebe Euch, was Ihr wollt. Nur macht mit … was Ihr wollt …«

Er lehnte sich zurück, um sie anzusehen, und seine Augen sprühten wieder wild und gefährlich.

Die Panik ließ nach und schwand. Erstaunt blickte sie zu ihm auf, als er ihre Hand nahm und sie an seine Lippen zog. Dann lehnte er sich wieder leicht nach vorn, um ihr noch einmal etwas zuzuraunen.

»Ich gebe Euch ein eigenes Herrenhaus, Merlyff, der schönste Besitz von allen. Ich werde Euch, wenn Ihr das wünscht, für den Rest Eures Lebens in Ruhe lassen. Nur – *bitte.*«

Er wusste es nicht. Es war ein Trick, ein schlauer und verzweifelter Trick. Plötzlich verstand sie, was er riskierte, was er von ihr wollte, was es bedeuten würde. Mit Tricks und auch mit dem grausamen Lauf, den das Schicksal nehmen konnte, kannte sie sich aus. Der Vorteil lag auf ihrer Seite. Es mochte unfair sein, diesen Vorteil zu nutzen, aber zu selten hatte es in ihrem bisherigen Leben solch gute Gelegenheiten gegeben.

Mit einem angestrengten Lächeln und kaum die Lippen bewegend, raunte sie genauso leise wie er.

»Versprecht es.«

»Ich verspreche es.«

Amiranth zog ihre Hand zurück. Gemächlich strich sie mit den Handflächen über den schönen Seidenstoff ihrer Röcke, sodass sie wieder gerade fielen, und hob dann die Stimme, damit alle sie hörten.

»Hier ist mein Gemahl, der Earl of Haverlocke, heimgekehrt von einer langen Schlacht mit den Franzosen. Er bringt den Ruhm Englands mit nach Hause! Wer sollte uns an diesem Ort hier wohl nicht willkommen heißen?«

»Diese Frau …«, ereiferte sich der Kastellan.

»Ist die *geliebte* Schwester des Earl of Iving«, unterbrach sie ihn, die Situation kühl meisternd. »Die Schwester des starken und *rachsüchtigen* Earl of Iving, dessen Besitz nur ein paar Tagesreisen entfernt ist.«

»Aber Ihr seid …«

»Auch die liebe *Cousine* Seiner Majestät des Königs«, fuhr sie gebieterisch fort. »Unser Herr, der Souverän, wäre sehr bekümmert, wenn ihm zu Ohren kommen sollte, dass ich unangemessen behandelt worden bin.« Sie hielt inne und warf dem Kastellan einen vernichtenden Blick zu. »In *jedweder* Weise unangemessen.«

Der Mann schwieg, und sein Gesichtsausdruck

verfinsterte sich. Amiranth begab sich zum Fallgitter und legte ihre Finger leicht auf eine Holzleiste. Es war totenstill. Alle Augen ruhten auf ihr, und jeder lauschte gebannt auf ihre nächsten Worte.

»Mein lieber Mann«, meinte sie in gleichmütigem Tonfall, »wollt Ihr derjenige sein, der einen Krieg zwischen dem rechtmäßigen Earl of Haverlocke und seinem Bruder entfesselt? Wollt Ihr derjenige sein, der King Edward seinen riesigen Irrtum am heutigen Tage erklärt?« Der Mann lief rot an, und Schweißperlen sammelten sich auf seiner Stirn.

»Öffnet das Fallgitter und lasst Euren wahren Herrn herein«, riet sie ihm, »vielleicht verzichten wir dann darauf, meinem Cousin, dem König, vom heutigen Vorfall zu berichten.«

»Ich …«

»Oder fangt einen Krieg an, der King Edward selbst auf den Plan rufen wird«, beendete sie ihren Satz und ließ dann ein eisiges Lächeln sehen.

»Ihr habt die Wahl.«

* * *

Glynwallen besaß einen höhlenartigen Aufbau. Das liebte Tristan daran, und das hatte er verzweifelt vermisst. Himmel, er war so froh, wieder zurück zu sein, wieder durch diese Gänge zu gehen und diese Zimmer zu sehen!

Er führte Lily durch die Festung und den Wohnturm. Sie ging so lieb und sanft neben ihm her, dass er kaum glauben konnte, wie sie den Mann bedroht hatte. Sie war wunderbar. Herrlich!

Er hatte das Gefühl, als könne ihn nichts mehr aufhalten, als sei die Sonne aufgegangen, um seine Glieder und seinen Geist in Licht zu tauchen. Er erinnerte sich an jeden Winkel, als sei er erst gestern fortgegangen. Er war wirklich *zu Hause!* Endlich, endlich …

Er führte Lily in die große Halle. Kein Wort von sich gebend, folgten ihnen die nachdenklich gestimmten Männer seines Bruders. Nur das metallische Klicken war zu hören, wenn Scheiden auf Kettenhemden trafen.

Die große Halle. Sie war nicht ganz so, wie er sie in Erinnerung gehabt hatte, aber doch vertraut genug, dass sich wieder dieses Gefühl von Helligkeit in ihm ausbreiten konnte. Es war ein großer, imposanter Raum, der aus cremeweißen Steinen und schwerem Holz errichtet worden war und gut zum Charakter der Burg passte. Dann gab es noch vier große Feuerstellen, in zweien davon loderten riesige Feuer, Wandbehänge und Bänke sowie die prächtige Estrade, auf der die Haupttafel stand und wo der geschnitzte Sessel des Earl of Haverlocke immer noch auf ihn wartete.

Mit Lily am Arm ging Tristan zu seinem Stuhl. Erst ließ er sie sich hinsetzen, dann nahm er selbst Platz. Den farbenprächtigen Luxus aus weichen Kissen und Goldbeschlägen hatte er ganz vergessen. Er schaute auf die Leute, die sich unter ihm versammelt hatten und mit großen Augen flüsternd herumstanden.

»Essen«, befahl er. »Ale. Sofort.«

Einige verbeugten sich langsam vor ihm und verließen die Halle.

Tristan entdeckte den Kastellan, einen kleinen Mann mit schütterem, rötlichem Haar, mit dem er zuvor gesprochen hatte. »Ihr da. Wo ist Silas James?«

»Ich weiß nicht genau«, erwiderte der Mann mit gerunzelter Stirn.

»Findet ihn, und bringt ihn zu mir. Sofort«, fügte er hinzu, als der Mann sich nicht rührte.

Lily beugte sich nach vorn und strich mit einem Finger über das Holz vor ihr, als wolle sie überprüfen, wie gut gepflegt alles war. Tristan beobachtete, wie die Augen des Mannes zu ihr wanderten; er machte eine knappe Verbeugung und ging.

Noch mehr Menschen, Frauen und Männer, Bedienstete und Edelleute, drängten sich in die große Halle. Er wollte sie forschend mustern. Er wollte nach einem freundlichen Gesicht suchen, das er vielleicht wiedererkannte. Aber im Moment war die Freude in ihm zu groß. Es war sogar noch mehr als Freude, ein mächtiges, barbarisches Gefühl, das fast schmerzte. *Mein,* dachte er und spürte, wie dieses überwältigende Gefühl hell und strahlend wie eine gewaltige Flutwelle durch ihn hindurchströmte, die seine Seele wieder zum Leben erweckte.

Ja, mein, alles mein.

Dieses Mal war es richtig, dieses Mal war es real: dieses wilde Verlangen nach allem, jedem einzelnen Stein, jedem Stück Holz, jedem Kieselstein, jedem Stuhl und Tisch und Becher. Das Pochen seines Herzens war wie ein alter, wahrer tiefer Ruf, der in seinem pulsierenden Blut sang.

Er blickte hinauf zur fernen gewölbten Decke, die in Dunkelheit getaucht und mit Wandteppichen behängt war und so einen fernen Himmel über seinem Haupt bildete. Er kannte jeden einzelnen Balken. Er kannte den Platz jedes Pfeilers und jeder Schießscharte. Ohne es zu wissen, hatten sich ihm all diese Dinge in seiner wilden Jugend eingeprägt.

Mein! Endlich. Für immer.

Er würde all dies nie wieder aufgeben. Diener begannen mit dem Auftragen von Fleischplatten und Kelchen, die bis zum Rand mit Ale gefüllt waren. Jemand stellte einen Teller mit Fisch vor ihn. Die rosa Lachsfilets waren so heiß, dass in dem kühlen Raum Dampf vom Essen aufstieg.

Tristan lächelte.

* * *

Hugh Fletcher, der Kastellan der Burg Glynwallen, ging eilig durch die Korridore des Bergfrieds. Der Klang seiner Schritte hallte von den schweren Steinquadern wider, die ihn umgaben.

Er kannte Liam, den Earl of Haverlocke, seit nunmehr gut fünf Jahren. Seine derzeitige Stellung hatte er seit drei Jahren inne. Er war der Sohn eines Freien. Mit zwölf Jahren begann er sein Geld als Söldner zu verdienen. Alles im Leben musste er sich hart erkämpfen, und er schlug nie irgendeinen Lohn aus. Liam hatte ihn eines Abends in London in einer Kneipe kennen gelernt, die sogar die Rinnsteinhuren gut aussehen ließ. Hugh war durch Zufall in eine Schlägerei hineingezogen worden, an der auch der Earl beteiligt gewesen war. Er hatte die Sache für ihn erledigt. Seitdem gehörte er zum Earl.

Er kannte diesen Fremden, der behauptete Tristan Geraint zu sein, nicht. Er hatte nicht vor, ihn kennen zu lernen oder ihn bleiben zu lassen. Es schien unmöglich, dass der ältere Bruder des Earls noch leben könnte, doch wenn es so sein sollte … er war offensichtlich ganz allein, es waren keine Ritter mehr an seiner Seite und nicht einmal die Diener, die vor Jahren für ihn gearbeitet hatten. Ein Mann, der ganz allein dastand, dachte Hugh, würde es nicht leicht haben, seine Stellung zu halten.

Die Frau stellte ein Problem dar. Aber eine Sache, die er mit den Jahren gelernt hatte, war, dass es für alle Probleme eine Lösung gab, auch wenn sie etwas unfein sein mochte. Der Burghof war voll mit Leuten, die in kleinen Grüppchen zusammenstanden und tratschten. Alle redeten durcheinander und alle starrten nach oben zur Festung. Er bedeutete einer Gruppe Soldaten, sich neben den Türen zu ihm zu gesellen.

»Schickt den schnellsten Mann zum Earl. Er sollte sich jetzt eigentlich in Staffordshire aufhalten. Erzählt ihm, was passiert ist. Sagt ihm …« Hugh hielt inne und überlegte, was wohl die Reaktion des Earls auf diese Neuigkeiten sein würde. »Sagt ihm, dass wir auf seine Befehle warten«, beendete er seinen Satz finster.

* * *

Die Zimmer, in die man sie führte, waren eindeutig nicht die Gemächer des Earls und der Countess of Haverlocke.

Amiranth trat zuerst ein und musterte die Einrichtung: ein einfaches Bett, ein Stuhl, ein schlichter Schrank. Ein einziges Fenster mit einer Bleiglasscheibe ließ Licht in wässerigen Wellen auf den Boden fallen. Zumindest waren die Binsen frisch, bemerkte sie. Der Boden war sauber, die Wände nackt.

Das Mädchen, das sie begleitet hatte, versank mit gebeugtem Kopf in einem tiefen Knicks. Tristan trat hinter ihnen in das Zimmer. Seine imposante Gestalt füllte den Türrahmen, und die Farben des Umhangs wirkten angesichts der kühlen Schatten gedämpft.

»Was soll denn das?«, fragte er mit tiefer, samtiger Stimme die arme Magd. »Willst du deinen Herrn etwa in so einem Zimmer unterbringen, Mädchen?«

»Bitte, Mylord«, flüsterte sie. »Man hat mir gesagt, dass ich Euch hierher …«

Ihre Worte verklangen mit einem deutlich hörbaren Beben in der Stimme, und Amiranth bekam Mitleid mit ihr.

»Zweifellos brauchst du etwas Zeit, um die angemessenen Räume des Earls herzurichten«, meinte sie, während sie Tristan einen strengen Blick zuwarf. »Bestimmt hat der jüngere Bruder des Earls persönliche Dinge, die mit aller Sorgfalt woanders hingebracht werden müssen.«

Das Mädchen sagte nichts, sondern starrte nur unglücklich auf die Binsen, die den Boden bedeckten.

»Sag dem Kastellan auf jeden Fall, dass wir erwarten, dass die Besitztümer von Lord Liam mit besonderer Sorgfalt behandelt werden«, fuhr Amiranth hoheitsvoll fort. »Nichts darf kaputt oder verloren gehen. Sag ihm, dass wir davon ausgehen, die Gemächer des Earls und der Countess innerhalb eines Tages zu beziehen.«

Das Mädchen knickste wieder und zog sich dann langsam zurück.

Tristan warf Amiranth einen unbewegten Blick zu und schüttelte dann den Umhang von seinen Schultern. Sie trat zu ihm und griff schnell nach dem Stoff, sodass er nicht herunterfallen konnte. Dann hüllte sie ihn wieder darin ein und rief nach dem Mädchen.

»Noch etwas, Kind. Mein Herr benötigt frische Kleider, die seiner Stellung angemessen sind. Kümmere dich darum.«

Das Mädchen versank noch einmal in einem sehr tiefen Knicks und floh dann förmlich aus dem Zimmer.

Amiranth ließ den Umhang los, nachdem die Tür zu war. »Gebt besser keine weitere Veranlassung, an Eurer Stellung zu zweifeln. Das was Ihr anhabt, mag für die Reise gut gewesen sein, aber jetzt kann man damit nichts mehr anfangen.«

Der Blick, den er ihr jetzt zuwarf, war wohl noch teilnahmsloser als zuvor, als er sich aus den Stoffbahnen des Umhangs freikämpfte.

»Ein Mann tut wohl daran, jemanden mit solch scharfem Verstand, wie Ihr ihn habt, immer um sich zu haben«, meinte er freundlich.

»Euer eigener Verstand ist scharf genug.« Sie ging zur Tür, öffnete sie einen Spaltbreit und blickte hinaus. Draußen waren nur der leere Gang und die leisen Geräusche aus entfernteren Zimmern. Sie schloss die Tür wieder und lehnte sich mit dem Rücken gegen das Holz.

»Erzählt mir von diesem Gut, das Ihr mir versprochen habt, Mylord.«

Er wandte sich von ihr ab und kümmerte sich jetzt sehr behutsam um den Umhang, den er langsam und sorgfältig mit gesenktem Kopf zusammenfaltete. »Seid Ihr so eifrig darauf bedacht zu gehen?«

Bei der Sanftheit, die in seine Stimme zurückgekehrt war, hörte sie die Alarmglocken in ihrem Innern läuten. Immer noch den Umhang in Händen haltend, schaute er zu ihr auf. »Erst meine Gemahlin und dann ich. Sagt mir, Lily, was an uns treibt Euch dazu, fliehen zu wollen?«

»Ich fliehe nicht«, bemühte sie sich ruhig zu erwidern. »Ihr habt mir ein Versprechen gegeben, Mylord.«

»Das tat ich.« Aber er rührte sich nicht und sagte auch nichts weiter, sondern musterte sie nur mit einem eindringlichen, abschätzenden Blick.

»Merlyff«, versuchte sie ihn zum Sprechen zu bringen, während sie gegen seinen Blick ankämpfte. »Das war, glaube ich, der Name. Wo liegt es?«

»Im Norden«, gab er kurz zurück. »Im fernen Norden.«

»Wie lange werde ich für die Reise dorthin benötigen?«

»Wochen, fürchte ich.«

Bestürzung machte sich in ihr breit. Eine wochenlange Reise, und sie war des Reisens doch so müde. Er wusste das; zumindest das wusste er über sie. Seine Miene wurde undurchdringlich.

»Es ist auch eine strapaziöse Reise«, fügte er hinzu. »Durch Marschland, Torfmoore und Sümpfe. Leichtherzig unternimmt man so eine Reise nicht.«

»Ihr sagtet, es sei schön!«

»Überaus schön«, bestätigte er mit einem Achselzucken. »Sobald man angekommen ist. Aber das Hinkommen ...« Noch ein gleichgültiges Achselzucken.

»Ihr habt mich reingelegt!«

Voller Ernst schaute er sie jetzt direkt an. »Ich habe Euch nicht hereingelegt, Mylady. Bei meiner Ehre, was ich gesagt habe, meinte ich auch so. Ihr habt mich gerettet. Ich schulde Euch alles.«

Ihre Einwände fielen in sich zusammen. Er stand ruhig da, während Wellen von Licht wie Sonnenschein auf dem Meer über ihn hinweggingen und auf seinem Haar, seinen Zügen und den hervortretenden Muskeln seines Körpers zu einem strahlenden Blau wurden. Dunkel und hoch gewachsen war er von solcher Wohlgestalt, dass er eine elegante Verlockung darstellte.

»Geht nicht«, sagte er. »Verlasst mich noch nicht.«

Sie öffnete den Mund schon zu einer Ablehnung, aber plötzlich war die Luft in ihrer Lunge zu dünn und heraus kam nur eine Art Seufzer. Eine seltsame Schwäche überkam sie: sie konnte nicht den Blick von ihm, der Hitze in seinen Augen, der unausgesprochenen Frage in seinem Gesicht abwenden.

Tristan trat im hellen Licht, das durchs Fenster schien, zu ihr. Er warf einen langen Schatten auf den Boden, der sich mit ihrem überschnitt, sodass ihrer beider Umrisse miteinander verschmolzen und nicht mehr voneinander zu unterscheiden waren. Er griff nach ihrer Hand, und sie ließ es zu, während sie noch tiefer in dieser flüchtigen Torheit versank. Seine Berührung war sanft, er übte keinen Druck aus, seine Finger lagen nur ganz leicht auf ihrer Haut.

»Die Gefahr ist noch nicht vorüber«, sagte er, während er seinen Blick auf ihre Hände gerichtet hielt und ihn dann zu ihren Augen schweifen ließ. »Ich brauche Euch noch.«

Sie runzelte die Stirn und kämpfte gegen die Freude an, die diese Worte in ihr auslösten. Sie versuchte, sich an das warnende Gefühl zu erinnern, das sie vorhin überkommen hatte. Aber es war so schwer, jetzt daran zu denken – während Tristan vor ihr stand, sie aufmerksam betrachtete und sie bat zu bleiben … *wollte,* dass sie blieb …

»Lily. Bitte.«

Ein freundliches Lächeln lag jetzt auf seinen Lippen, sein Blick war wie süßer Honig. Seine Stimme klang so voll und zärtlich, sanft wie die eines Liebhabers, der sie in- und auswendig kannte. Mit einem bereits vertrauten Gefühl der Bestürzung erwachte Amiranth plötzlich aus diesem Spiel voller Täuschungen.

Er sprach mit Lily. Alles an ihm – sein Lächeln, seine Berührung, das Licht in seinen Augen – war für diejenige bestimmt, die er für Lily hielt, nicht für Amiranth. Nicht für seine unscheinbare, vergessene Gattin.

Sie entzog ihm ihre Hand. »In Wahrheit braucht Ihr mich doch gar nicht mehr, Mylord. Ihr habt an Edwards Hof gedient. Der König kann sich doch für Euch verbürgen, oder nicht?«

»Möglicherweise. Wenn er sich erinnert. Ich kann nicht wissen, ob er es tut. Aber was auch immer geschehen mag, er wird auf keinen Fall hierher kommen, Lily. Ich müsste zu ihm nach London.« Sein immer noch so verführerischer Blick begegnete ihrem. »Wenn ich Glynwallen jetzt verlasse, habe ich wahrscheinlich keine Chance mehr, wieder hereinzukommen. Ich müsste die Burg stürmen.«

Frustriert seufzte sie, als ihr die Richtigkeit seiner Worte aufging. »Na gut. Ich bleibe noch eine Weile, bis Ihr Eure Position gefestigt habt. Dann muss ich aber gehen.«

»Ich werde Euch selbst dorthin begleiten.«

»Ich bin sicher, dass das kaum nötig sein wird.«

»Es wäre mir eine Ehre.«

»Nutzt Eure Ehre lieber für diese Burg, Mylord, als für mich.«

Das Licht in seinen Augen erlosch; das freundliche Lächeln verschwand. Er nickte kurz. »Wie Ihr wünscht, Mylady.«

Sie zog sich zurück und trat aus dem wässrigen

Sonnenlicht, während ein schmerzhafter Stich des Bedauerns sie durchzuckte, obwohl sie wusste, dass sie das Richtige getan hatte. Es klopfte an der Tür.

»Herein«, rief Tristan und warf den Umhang auf die Bettstatt. Amiranth verdrehte ob seines Leichtsinns die Augen. Die Tür öffnete sich behutsam, eine wettergegerbte Hand legte sich um die Kante.

»Mylord?«

Es war der Mann, der den Namen Silas James trug, der alte Bauer vom Tor. Hinter ihm standen die Magd von vorhin und zwei weitere Männer. An ihrer Kleidung, die in den Farben der Burg gehalten war, konnte sie sehen, dass sie zur Wache gehörten. Vorsicht und Misstrauen umgaben sie.

»Tretet ein«, sagte Tristan und stand abwartend neben dem Feldbett. Er blickte nicht wieder in ihre Richtung.

Im Gegensatz zu Silas James. Dicht hinter ihm waren die Männer der Wache und dann die Magd, die hereinflitzte und einen ganzen Stapel Kleidung auf den Stuhl legte.

»Gewänder, Mylord«, murmelte sie und floh dann wieder aus dem Zimmer. Die Männer der Wache folgten ihr nicht. Sie blieben bei der Tür stehen und traten von einem Fuß auf den anderen.

Amiranth drehte sich zu ihnen um. »Das ist alles.« Die Soldaten tauschten nur Blicke aus. Sie legte die Hände auf die Hüften und zog die Brauen drohend zusammen. »Was denn, verstehen die mich nicht? Ich wusste nicht, Mylord, dass die Vasallen Eures Gutes so schlecht ausgebildet sind.«

»Ich auch nicht«, sagte Tristan, und keiner konnte die Gefahr missdeuten, die plötzlich von ihm ausging, aus seinem Tonfall und seiner ganzen Haltung sprach. »Mein Bruder scheint mit schwächerer Hand als ich zu herrschen. Bitte vergebt, meine Liebe. Das ist ein Fehler, den ich umgehend beheben werde. Glynwallen hat ja schließlich immer noch ein Verließ.« Unsicher tauschten die beiden Männer wieder einen Blick miteinander.

»Verzeihung, Mylord«, sagte der eine, dann verbeugten sich beide und verließen das Zimmer. Sie ging wieder zur Tür und horchte intensiv auf den Klang der sich entfernenden Schritte.

»Silas James«, begrüßte Tristan den alten Mann. Er war jetzt wieder derselbe wie zuvor, nur ein leises Bedauern hatte sich in seine Stimme geschlichen.

»Mylord.«

Wieder kniete der Mann vor Tristan nieder. Die Hände lagen über seinem Herzen.

»Erhebt Euch«, forderte Tristan ihn auf und half ihm dabei. Er stieß die Gewänder ungeduldig vom Stuhl auf den Boden und ließ Silas sich hinsetzen. Er wies auf Amiranth, die immer noch bei der Tür herumstand.

»Meine Gemahlin.«

Silas wollte wieder aufstehen.

»Bleibt sitzen«, befahl sie und sprach wieder mit ihrem hoheitsvollen Ton, weil sie sich nicht sicher war, ob sie auch vor diesem Mann ihre Autorität herausstreichen musste.

»Ihr seid zu gütig, Mylady.« Seine Stimme klang gedämpft. Er hielt den Kopf gesenkt, und seine Hände lagen wieder über seinem Herzen. »Ich begrüße Euch und heiße Euch willkommen.« Silas schaute auf. Sein Blick schweifte von ihr zu Tristan, und angesichts der Hoffnung, die sie auf seinem Gesicht sah, musste sie wegschauen.

Amiranth trat zu dem so nachlässig behandelten

Haufen schöner Gewänder, hob sie auf und beschäftigte sich damit, sie glatt zu streichen und auf dem Bett auszubreiten, während Tristan und der Mann sich unterhielten.

»Wie kann das sein?«, fragte Silas. »Wie kann es sein, Mylord, dass Ihr noch am Leben seid? Man sagte uns, dass Ihr gestorben seid im Krieg …«

»Ja. Das weiß ich, mein Freund. Und doch seht Ihr mich hier vor Euch stehen. Manchmal weiß ich selber nicht, wie es kommen konnte, aber ich lebe.«

»Gott sei gepriesen!«

»Ja«, sagte Tristan wieder, und ein Hauch von Ironie überschattete den Klang seiner Stimme. »Aber erklärt mir doch, was hier geschehen ist. Ihr wart der Haushofmeister all meiner Güter! Ihr habt meiner Familie und mir mit gleich bleibender Ergebenheit gedient. Was hat mein Bruder getan?«

Ein Augenblick des Schweigens setzte ein, dem ein Räuspern folgte. »Nichts. Man hat nur getan, was klug war, Mylord. Ich bin älter geworden …«

»Wir sind alle älter«, unterbrach ihn Tristan. »Was noch?«

»Tja …« Wieder ein kurzes Schweigen. »Euer Bruder, Mylord … ist … ein junger Mann. Als der Titel auf ihn überging, brachte er einen Haushofmeister von seinem Heim auf dem Lande mit. Es war meine eigene Entscheidung zu gehen. Das ist wirklich wahr.«

»Und es war auch Eure eigene Entscheidung, außerhalb der Burg zu leben?«

Keine Antwort.

»Wo sind meine Männer?«, fragte Tristan ruhig. »Wo sind die Getreuen, die mir dienten? Sind denn alle gegangen?«

»Nach Eurem Tod, Mylord, kam der neue Earl und brachte seine eigenen Männer mit, viele verließen Glynwallen. Sie haben sich woanders niedergelassen. Ein paar sind geblieben, an die Ihr Euch eigentlich erinnern müsstet – Appleby, Sherman, Dorset und Manning –, aber sie sind der Pest zum Opfer gefallen, Mylord. Es ist noch kein Jahr her. Viele sind gestorben.«

Die Tunika, die Amiranth in den Händen hielt, war aus einer schönen, dünn und leicht gesponnenen Wolle gewebt, wie der Flaum der Distel. Sie gab vor, den Stoff genau zu untersuchen, während sie auf Tristans Antwort auf diese schlechten Neuigkeiten wartete. Aus dem Augenwinkel sah sie ihn ruhig, völlig bewegungslos im Licht stehen.

»Wo ist dieser neue Haushofmeister?«, fragte er abrupt. »Warum ist er nicht hergekommen, um mich zu begrüßen?«

»Er ist mit Eurem Bruder auf Reisen. Sie sind unterwegs, um sich um die Verwaltung der anderen Güter zu kümmern. Layton, Ergonbury, Staffordshire, Merlyff …«

Die Tunika beiseite legend, drehte Amiranth sich um und hörte ihnen nun ganz offen zu. »… und Yaverling. Zu Michaelis werden sie zurückerwartet, Mylord.«

»Michaelis«, meinte Tristan nachdenklich. »Bis dahin ist es wirklich noch lang hin.«

»Ja«, stimmte ihm der alte Mann nickend zu.

Tristan richtete sich auf, ging zum Fenster und starrte nach draußen. Amiranth und Silas beobachteten ihn. Er hob sich als dunkler Schatten gegen den Himmel ab.

»Ihr seid jetzt der Haushofmeister«, sagte Tristan, ohne sich umzudrehen.

»Mylord?«

»Und findet mir einen fähigen Kastellan. Mir gefallen die Augen von dem Mann, den mein Bruder eingestellt hat, nicht.«

»Aber Mylord …«

»Ja? Stimmt mit meinen Anweisungen irgendetwas nicht, Haushofmeister? Kennt Ihr niemand Vertrauenswürdigen für die genannte Stellung?«

Sie hatte einen grauhaarigen Mann vor sich sitzen sehen, den die Last seiner Jahre von Kopf bis Fuß gezeichnet hatte. Sie hatte den Anweisungen ihres Ehemannes gelauscht, und eine leichte Besorgnis hatte sie angesichts seiner ersten Befehle erfasst. Silas James schien ihr eine ungeeignete Wahl für die Position des Haushofmeisters zu sein. Welche Erfahrungen er auch in seinem Leben gesammelt haben mochte, jetzt war er abgemagert und vom Alter gebeugt. Es schien ihr wie ein Spiel, bei dem sie ihr Glück von diesem armseligen Tropf abhängig machten.

Doch dann geschah vor Amiranths Augen ein kleines Wunder. Der Mann auf dem Stuhl verwandelte sich, sein Rücken wurde gerade, den Kopf hielt er höher. Sie schaute in seine blauen Augen und war von ihrem strahlenden Glanz und dem scharfen Blick überwältigt. Er wirkte jetzt Jahre jünger auf sie, und das innerhalb einiger weniger Augenblicke.

»Mein Sohn«, sagte der Mann. »Mein Sohn Evan arbeitet im Stall, Mylord. Doch ich schwöre Euch, dass er ehrenhaft in der Armee des Königs selbst gedient hat. Er kennt sich im Kriegshandwerk gut aus und wäre ein würdiger Kastellan.«

»So sei es«, erklärte Tristan, und als er sich umdrehte, lag ein Lächeln auf seinem Gesicht, das der

Schläue in den Augen des anderen Mannes in nichts nachstand. »Hat er Freunde? Vertrauenswürdige Männer, die unter ihm dienen könnten?«

»Gute Männer«, versicherte Silas mit einer neuen Festigkeit im Klang seiner Stimme. »Freunde und Söhne von Freunden. Das verspreche ich Euch.«

Die feste Entschlossenheit, die Tristan die ganze Zeit umgeben hatte, wandelte sich in ruhige Zuversicht. »Mir gefällt es, wie sich der Neuanfang auf meiner Burg anlässt. Wir gehen zu Eurem Sohn, und dann machen wir den Mann ausfindig, der bisher Kastellan war. Ich werde ihn über die Neuordnung in Kenntnis setzen.«

Silas meinte: »Mich dünkt, Lord Liam wird sich jetzt beeilen, wieder nach Hause zu kommen.«

»Ja«, erwiderte Tristan sehr gelassen. »Das glaube ich auch.«

10

Der Mann, der am Abend beim Nachtmahl auf dem Stuhl des Earls saß, war ein Fremder mit den Gesichtszügen von Tristan.

Amiranth betrat langsam und gemessenen Schritts die große Halle, denn sie war sich ihrer jetzigen Stellung, der Blicke, die sich auf sie hefteten, und der Worte, die über sie getuschelt wurden, sobald sie vorbeigegangen war, wohl bewusst.

Den frühen Abend hatte sie allein, ohne die Gesellschaft von Tristan oder irgendwelcher Dienstboten verbracht. Sie hatte die Zeit genutzt, um ein Bad zu nehmen und die wenigen Habseligkeiten, die sie auf diese aufregende und unerwartete Reise mitgenommen hatte, auszupacken.

Es gab drei weitere Kleider, die sie ausschüttelte. Unterkleider, Kämme, Gürtel, Strumpfgürtel, ein wenig Flitterkram aus ihrem Leben, den sie nicht das Herz gehabt hatte, auf Safere zurückzulassen.

Funkelnde, schwere Juwelen, die in den Farben ihres Zimmers aufblitzten und durch das durchs Fenster scheinende Licht einen leicht bläulichen Schimmer erhielten.

Endlich wieder ein Bad zu nehmen, erschien ihr wie die sündigste Ausschweifung überhaupt. Das Wasser war warm und mit Seife versetzt, es duftete nach Schlüsselblumen und Geißblatt. Sie hatte sich den Körper und das Haar gewaschen und das erste Mal seit Monaten wieder das Gefühl völliger

Entspannung empfunden. Sie fühlte sich fast glücklich und wieder völlig gesund. Ein Wandschirm, der mit Vögeln und Bäumen bemalt war, schützte sie vor der restlichen Welt, sogar vor dem restlichen Zimmer. Sie hatte sich gewünscht, dass es nie ein Ende nehmen möge.

Aber irgendwann tauchten Frauen auf, um ihr aufzuwarten. Amiranth versuchte, sich die Lektionen ihrer Jugend wieder in Erinnerung zu rufen, damit sie sich angemessen verhielt und tat, was man von ihr erwartete. Sie wählte das prächtigste ihrer vier sauberen Kleider für ihr erstes Nachtmahl als Countess of Haverlocke aus. Das Bliaut bestach durch die Farben Purpur, Orange und Gold, die an den Herbst erinnerten. Es war vornehm, doch gleichzeitig raffiniert geschnitten und war über einer langen weißen Tunika zu tragen. Sie wusste, dass es ihr sehr gut stand; sie wusste, dass es eine zurückhaltende und doch fließende Eleganz ausstrahlte.

Dazu trug sie die Perlen ihrer Mutter, die sie sich mehrmals um den Hals geschlungen hatte. Voller Befriedigung hatte sie die ehrfürchtigen Blicke der Zofen gespürt, als diese fertig waren.

Amiranth wies den Schleier zurück und erlaubte stattdessen, dass ihr Haar in lockeren Zöpfen und Locken arrangiert wurde. Sie wollte nicht, dass ihr heute Abend irgendetwas entging, der Schleier hätte ihre Ohren unnötig bedeckt. Mit großen Augen hatten die Zofen sie angeblickt, und sie hatte die Blicke erwidert, während sie sich fragte, was sie wohl sehen mochten und ob sie wirklich wie eine Countess aussah. Sie hoffte es zumindest.

Sie erboten sich, ihre Kleider auszubürsten und zu glätten. Amiranth gab ihr Einverständnis und wusste sehr wohl, dass sie bald neue Kleider brauchen würde, wenn sie länger hier bliebe. Vier Kleider würden nicht reichen, um ihre Scharade aufrechtzuerhalten. Vielleicht sollte sie sich ein paar leihen. Vielleicht sollte sie sich sogar einige anfertigen lassen, um sie mit nach Merlyff zu nehmen. Sie hatte schon seit sehr langer Zeit kein neues Kleid mehr gehabt … Als sie das Zimmer verließen, hatte eine der Frauen den Umhang entdeckt, der zusammengeknüllt in einer Ecke des Bettes lag.

»Soll ich ihn für Euch reinigen, Mylady?«

Nachdenklich musterte Amiranth ihn. Er war während der Reise viel getragen worden, doch es waren nur wenige Flecken zu sehen und der weiße Hermelinkragen war so schön geblieben wie an dem Tag, als sie ihn vor all diesen Jahren an die Kapuze genäht hatte.

»Könnt Ihr das?«, fragte sie.

»Ja, Mylady. Gewiss.«

»Dann macht es.«

Die Frauen hatten vor ihr geknickst und ihn zusammen mit ihrer restlichen Kleidung mitgenommen. Sie gingen alle an einen Ort, den sie nicht kannte und der sich im inneren Arbeitsbereich der Burg befand.

Amiranth wartete und wartete, aber Tristan kam nicht zu ihr. Deshalb hatte sie schließlich das Zimmer verlassen und war auf eigene Faust durch die Räume der Burg gestreift, um sich mit ihrer neuen Umgebung vertraut zu machen.

Sie hatte sich fast sofort verirrt. Glynwallen, so schien es, war so groß wie eine Stadt. Sie begegnete wenigen Menschen. Es gab nur lange Korridore und Stimmen, die zu verschwinden schienen, wenn sie um eine Ecke ging. Sie wurde sich überdeutlich der Tatsache bewusst, dass sie sich auf feindlichem Territorium befand und dass ihre Stellung hier keinesfalls gesichert war, wer sie auch behaupten mochte zu sein.

Dass dieser Ort einmal fast ihr Zuhause geworden wäre, ließ sie laut lachen. Sie konnte sich nicht vorstellen, hier zu leben. Sie konnte sich nicht vorstellen, dass sie versuchte zu herrschen, den Leibeigenen und den Freien und allen anderen bis auf Tristan Befehle zu erteilen. Wie unglaublich, dass sie beinahe diese Stellung eingenommen hätte. Wie erstaunlich, dass die unscheinbare kleine Amiranth St. Clare fast die Herrscherin dieser stadtähnlichen Burg geworden wäre.

Endlich trat sie um eine Ecke, wo die Stimmen nicht leiser wurden. Sie merkte, dass sie sich in der großen Halle befand, die mit Menschen gefüllt war und in der dieser Fremde mit dem Gesicht ihres Ehemannes auf dem Stuhl des Earls saß.

Alles verfiel in Schweigen und starrte sie an, als sie allein am Eingang stand.

Der Mann am Tisch des Earls blieb distanziert und schön und streng wie der König selbst. Sie verbarg ihre Ängste und fing an, auf ihn zuzugehen. Die Schleppe des Herbstkleides glitt hinter ihr über den Boden.

Der Fremde – Tristan – stand auf und beobachtete ihr Näherkommen. Plötzlich erkannte sie ihn. Natürlich. Natürlich tat sie das. Das da, das war er, der Earl of Haverlocke, den sie erblickte. Ja, das war er, angetan mit dem silbernen und rubinroten Gewand, das sie ihm selbst ausgesucht hatte, dem schweren, mit Steinen besetzten Gürtel um die Hüfte. Das war der Junge, dem sie ihr Herz geschenkt hatte, dessen dunkle Schönheit nun zum

Manne gereift war, der immer noch unnahbar, immer noch kühl und reserviert wirkte und jeder Zoll ein edler Ritter war.

Seine Augen fanden ihre, sein Gesicht war teilweise von Schatten verhüllt. Sah sie so etwas wie Bedenken in seinem Blick? Bestimmt nicht, nicht wenn er sich ihr mit solch festen, entschlossenen Schritten näherte. Nicht wenn er sie mit seiner ruhigen, kräftigen Stimme begrüßte, die eines Earls würdig war, ihre Hand nahm und sich darüber beugte.

Sie erinnerte sich plötzlich wieder an ihre erste Begegnung, die nun Jahre zurücklag. Doch dieses Mal spürte sie seine Lippen auf ihrer Haut. Dieses Mal küsste er ihre Hand wirklich. Seine Lippen waren warm und verweilten auf ihrer Haut, während seine Finger ihre Hand fest umschlossen.

Amiranth spürte, dass sie begann zu erröten. Als er aufschaute, konnte sie ihm direkt in die Augen blicken. Dort war nichts von irgendwelchen Bedenken zu erkennen. Da war besitzergreifender Stolz zu sehen und eine wissende, unterschwellige Glut.

»Mylady«, sagte er mit weit tragender Stimme.

»Mylord«, erwiderte sie leise und versank in einem Knicks.

Das Schweigen, das über der Halle lag, wurde nicht gebrochen. Sie war sich sicher, das heftige Atemholen aller gehört zu haben, die von der theatralischen Szene, die sich vor ihren Augen abspielte, völlig gefangen waren.

Tristan half ihr sich wieder zu erheben und führte sie zu ihrem Platz. »Wir haben auf Euch gewartet.«

Das hatte man in der Tat. Man hatte noch kein

Essen aufgetragen, sondern es standen nur zahlreiche Flaschen sowie Kupfer- und Goldkelche mit Wein und Met auf den Tischen. Der Kelch, der vor ihr stand, war aus Gold. Sie beachtete den Pagen nicht, der den Stuhl für sie zurückgezogen hatte, sondern nahm stattdessen den Kelch und hob ihn so hoch, dass sich die Flammen der Fackeln, die die Halle erleuchteten, in seinen Rundungen spiegelten. »Ein Trinkspruch, gute Leute«, sagte sie und versuchte noch nicht einmal, ihre Stimme zu erheben.

Das Schweigen vertiefte sich, aus jeder Ecke, aus jedem einzelnen Gesicht wurde ihr die größte Aufmerksamkeit entgegengebracht.

»Auf unseren rechtmäßigen und barmherzigen Herrn, unseren geliebten Lehnsherrn, Tristan, Earl of Haverlocke. Er sei herzlich willkommen nach seiner langen Reise. Möge Gott ihm Frieden bis ans Ende seiner Tage schenken.«

Sie, sie ganz allein, nahm einen Schluck von dem Wein. Der Blick, den sie allen anderen im Saal über den Rand ihres Kelches zuwarf, war voller Herausforderung. Sie stellte den Kelch auf den Tisch und machte wieder einen Knicks vor Tristan.

»Ein schöner Trinkspruch«, meinte er und half ihr wieder, sich aus ihrem Knicks zu erheben. Sie wusste nicht, ob in seiner Stimme Erheiterung mitklang oder nicht. »Von einer schönen Dame. Ich danke Euch.«

Gemeinsam setzten sie sich hin. Amiranth bewegte sich dabei sehr bedächtig und achtete sorgfältig auf die Haltung ihrer Schultern und die gerade Linie ihres Rückens. Tristan saß weiterhin ruhig und kühl zu ihrer Linken. Zu ihrer Rechten saß ein Edelmann, den sie nicht kannte, und neben ihm eine Frau und wieder ein Mann, die sie nie gesehen hatte. So ging es ihr mit allen, eine Reihe neuer Gesichter, die alle so taten, als seien sie völlig von ihrem Getränk, ihrem Schoß oder dem Tisch eingenommen. Die einzigen Geräusche, die zu hören waren, kamen von den Bediensteten, die begannen, das Essen aufzutragen.

Sie nahm das Brot, das ein Junge ihr reichte, und nickte ihm dankend zu. Das Kind verbeugte sich und flitzte davon.

Tristan nahm den ersten Bissen zu sich; alle begannen in angespanntem Schweigen zu essen. Amiranth spürte die auf sich gerichteten Blicke, aber wenn sie aufschaute, sah sie nur abgewandte Gesichter, flüchtige, taxierende Blicke. Nur ein Mann begegnete offen ihrem Blick.

Silas James stand abseits der Menge an einer Wand nicht fern von ihrem Tisch und beobachtete sie, Tristan und den Raum. Jetzt wo sie ihn bemerkt hatte, sah sie andere, die wie er herumstanden, es waren keine Soldaten, doch Männer, denen der Eindruck von beherrschter Kraft gemein war. Zweifellos Evan, der Sohn, und seine Freunde.

Sie fragte sich, wie Tristan mit dem missmutigen ehemaligen Kastellan verfahren war. Sie schaute sich im Raum um, doch er schien nicht hier zu sein. Das weckte ihre Sorge. Ein abwesender Feind gereichte ihnen nicht zum Vorteil, zumindest nicht jetzt, wo sie gerade erst begonnen hatten, beim Spiel mitzumischen. Er konnte sich mit seinen Gefolgsleuten davongemacht haben und einen Aufstand anzetteln. Er konnte jetzt überall sein und alles Mögliche erzählen …

»Eine Feier«, verkündete Tristan plötzlich und schreckte sie damit aus ihren Gedanken auf. Amiranth wandte sich ihm zu und zwang sich zu einem fragenden Lächeln. »Ja«, fuhr er ruhig fort, als ob sie etwas erwidert hätte. »Das ziemt sich jetzt, Mylady. Auf diese Weise bedanken wir uns, wieder zu Hause zu sein. Ein Fest für unsere Leute und für unsere Nachbarn.«

»Ein Fest«, wiederholte sie vorsichtig. »Wirklich, Mylord? Haltet Ihr das für klug so bald nach Eurer Rückkehr?«

»Umso mehr Grund zum Feiern. So bald wie möglich.« Er hatte nach vorn in die unterkühlte Luft und die unnatürliche Stille in der Halle gesprochen, aber jetzt schaute er wieder zu ihr. »Wir werden Euren Bruder einladen.«

Angesichts der widerstreitenden Gefühle, die sich ihrer bemächtigten, fiel ihr keine Antwort darauf ein: *Entdeckung, Katastrophe, völlige Vernichtung …*

Tristan beugte sich näher zu ihr heran und sprach mit leiserer Stimme. »Ihr habt selbst gesagt, dass er nie nach Safere gekommen ist, Mylady. Er hat Euch seit unserer Hochzeit nicht mehr gesehen, gewiss wird er sich freuen, Euch wiederzutreffen und zu sehen, wie Ihr Euch verändert habt.«

Sie verstand sofort, was er vorhatte. Tristan erinnerte sich seiner Braut offensichtlich genug, um zumindest zu wissen, dass Lily eine ähnliche Haut- und Haarfarbe gehabt hatte. Wenn Augustin sie seit Jahren nicht gesehen hatte, und das war der Fall, dann konnte er nicht wissen, wie sie jetzt aussah. Wenn sie behauptete, Amiranth zu sein, würde er das natürlich glauben. Letztendlich wäre es ohnehin nichts als die Wahrheit.

Aber da Augustin sie noch viel vertrauter kannte, konnte er sie mit einem einzigen Wort verraten. Es war ein großes Risiko … doch er kannte auch Tristan Geraint. Er würde seinem reichen Schwager nicht in den Rücken fallen, auch wenn er seine Schwester jahrelang abgeschieden am äußersten Rand von England hatte schmachten lassen.

Wenn Augustin Tristan als ihren Gatten anerkannte, würde das einer Bestätigung seiner Stellung hier gleichkommen. Amiranth hatte den Kastellan nicht angelogen, als sie behauptet hatte, der König sei ihr Cousin. Die Verwandtschaft mochte zwar entfernt sein, aber sie waren immer noch Blutsverwandte.

Wenn der Earl of Iving Tristan als den wahren Earl of Haverlocke anerkannte, würde nur ein Narr versuchen, es zu widerlegen.

Die größte Gefahr bestand im Grunde für sie selbst. Augustin war kein Mann, dem Täuschung und Hinterlist lagen. Er würde Amiranth als das sehen und für die halten, die sie war, und es jedem anderen gegenüber bestätigen, der ihn fragte, sogar gegenüber Tristan, wenn die Umstände es erforderten.

Wie konnte sie diesen Schwierigkeiten entkommen?

Sie sah die Entschlossenheit auf Tristans Gesicht, sie sah die Geheimnisse in seinen Augen heller strahlen und den entschlossenen Zug um seinen schönen Mund. Er berührte ihre Hand, die auf dem Tisch lag. Es war eine flüchtige Liebkosung seiner Finger, die, kaum dass sie sie gestreichelt hatten, auch schon wieder weg waren.

»Ein schönes Fest«, erklärte er entschieden. »Und Euer Bruder wird gewiss sehr gut empfangen werden.«

Zustimmend neigte Amiranth den Kopf, während sie mit geschlossenen Augen flehte.

Lass es klappen. Bitte, lass es klappen.

* * *

Hugh Fletcher beobachtete den Fortgang des Mahls von einem kleinen Vestibül aus, von dem man die ganze Halle überblicken konnte. Der Mann, der behauptete, Tristan Geraint zu sein, saß dreist am Tisch und auf dem Stuhl des Hausherrn auf der Estrade. Auch aus dieser Entfernung konnte er die hochmütige Ausstrahlung der Frau sehen, die neben ihm saß. Wenn sie nicht von Adel war, so war sie doch Schauspielerin genug, um das einfache Volk zum Narren zu halten.

Hugh zählte sich selbst nicht zum einfachen Volk.

Das Gespräch mit dem Eindringling war genauso gelaufen, wie er es erwartet hatte. Dieser Mann würde alle, die Liam treu ergeben waren, schnell entmachten wollen. Dafür hatte Hugh Verständnis. Doch er war so schnöde wie irgendein Leibeigener entlassen worden, was eine klare Demütigung vor denen darstellte, die es mit anhörten. Der Eindringling hatte sich mit einer kleinen Armee aus Bauern umgeben, hatte sie gar in den Stand von Leibwächtern erhoben, während er Hugh ruhig darüber informiert hatte, dass er nicht länger als Kastellan dienen würde.

Das war eine empörende Unverschämtheit! Wer war dieser Mann, der es wagte, *ihn,* Hugh Fletcher, einen Getreuen des rechtmäßigen Earls, so zu entlassen?

Aber Hugh hatte keine Wahl. Offen zu protestieren wäre zu diesem Zeitpunkt ein Fehler. Er wusste, dass alles wieder seine rechte Ordnung haben würde, wenn Liam zurückkehrte. Davon abgesehen gab es andere Möglichkeiten, einen Mann zu erledigen, als durch einen offenen Krieg. Deshalb hatte er seinen Ärger heruntergeschluckt und all seine Beherrschung aufbieten müssen, um den plötzlichen Hass, der in ihm aufflammte, zu unterdrücken.

Die Frau in der Halle drehte den Kopf und wandte sich an ihren Ehemann. Hugh erhaschte einen Blick auf die Perlen, die um ihren Hals lagen und sich wie schwere, cremefarbene Tropfen von ihrer Haut abhoben. Die Hälfte der Männer im Saal starrte sie ganz offen völlig vernarrt an.

Ohne seinen Blick von der Szene zu lösen, wandte sich Hugh an den Mann an seiner Seite, der auch zu Liams abgesetzter Garde gehörte.

»Wie war das eigentlich mit der Frau von Tristan Geraint, sie lebte doch auf Safere, oder nicht?«

»Ja, soweit ich weiß.«

»Eine junge Witwe in Trauer, so sagte man«, fuhr Hugh nachdenklich fort. »Die sich dem Willen des Königs auf eine Neuheirat widersetzte. Lord Liam hat sie nie besucht?«

»Nein, ich glaube nicht.«

Hugh rieb sich das Kinn, während er sie weiter betrachtete, ihr wie eine Krone kunstvoll arrangiertes Haar, die würdevollen Bewegungen ihrer Hände.

»Und wir haben seit Monaten nichts von Safere gehört. Das weiß ich«, murmelte er leise. »Seltsam. Man sollte doch meinen, dass sich die Kunde sehr schnell verbreiten würde, wenn ein Earl von den Toten zurückkehrt, insbesondere ein Earl, um den so verzweifelt getrauert wurde. Dienstboten lieben den Klatsch, und das wären doch bestimmt interessante Neuigkeiten. Trotzdem ist uns nichts zu Ohren gekommen.«

Der andere Mann schaute ihn an, und Hugh erwiderte den Blick nachdenklich. »Ein höchst faszinierendes Rätsel, nicht wahr, Soldat?«

»Sir?«

»Ich denke, ein Besuch auf dem Lande wäre angebracht. Safere, der Besitz meines Herrn, ist viel zu lange vernachlässigt worden.«

* * *

Erst als die Mahlzeit vorbei war, vom Essen nur noch fettige Brotstückchen und leere Schüsseln übrig waren und die Leute begannen, unruhig auf ihren Bänken herumzurutschen, geruhte Tristan sich zu erheben und den Abend damit zu beenden.

Die Unterhaltungen waren im Verlaufe des Essens, während der Wein floss und die Becher nachgefüllt wurden, immer lockerer geworden. Amiranth hatte keine Einzelheiten mitbekommen können, aber sie hielt es für ein gutes Zeichen, dass zumindest einige sich genügend entspannten, um sich zu unterhalten.

Doch als sie sich entfernten, gelang es ihr endlich, Bruchstücke dessen, was gesagt wurde, zu verstehen. Es war der Name ihres Ehemannes, seines Vaters und seines älteren Bruders und noch ein Wort, an das sie viele, viele Jahre nicht gedacht hatte:

Mörder.

* * *

Sie schlief in einem solch weiten Nachtgewand, dass die Falten ihrem eigenen Willen zu folgen schienen und sich drehend um sie schlangen, während sie sich auf ihrem Bett hin und her warf. Eine der Mägde hatte es ihr gebracht. Es war wohl ein improvisiertes Geschenk der Haushälterin der Burg, nahm Amiranth an, die Dame hatte vergeblich versucht, ihr Entsetzen zu verbergen, als sie erfuhr, dass Amiranth kein eigenes Nachtgewand nach Glynwallen mitgebracht hatte.

Amiranth war zu müde gewesen, um zu versuchen, diesen Blick zu mildern. Sie wollte einfach nur schlafen und diesem langen und beschwerlichen Tag Lebewohl sagen. So schlicht das Gewand auch sein mochte, so war sie doch dankbar dafür, denn es bestand aus langen Bahnen hellblauen Leinens, das sich in Falten um ihre Füße legte und mit Hilfe eines Bändchens am Hals züchtig geschlossen werden konnte.

Tristan gab ihr die Gelegenheit, allein zu sein, während sie sich umzog, und betrat das Zimmer erst, als sie gerade ins Bett schlüpfte. Er entließ die Magd mit einem kurzen Nicken, dann schloss er die Tür und blieb daneben stehen, während er sie anstarrte. Unter den Decken liegend, erwiderte Amiranth seinen Blick. Er trug immer noch die prächtige Tunika, und sie spürte, wie ihr das Blut in die Wangen stieg.

»Es gibt nur dieses eine Bett«, platzte sie heraus. Die Tatsache war so offensichtlich, dass die Scham sie übermannte, sobald die Worte heraus waren.

Aber er nickte nur, während sein Blick immer noch mit undurchschaubarer Miene und ohne zu lächeln auf sie geheftet war.

»Ich werde auf dem Boden schlafen«, sagte er.

Sie riss sich von seinem Blick los und glättete eine Falte in der Decke unter ihren Händen.

»Seid Ihr sicher?«

»Das ist besser als der Stuhl.« Er trat weiter ins Zimmer, während er bereits einen Arm aus dem Überrock zog.

Sie griff schnell nach der Lampe und blies die Flamme aus, sodass sich Dunkelheit über das kleine Zimmer legte. Sie konnte ihn nicht mehr sehen, aber der Gedanke, dass er so nah war und sich auszog, half nicht gerade, dass sich ihre Schamesröte legte. Sie schälte sich aus den oberen zwei Decken und einem Fell und legte alles neben sich auf den Boden.

»Damit Euch nicht kalt wird«, flüsterte sie, erhielt jedoch keine Antwort. Sie sah nur seinen Schatten dicht neben sich und nahm den Luftzug wahr, den er durch seine Bewegungen verursachte. Sie hörte das Geräusch der Decken, die ausgebreitet wurden, und wie er sich hinlegte. Amiranth legte sich in die Kissen zurück und versuchte, nicht an ihn zu denken, während sie auf den Schlaf wartete.

* * *

Träume, Träume über Träume, lebhaft und dunkel, in der Erinnerung verhaftend und davonfließend. Amiranth hatte das seltsame Gefühl zu wissen, dass sie träumte, dass nichts real war, aber das schien keine Rolle zu spielen. Sie träumte von Wasserfällen und davon, wie ein Vogel zu fliegen oder weit aufs offene Meer hinauszuschwimmen. Sie träumte von Licht und Steinen, von Farben und Sonnenuntergängen über reichen Weizenfeldern.

Sie träumte, sie würde friedvoll durch den Weizen gleiten, während sie die Natur um sich her bewunderte, die so viele Goldtöne, solch einen schönen Himmel und so eine wunderbare Wärme bot.

Ja, die Wärme umhüllte sie, und sie war glücklich. Sie fühlte sich geborgen und von Gelassenheit erfüllt, sie konnte sich nicht an solch ein tiefes Gefühl der Befriedigung erinnern, wie sie es hier in diesem Feld aus zierlichen Halmen erlebte, die sich sanft im Wind wiegten, so weit das Auge reichte.

Sie stieß einen zufriedenen Seufzer aus, als sie sich umdrehte und spürte, wie sich die Wärme erst fester und dann wieder locker um sie legte. Sie war ganz nah, ein Hauch an ihrer Schulter, ein Streicheln über die zarte Haut an ihrem Handgelenk.

Amiranth öffnete die Augen und sah Tristan neben sich im Bett liegen. Die Decken waren über sie beide gebreitet, und sie spürte seine männliche Hitze neben sich. Hinter ihm bewegten sich zwei Mägde fast geräuschlos durch den dämmerigen Raum.

Sie blinzelte, und alles blieb so, wie es war: Tristan, der sich eng an sie drückte, zwei Frauen, die Lampen anzündeten und Tabletts mit Essen abstellten. Verständnislos schaute sie ihn einen Moment lang an und öffnete dann den Mund, um etwas zu sagen.

Mit einer fließenden Bewegung beugte er sich über sie, legte seine Finger leicht über ihre Lippen, während sein Mund liebkosend über ihre Wange glitt.

»Guten Morgen, mein Schatz.« Seine Stimme rauschte trotz der unterschwelligen Andeutung von Vorsicht zärtlich verspielt durch ihren Körper. »Du hast lange geschlafen. Ich fürchte, wir haben die Morgenmesse verpasst.«

Die Mägde hielten in ihrer Arbeit nicht inne, aber Amiranth wusste, dass sie auf jeden Fall lauschten und jedes Detail dieses Augenblicks gespeichert und weitererzählt werden würde. Sie setzte sich auf, wobei sie die Decken hoch über sich zog. Sie bemerkte, dass der Boden unberührt aussah und alle Decken wieder auf dem Bett lagen.

Tristan setzte sich zusammen mit ihr auf. Er sah schläfrig und unanständig gut aus. Sein ebenholzschwarzes Haar war noch zerzauster als sonst, sein Lächeln einladend, seine Augen schläfrig, obwohl das nur gespielt war. Er wusste genau, was er tat. So wie sie. Er hob eine Hand und strich ihr wieder über die Wange, wobei er dieses Mal seine Knöchel über ihre Haut gleiten ließ.

»Habt Ihr schön geträumt, meine Gemahlin?«

Sie stieß seine Hand vorsichtshalber weg, zu groß war seine Anziehungskraft, zu gefährlich seine angenehme Wärme, die wie gemeißelten Muskeln seines Körpers, der sich viel zu vertraut an sie drückte.

»Bis zu diesem Augenblick, Mylord.«

»Wie griesgrämig du bist!« Die Intensität seines Blickes ließ nicht nach. »Dir gefällt das Aufwachen nie. Vielleicht kann ich das ändern.«

Als er sich wieder über sie beugte, wich sie zurück, aber er legte seine Hand um ihren Nacken. Wegen der Wand, die direkt hinter ihr war, konnte sie ihm nicht entfliehen. Weich senkten sich seine Lippen auf ihre, während er seinen Griff nicht lockerte. In seinem Kuss lag fast so etwas wie Zärtlichkeit, für ihr Wohlbefinden war er ihr viel zu kräftig und zu nah.

Seine Hand bewegte sich jetzt und seine Finger glitten sie sanft massierend nach oben in ihr Haar. Amiranth kniff die Augen zusammen und versuchte, diesem Hohn eines Kusses nicht zu erliegen. Ihre Gefühle drohten außer Kontrolle zu geraten; Hochstimmung und Angst, Hoffnung und Elend erfüllten sie.

Ach, es war so schrecklich, ein Pfeil in ihrem Herzen. Ach, es war so berauschend. Zusammengekauert und erstarrt saß sie da, während er seine Lippen über ihre Wange gleiten ließ und kleine Küsse hauchzart wie ein Flüstern über ihrem Ohr verteilte.

»Merlyff«, war das Wort, das sie ihn hauchen hörte. »Denkt daran, Mylady …«

Sie hörte ihre eigene Antwort, die viel zu schwach klang. »Es täte gut daran, mehr als überaus schön zu sein.«

Tristan entdeckte eine Stelle unter ihrem Ohr, die Stelle, wo der Puls an ihrem Hals pochte; sie spürte, wie sich sein Mund darüber öffnete, als könne er sogar hiervon kosten. Seine Stimme klang durch ihr üppiges Haar hindurch gedämpft. »So schön, dass ein König in Tränen ausbrechen könnte … schöner als alle anderen …«

Er wandte sich wieder ihrem Gesicht zu und folgte dabei den goldenen Strähnen, die sich zwischen ihnen ringelten. Irgendwie ließen sich beide wieder auf das Bett sinken. Und noch ein Kuss, der verweilte und sich wie Seide auf ihrer Haut anfühlte, ein sachtes Brennen, das ganz tief in ihr eine Antwort fand; ein Lied, das sie schon vergessen glaubte, begann wieder durch ihr Blut zu ziehen.

In einer fernen Ecke ihres Verstandes nahm sie wahr, dass sich die Tür leise hinter den gehenden Mägden schloss. Aber Tristans Hände lagen auf ihren Schultern und glitten über ihre Arme nach unten, um sie enger an sich zu ziehen. Amiranth merkte, dass sich ihre eigenen Hände um ihn legten – bestimmt waren es die Arme einer anderen, die ihn an sich zogen. Die Lippen einer anderen, die seinen Kuss erwiderten, ihn kosteten, merkten, dass er nach reinem Nektar schmeckte, so herrlich und unfair verboten.

Der Körper einer anderen, die den seinen willkommen hieß, sein Gewicht, all die köstliche Anspannung und die wohl gestalten Formen. Eine andere, die seinen männlichsten Teil spürte, der geschmeidig und schön über sie strich und das Verlangen zwischen ihnen verstärkte.

Eine andere, die ihre Augen schloss und damit die restliche Welt vergaß, während sie zuließ, dass er die Rundung ihrer Schulter erforschte, wo sich das Band ihres Nachthemdes gelöst hatte, sodass es bis zur Wölbung ihrer Brust nach unten gerutscht war. Ein rauer Klang entrang sich seiner Kehle, und er zog das Gewand noch weiter nach unten.

Eine andere, die bebte und einen leisen Schrei ausstieß, als er von ihrer Haut kostete, die Spitze ihrer Brust in seinen Mund sog und ihr mit seiner Zunge und den Zähnen huldigte, sodass der heftige, wilde Schmerz das Lied noch tiefer erklingen ließ.

Eine andere, die ihre Knie beugte und ihn an sich presste, während sie den gemeinsamen Rhythmus spürte, etwas Neues, so drängend wie alles andere Neue, das er ihr gab. Sie dachte nicht über diesen Augenblick hinaus. Sie dachte nicht daran, was nach seiner Berührung, nach dem Druck seines Körpers gegen ihren, seinem Haar, das sich weich an ihr Gesicht schmiegte, nach dem Blick seiner Augen kommen würde, als er den Kopf hob und ihre Lippen wieder schnell und fieberhaft küsste, als könne er sich nicht entscheiden, was ihm am besten an ihr gefiel.

Amiranth löste sich von ihm und begann nun ihre eigene Forschungsreise über seinen Körper. Sie folgte dem Schwung seines Halses, dem schroffen

Übergang, wo sein Hals in die Schulter überging, der Beuge seines Armes. Er trug kein schweres Gewand, nur die hauchdünne Tunika aus Baumwolle, die fast durchsichtig war. Sie konnte ihn durch den Stoff hindurch fühlen; sie konnte ihn fast schmecken, so wie er es bei ihr getan hatte. Sie wühlte ihr Gesicht in den blassen Stoff und zerrte es mit ihren Händen zur Seite.

Angespannt erstarrte Tristan, sein keuchender Atem erschütterte sie beide, als sie noch einmal tat, was sie schon vorher gemacht hatte, und ihre Wange jetzt an seiner nackten Brust rieb, den Kopf drehte, um ihn dort zu küssen, und den köstlichen Geschmack des Salzes auf seiner Haut schmeckte.

Seine Hände schlossen sich fest um ihren Kopf und drängten sie, sich wieder seinem Mund und seinen Lippen zuzuwenden. Der Kuss war so heftig, dass er fast schmerzte. Es war wundervoll. Er drückte ihren ganzen Körper eng an sich und drängte sich in einer Weise gegen ihre Hüften, dass sie ihre Zähne in seinem Hals vergrub. Ihr Folterqualen bereitend tat er es erneut und presste sie leidenschaftlich an sich.

»Lily«, murmelte Tristan mit schwerer betäubter Stimme. Er hatte das Gefühl sterben zu müssen, wenn er diesen Akt nicht vollenden konnte.

»Mein Gott, Lily …«

Er näherte sich dem Ausschnitt ihres Gewands, bereit es ihr in einem Zug herunterzureißen, bereit das wundervolle nackte Fleisch ihres Körpers zu finden und sich darin zu vergraben. Der einfache Kuss, mit dem alles begonnen hatte, geriet so schnell, so heftig außer Kontrolle, dass er sich nicht einmal mehr daran erinnern konnte, wie es dazu gekommen war, dass sie nun ineinander verschlungen Haut an Haut auf diesem Bett lagen und nur noch das hinderliche Nachthemd und seine Tunika zwischen ihnen waren.

Wieder sagte er ihren Namen und noch etwas anderes – ihre Brüste, so vollkommen, ihre Beine, die um ihn lagen, ja, ja – aber dann änderte sich etwas bei ihr.

Total. Völlig. Änderte sich, war zu Ende. Diese geschmeidige Sinnlichkeit, die ihm so sanft und süß entgegengekommen war, hatte sich in unbeugsamen Widerstand verkehrt.

Sein Körper glaubte nicht, was sein Verstand begriff. Sie stieß ihn zurück. Abrupt. Rücksichtslos. Sie entzog sich seinen Händen und setzte sich zwischen den Decken auf, während ihr Haar an ihnen beiden hängen blieb. Dann kletterte sie an die Bettkante und stellte die Füße auf den Boden. Das blaue Gewand hatte sie wieder über ihre Schultern hochgezogen.

Er versuchte nicht, sie zurückzuhalten. Stattdessen legte Tristan sich zurück und starrte die Decke wütend und von Leidenschaft erfüllt an. In diesem Moment hasste er sich und sie. Er hasste die ganze Welt.

Himmel, was für ein Fehler. Was für ein dummer, dummer Fehler. Was zum Teufel war eigentlich über ihn gekommen?

Jetzt würde sie ihn verlassen, er wusste, dass sie das tun würde. Sie würde gehen, und sie hätte jedes Recht dazu. Er hatte sie benutzt, hatte sie angegriffen, sein Verstand war so schwarz wie seine Seele geworden. Er hatte nur noch Lily vor sich gesehen. Ein erotischer Traum, der Wirklichkeit geworden war, sich an ihn klammerte und auf ihn reagierte. Das hatte ihn den Verstand verlieren lassen. Alle Vernunft war ihm abhanden gekommen.

Er wurde von Panik erfasst: Sie durfte einfach nicht gehen. Was konnte er tun, um sie daran zu hindern? Er konnte sich noch nicht einmal bewegen aus Angst, dass er wieder die Kontrolle über sich verlieren könnte.

Aber sie erhob sich nicht vom Bett, sondern blieb mit gesenktem Kopf, wie ein kleines Kind, auf der Bettkante sitzen. Ihr nach vorn fallendes Haar verbarg ihr Gesicht. Endlich fing sie an zu sprechen.

»Wer ist Bess?«

Er atmete durch zusammengebissene Zähne aus. »Wer?«

»Bess. Die süße Bess.« Eine einzelne goldene Strähne, die sich über die Mitte ihres Rückens lockte, stellte eine Glanz verstrahlende Versuchung dar. »Meine Cousine hat sie mir gegenüber einmal erwähnt. Sie dachte, dass du diese Bess lieben würdest.«

Jetzt setzte er sich auf und blickte verwirrt. Bess? Er hatte eine dunkle Erinnerung an ein Gesicht, ein dunkelhaariges Mädchen, das lachte. Eine Kneipenhure? Eine Bedienstete? »Ich habe keine Ahnung, wie sie auf so etwas kommen konnte«, meinte er ehrlich. »Ich kann mich an niemanden dieses Namens erinnern.«

Lily saß weiterhin mit gesenktem Kopf da. »Sie sagte nicht, wie sie darauf gekommen war.«

»Was spielt es überhaupt für eine Rolle?«

»Es spielt keine Rolle.«

Sie stand auf und entfernte sich von ihm und dem zerwühlten Bett. Sie fand ein Kleid und hielt es vor sich.

Sie kehrte ihm den Rücken zu, als er sie wieder ansprach. »Lily, ich entschuldige mich. Ich …«

»Es spielt keine Rolle«, wiederholte sie leise und distanziert. Sie zögerte, dann legte sie sich das Kleid um und verschränkte die Arme vor der Brust. »Ich werde in den Unterkünften für die Frauen schlafen, bis wir hier fertig sind.«

»Nein …«

Sie drehte sich um. »Doch!«

»Nein, hör zu.« Er versuchte gar nicht erst, aufzustehen und mit ihr auf kurze Distanz zu diskutieren. Sie machte einen sehr empfindsamen Eindruck und wirkte angespannt und zerbrechlich. Er wollte nicht derjenige sein, der sie zerbrach. »Du brauchst das nicht zu tun. Heute werden wir in die Gemächer umziehen, die dem Herrn der Burg zustehen. Du wirst deine eigenen Zimmer haben. Du brauchst nicht …« Tristan erstickte fast an den Worten, doch er sagte sie trotzdem. »Du brauchst mich überhaupt nicht zu sehen, wenn du es nicht willst, außer in der Öffentlichkeit.«

Sie ging nicht darauf ein. Ihre innere Anspannung schien sich sogar noch zu verstärken. In ihren Augen war ein dunkler Sturm wahrzunehmen, der Vorwürfe hindurchschimmern ließ. »Die Tür ist mit einem Schloss versehen«, bot er ihr verzweifelt an. »Du kannst alle Schlüssel haben.«

Endlich ließ sie sich zu einem knappen Nicken herab. Aber der stürmische Blick ihrer Augen verschwand nicht.

* * *

Vier ganze Tage ging sie ihm aus dem Weg, und das war nicht leicht.

Der Umzug in die Gemächer der Countess erwies

sich als sehr schwierig. Der alte Kastellan, der mürrische Mann mit den roten Haaren, hatte sich nicht um die Herrichtung der Zimmer gekümmert. Zweifellos hatte er geplant, sie loszuwerden, statt dafür zu sorgen, dass sie sich wie zu Hause fühlten. Tristans neuem Mann, Silas, war die Aufgabe zugefallen, die Haushälterin damit zu beauftragen. Sie hatte sich deutlich ihren Widerwillen über diese Arbeit anmerken lassen.

Amiranth wusste, dass Lord Liam noch nicht verheiratet war. Als sie die Räume am Nachmittag besichtigte, fand sie eine so dicke Staubschicht vor, dass man darin hätte malen können. Der Staub bedeckte die Möbel, den nackten Steinfußboden und den Rost des Kamins, in dem weder Holz noch Kohle aufgeschichtet waren. Ein Blick in Tristans Gemächer zeigte ihr, dass es dort nicht viel besser aussah: Jemand hatte damit begonnen, Liams Besitztümer fortzuschaffen, sie türmten sich in der Mitte des Zimmers. Kleidungsstücke, Flaschen und Schmuckstücke wurden alle mit der gleichen Nachlässigkeit behandelt.

Sie schickte die Frauen zum Saubermachen in ihre Zimmer und kümmerte sich dann selbst um die Gemächer von Tristan. Sie wollte nicht, dass sein jüngerer Bruder noch mehr Grund bekam, sich zu beschweren, als er ohnehin schon haben würde.

Tristan ging aus und ein. Sie vermied jeden Blickkontakt mit ihm; er sah ohnehin besorgt aus. Das schadete nichts. Sollte er sich doch mit den Vermutungen und Fragen seiner Vasallen auseinander setzen. Sie würde ihren Teil der Vereinbarung erfüllen und hoffen, dass sich hier bald alles regelte, sodass sie gehen konnte, ohne noch einmal einen Blick zurückzuwerfen. Sie erhielt die Schlüssel zu ihren Gemächern von der Haushälterin. Sie überprüfte das Schloss und vergewisserte sich, dass es gut geölt und stabil war. Das Klicken des Schlosses klang sehr kalt in ihren Ohren.

So schlief Amiranth getrennt von ihm und allen anderen Bewohnern der Burg in einem richtigen Bett mit durchscheinenden Vorhängen, die um die Säulen schwangen, unter einem bestickten Baldachin, der in der Sommerbrise schimmerte.

Es war ihr Bett. Sie versuchte, nicht weiter darüber nachzudenken, aber der Gedanke schlich sich immer wieder hartnäckig in ihre Gedanken. Es war wirklich ihr Bett. Es war ihr Zimmer. Dies war das Zuhause, in das sie eingeheiratet hatte, wenn auch sie die Einzige war, die diese geheime Wahrheit kannte.

Tagsüber tat sie, was sie konnte, um Tristan bei der Durchsetzung seines unsicheren Anspruchs zu helfen. Sie unterstützte seine Entscheidungen, sie begrüßte ihn mit der allergrößten Höflichkeit, wenn sie einander begegneten, und gewährte ihm alle Arten von Gefälligkeiten mit ihren Worten, womit sie zu verstehen gab, dass sein Wohlergehen von allerhöchster Wichtigkeit war. Sie konnte nicht erkennen, ob es funktionierte. Sie konnte nicht sagen, ob das, was sie gelegentlich auf den Gesichtern der Adligen sah, die hier lebten, Angst, Respekt oder nur ein furchtsames Ausharren war und alle nur auf die Rückkehr von Liam Geraint warteten.

Sie selbst fürchtete seine Rückkehr auch. Doch je eher er kam, desto eher würde sie gehen können. Dann würde das Problem Tristan Geraint aus ihrem Leben verschwinden, und sie würde nicht wieder fürchten müssen, dass die Liebe sie zerstörte.

Am Nachmittag des fünften Tages tauchte eine Gruppe von Reitern auf. Als das Horn ertönte, sammelten sich alle im Burghof nahe beim Tor. Amiranth verließ den Bergfried mit einer Menge anderer Leute, durch die sie sich hindurchdrängeln musste. Dabei war sie weniger vorsichtig, als sie hätte sein sollen, alle blieben dicht zusammen und ließen sie nicht hindurch.

Plötzlich war Tristan an ihrer Seite und nahm ihren Arm. Auf magische Weise öffnete sich plötzlich ein Weg vor ihnen. Die Leute verbeugten sich und wichen wie Blumen bei einem heftigen Sturm vor ihnen zurück.

Es war ein schöner Tag. Am Morgen hatte es kurz geregnet, sodass alles taufrisch duftete. Die Steinquader der Außenmauer wirkten nun dunkelgrau und braun, und die Erde davor war noch nass.

»Wer kommt da?«, rief Tristan dem Mann zu, der oben auf dem Torhaus Ausschau hielt.

»Eine große Schar, Mylord! Mindestens vierzig Mann!«

»Ihre Farben?«

»Sind noch zu weit weg, um was sagen zu können, Mylord! Hell und dunkel, mehr kann ich nicht erkennen!«

Purpur und Silber, dachte Amiranth, die Farben von Haverlocke, und sie spürte die Erregung der Menschen, die sie umgaben.

Tristans Miene blieb kühl und entschlossen. Er wartete wie alle anderen darauf, dass die Reiterschar den Wald verließ und auf das Tor zukam.

»Blau und Weiß, Mylord«, schrie der Wächter plötzlich. »Blau und Weiß!« Nicht Liam – Augustin. Amiranth spürte, wie sich ihr Magen zusammenkrampfte. Ihre Finger gruben sich einen Augenblick lang in Tristans Arm. Er bedeckte ihre Hand mit seiner und schaute jetzt mit tiefschwarzen Augen, deren geheimnisvolles Blitzen an einen Zauberer erinnerte, auf sie herab. Seine an sie gerichteten Worte waren kaum zu hören.

»Nur Mut, Mylady. Erinnerst du dich genug an dein Leben auf Iving, um ihn davon zu überzeugen, dass du seine Schwester bist?«

Sie unterdrückte den Drang zu lachen. »Es ist etwas spät, um sich darum Sorgen zu machen.« Als er seinen Blick nicht von ihr löste, fügte sie seufzend hinzu: »Ja.«

»Vielleicht stellt er dich auf die Probe«, murmelte Tristan und behielt jetzt den Wald im Auge. Die ersten Reiter kamen hinter den Bäumen hervor, berittene Begleiter in den Farben ihrer Familie mit Bannern, Hörnern und glänzenden Waffen. »Vielleicht fragt er dich nach Anekdoten oder Leuten. Versuch dich zu erinnern …«

»In der Richtung brauchst du dir keine Sorgen zu machen«, raunte sie ungeduldig. »Mir sind Amiranths Erinnerungen völlig vertraut.«

Er warf ihr ein schwaches zustimmendes Lächeln zu. »Hervorragend. Dann haben wir ja nichts zu befürchten.«

Wieder hätte sie am liebsten gelacht, aber es gelang ihr, sich zu beherrschen. Auf Tristans Befehl wurde das Fallgitter hochgezogen und die Besucher aus Iving überquerten die Schwelle. Amiranths Blick glitt suchend über die Reiter, bis sie Constanz und einige ihrer Damen entdeckte, die unbehaglich auf die vor ihnen versammelten Leute schauten.

Neben Constanz war Augustin. Er sah stämmiger aus, als sie ihn in Erinnerung hatte, sein Bart war kürzer, und er war mit dem ganzen Pomp seines Standes gewandet, der in der hellen Sonne erstrahlte. Fast hätte sie lächeln müssen.

Sie kannte ihn gut, ihren Bruder. In solch einem Moment wollte er seine schönsten Sachen vorführen. Er würde mit den berühmtesten seiner Ritter reiten, nicht um seine Macht, sondern um seinen Status zu demonstrieren; nicht dass irgendwer dachte, er könne sie sich nicht leisten. Er würde viel lächeln und noch mehr reden, doch unter all diesem Gehabe steckte ein Mann, der sich nur zu wohl seiner eigenen Person, der Situation und seines Ranges bewusst war.

Sie kannte sogar das Pferd, das er ritt. Es war ein Geschenk von King Edward. Ein mächtiger kastanienbrauner Hengst – Jorahs Erzeuger.

Augustin hatte sich über die Jahre eigentlich nicht sehr verändert. Sie konnte nur hoffen, dass er dasselbe von ihr dachte.

Gemeinsam traten sie und Tristan vor. Ehe sie sich noch aus ihrem tiefen Knicks erheben konnte, war Augustin trotz Kettenhemd und schweren Gewändern schon aus dem Sattel fast auf Tristan draufgesprungen.

»Ach, du meine Güte!«, rief er grinsend. »Du meine Güte, da ist ja mein Schwager, zurückgekehrt aus den Tiefen der Hölle!« Lachend zog er Tristan in seine Arme. Und auch Tristan lachte, wodurch seine Miene ihre gewohnte Ernsthaftigkeit verlor und etwas ausstrahlte, das Amiranth den Atem anhalten ließ: pure Freude, pure jungenhafte Freude.

»Augustin! Es ist so schön, dich wiederzusehen.«

»Und dich erst! Ich konnte es kaum glauben. Deine Nachricht schien mir ein Scherz zu sein, aber dann konnte ich mir nicht vorstellen, dass irgendjemand mit einer solchen Sache scherzt! Tristan Geraint ist am Leben! Und mit meiner Schwester zusammen! Ich schwöre dir, solche Neuigkeiten verjüngen mich um Jahre!«

»Mich auch. Das kann ich wohl sagen!«

Die beiden Männer, die etwa gleich groß waren, der eine hell, der andere dunkel, und vom strahlenden Sonnenlicht beschienen wurden, lachten wieder miteinander. Augustin löste sich etwas und schaute um sich.

»Wo ist sie übrigens? Wo ist Amiranth?«

Amiranth holte tief Atem und räusperte sich. Augustin drehte sich zu ihr um. Erst zeichnete sich Überraschung und dann wieder Freude auf seinem Gesicht ab. »Aber da ist ja meine schöne Cousine! Ich habe nicht gewusst, dass du auch hier sein würdest. Sei gegrüßt, Lily!«

Die Menge verstummte so abrupt und vollständig, dass sogar ihr Bruder innehielt. Amiranth stieß ein perlendes Lachen aus und streckte ihre Hand nach ihm aus. »Ist es so lange her, Augustin? Ich kann nicht glauben, dass du mich nicht wiedererkennst! Ich bin deine Schwester!«

Sein Lächeln verschwand und wurde durch einen wachsamen Ausdruck auf seinem Gesicht ersetzt. Lieber Himmel, es war schlimmer, als sie befürchtet hatte. Er war so leicht zu durchschauen wie ein Kind! Der Zweifel in seiner Miene fand seinen deutlichen Widerhall im Klang seiner Stimme. »Amiranth?«

Unbeirrbar lächelte sie weiter und streckte immer noch ihre Hand nach ihm aus. »Ja.«

Alles gaffte. Vom Haushofmeister bis zu den Leibeigenen warteten alle. Die ganze Aufmerksamkeit war auf die beiden, ihre ausgestreckte Hand, den bewegungslosen Mann vor ihr gerichtet. Das Pochen ihres Herzschlags donnerte in ihren Ohren.

»Komm schon«, sagte sie mit ganz natürlich klingender Stimme. »Willst du mich nicht ordentlich begrüßen, Bruder? Ich würde auch Constanz gern begrüßen. Wir haben uns wirklich sehr lange nicht gesehen.«

Wieder wandelte sich Augustins Miene und wechselte von Erstaunen zu Freude. Er tat die letzten Schritte auf sie zu und schloss sie in eine herzliche Umarmung.

»Liebes, bist du es wirklich?« Er lehnte sich zurück und musterte sie forschend. »Du siehst aus wie deine Cousine. Das kann ich beschwören!«

Sanft löste sie sich von ihm. »Das Schicksal geht seltsame Wege, nicht wahr?«

»In der Tat! In der Tat!«

Er umarmte sie wieder. Diesmal löste sie sich nicht von ihm, sondern erwiderte seine Umarmung, während sie darüber nachdachte, wie merkwürdig es war, ihm bis über die Schulter zu reichen und seinen pieksenden Bart auf ihrer Haut zu spüren. Als sie ihn das letzte Mal gesehen hatte, war sie kaum mehr als ein kleines Mädchen gewesen.

Constanz stieg ab, und es gab noch mehr Begrüßungen. Allerdings waren diese weitaus zurückhaltender. Constanz behielt zwar ihre vornehme Haltung bei, doch sie warf Amiranth lange, zweifelnde Blicke zu, die Amiranth nur ruhig erwidern konnte, um sie damit dazu zu bringen, wenigstens nichts zu sagen.

Die restlichen Ritter ihres Bruders waren abgestiegen. Die Männer unterhielten sich und standen beratschlagend um sie herum. Augustin und Tristan begaben sich mit Amiranth und Constanz an der Seite auf den Bergfried zu. Augustin hatte wieder das Wort ergriffen.

»Wo ist denn Lady Lily? Hat sie dich nicht begleitet?«

Tristan warf ihr einen scharfen Blick zu. Amiranth trat näher zu ihrem Bruder. »Die Pest, Bruder«, sagte sie so leise sie konnte.

Abrupt blieb er stehen. »Die Pest, sagst du?«

»Schsch!« Amiranth schaute um sich. »Das war vor Monaten! Du hast nichts zu befürchten. Sonst hätten wir dich gar nicht kommen lassen.«

Constanz gab ein schockiertes Murmeln von sich und drängte sich dichter an ihren Ehemann. Mit gerunzelter Stirn schaute Amiranth sie an. Zu ihrer Überraschung war es Constanz, die den Blick senkte.

»Wirklich verblüffend«, meinte Augustin, während sein Blick langsam von Tristan zu ihr glitt. »Wirklich äußerst verblüffend, der Earl lebt, Amiranth sieht wie Lily aus, und Lady Lily selbst ist tot.«

»Ich kann es selbst nicht verstehen«, gestand sie hilflos, um dann hervorzustoßen: »Aber ist es nicht trotzdem eine frohe Kunde, Bruder? Das Schicksal hat alle viel gekostet, aber jetzt wird alles wieder gut werden. Denk darüber nach, Augustin.«

Sie kannte ihren Bruder. Im Grunde seines Herzens war er ein guter Mensch. Und wenn Geld seine Schwäche war, nun, er wäre nicht der Erste, der diesem Laster erlag. Seine Liebe zu ihr war groß genug gewesen, sich um sie zu kümmern, als ihre Eltern starben, doch sie hatte nicht gereicht, sie in den acht Jahren ihrer Verbannung auch nur ein einziges Mal zu besuchen. Er hatte Lily zu ihr geschickt, als sie in ihren Briefen um Gesellschaft gebeten hatte. Er hatte immer für ihre Gesundheit, aber nicht für ihr Glück gesorgt. Sie wusste, in welche Richtung seine Gedanken jetzt gehen würden.

Augustin ließ seinen Blick über den Bergfried, den riesigen Burghof, die schönen Stallungen, die Kornspeicher und all die anderen Dinge schweifen, die vom ungewöhnlichen Reichtum dieses Besitzes sprachen.

Die Vorteile, die es brachte, den Earl of Haverlocke in der Familie zu haben, lagen heute genauso deutlich auf der Hand wie damals vor acht Jahren. Augustin würde das erkennen; trotz seiner Eitelkeit war er kein Narr.

Nachdenklich richtete er seinen Blick wieder auf sie.

Genau in diesem Augenblick stieß der Wachtposten wieder in sein Horn. Alle drehten sich um und schauten durch das offen stehende Tor.

»Neue Reiter, Mylord! Purpur und Silber! Lord Liam kehrt zurück!«

11

Liam fiel die Schlüsselrolle in diesem Drama zu. Tristan wusste es schon seit langem. Er hatte auf diesen Augenblick gewartet. Eigentlich war er sogar ganz erpicht auf die Begegnung mit seinem Bruder, die hatte kommen müssen. Seit Tagen hatte es an ihm genagt. Er hatte sich hundert unterschiedliche Szenarien ausgemalt: Liam wütend, Liam froh, Liam auf Krieg aus. Er kannte seinen jüngeren Bruder nicht. Er hatte ihn seit Hunderten, nein, seit Tausenden von Jahren nicht gesehen. Er erinnerte sich an den Jungen, der sein Bruder einst gewesen war, aber er konnte sich noch nicht einmal vorstellen, wie er heute als erwachsener Mann aussehen würde.

Doch jetzt war der Mann da, und da war sein Gesicht. Wie es das Schicksal wollte, war es seinem eigenen gar nicht mal so unähnlich. Schmal und wachsam, mit schwarzem Haar wie Tristan saß er selbstbewusst im Sattel.

Andere Augen. Ein anderer Mund. Er hieß ihn nicht willkommen, und aus seiner Haltung sprach auch keine Freude, als er Tristan flankiert von den Rittern des Earls of Iving und seinen eigenen, neu eingeschworenen Männern vor sich auf dem weiten Burghof stehen sah. Das hieß also Krieg. Tristan war dafür bereit.

Mit Leichtigkeit machte Liam ihn in der Menge aus, sein Blick richtete sich sofort auf Tristan. »Ihr,

Sir!«, rief er, immer noch im Sattel sitzend. »Ihr seid der Mann, von dem mir berichtet wurde. Der Mann, der behauptet, mein Bruder zu sein!«

»Liam.« Tristan nickte ihm kurz zu und verschränkte die Arme vor der Brust.

»Mit welchem Recht stellt Ihr eine solch unerhörte Behauptung auf? Mit welchem Recht kommt Ihr hierher auf meinen Besitz und brüstet Euch mit meinem Titel?«

»Mit Gottes Recht und dem des Gesetzes«, erwiderte Tristan. »Ich bin dein älterer Bruder. Haverlocke ist mein Besitz, nicht deiner.«

Liams Gesichtsausdruck wurde grimmig. Eine Hand lag auf dem Heft seines Schwertes, als sein Ross nervös tänzelnd eine Pirouette drehte.

»Mein Bruder ist tot! Er ist als Held im Krieg gegen Frankreich gefallen!«

»Eine nette Lüge«, meinte Tristan mit einem zynischen Lächeln. »Wie schade für dich, dass sie nicht stimmt. Ich habe die ganze Zeit in Frankreich verbracht.«

»Davon hätten wir etwas erfahren!«

»In der Tat. Davon wäre ich auch ausgegangen. Deshalb muss ich mich fragen, Bruder, warum kein Lösegeld für mich gezahlt wurde.« Er hörte, dass Lily heftig Atem holte. Er schenkte ihr keine Beachtung.

»Lösegeld!«, schimpfte Liam. »Es gab überhaupt keine Lösegeldforderungen!«

»Verdammt noch mal …«, fluchte Augustin, aber Tristan schnitt ihm das Wort ab.

»Keine Forderungen? Wie seltsam. Das war das Einzige, worüber die Franzosen mit mir gesprochen haben.«

Liam schien durcheinander zu sein, und seine

Wut wandelte sich in Unsicherheit. »Wenn es Lösegeldforderungen für meinen Bruder gegeben hätte, würde ich davon wissen. Ich hätte bezahlt!«

»Das habe ich auch gehofft«, erwiderte Tristan absichtlich düster. »Und doch wurde es leider nicht bezahlt.«

»Es gab keine Lösegeldforderung«, beharrte Liam hartnäckig. »Man sagte uns, was passiert war, dass Tristan tot sei! Er fiel gleich bei der ersten Schlacht bei Calais. Das hat man uns gesagt!«

»Wurde bei der ersten Schlacht von Calais gefangen genommen«, korrigierte ihn Tristan, »aber ich bin nicht gefallen, Liam.«

Lily hatte nach seinem Arm gegriffen. Er wusste nicht warum. Wollte sie ihn zurückhalten, oder brauchte sie seinen Halt? Immer noch sah er nicht in ihre Richtung. Er fixierte seinen Bruder, der jetzt auf seinem Schlachtross viel jünger aussah als noch vor einer Minute. »Es gab keine Lösegeldforderung«, wiederholte Liam leise und voller Unbehagen ein drittes Mal.

Tristan musterte ihn aufs Neue. Er nahm die Jugend seiner Gestalt wahr, die durch keine Schlacht Narben davongetragen hatte. Er sah das Fleisch auf seinen Wangen, das durch das Übermaß an Reichtum bereits anfing, nach unten zu sacken. Eigentlich war sein Bruder immer noch ein Junge, auch wenn er sich so aufspielte.

Er dachte an das Leben, das Liam wohl hier in England geführt hatte. Die Sicherheit, die Rechte, den Überfluss – all die Dinge, die Tristan auf seinem Weg zum Ruhm so bereitwillig aufgegeben hatte. Es fiel nicht schwer, Spuren von sich selbst in diesem jungen Mann zu entdecken, der vor ihm im Sattel saß. Was wäre wohl aus ihm geworden, hätte das Schicksal nicht eine so schreckliche Wendung genommen?

War es den Franzosen wirklich nicht gelungen, ihre Forderung zu überbringen? Es könnte sein. Alles konnte in diesen finsteren Zeiten möglich sein, dachte er: Entweder hatten sie es verpfuscht, oder sie hatten möglicherweise nie begriffen, wen sie da gefangen genommen hatten.

Abrupt beschloss Tristan, den Ölzweig zu reichen. »Wirst du nun absteigen, Liam Geraint, und mich als deinen rechtmäßigen Herrn begrüßen? Ich schwöre dir, dass ich die Wahrheit sage. Ich bin dein Bruder.«

Liam starrte ihn und dann all die Menschen an, die um ihn herumstanden; die voll bewaffneten Ritter, seine Garde, alle Bewohner von Glynwallen, die sich im Burghof versammelt hatten. Die Anzahl von Liams Männern war nicht unbeachtlich. Tristan wusste, dass sie einigen Schaden anrichten konnten, sollten sie wirklich beschließen, Verrat zu begehen. Aber sie würden nicht gewinnen. Nicht gegen Augustins Truppen und seine zusammen. Er hoffte, dass sie nicht alle so hitzköpfig wie sein Bruder waren.

»Ich weiß nicht«, meinte Liam schließlich, »warum ich Eurem Namen oder Eurem Wort Glauben schenken sollte. Ihr sprecht von Dingen, die nie passiert sind. Ich weiß nichts über Euch oder Eure Geschichte.«

»Dann wirst du mir jetzt mal zuhören, Bübchen!«, bellte Augustin mit seinem durchdringenden Bariton. »Ihr kennt doch sicherlich meinen Namen, Sir? Dann hört mir mal gut zu! Das da ist wirklich Tristan, der Earl of Haverlocke! Er hat mehr Geduld mit Euch bewiesen, als ich jemals aufbringen würde, kleine Kanaille! Jetzt runter vom Pferd und verbeugt Euch vor Eurem Herrn – sonst verschwindet und lasst Euch hier nie mehr blicken, wenn Euch Euer Leben lieb ist!«

»Mylord.« Liam schaute mit vorsichtiger Miene zu Augustin. »Natürlich kenne ich Euch. Aber dieser Mann hier könnte jeder sein! Er hat das Aussehen der Familie, das muss ich gestehen, aber sogar Ihr könnt ihn seit Jahren nicht gesehen haben. Dieses Gerede über ein Lösegeld, das könnte ein Trick sein, um uns zu verwirren und zu täuschen.«

»Ich kenne das Gesicht dieses Mannes«, betonte Augustin ruhiger. »Und ich kenne meine Schwester.« Er zeigte auf Lily, die wie versteinert zwischen ihnen stand. Ihr Antlitz war weiß wie Alabaster, und ihre Finger klammerten sich immer noch um Tristans Arm. »Zur großen Freude des ganzen Landes ist Tristan Geraint zusammen mit seiner Gemahlin zurückgekehrt. Begrüßt ihn so, wie es sich gebührt und wie jeder Mann von Ehre es tun würde.«

Tristan beobachtete, wie sein Bruder mit sich kämpfte. Die Röte seiner Wangen wies auf Wut, Frustration oder Verlegenheit hin. Er nahm an, dass es eine Mischung aus allem war. Eine andere Stimme erklang hell und klar, nur ein wenig dünn über den Burghof. Es war Lily.

»In drei Tagen wird auf Glynwallen ein Fest veranstaltet, Lord Liam. Unsere Gäste werden alte Freunde aus nah und fern sein. Es würde einen schlechten Eindruck machen, wenn Ihr den Earl of Haverlocke nicht anerkennt, wie sie es zweifellos tun werden. Wenn Ihr bleiben wollt, heißen wir Euch willkommen. Wenn nicht, dann geht jetzt, und bringt keine Schande über Euren Namen.«

Nachdenklich kniff Liam die Augen zusammen. Sein Pferd machte einen weiteren nervösen Schritt zur Seite. Statt es zu beruhigen, sprang Liam aus dem Sattel, reichte die Zügel weiter und trat vor Tristan.

Eine ganze Weile standen sie sich Aug' in Aug' gegenüber. Dann beugte Liam ein Knie und sprach mit gesenktem Kopf Richtung Boden.

»Ich bin dankbar, Euch wieder begrüßen zu können. Willkommen zu Hause … Mylord.« Tristan berührte ihn an der Schulter. Liam erhob sich, und sein junges Gesicht war von seinen Gefühlen gerötet, er sah jünger aus, als Tristan sich je gefühlt hatte.

»Ich bin sehr froh wieder zu Hause zu sein, mein Bruder.«

***

Sie fühlte sich krank. Sie fühlte sich betrogen, übergangen.

Ein Lösegeld! Man hatte ihn festgehalten, um Lösegeld für ihn zu bekommen – dann war er ja die ganze Zeit in einem Gefängnis gewesen –, und er hatte es ihr nicht gesagt, hatte ihr gegenüber kein einziges Wort verlauten lassen, und das noch nicht einmal, als sie ihn gefragt hatte.

Sie musste mit sich kämpfen, um ruhig neben ihm herzugehen und ihn nicht anzuschreien, zu schubsen und Erklärungen zu verlangen. Verdammt möge er sein! Er hatte ihr nichts davon gesagt und sie die schrecklichsten Dinge glauben lassen.

Irgendwie überstand Amiranth den Moment. Irgendwie sprach sie und lächelte und wies alle an, was sie zu tun hätten. Sie ließ die Haushälterin eilig Zimmer und Essen vorbereiten. Sie watete wie durch tiefen Schnee, während Stachel aus Eis sie bei jedem Schritt durchbohrten. Ihre Miene war erstarrt, und die eigenen Worte dröhnten ihr in den Ohren.

Dann war sie allein in ihren Gemächern. Sie war völlig benommen. Sie stand da, starrte ins Nichts und erlebte die Szene im Burghof wieder und wieder, hörte Tristans fast gleichgültig klingende Worte – Lösegeld, das nicht bezahlt wurde!

Sie hörte hinter sich ein Geräusch. Tristan erschien auf der Schwelle und schloss die Tür fest hinter sich. Schwerfällig drehte sie sich um, um ihn anzuschauen. Der lächelnde Zug um seine Lippen war verschwunden; finster wie die Nacht schaute er sie an.

»Gefängnis«, zischte sie außer sich vor Wut.

Er rührte sich nicht.

»Du hast nie etwas gesagt! Du hast mich glauben lassen …«

»Was?«, fragte er sanft.

Fast keuchend hielt sie inne und versuchte, sich wieder unter Kontrolle zu bringen. »Du hast mir nichts davon erzählt«, gelang es ihr endlich zu sagen. »Du hättest es mir sagen müssen.«

»Warum?«

»Warum! Weil ich ein Recht hatte, es zu wissen! Weil ich die ganze Zeit dachte …« Er wartete, aber sie konnte den Satz nicht zu Ende führen. Sie konnte ihm nicht sagen, was sie tatsächlich gedacht hatte. Amiranth hob eine Hand, um ihre Augen dahinter zu verbergen, und sie spürte, wie die Qual sie innerlich zerfetzte. Sie zitterte am ganzen Leib. »Ich kann nicht verstehen, warum du es mir nicht gesagt hast.«

»Es gab keinen Grund, etwas zu sagen.«

Sie schnaubte verächtlich. Gemessenen Schritts kam er langsam näher.

»Du brauchtest nichts über meine Vergangenheit zu wissen, Lily. Sie wäre für dich ohne Belang gewesen.«

»Wie kannst du mir nur so etwas sagen?«

»Ich hätte es meiner Frau erzählt«, sagte er mit leiser, tiefer Stimme. »Amiranth hätte das Recht gehabt, es zu erfahren. Aber du bist nicht … meine Frau.«

Sie biss sich auf die Lippe und zwang sich, keine weiteren Anschuldigungen hervorzusprudeln. Sie konnte einfach nicht glauben, was für eine Wendung ihr Leben gerade genommen hatte. Es war unvorstellbar.

»Du hast deine Sache gut gemacht, Lily«, sagte Tristan und trat noch einen Schritt näher an sie heran. »Sehr gut. Du hast alle zum Narren gehalten.«

»Gefängnis.« Amiranth schüttelte den Kopf und betrachtete verzweifelt seine dunkle Schönheit. Sie fühlte sich elend, alles drehte sich viel zu schnell um sie. Er hatte im Gefängnis gesessen. Er selbst hatte einmal gesagt, man hätte ihn verlassen. Er war wie vom Erdboden verschwunden gewesen, als wäre er tot oder weggelaufen. Eingekerkert! Ihr Tristan.

»Bleib bei mir«, sagte er, und seine Stimme nahm einen samtigen Klang an. Es brauchte eine Weile, bis seine Worte zu ihr durchdrangen, als müsse sie sie erst aus einer fremden, schwierigen Sprache übersetzen.

»Was?«, flüsterte sie.

»Bleib bei mir. Werde meine Frau in diesem Haus und in meinem Leben. Lebe mit mir zusammen. Ich liebe dich, Lily.«

Ihre Hände zuckten nach oben, um sich über ihr

Herz zu legen und sich vor dem Schmerz seiner Worte zu schützen. Sie trat einen Schritt zurück, und er folgte ihr, wobei er sie mit seinem Blick förmlich durchbohrte. Seine dunkle Schönheit strahlte eine fast wilde Intensität aus. Da begriff sie, dass dies nicht der Mann war, den sie kannte, er hatte innerlich einen Schritt getan und eine Grenze überschritten, die sie nicht kannte und sich nicht einmal vorstellen konnte.

Sie sah keine Liebe in ihm. Sie sah Gefahr und ihre Vernichtung.

»Nein.«

»Es ist zu spät, es zu leugnen. Ich glaube, dass ich dir auch etwas bedeute. Ich sah es im Burghof. Ich habe dein Gesicht gesehen.«

»Nein.« Sie schüttelte wieder mit dem Kopf und trat noch einen Schritt zurück.

»Lily …« Er lächelte sie an, und der Zug unterdrückter Heiterkeit kehrte auf seine Lippen zurück. Auf ihnen lag das Versprechen unendlicher Freuden gepaart mit einem unbeugsamen Willen. Groß, verhalten und fast drohend kam er auf sie zu. Sie schaute sich panisch im Zimmer nach einer Fluchtmöglichkeit um. Doch sie sah nur geschlossene Türen und ein finster aufragendes Bett. Die Burg selbst war mit Menschen gefüllt, die bereit waren, sie im Stich zu lassen.

In diesem Moment zog er sie leicht, fast zärtlich in seine Arme und hielt sie trotz ihres verwirrten Zurückzuckens fest. Sein Kopf neigte sich über sie.

»Nein!« Sie konnte nicht denken, sie konnte nicht atmen. Dies hier konnte einfach nicht wahr sein, seine Worte, ihre Gefühle, er brachte sie um, damit würde er sie umbringen, sie konnte nicht wieder auf diese Art für ihn empfinden …

»Zu spät«, sagte Tristan noch einmal. Dann küsste er sie mit all seiner Leidenschaft, schmeckte sie, plünderte ihren Mund, alle Sanftheit war von ihm abgefallen. Er hielt sie mit seinen Armen umschlungen, und hilflos, fast ertrinkend überließ sie ihm den Sieg und kehrte ihren eigenen Träumen den Rücken.

»Ich liebe dich.« Er hauchte die Worte an ihrer Wange, während seine Lippen ihre zarte Haut erforschten. »Wunderschöne Lily, ich liebe dich.«

»Halt!« Sie riss sich aus seiner Umarmung los. Die Tränen, die in ihren Augen standen, trübten ihren Blick. »Das kannst du mir nicht antun! Das lasse ich nicht zu!«

»Zu spät«, murmelte er mit hell glänzenden Augen über ihr.

»Es ist nicht zu spät! Ich werde …« Ein Schluchzen nahm ihr den Atem. »Ich werde das nicht noch einmal zulassen!«

»Ich liebe dich.«

»Hinaus!«

Er rührte sich nicht.

Die Furcht ließ sie wild werden. Sie stürzte zur Tür. »Hinaus! Oder ich verspreche dir, dass ich allen die Wahrheit erzählen werde! Allen!«

Er wandte nur den Kopf ab, sodass sie nicht den Glanz, seinen schrecklich finsteren Blick sehen konnte.

Amiranth verlor die Fassung und ergriff selbst die Flucht.

* * *

Er suchte in den Höhen und den Tiefen seiner Burg nach ihr.

Tristan unterzog seine Sinne einer Überprüfung,

indem er im Alltag nach Hinweisen auf sie suchte, ein Hauch ihres Parfüms, das Rascheln ihrer Röcke, ein langes goldenes Haar, das sich auf einem Kissen in ihrem Zimmer kräuselte. Geschwind wie ein Hase auf der Flucht versteckte sie sich vor ihm, als würde sie ihn aus ihrem ganzen Leben ausschließen. Vielleicht dachte sie das. Vielleicht tat sie es wirklich. Tristan erkannte sich fast selbst nicht wieder, diese Leidenschaft, die über ihn gekommen war. Allein der Gedanke an sie ließ ihn gleichzeitig leicht und schwer werden. Er spürte die Tiefe seiner Liebe, die sich noch nicht bewährt hatte, und hüllte sich darin ein, er spürte die Verlockung, nach ihr zu rufen, sie zu sich zurückzuholen.

Er entdeckte in sich ganz vielschichtige Gefühle für sie. Er brannte förmlich nach ihr. Es war ein Verlangen, das jenseits aller Vernunft war. Er hatte fast das Gefühl, innerlich zerrissen zu werden, während er immer noch darüber nachdachte, wie er sie am besten halten und dazu bringen konnte, ihm ihr Vertrauen zu schenken.

Manchmal erstarrte er förmlich, wenn er ihr begegnete. Dann fiel ihm nichts ein, was er ihr hätte sagen können. Er wurde so linkisch wie ein Landjunker. Er starrte sie dann nur an und beobachtete die Röte, die in ihre Wangen stieg. In diesen Momenten konnte er nur noch daran denken, wie sie wohl aussehen würde, wenn er sie geliebt hatte und sie zerzaust und befriedigt in seinem Bett lag.

Die Begegnungen fanden immer unter den Augen der Öffentlichkeit statt – bei Mahlzeiten, in Korridoren und einmal im Garten im Innern des Bergfrieds, wo er sie in eine ruhige Unterhaltung mit der Haushälterin über die Menüreihenfolge vertieft vorfand. Beide Frauen knicksten vor ihm. Lily sprach leise Worte, die richtig klangen, aber in ihrer Stimme war die Furcht zu vernehmen.

Tristan hatte ihr Gnade gewährt, denn er wusste, dass er die ganze Macht besaß und sie keinerlei Einfluss hatte. Trotz ihrer Drohung würde sie ihn nicht verraten. Sie konnte es nicht. Er kannte sie besser, als sie dachte. Deshalb konnte er sie nur wie ein gefangenes Vögelchen wieder fliegen lassen und in den Räumen verweilen, die sie verlassen hatte, während er in der Dunkelheit seiner Vorstellungskraft ihre Abdrücke fand.

Sie verbrachten zwei Nächte voneinander getrennt in ihren verschwenderisch ausgestatteten Gemächern, die dem Earl und der Countess vorbehalten waren. Tristan hatte gar nicht erst überprüft, ob die Verbindungstür zwischen ihren Räumen verschlossen war. Er wusste, dass sie sie verriegelt hatte.

Sie wusste nicht, dass er noch einen Schlüssel besaß, den er der Haushälterin entwendet hatte. Er würde ihn nicht benutzen. Erst wenn er keine andere Wahl mehr hatte. Er wollte sie. Er brauchte sie. Er würde sie die Vergangenheit vergessen machen, ihre Cousine, seine Frau … er würde dafür sorgen, dass sie nur noch an sie beide dachte und was zwischen ihnen sein könnte.

Sie liebte ihn auch. Dessen war er sich sicher. Tristan hatte es im Burghof gesehen, als er vor ihrem Bruder gestanden hatte, während sie ihre Finger in seinen Arm grub und ihr Antlitz all ihre Gefühle widerspiegelte. Wie ein Regenbogen, der zwischen vorbeiziehenden Wolken hervorblitzte, kam die Offenbarung über ihn und war nur den Bruchteil eines Herzschlages zu sehen.

Sie liebte ihn, jawohl, und das ließ alle anderen

Probleme unwichtig werden. Er würde ganze Berge von Erinnerungen bezwingen, um sie zu erobern. Das Einzige, was er brauchte, war Zeit, um ihr Vertrauen zu gewinnen und sie die Wahrheit erkennen zu lassen.

Das waren die Dinge, die für ihn zählten: sein Name, sein Zuhause und sie, Lady Lily, die sich der raffinierten Falle, die er ihrem Herzen gestellt hatte, immer weiter näherte.

* * *

Die Ankunft der vornehmen Gäste erfolgte im großen Stil. Die Kutschen und die Rösser waren prunkvoll hergerichtet, Hornstöße begrüßten sie, und neugierige Fremde, an die sich Tristan kaum noch aus seinen Tagen bei Hofe erinnern konnte, musterten ihn unverhohlen. Ein paar alte Freunde, sehr alte Freunde, die mit den Jahren durch ein ausschweifendes Leben fett oder durch Habgier dünn geworden waren, unterhielten sich mit ihm und sezierten jedes einzelne Wort und jede Handlung von ihm, um alle Informationen über ihn zu verschlingen und die Geschichten dann im ganzen Königreich zu verbreiten.

Wo waren sie alle gewesen, diese Witze reißenden Gesellen, während er in einem französischen Verlies langsam vermodert war, weil er ihren König verteidigt hatte? Gewandt beteiligte Tristan sich an diesem Spiel. Das zumindest war ihm geblieben: Er wusste, wie man mit ihnen lachte und über ihre schändliche Vergangenheit Scherze riss, die Dinge sagte, die von einem erwartet wurden, und wie ein Earl sich auf seinem Bergfried zu verhalten hatte. Mit den Lords tauschte er geistreiche Beleidigungen aus, den Damen machte er falsche Komplimente. Sein Interesse ging nicht über das hinaus, was sie für ihn tun konnten – seine Herrschaft auf Glynwallen sichern und die letzten Zweifel über seine Identität ausräumen.

Auf Fragen nach seiner Zeit in Frankreich antwortete er immer so unbekümmert, als wären es nur unbedeutende Unannehmlichkeiten in seinem ansonsten großartigen Leben. Niemand bedrängte ihn, um mehr zu erfahren. Und das war in Ordnung so, denn hinter der Fassade, die er aufrechterhielt, gab es nichts, das er ihnen hätte geben wollen.

Schwerfällig, ruhig und zurückhaltend wanderte Liam durch den Bergfried. Tristan ließ ihn die ganze Zeit von jemandem beobachten, der sich jedoch immer in einem diskreten Abstand hielt. Er war nicht so leichtfertig, seinem Bruder jetzt schon sein volles Vertrauen zu schenken. Liam hatte viel verloren. Tristan wusste, wie sehr das schmerzte.

Als die Besucher eintrafen, gelang es Lily, sich immer weiter zurückzuziehen, bis es so schien, als sei sie noch nicht einmal bei den Mahlzeiten mehr bei ihm, sondern nur noch eine Hülle von ihr mit leeren Augen und Worten, die so nichts sagend waren, dass sie keine Bedeutung mehr hatten. Manchmal zitterten ihre Hände beim Essen. Er dachte darüber nach und fragte sich, was es eigentlich war, vor dem sie sich so sehr fürchtete.

Wenn das Fest erst vorüber war und diese scherzenden Horden fort wären, dann würde er seine Jagd auf Lily beschließen. Er würde die Dinge zwischen ihnen klarstellen und sie davon überzeugen, dass sie sich vor ihm nicht fürchten musste. Dass sie ihn brauchte. Dass sie bliebe und sie für immer miteinander glücklich sein würden.

Unter geschäftigem und fröhlichem Treiben der

Gäste kam der Tag des Festes. Spielmänner, die seine Farben trugen, sangen und machten in der großen Halle Musik. Der Anblick der sich unter der Last der Speisen biegenden Tische ließ die Gästeschar in lärmender Begeisterung aufjubeln. Tristan begleitete Lily durch die Menge an den Musikern und den unverhohlen Blicke werfenden Adligen vorbei zu ihren Plätzen an der Haupttafel. Kühl lagen ihre Finger auf seinem Arm und hoben sich blass von seiner Tunika ab. Sie trug ein grauviolettes Kleid – wie *Gewitterwolken,* dachte er bei sich – mit üppigen Besätzen und eine Halskette aus lilafarbenen Steinen, die eng um ihren Hals lagen.

Schweigend stand sie neben ihm, während der Lärm sich allmählich legte und sich ein Meer aus erwartungsvollen Gesichtern auf sie richtete.

Dieser Moment gehörte ihm. Er war wieder zu Hause, hatte seinen Titel zurück und besaß wieder die volle Kontrolle über sein Leben. Dies war der Ort, der Raum, die Burg, die er nie aufgegeben hatte, auch nicht in den schwersten Augenblicken seines Elends. Nach all dem Wahnsinn seiner Vergangenheit gehörte dies nun alles wieder ihm. Er sah keinen Hauch von Zweifel auf den Gesichtern, die zu ihm aufblickten. Er sah Neugier, Interesse, Gier und Anteilnahme, aber alle erkannten seinen Namen an.

»Meine Freunde«, sprach Tristan, und der errungene Sieg erfüllte seinen ganzen Körper. »Ich danke euch, dass ihr alle zu uns gekommen seid. Möge Gott euch beschützen und bewahren. Meine Gemahlin und ich begrüßen euch auf Glynwallen und erbitten Gottes Segen für jeden und seine Familie. Edle Damen und Herren, genießt das Fest und labt euch an den Getränken und Speisen.«

Augustin, der zwei Plätze weiter saß, erhob sich, um seinen Worten Nachdruck zu verleihen, sodass Liam nicht zurückstehen konnte. Er hob seinen Kelch und brachte einen Trinkspruch auf Tristan und seine Gemahlin aus. Tristan drehte den Kopf gerade weit genug, um Lily neben sich sehen zu können. Die Gefühle, die in ihr tobten, ließen ihre Augen fast fiebrig glänzen.

Sie schaute ihn kurz an und dann schnell wieder weg.

Sie aßen. Es war ein üppiges Mahl mit all den Speisen, die Tristan früher gemocht hatte und an die er in den vergangenen Jahren versucht hatte, nicht zu denken. Er wusste, dass Lily alles geplant hatte. Es wunderte ihn nicht, dass Lily all seine Träume in dieser Hinsicht herausgefunden, dass sie all jene Gerichte hatte zubereiten lassen, nach denen er sich gesehnt hatte. Sie hatte ihn nach nichts gefragt. Sie hatte alles selbst in Erfahrung gebracht. Darüber freute er sich. Das ließ ihn die ganze Zeit auf seinem Platz sitzen und lachen, während er auf das Ende des Banketts, das Ende dieser langen Prüfung wartete. Er würde es einrichten, wieder mit ihr allein zu sein, sie zu schmecken und sie das wahre Pochen seines Herzens spüren zu lassen.

Die Unterhaltungen der Gäste waren laut und herzlich. Nur einige ausgewählte alte Bekannte saßen mit an seiner Tafel. Es waren alles Männer und Frauen, die eine flinke Zunge und eine Vorliebe für Klatsch besaßen. Schon bald würde sich seine Rückkehr am ganzen Königshof verbreiten. Tristan selbst hatte für eine gute Mischung seiner Tischpartner gesorgt. Neben dem wohl dosierten Klatsch hatte er auch seinen stärksten Verbündeten und seinen potentiellen Feind an seiner Tafel sitzen, Augustin und Liam, die einander gegenübersaßen, sodass Tristan sie im Auge behalten konnte.

Immer wieder rollten Wellen von Gelächter durch den Raum, als ob irgendein Scherz von Tisch zu Tisch hüpfen würde. Tristan schenkte dem kaum Beachtung. All seine Gedanken waren vom sanften Schimmer von Violett neben ihm und einer einzelnen vollkommenen Locke gefangen genommen, die über Lilys Schulter bis zur Spitze ihrer Brust fiel. Aus dem Augenwinkel beobachtete er das Heben und Senken, während er sich vorstellte, wie die Locke befreit von den schimmernden Nadeln aussehen würde und ihr bernsteinfarbenes und goldenes Haar offen über ihre Schultern wallte, wie es auf ihrer Haut schimmern würde und auf seiner …

Augustins Stimme übertönte die leisen Klänge einer Laute. Ein Mädchen, das an der hinteren Ecke ihres Tisches saß, spielte eine ruhige Ballade. In seiner Phantasie küsste Tristan Lily im Takt zur Musik.

»… erstaunlich, muss ich gestehen. Ich habe mir nie vorstellen können, dass du deiner Cousine Lily einmal so ähnlich sehen würdest. Keiner hat das geahnt, nicht wahr, meine Gemahlin?« Tristan schaute schnell auf, seine Aufmerksamkeit richtete sich wieder auf die Wirklichkeit.

Die Countess of Iving schüttelte den Kopf. »Nein, auch ich wage das zu bezweifeln.«

Lily sprach, und es war das erste Mal, dass Tristan sie am heutigen Tag reden hörte. »Nun ja, schließlich gehören wir zu einer Familie, nicht wahr? Solche Dinge passieren.«

»Ja, wohl wahr«, stimmte Augustin ihr zu. »Ach,

Amiranth, du solltest Emile einmal sehen! Schon jetzt hat er das Gesicht von unserem Vater. Ist das zu glauben!«

»Das glaube ich sofort«, erwiderte Lily mit fester Stimme.

Augustin wandte sich an Tristan. »Ich kann Euch sagen, Mylord, es gibt nichts, was einen Mann so sehr an seine eigene Sterblichkeit erinnert, wie ein Kind! Ich erkenne meinen Vater in meinem Sohn, meine Cousine in meiner Schwester! Die ganze Familie wiederholt sich von alt bis jung.« Er lachte. »Ihr werdet das früh genug herausfinden. Das kann ich versprechen.«

Eine entzückende Röte stahl sich in Lilys Wangen. Sittsam senkte sie die Lider, aber Tristan hatte das Aufblitzen in ihren Augen gesehen. Es hatte nicht wie Sittsamkeit auf ihn gewirkt, sondern wie etwas, das viel lebendiger war.

Sie schenkte niemandem Beachtung, sondern griff nur sehr bedächtig nach ihrem Kelch und trank einen kleinen Schluck.

Augustin fuhr fort zu reden, während er in seinem Essen herumstocherte. »Aber natürlich hattest du ja schon ein Kind, nicht wahr? Ein kleines Mädchen. Du hast sie nach unserer Mutter benannt, soweit ich mich erinnern kann.«

Die Unterhaltung an der großen Tafel versiegte. Gesichter mit großen Augen richteten sich auf sie. Die Countess of Iving murmelte etwas in tadelndem Tonfall.

»Was, meine Liebe?« Mit gerunzelter Stirn blickte Augustin zu ihr. Dann lief er langsam rot an. Er warf einen schnellen Blick auf Lily und dann auf Tristan. »Oh. Ich bitte um Entschuldigung, Mylord.«

Tristan wollte es schon instinktiv von sich weisen, die unpassende Bemerkung herrisch beiseite wischen, wie ein Lord es tun sollte.

Doch irgendetwas hielt ihn davon ab. Etwas in seinem Innern gefror zu Eis, sein Verstand nahm Augustins rotes Gesicht und die Bestürzung auf Constanz' Antlitz wahr.

Mit einem seltsamen Gefühl der Verwunderung spürte Tristan, wie er auseinander brach – leise, ja unsichtbar vollzog sich die Spaltung seiner Seele. Er beobachtete, wie die Halle vor seinen Augen flach wie ein Gemälde, zum Porträt eines eleganten, unbekannten Ortes wurde: Er sah die Männer und Frauen in ihren schönen Gewändern aus Federn und Samt und strahlenden Farben. In den Kelchen schimmerte blutrot der Wein. Alle saßen bewegungslos an ihren Tischen und schauten vornehm und still vor dem üppigen Hintergrund in unterschiedliche Richtungen.

Augustin mit seinem Bart und der blühenden Gesichtsfarbe. Seine Frau Constanz, deren Haar ein zarter Schleier schmückte und die mit Juwelen und Perlen behängt war. Lily, die mit hochgestecktem Haar und abgewendetem Gesicht blass und ausdruckslos neben ihm saß …

… während ihre Finger ihren Kelch so fest umklammerten, dass sie ganz weiß geworden waren.

Oh Gott. Oh Gott.

Tristan spürte, wie durch den Spalt aus den Abgründen seiner Seele wieder sein altes Ich hervordrang, jener Junge, der er vor so langer Zeit gewesen war. Doch jetzt besaß dieser Junge einen schärferen Verstand, war arrogant und voller Verachtung für die sanftere Ausgabe seines Ichs.

Natürlich, sprach der jüngere Tristan mit spöttischer Stimme. *Natürlich ist sie es. Du hast es die ganze Zeit gewusst, nicht wahr?*

Nein. Nein! Wie hätte er das wissen können?

Natürlich war es dein Kind. Deine Tochter.

Ein kleiner, in den Boden der Kapelle eingelassener Stein mit eingemeißelten Initialen und einem einzigen Datum. Glockenblümchen. *Ihre* Tochter – *seine* …

Er stand. Er erinnerte sich nicht daran, aufgestanden zu sein, doch nun stand er, und sein Stuhl war vom Tisch zurückgeschoben. Alle starrten ihn jetzt an, alle, bis auf sie. Ein schauriges Lächeln legte sich über sein Gesicht. Er schien nicht in der Lage zu sein, etwas dagegen zu tun.

»Bitte, entschuldigt uns«, sagte er, doch es klang kaum wie eine Entschuldigung. Dann nahm er ruhig ihren Arm und verließ die große Halle mit ihr zusammen.

Sie gingen und gingen, bis er seine Umgebung wiedererkannte. Sie waren allein im inneren Garten des Bergfrieds, und sie blickte mit weißem Gesicht zu ihm auf. Alles an ihr war so glatt und rein wie ein Gemälde und genauso vollkommen. Ihr Haar glänzte wie Gold im Sonnenlicht. Seine Hände lagen auf ihren Schultern, als wolle er sie von sich stoßen, aber gleichzeitig dicht bei sich behalten.

»Du«, war das Einzige, was ihm zu sagen einfiel. »Du«, sagte er wieder und schaffte es noch nicht einmal, ihren Namen auszusprechen.

Er sank vor ihr auf die Knie. Seine Arme schlangen sich um sie und hielten sie so fest, dass er fast zitterte, aber sie versuchte nicht, ihn wegzustoßen. Sie hatte sich wieder in Marmor verwandelt und sah wieder genauso aus wie beim ersten Mal, als er sie auf Safere gesehen hatte. Als sie ihn zufällig mit der Hand berührte, spürte er trotz der Hitze, wie eiskalt sie war. Das sanfte Violett ihrer Röcke raschelte unter seiner Wange. Er legte eine Hand auf ihren Bauch, noch nicht einmal dagegen erhob sie Einwände. Er strich mit leichtem Druck über die Falten ihres Kleides nach unten und zeichnete die kaum merkliche Rundung nach. In seinem Innern hörte er den Refrain. *Ein kleiner Stein, ein kleines Mädchen …*

Seine Frau. Seine Tochter.

»Wie hieß sie?«, fragte Tristan und schloss die Augen.

Sie holte zitternd Luft. Es war das einzige Lebenszeichen an ihr. »Rose«, hauchte sie schließlich mit bebender Stimme. »Ich habe sie Rose genannt.«

Glockenblumen, erwiderte seine innere Stimme verwirrt, während seine Gedanken abschweiften. Keine Rosen, sondern zarte Glockenblumen hatten auf dem Stein gelegen. Winzige Blumen für seine Tochter.

Die Frau vor ihm holte nochmals tief Atem und sprach die folgenden Worte mit in den Nacken gelegtem Kopf, abgewandt von ihm. Sie sprach leise und schnell, und die Worte schwebten in den blauen Himmel davon.

»Sie öffnete ihre Augen nur ein einziges Mal, sie waren dunkel wie deine, so wunderschön. Und dann ist sie in meinen Armen eingeschlafen. Das war alles. Sie kam zu früh … viel zu früh.«

Ein erstickter Laut drang aus ihrer Kehle. Seine geballten Fäuste zerknitterten ihre Röcke. »Ich will jetzt gehen«, sagte sie. »Ich will fort.«

»Nein.«

»Du hast es mir versprochen! Du sagtest, ich könnte gehen!«

Tristan erhob sich, nachdem er ihr Kleid losgelassen hatte, und blickte hinab in das so vertraute Antlitz, das ihn bis in seine Träume verfolgt hatte und lieblich und zurückhaltend zugleich aussah, während die Sonne auf sie herabstrahlte. »Ich habe Lily Granger versprochen, dass sie gehen könnte. Dir habe ich es nicht versprochen, Amiranth.«

Ihre Lippen begannen zu beben, unendliche Verzweiflung breitete sich auf ihren Zügen aus. Er schaute in ihre Augen und konnte nicht fassen, was er alles nicht gesehen hatte. Wie dumm er gewesen war. Wie blind.

»Du hast mich um deinen Tod trauern lassen«, hörte Tristan sich ungläubig sagen. »Du hast mich um Verzeihung bitten lassen, weil ich dich geküsst habe.«

»Es gehörte sich zu trauern«, erwiderte sie heftig, »und um Verzeihung zu bitten!«

»Dafür, dass ich meine Frau küsse?!« Seine Gefühle überschlugen sich und gerieten fast außer Kontrolle. »Für etwas, das rechtmäßig mir gehört!«

»Ich gehöre dir nicht!«

Er bewies ihr, dass sie Unrecht hatte, weil er es musste, weil die Verachtung und die Aufregung in ihrer Stimme ihn dazu trieben. Er riss sie an sich und gab ihr einen harten, rücksichtslosen und schmerzhaften Kuss. Keuchend lösten sie sich voneinander.

»Es tut mir wirklich Leid«, meinte er leise, fast wild. »Aber jetzt reicht es, Mylady. Es sind genug Spielchen gespielt worden. Das ist jetzt vorbei.«

»Was meinst du damit?«

»Ich bin hocherfreut festzustellen, dass du lebst,

Amiranth, und das ist eine Tatsache. Wir sind verheiratet. Wir werden ab jetzt wie ein richtiges Ehepaar zusammenleben.«

Er hatte gedacht, ihr Gesicht sei blass gewesen. Aber jetzt wurde es noch weißer. Nur ihr Haar blieb golden und umrahmte ihr Gesicht mit etwas Farbe.

Ihre Stimme klang schmerzerfüllt. »Du hast versprochen …«

»Nicht dir.«

»Ich will nicht bei dir bleiben! Du musst mich gehen lassen!«

»Nein. Auf keinen Fall.«

Sie begann vor ihm in den Garten, in die zarten hängenden Äste einer grünen Weide, deren längliche Blätter über ihre Schulter glitten, zurückzuweichen. »Ich werde allen erzählen, dass ich Lily bin! Und dass du ein Schwindler bist!«

»Ich werde alles tun«, Tristan kam drohend näher, »was nötig ist, um dich aufzuhalten. Was immer nötig ist, Amiranth.«

»Warum?«, schrie sie. »Welchen Unterschied macht es denn für dich? Vorher warst du bereit, mich gehen zu lassen, sogar als alle glaubten, dass ich deine Frau sei!«

»Das war, ehe ich wusste, wer du wirklich bist.« Er folgte ihr zwischen die Zweige der Weide und pirschte sich so lange an sie heran, bis sie von dem grünen Baldachin umhüllt waren. »Vor Gott sind wir vereint worden. Wir bleiben zusammen.«

»Ich liebe dich nicht!«

Sein Lächeln angesichts ihres Schmerzes war wie ein Dolchstoß. »Glaubst du wirklich, dass das eine Rolle spielt? Das tut es nicht. Du wirst mit mir zusammenbleiben.«

Er trat noch näher und nahm ihre Hand, die jetzt ganz schlaff war, als hätte alles Leben sie verlassen. Sie sah ihn mit brennenden Augen an, ihre Lippen waren schmerzlich verzogen, Tränen flossen wie Sterne über ihre Wangen. Sie schien von ihm völlig gebannt zu sein. Wie eine Beute, die endlich gestellt war, starrte sie ihn voller Entsetzen, Schrecken und Faszination an.

Tristan beugte sich über sie und gab ihr noch einen Kuss. Dieser Kuss war sanfter und versuchte, sie zu überreden.

»Es muss nicht Liebe sein, Amiranth. Wir haben doch dies.« Er berührte sie mit seiner Zunge, schmeckte ihre Tränen, spürte die Wärme ihres Körpers durch ihr Kleid hindurch und ihren unregelmäßigen Atem. »Das wird reichen.«

Für den Moment, fügte er im Stillen hinzu.

»Gott helfe mir«, flüsterte sie an seiner Brust.

»Zu spät«, sagte Tristan zu ihr und spürte, wie eine wilde, dunkle Erwartung ihn zu erfüllen begann.

12

Amiranth versteckte sich in der Kapelle, am einzigen Ort, den er, wie sie wusste, nicht aufsuchen würde. Sie saß erst, dann kniete sie, während sie die Hände vor dem Bauch knetete, um gegen die Übelkeit und gegen ihr verlorenes Gleichgewicht zu kämpfen, das ihre Welt auf den Kopf gestellt hatte.

Die große Feier ging ohne sie weiter. Sie hörte nichts, aber sie wusste, dass noch immer gefeiert wurde, weil die vornehmen Gäste noch nicht aus der großen Halle geströmt waren.

Tristan war allein zurückgegangen. Er hatte sie nicht gedrängt, ihn zu begleiten, hatte eigentlich noch nicht einmal gefragt, also musste er die Panik gespürt haben, die in ihr war. Es war eine wilde ungestüme Furcht, und sie wusste nicht, was sich daraus entwickeln würde. Jetzt wusste er alles über sie.

Der Hausgeistliche war bereits zweimal an sie herangetreten, um zu fragen, ob sie krank sei oder Hilfe brauche. Amiranth hatte seine Hilfe zurückgewiesen. Sie wolle nur beten. Er möge sie bitte allein lassen. Da sie nicht in der Lage zu sein schien, ihre Tränen zum Versiegen zu bringen, würde er bestimmt bald wiederkommen. Dieses Mal vielleicht sogar mit ihrem Gemahl oder einem von seinen Männern oder ihrem Bruder. Man würde sie vor der ganzen Versammlung aus kreischenden, blendenden Menschen zur Schau stellen, die Tristan eingeladen hatte, und sie würde nicht in der Lage sein, Haltung zu bewahren.

Der Mann, der sich vier Reihen hinter ihr befand, kniete wie sie, aber Amiranth ließ sich nicht zum Narren halten. Er gehörte zu Tristans Wächtern, der sie beobachten und wenn nötig in Schach halten sollte.

Was sollte sie tun? Was würde sie tun?

Sie erinnerte sich an ihr Zusammensein mit Tristan in der Kapelle auf Safere. Sie erinnerte sich nur bruchstückhaft an jenen Tag, an den Morgen, als sie vor Sonnenaufgang aufgestanden war und den letzten heilen Blumenstängel in ihrem Garten gefunden hatte, der übrig geblieben war. Sie hatte ihn auf das Grab ihrer Tochter gelegt und war dann tief in Gedanken versunken dort geblieben, um bei jenem kurzen Lebensfunken, der ihrem Kind gegeben worden war, zu verweilen.

Niemand auf Safere hatte je darüber gesprochen. Das winzige kostbare Geheimnis lag unter diesem Stein begraben und schien von niemandem außer ihr vermisst zu werden. Ihr blondes schönes Baby, das so furchtbar klein gewesen war. Rose war nicht für diese Welt bestimmt gewesen. Das waren die Worte, mit denen man versucht hatte, sie zu trösten. Und Amiranth konnte nur schluchzen und ihnen zustimmen, während sie auf ihren blutigen Laken lag und sich an ihre Tochter klammerte. Sie hatte zugelassen, dass man sie ihr schließlich wegnahm. Sie hatte sie während ihres ersten und letzten Atemzugs gehalten und hatte dann zugelassen, dass sie sie ihr abnahmen, in Tücher hüllten und der Dunkelheit anheim gaben. Für immer. Es gab nur noch jenes Grab, um sich ihrer zu erinnern, jenen flachen Stein, auf dem noch nicht einmal ihr voller Name stand.

Danach hatte Amiranth lange daran gedacht, dort mit ihrer Tochter vereint zu werden. Einzig Lily hatte sie gerettet. Einzig Lily war zu starrsinnig gewesen, sie gehen zu lassen, und hatte sie wieder gesund gepflegt.

Und jetzt war Lily gegangen, genau wie Rose. Es waren nur noch Amiranth und der Mann, den sie geliebt hatte, übrig geblieben.

Sie hatte nach all diesen leeren Jahren wirklich angenommen, dass niemand sich mehr erinnerte. Sie hatte angenommen, dass alle vergessen hatten. Dann war Tristan in die Kapelle gekommen und hatte genau über seiner Tochter gestanden, während er sich so angelegentlich wie irgend möglich nach ihr erkundigt hatte.

In jenem seltsamen Moment hatte Amiranth ihn nicht angelogen. Das Fieber hatte sie wohl reden lassen. Eine andere Erklärung hatte sie nicht. Vielleicht hätte sie lügen sollen, aber das hatte sie nicht getan. Jetzt wusste er alles.

Ihre Liebe zu ihm hatte für sie immer alles in einer Katastrophe enden lassen. So etwas konnte sie nicht noch einmal riskieren. Das würde sie nicht tun.

»Gott sei mit Euch, Mylady.«

Die ruhige Stimme hallte durch die Kapelle. Amiranth schreckte auf und schaute sich um. Sie erkannte Liam, der hinter ihr auf der Bank saß. Er hockte verlegen auf der Kante, als wolle er jeden Moment aufspringen. Der Blick, den er ihr zuwarf, war kurz und voller Unbehagen.

»Ich bitte um Verzeihung, Mylady, wenn ich Euch stören sollte.«

Sie drehte sich schnell wieder nach vorn und wischte sich über das Gesicht.

»Ich bin nicht hergekommen, um Euch zu stören«, fuhr Liam nach einem Moment des Innehaltens fort. »Ich habe nur bemerkt … dass Ihr auf dem Fest so ruhig wart. Ihr seid so schnell gegangen. Mein Bruder sagte uns, dass Ihr Euch nicht wohl fühlt. Und jetzt finde ich Euch hier.«

»Mir geht es sehr wohl«, sprach sie in Richtung ihrer in ihrem Schoß verschlungenen Hände. Die Lüge war offensichtlich.

»Ich bitte um Verzeihung«, sagte Liam noch einmal und verfiel in Schweigen. So verharrten sie – sie kniend, er sitzend. Sie fragte sich, ob Tristans Mann immer noch hinter ihnen saß, drehte sich aber nicht um, um nachzusehen.

Der Geistliche schritt nach vorne, um die bevorstehende Messe vorzubereiten. Sie nahm den Geruch von Weihrauch wahr, als er vorbeiging. Er vermischte sich mit dem Duft von Bienenwachs, der diesen Raum erfüllte.

Dieser Geruch erinnerte sie immer an Tod und Himmel gleichermaßen.

Liam rührte sich nicht. Schließlich hub sie leise an zu sprechen, ohne ihn anzusehen.

»Warum seid Ihr hergekommen?«

»Um zu beten«, antwortete er ernst.

Sie seufzte fast. »Ein ehrenvolles Bestreben.«

»Ja. Das hoffe ich.«

Da war ein merkwürdiger Klang in seiner Stimme, aber als sie es wagte, ihm einen Blick zuzuwerfen, sah sie nur eine höflich fragende Miene.

Seine Augen waren braun, heller als ihre und mit haselnussbraunen Flecken darin. Er war viel jünger als Tristan, dachte sie, aber gerade jetzt sah …

in seinem rabenschwarzen Haar und dem Schnitt seines Mundes deutlich seinen Bruder in ihm.

»Ist das Bankett vorbei?«, fragte sie.

»Fast.« Er schaute nach unten, und sie sah jetzt, dass er auch die gleichen samtschwarzen Wimpern besaß. »Zumindest nehme ich das an. Alle beschäftigten sich nur noch intensiv mit ihrem Wein oder Ale, als ich ging. Das Essen war vorbei.«

»Trinkt Ihr denn nicht?«

Er verzog die Lippen zu einem ironischen Lächeln. »Nicht so viel.«

Etwas in ihr wollte das Lächeln erwidern. Sie drehte sich wieder nach vorn, um es zu verbergen.

»Ich muss gehen«, sagte Amiranth. Aber sie tat es nicht. Sie wollte nicht in den Tag hinaustreten und wieder all diese Leute sehen. Sie wollte Tristan nicht sehen.

»Ich weiß, dass es mir nicht zusteht«, sprach Liam und unterbrach ihre Gedanken. »Aber ich frage mich, ob es vielleicht irgendetwas gibt, was ich für Euch tun kann, Mylady.«

Sie hob den Kopf. »Wie wollt Ihr mir helfen?«

Er stand auf und wiegte sich auf den Füßen hin und her. »Oh, vergebt mir. Ich habe mir zu viel angemaßt.« Er verbeugte sich kurz vor ihr, und dann ging er. Ihr Blick folgte seiner Gestalt, bis sie den Augen von Tristans Wächter begegnete, der sie beobachtete. Sie drehte sich wieder um.

Sie konnte sich hier nicht auf alle Zeiten verstecken. Und auch wenn sie das könnte, so schmerzten ihre Beine doch vom langen Knien, ihre Augen brannten und die Kälte begann vom Steinboden aus in sie zu kriechen.

Amiranth erhob sich und verließ die Kapelle, wobei sie so tat, als sähe sie den sich verbeugenden

Wächter nicht. Sie ging so schnell, wie sie es eben wagte, durch den Vorhof der Kapelle und über den Burghof, um dann erleichtert in die Schatten des Bergfrieds einzutauchen.

Sie schaffte es, die große Halle zu umgehen, aus der wirklich recht weinselige Klänge zu vernehmen waren, und gelangte schließlich in ihr Trost spendendes Zimmer, in dem es keine Menschen, Reden und neugierigen Blicke gab.

Tristan war nicht da. Als sie durch die Tür in seine Gemächer linste, sah sie, dass er sich auch dort nicht aufhielt.

Ihr Alleinsein wurde erst durch ein Klopfen an der Tür gestört. Eine Magd erschien mit einem feuchten Tuch, das um einige Lavendelzweige gewickelt war.

»Von Lord Liam«, sagte die Magd. »Eine lindernde Kompresse für die Augen von Mylady.« Die Magd knickste und ging. Amiranth blieb mit dem duftenden Tuch zurück, und während ihr Blick darauf ruhte, überlegte sie, was das wohl bedeuten mochte.

* * *

Diese Feiernden, die er in sein Haus eingeladen hatte, wollten sich nicht verstreuen und zurückziehen.

Tristan hatte schon vor Stunden mit dem Trinken aufgehört und sah nur noch zu, wie der Wein in Tassen und über Tische floss, während das Gelächter und die Unterhaltung eine erstaunliche Lautstärke erreichten.

Der leere Stuhl neben ihm war ein schweigender Vorwurf. Er tat sein Bestes, um den Anschein zu vermitteln, alles sei in Ordnung, und alle anderen taten das Gleiche.

Seine Gemahlin sei indisponiert, hatte er ihnen erklärt und sie schweigend ihre offensichtlichen Schlüsse daraus ziehen lassen. Wissende Blicke wurden an den Tischen ausgetauscht, und hier und da sah man ein verstohlenes Lächeln. Er wusste, dass auch auf seinen Lippen ein Lächeln lag, das die wahren Gefühle, die in ihm tobten, raffiniert verhüllte. *Rose, Rose.* Aber er würde hier nicht darüber nachdenken. Darüber nachzudenken, hieße der Katastrophe Tür und Tor zu öffnen und diesen Gefühlen freien Lauf zu lassen. So etwas konnte er sich im Moment nicht leisten.

Später. Wenn er sich zurückgezogen hatte und sein Verstand die Kraft besaß, die Wahrheit aufzunehmen. Deshalb hatte er sich für ihr Fernbleiben entschuldigt, und zu seinem heimlichen Erstaunen blieben ihm die Worte nicht in der Kehle stecken. *Meine Frau,* hatte er gesagt, und es war ganz leicht über seine Lippen gegangen. Schon früher hatte er sie so bezeichnet, als er es nur für eine schlaue Lüge gehalten hatte oder einen unerfüllbaren Wunschtraum. Aber es war die Wahrheit.

Amiranth lebte. Lieber Himmel, sie lebte!

Die ganze Zeit, während all der vergangenen Tage, als er sich zu ihr hingezogen gefühlt hatte, sich für sein Verlangen nach ihr verdammt hatte und dachte, sie sei eine verbotene Frucht für ihn, die ganze Zeit war sie sein gewesen.

Vielleicht hatte er es in einem tiefen, verborgenen Winkel gewusst. Vielleicht hatte jener geheime Teil seines Herzens, der sie während seines Martyriums in Frankreich nie vergessen hatte, ihren reinen Geist, der sich im Lauf der Jahre nicht verändert hatte, wiedererkannt. Wie waren seine Gefühle für sie, diese überwältigende Erleichterung, die mit Schmerz gemischt war, sonst zu erklären?

Amiranth war am Leben und war überhaupt nicht Lily. Er unterdrückte das Lachen, das in ihm aufsteigen wollte, jene irrsinnige Freude, der so viel bitterer Schmerz innewohnte. Er hatte noch nicht genug Vertrauen in sich, um ihr schon jetzt nahe zu sein. Heute stand viel auf dem Spiel: Fragen mussten beantwortet und schnelle Lügen herbeigezaubert werden, um etwaige Zweifel angesichts seines zuvor manchmal merkwürdigen Verhaltens zu zerstreuen. Er konnte die große Feier, zu der er geladen hatte, auf jeden Fall nicht einfach verlassen, auch wenn er es gerne gewollt hätte.

Er brauchte Zeit, um nachzudenken, um Klarheit in das zu bringen, was ihm widerfahren war … dass er seine Frau zurückbekommen hatte. Die Frau, die er liebte, erwies sich als die einzige Frau, die er lieben sollte.

Es war wie ein Wunder. Es war fast zu schön, um wahr zu sein, doch es stimmte. Er schickte einen Wächter hinter ihr her und ließ sie ansonsten allein. Der Anblick ihrer Tränen tat beunruhigende Dinge mit seinem Herzen und sandte einen stechenden Schmerz durch seinen Körper. Er würde es vorziehen, erst wieder zu ihr zu gehen, wenn sie sich gefasst hatte. Er hätte es lieber, dass sie sich beruhigte und über das nachdachte, was er zu ihr gesagt hatte, sodass sie anfangen könnte, ihre Verbindung noch einmal zu akzeptieren.

Endlich fingen die Gäste an müde zu werden. Das war das Signal für ihn, sich zu erheben und das Bankett zu beenden, sodass sie zu den ihnen zugewiesenen Plätzen zurücktaumeln konnten.

Augustin saß immer noch munter und lachend

mit seiner Frau als buntem Schatten an seiner Seite neben ihm.

Erst als Tristan seinen Blick zu beiden Seiten der Haupttafel schweifen ließ, bemerkte er, dass Liam sich davongeschlichen hatte.

Es spielte keine Rolle. Es gab nicht mehr viel, was sein Bruder ihm jetzt noch anhaben konnte. Tristan warf dem fröhlichen Haufen vor sich ein Lächeln zu, wünschte ihnen alles Gute und nahm ihre Glückwünsche entgegen. Seine Stellung auf Glynwallen, seinem Heim, war gefestigt.

* * *

»Wo ist Hugh Fletcher?«

Liam Geraint lehnte sich auf seinem Stuhl zurück und trommelte mit den Fingern auf das schlichte Holz der Armlehne. Es war ein schlichter Stuhl in einem einfachen Zimmer, das sparsam eingerichtet war, nur einen kleinen Kamin besaß und viel zu schmale Fenster. Nichts war so, wie er es gewohnt war.

»Auf Eurem Gut Safere, Mylord.« Der Soldat, der vor ihm stand, hielt den Kopf gesenkt. »Kurz bevor Ihr eingetroffen seid, war er aufgebrochen.«

»Safere? Was, zum Teufel, macht er dort?«

»Er hat nichts Genaues verlauten lassen, Mylord.« Der Mann schaute auf. »Doch ich glaube, dass es mit dem Wiederauftauchen Eures Bruders im Zusammenhang stehen müsste.«

Liam runzelte die Stirn und schaute mit leerem Blick auf einen Punkt hinter der Schulter des Mannes.

»Safere«, murmelte er. »So ein weiter Weg für so einen elenden Ort. Er muss einen ganz außergewöhnlichen Grund gehabt haben.«

»Ja, Mylord.«

Liam hüllte sich wieder in Schweigen und versank in die Betrachtung der kargen Wände vor sich.

* * *

Silas James schritt durch die Korridore der Burg, die er liebte, und lauschte mit geübtem Ohr den Reden, die durch Wände und Türen und aus sich zusammendrängenden Gruppen aus Menschen, die sich verstreuten, sobald er auftauchte, zu ihm drangen.

Dies waren nicht die vornehmen Gäste adliger Herkunft, die sein Herr nach Glynwallen eingeladen hatte. Dies waren die Überreste von Lord Liams Herrschaft, durchtriebene Gestalten mit giftigen Blicken, denen er gelassen begegnete.

Er hatte dieses kriecherische Gesindel nie gemocht und sie ihn nicht. Dass sich das Gleichgewicht der Macht wieder zu seinen Gunsten verschieben würde, war ein Segen, mit dem keiner, an letzter Stelle er selbst, gerechnet hatte.

Silas kannte den Mann, der träge neben der Vorratskammer stand. Dieser Mann hatte ihn einst verspottet, als Silas versucht hatte, ihn davon abzubringen, einen verletzten Falken auf die Jagd mitzunehmen. Als der Falke krank geworden war und starb, hatte man Silas hierfür die Schuld gegeben.

Er kannte die beiden Männer, die in einem Salon neben dem Kamin saßen. Aus purem Übermut hatten sie eines schönen Tages seine Enkelin gejagt und erst von ihr abgelassen, als sich die Hälfte der männlichen Bevölkerung des Dorfes zu ihrem Schutz ihnen entgegengestellt hatte.

Er kannte die drei Frauen, die hinter der Tür, die zu den Unterkünften der Frauen führte, sprachen.

Eine hatte seine Frau geschlagen, als irgendein unbedeutender Wunsch nicht zu ihrer Zufriedenheit erfüllt worden war, und die anderen hatten ihr mit noch mehr Züchtigungen gedroht, falls sie sich beklagen sollte. Diese Menschen waren bis ins tiefste Innere verdorben. Hilfe suchend schauten sie zu Lord Liam, und Silas wusste, dass es sie gewaltig störte, dort keine Hilfe zu finden.

Auch ihm war bei der ganzen Sache unbehaglich zumute. Er kannte Liam gut genug. Es war schon etwas Besorgnis erregend, dass er nur zu den offensichtlichen Mitteln gegriffen hatte, um seinen Bruder in Misskredit zu bringen. Doch Silas hatte Evan, der ihn vor etwaigen bevorstehenden Krisen warnen würde. Seine eigenen Sinne waren scharf genug, um die Burg zu beschützen. Aber es war ein weitläufiger Ort mit vielen Ecken und Winkeln und geflüsterten Worten, die verhallten, ehe er ihren Ursprung gefunden hatte.

Er hörte die Gerüchte, die wieder aufgewärmt wurden, Geschichten vom Tod des alten Earls und des ältesten Sohnes. Sie verbreiteten sich schneller, als er sie vernichten konnte. Ihm blieb nur übrig, noch wachsamer zu sein und zu kämpfen, um die rechtmäßige Herrschaft seines Herrn zu sichern.

* * *

Glynwallen war in die samtige Schwärze der Nacht gehüllt. Tristan hatte alle Lampen in seinen Gemächern gelöscht, sodass nur das gelegentliche Aufglühen des sterbenden Feuers den Raum erhellte. Die Luft war kalt. Er spürte es kaum angesichts der hitzigen Unruhe, die von ihm Besitz ergriffen hatte. Er selbst würde das Zimmer wärmen. Er selbst würde ihr Bett wärmen.

Er hielt den Schlüssel zu Amiranths Zimmer in der Hand und spürte dessen längliches Gewicht. Das Messing war mit der Zeit stumpf geworden. Der Schlüssel leuchtete geheimnisvoll im Licht und versprach ihm eine Welt, die jenseits seiner Vorstellungskraft und seiner Träume lag. Es lag nur eine Tür dazwischen, die ihn noch von diesem Paradies auf Erden trennte.

Und immer noch wartete er. Er wartete, bis er nichts mehr aus den Gängen und nichts außer dem gelegentlichen Gesang der Nachtigall hörte, die sich auf dem Dachvorsprung über seinem Fenster niedergelassen hatte.

Er wusste nicht, wie spät es war. Das Einzige, was er wahrnahm, war sein Körper, sein Herz … und Amiranth, die in ihrem Bett auf der anderen Seite der hölzernen Tür schlief. Er schob den Schlüssel ins Schloss und drehte ihn um.

Die Tür öffnete sich, ohne zu quietschen. Nur das leise Klicken des Riegels kündigte sein Kommen an.

Ihr Zimmer war fast genauso dunkel wie seins, aber sie hatte eine Lampe auf dem Tisch brennen lassen. In der Schwärze der Nacht war die Flamme nur ein kleiner Tupfer aus Gold.

Sie hatte die Vorhänge um ihr Bett zugezogen. Die durchsichtigen Stoffbahnen von geisterhafter Blässe umgaben sie mit gespenstischer Anmut.

Auf leisen Sohlen schlich er vorsichtig über die Binsen und Teppiche auf sie, die sich hinter dem feinen Stoff abzeichnete, zu. Die Farben verschwammen. Ihr bernsteinfarbenes Haar vermischte sich mit dem hellen Blau ihres Nachtgewands, die Decken umhüllten ihren Körper.

Dicht vor ihr blieb Tristan stehen und ließ den dünnen Stoff des Vorhangs über sein Gesicht gleiten. Er fühlte sich kühl auf seiner erhitzten Haut an. Er schloss die Augen, und als er sie gleich wieder öffnete, fand er die Öffnung im Vorhang, die er mit einer Hand vergrößerte. Still beobachtete sie ihn von ihrem Kissen aus, als hätte sie ihn erwartet. Ihre Augen glühten dunkel. Ihre Haut schien Spuren des Fiebers aufzuweisen, an dem sie gelitten hatte. Hoch oben auf ihren Wangenknochen war die Röte zu erkennen. Ihr goldenes Haar wallte um sie wie ein Heiligenschein, der heller strahlte als alles, was er je auf Gemälden oder Kirchenfenstern gesehen hatte.

»Du sagtest, ich könnte alle Schlüssel haben.« Sogar ihre Stimme klang ruhig, und es lag keine Überraschung darin.

Er setzte sich auf die Bettkante und fand sein Gleichgewicht auf der weichen Matratze. »Die Regeln haben sich geändert.«

»Deine Regeln. Nicht meine.«

Er schenkte ihr ein schwaches Lächeln. »Die gleichen Regeln, meine Liebe.«

Sie blickte sehr ernst zu ihm auf, und um ihre Lippen lag nur ein schwacher Hauch von Traurigkeit. »Ich habe dir nicht erlaubt, in mein Zimmer zu kommen. Ich will, dass du gehst.«

»Ich brauche deine Erlaubnis nicht mehr«, sagte er weich. »Du bist meine Frau.«

»Das war ich einmal vor langer Zeit. Aber jetzt nicht mehr.«

»Du kannst die Wahrheit nicht ändern, Amiranth.«

»Du kannst mein Herz nicht ändern.«

Er griff nach einer Locke ihres Haars, hielt es in seiner Hand und spürte die seidige Glätte und sah den strahlenden Glanz. Sie erhob keinen Einspruch gegen das, was er tat. Sie hielt nur ihren Blick unbewegt und wild wie ein Waldtier, das gerade ins Licht getreten ist, starr auf sein Gesicht gerichtet. Er riss seinen Blick von ihren Augen los und wandte sich wieder dem lodernden Gold zwischen seinen Fingern zu.

»Ich habe noch nie so eine Farbe gesehen.«

Sie tat es mit einem Achselzucken ab.

»Es war nicht immer so«, sprach er, sich erinnernd, weiter. »Es war früher … heller.« Er schaute zu ihr auf. »Und … kürzer?«

»Nein.«

»Mehr Locken«, versuchte er zu raten, und dann fiel es ihm wieder ein. »Ja. Es lockte sich wild in alle Richtungen.« Tristan lächelte, während er sich den Anblick wieder ins Gedächtnis rief.

»Es sind nur Haare«, erklärte sie, und mit einer lässigen Handbewegung befreite sie die Strähne, die er hielt, und warf sie über die Schulter, sodass sie wieder auf dem Kissen lag. Sie wirkte sehr abweisend, und sie mied seinen Blick.

»Lässt du mich bei dir bleiben?«, fragte er.

»Nein.«

»Würdest du mich zurückweisen, Amiranth?« Ehe sie etwas erwidern konnte, beugte er sich über sie und legte eine Hand an ihre Wange, sodass er die brennende Hitze spüren konnte. Tristan zwang sie, ihn anzuschauen, und begegnete ihrem traurigen Blick.

»Antworte mir jetzt noch nicht. Denk über das hier nach …« Seine Hand glitt über ihre Wange nach unten zu ihrem Hals und ihrem zarten Schlüsselbein. Er legte seine Hand flach auf ihre Brust und konnte ihren leidenschaftlichen Herzschlag spüren, der etwas ganz anderes erzählte, als in ihrem Gesicht zu lesen war. »Zwischen uns besteht dieses Verlangen, Amiranth. Seit Safere ist das so, du weißt das genauso gut wie ich. Wie unsere Vergangenheit auch ausgesehen haben mag, so haben wir jetzt doch dies. Es ist keine Sünde. Es ist unsere Bestimmung.«

»Nein.«

»Nein? Es gefällt dir nicht?« Seine Berührung wurde zu einem zärtlichen Streicheln, mit dem er seine Hand über ihre Haut und ihr glattes Gewand gleiten ließ, bis er die volle Rundung ihrer Brust fand und sie umfasste. Unter seiner Berührung wurde ihre Brustwarze hart.

»Nein«, presste sie noch einmal hervor.

Er lächelte auf sie herab. »Du bist eine schlechte Lügnerin, mein Schatz.«

»Vorher hast du nicht so gedacht.« Sie stieß seine Hand beiseite.

Tristan setzte sich auf und holte tief Atem, um sich wieder unter Kontrolle zu bringen und diesen selbstsüchtigen Drang in sich zu bekämpfen, der ihn drängte, sie jetzt zu nehmen und ihre Einwände zu ersticken, weil sie nicht echt waren, damit ihre Leidenschaft hervorbrechen konnte, wie sie es beide wollten.

Kühl strichen die Vorhänge leise über ihn.

»Noch ein Kind«, sagte er, während er sich auf sie beide konzentrierte. »Noch ein Kind. Würde dir das denn nicht gefallen?«

Sie gab keine Antwort. Er wartete und schaute sie erst wieder an, als sie einen unterdrückten, fast unhörbaren Laut ausstieß.

Mit zusammengekniffenen Augen und einer vor den Mund geschlagenen Hand drehte sie den Kopf weg.

»Amiranth«, brachte er bestürzt hervor. Er kam zu ihr in den Kokon ihres Bettes, um ihren Arm, ihre Schulter zu berühren. »Nein, Liebste, es tut mir Leid. Ich dachte …« Was zum Teufel hatte er überhaupt gedacht? Dass sie aus diesem Grund nachgeben würde? Dass sie seinen geheimen Wunsch nach einer Familie teilte; dass, wenn nichts anderes eine Rolle für sie spielte, dies sie dazu bewegen würde zu bleiben? Er hatte das Richtige sagen wollen, und es war doch nur alles falsch herausgekommen. Tristan griff nach ihrer anderen Hand und zog sie an seine Lippen, dann an seine Wange, während er sie festhielt. »Amiranth, ich liebe dich.«

Er wusste sofort, dass er noch einen Fehler gemacht hatte, noch bevor sie die Hand vom Mund nahm und die Tränen wegblinzelte, die ihr in die Augen gestiegen waren. Sie versuchte die Hand zu befreien, die er festhielt, und er ließ sie los, während er zusah, wie sie sich in den Kissen aufsetzte und ihr Nachtgewand sich wie ein Schatten von ihrer Gestalt abhob.

»Liebe«, stieß sie höhnisch hervor, während die Bitterkeit in ihren Augen diese hell leuchten ließ. »Das ist keine Liebe, die du für mich empfindest, Tristan Geraint.« Er suchte nach der richtigen Antwort und hatte Angst, sich noch hoffnungsloser zu verstricken.

»Doch«, sagte er, weil er es sagen musste. »Ich liebe dich wirklich. Du brauchst mir keinen Glauben zu schenken. Aber trotzdem stimmt es.«

»Weißt du eigentlich, was Liebe ist?« Ihre Stimme zitterte ein wenig. »Weißt du, wie sehr sie verletzen kann? Du weißt es nicht! Du denkst nur an dich selber und an deinen Titel! Du glaubst, dass du mich brauchst, wo du doch alles, was du von mir willst, auch bei einer ganz gewöhnlichen Kneipenhure bekommen könntest.«

Sie anstarrend wich er zurück. Ein sprödes Lächeln lag auf ihren Lippen. »Glaubst du wirklich, dass ich es nicht verstehen würde? Vom ersten Moment an, als ich Lily sah, wollte ich sie sein. Ich konnte sie noch nicht einmal für ihre Schönheit hassen, denn sie war immer so gut und lieb zu mir. Ich liebte sie. Ich bewunderte sie. Ich tue es immer noch.« Sie atmete tief ein. »Und dir geht es genauso.«

»Du weißt nicht, was du da sagst.«

»Du hast das Abbild meiner Cousine vor Augen. Vielleicht ist es eine Ironie des Schicksals, damals hast du sie schön gefunden und jetzt auch. Aber das bin nur ich! Im Innern bin ich immer noch dieselbe, im Innern bin ich immer noch das unscheinbare kleine Mädchen, das du geheiratet hast. In mir sind immer noch all ihre Ängste und ihre verlorenen Träume. Mit der Zeit werde ich dich langweilen, unabhängig davon, wie ich jetzt aussehe.«

»Amiranth, das stimmt nicht.«

»Ich habe kein Vertrauen zu dir. Ich weiß nicht, ob ich es jemals haben werde.«

»Ich *liebe* dich«, sagte er beschwörend. *»Dich.«*

»Du liebst das Gesicht eines Geistes. Nicht mich.«

»Du hast Unrecht. Verdammt, Amiranth ...« Plötzlich küsste er sie, zog sie eng an sich, obwohl sie gar keinen Widerstand leistete. Eigensinnig lagen seine Lippen auf ihren, als könnte er dadurch etwas beweisen. Als er von ihr abließ, geschah dies nur, um Atem zu schöpfen, um die Decken, die auf ihr lagen, beiseite zu zerren, um sie mit seinem eigenen Körper zu bedecken. Er bedeckte ihre Lippen mit noch mehr Küssen, Tausenden, einer Million, so vieler es auch bedurfte, um das Eis zu schmelzen, das sich in ihrem Innern angesammelt hatte, damit sie begriff, wie es in seinem Herzen aussah.

Sie wehrte sich nicht, aber sie erwiderte seine Küsse auch nicht, sie tat gar nichts. Sie drehte nur ihren Kopf zur Seite und schaute in den trüben Schein des Raumes hinter den Vorhängen. Trotz seines leidenschaftlichen Verlangens hielt Tristan inne und richtete seinen Blick auf ihr ausdrucksloses Gesicht und die Leere in ihren Augen.

»Beeil dich«, murmelte sie teilnahmslos. »Tu es, wenn du unbedingt musst.«

»Was?«

»Ich werde dich nicht aufhalten. Aber lass mich danach allein. Gestehe mir zumindest das zu.«

Er starrte auf sie hinunter. Die Leidenschaft vibrierte immer noch in ihm und wurde noch durch ihren weichen, warmen und duftenden Körper erhöht, der unter ihm lag. Langsam spreizte sie die Beine zu beiden Seiten von ihm und zog ihn noch enger an sich. »Beeil dich«, sagte sie wieder mit völlig tonloser Stimme.

Tristan riss sich von ihr, vom Bett los. Die Vorhänge wirbelten bei seiner Bewegung auf und raschelten leise in der Nacht. Sie blähten sich im Luftzug, als er aus dem Zimmer ging und seine Frau allein in ihrem Bett zurückließ, wo ihr nur die Decken ein wenig Behaglichkeit versprachen und für ihn gar nichts übrig blieb.

13

Das Fenster im Salon war nicht so fest geschlossen, wie es hätte sein sollen. Das gab Amiranth die Möglichkeit, mehr als sie wollte von der Gruppe zu hören, die sich im Burghof für die bevorstehende Jagd versammelte. Entschlossen wandte sie dem Fenster den Rücken zu und konzentrierte sich auf ihre Stickarbeit, die sie mit winzigen, funkelnden Sternen versah. Der kostbare Silberfaden hob sich strahlend vom dunkel ausgeführten Hintergrund ab, der den Nachthimmel zeigte.

Die derben Klänge der Männer, die sich lachend mit ihren Pferden sammelten, drangen als gedämpftes Brummen in den Raum.

Es war der vierte und letzte Tag von Tristans Feier. Heute Abend würde das letzte Bankett stattfinden, und dann würden all diese scherzenden Ritter mit ihren geistreichen Damen Glynwallen wieder verlassen. Amiranth verspürte bei dieser Aussicht kein Bedauern. Die Einzigen, die sie vielleicht vermissen würde, waren ihr Bruder und ihre Schwägerin. Nicht weil sie übermäßig herzlich gewesen waren, sondern eher weil sie ihr ein wenig vertrauter waren und sie sie als Puffer zwischen Tristan und sich hatte benutzen können. Sie hatte mehr Zeit in der Gesellschaft von Constanz verbracht, als beiden wohl angenehm war, aber die Vorstellung, in dieser riesigen Burg allein – verletzlich – zu sein, war mehr, als Amiranth im Moment ertragen konnte.

Sie, Constanz und einige andere Frauen aus der Burg saßen zusammen und nähten schweigend, als die Männer sich draußen in die Sättel schwangen und in die Hörner gestoßen wurde. Das Bellen der Hunde war besonders laut, als es sich über den Bergfried erhob und den Raum füllte.

Sie erwischte sich dabei, wie sie versuchte, Tristans Stimme in dem Radau auszumachen. Sie zwang sich, damit aufzuhören, und starrte stirnrunzelnd auf eine Ecke ihrer Stickerei.

»Eine fröhliche Jagd«, meinte eine der Frauen schüchtern.

»In der Tat«, erwiderte Constanz nach einer Weile.

Amiranth hatte sich selbst in den Kreis der Frauen in diesem Raum eingeladen. Sie wusste, dass sie täglich hier zusammenkamen. Es waren Frauen, die kein so hohes Ansehen genossen und die junge Witwen von Rittern waren, welche dem Earl die Treue geschworen hatten – Liam, nicht seinem Bruder.

Es störte sie, dass sie von ihnen so sehr gemieden wurde. Es störte sie sehr. Deshalb hatte sie ihre Näharbeit genommen und Constanz hinter sich her zu dieser Tür geführt. Dann hatte sie in das Getuschel hinein gegrüßt und so getan, als sei sie sehr überrascht, sie hier zu entdecken.

Constanz war mit den Jahren offensichtlich gesetzter geworden. Außer ganz kurzen Kommentaren sagte Constanz überhaupt nichts zu ihnen. Das war mehr, als Amiranth im Moment das Bedürfnis hatte zu sagen.

Eine rothaarige Dame ergriff das Wort. »Gefällt Mylord, dem Earl, die Jagd?«

»Das weiß ich nicht«, erwiderte Amiranth kurz angebunden. Ein Hund begann besonders traurig zu bellen und brachte auch die anderen dazu, mit in das Gebell einzufallen.

»Jagt Mylady?«, fragte die gleiche Dame.

»Nein.«

Drückendes Schweigen breitete sich aus. Die Frauen nahmen wieder ihre Näharbeiten auf. Tristan hatte nicht versucht, wieder in ihr Bett zu kommen. Sie hatte mit dem Gedanken gespielt, jeden Abend etwas Schweres vor die Tür zu stellen, um zu verhindern, dass er hereinkommen konnte. Aber sie hatte die Idee als kindisch verworfen. Wenn er es wollte, würde er eine Möglichkeit finden hereinzukommen. Mit ihrem Körper würde sie ihm keinen Widerstand entgegensetzen – nur mit ihrer Seele, an die er aber ohnehin nicht denken würde. Der Atem stockte ihr, wenn sie daran dachte. Sie spürte Schmerzen in ihrem Bauch, wenn sie an jene Nacht und den Ausdruck in seinen Augen zurückdachte, als sie ihn verschmäht hatte. Und dann jener Moment, als sie sich in sich selbst zurückgezogen und ihm ihren Körper überlassen hatte.

Sie würde jetzt nicht in Selbstmitleid versinken, nahm Amiranth sich vor. Sie würde sich jetzt nicht dem Bedauern hingeben, wenn sie sich daran erinnerte, wie dunkel und verführerisch er ausgesehen hatte, wie schwarz seine Augen gefunkelt hatten, wie sinnlich die Form seiner Lippen gewesen war, bevor er sie küsste.

Amiranth stieß die Nadel wieder durch den Stoff und traf nicht die richtige Stelle. Sie biss die Zähne zusammen und zog den Faden vorsichtig wieder heraus, um den Fehler rückgängig zu machen.

Es tat ihr nicht Leid. Sie würde ihm nicht nachgeben. Sie würde ihm nicht glauben. Er liebte sie nicht.

Die Nadel blieb stecken und bohrte sich in ihren Finger. Sie riss die Hand zurück, um das Blut aufzusaugen.

Verflucht möge er sein, so etwas überhaupt zu sagen! Verflucht möge er sein für sein gutes Aussehen, seinen Charme und seine sanften, schlauen Worte, die sie solch unmöglichen Gedanken nachhängen ließen!

Die Jagdgesellschaft begann aus dem Burghof herauszureiten. Die donnernden Hufschläge hallten bis in das Zimmer hinauf, das jaulende Heulen der Hunde verklang allmählich. Sie hatte Mitleid mit dem Tier, das sie heute töten würden. Sie hatte Mitleid mit sich selbst. »Wenn man der Jagd zu sehr frönt, ist das für eine Burg nie gut«, gab eine der Frauen zum Besten, ohne dabei von ihrer Arbeit aufzuschauen. Sie zögerte kurz und ergänzte dann leichthin: »Das habe ich zumindest gehört.«

Amiranth war auf der Hut, als sie ihr einen Blick zuwarf und sich der Bedeutung, die in diesen Worten steckte, nicht sicher war.

»Stimmt genau«, meinte eine zweite Dame, auf deren Kopf ein Hutgebilde aus rosa Satin saß. »Die Jagd ist für Männer ein Sport, doch die Folgen sind viel zu oft tragisch, nicht wahr, Mylady?«

Amiranth schlug den gleichen nonchalanten Ton an. »Was meint Ihr damit?«

Die Augen der Frau weiteten sich in gespielter Unschuld. »Ach, damit meine ich eigentlich nur, dass das Leben voller Gefahren ist. Das wissen wir doch alle. Und wenn Männer förmlich nach einer Jagd lechzen, dann kann es zu Unfällen kommen.«

»Unfällen?«

»Ja. Kam Mylords älterer Bruder nicht bei einer Jagd ums Leben?« Die Frau wandte sich Bestätigung heischend an die anderen, die im Kreis saßen.

»Tatsächlich?« Amiranth beugte sich wieder über ihre Stickarbeit und tat so, als wäre sie ganz auf den Stoff konzentriert. »Ich erinnere mich nicht.«

»Ja«, meinte eine dritte Frau mit einer koketten Stimme. »Es stimmt. Ich erinnere mich, wie darüber gesprochen wurde. Das waren wirklich tragische Zeiten. Der alte Earl und die Countess starben an einer seltsamen Krankheit, die sich niemand erklären konnte. Und dann raffte es ihren ältesten Sohn, den neuen Earl des Landes, so kurz danach bei einer Jagd dahin. Er hatte sich von der Hauptgruppe getrennt. Er war ... allein davongeritten?« Zweifelnd hob sich ihre Stimme und lud zum Widerspruch ein.

Amiranth kniff die Augen zusammen, die silberne Nadel drückte sich tief in ihre Fingerspitzen, ihre Hände waren zu verkrampft zum Nähen, aber sie konnte sie nicht lockern.

»Allein?« Die Frau im rosa Satin schüttelte den Kopf. »Ich glaube nicht, Vanessa. Ich erinnere mich, dass jemand bei ihm war ... nur eine einzige andere Person aus der Jagdgesellschaft. Nun, wer mag das wohl gewesen sein?« Ihre Stimme nahm einen leicht verschlagenen Tonfall an. »Oh! Jetzt fällt es mir wieder ein! Es war doch unser höchsteigener Herr! Ja, sein Bruder Tristan war mit dem Earl zusammen, als er starb.« Sie legte sich eine Hand an den Busen, während sich ihre Stirn in Falten legte. »Wie schrecklich!«

»Ja, wirklich schrecklich«, meinte Constanz trocken. »Noch schrecklicher ist allerdings, dass so eine Geschichte in dieser Burg immer noch lebendig ist.«

»Aber ja doch, es ist keine Geschichte, Mylady. Es ist eine Tatsache!«

»Tatsache – ja oder nein. Es ist sicherlich kein angemessenes Gesprächsthema für diesen Raum.«

»Mylady, ich habe doch nur …«

»Seid Ihr dabei gewesen?«, fragte Constanz scharf. »Nein, wart Ihr nicht. Ich wette, Ihr wart damals noch im Kinderzimmer und habt Euch an Eure Nurse geklammert. Ich schlage vor, Madam, dass Ihr die Vergangenheit ruhen lasst.«

Die Frauen warfen einander Seitenblicke zu und einige erröteten.

»Ich bin fertig.« Amiranth warf ihre Nadel und den Stoff in einen Korb neben sich und stand auf. Alle Damen außer Constanz erhoben sich ebenfalls und knicksten. Constanz nickte nur kurz und ließ ihren Blick dann auf den anderen Gesichtern im Zimmer ruhen.

»Ich glaube, ich bleibe noch. Ich finde das Licht hier sehr gut.« Amiranth erwiderte das Nicken, rauschte aus dem Zimmer und musste sich sehr zusammenreißen, nicht die Tür hinter sich zuzuschlagen.

* * *

Ziellos und unruhig ging sie mit ihrem Nähkörbchen im Arm durch einen langen Flur, während sich ihre Gedanken die ganze Zeit im Kreis drehten.

Amiranth ließ sich vom leichten Ton und den neckischen Worten der Frauen, die sie gerade verlassen hatte, nicht täuschen. Sie mochten sie nicht, und sie sah keinen Grund zu versuchen, sie zu mögen.

Aber sie hatte nicht gewusst, dass Tristan der

einzige Zeuge vom Tod seines Bruders gewesen war. Sie erinnerte sich nur noch schwach an die Gerüchte. Damals war sie selbst noch fast ein Kind gewesen. Niemand hatte offen mit ihr darüber gesprochen.

Nicht, dass das eine Rolle spielte. Ein Gerücht war nur ein Gerücht. Sie war nicht so dumm, sich deswegen Sorgen zu machen. Tristan hatte seine Geheimnisse. Sie hatte das von dem Augenblick an gewusst, als sie ihn das erste Mal im Saal des Königs gesehen hatte, wo er in Sonnenlicht getaucht gestanden hatte und mal lachte, mal nicht. Er war so tief wie ein stilles Wasser; er war ein Rätsel, ja, ein Mann, in dem Wut und ein sanfter Humor wohnten. Er hatte ein Leben geführt, das sie fast fürchtete sich vorzustellen, aber das war kein Grund, ihn als Mörder zu brandmarken.

Doch in den Tiefen des langen Flurs sah sie ihn wieder vor sich, wie er sie im Hof des Gasthauses verteidigt hatte. Sie erinnerte sich an seinen Kampf mit dem Gastwirt, die Drohung, die er gegen den Mann mit der Laterne ausgestoßen hatte, und die Wildheit, die sie in seinen Augen gesehen hatte. Sie hatte fest daran geglaubt, dass er sie alle töten würde, um sie zu schützen.

»Mylady.«

Amiranth stieß einen leisen Schrei aus und wirbelte zu der Stimme hinter ihr herum.

Lord Liam blickte sie bestürzt an. »Ich bitte um Vergebung.«

Sie war tiefer in den Bergfried vorgedrungen, als sie vorgehabt hatte. Aber außer ihnen befand sich niemand in dem Flur, und nur eine Reihe von Fackeln spendeten ein wenig Licht. Alle Türen, die sie vor sich sah, waren geschlossen.

»Ich fürchte, ich habe die schlechte Angewohnheit, Euch zu erschrecken«, fuhr Liam reuig fort.

»Nein. Nein … Ich war nur tief in Gedanken versunken.« Sie zog das Körbchen höher. »Was ist Euer Begehr, Mylord?«

»Auf ein Wort, wenn Mylady erlauben.«

Aber dann sagte er nichts mehr, sondern schaute sie nur an. Im Licht der Fackeln sah sie wieder die Ähnlichkeit mit seinem Bruder. Seine Gesichtszüge waren nur weicher, jünger, erinnerten mehr an den jungen Tristan, wie er einst gewesen war.

»Dann sprecht«, sagte sie.

»Nicht hier. Vielleicht könnten wir …« Er probierte den Griff der Tür, die ihm am nächsten war. Sie öffnete sich leise wie eine Gruft. Dahinter war nur Dunkelheit.

Amiranth blickte den Flur entlang. Immer noch war niemand zu sehen. Das einzige Geräusch, das sie vernahm, war das schwache Knistern der Fackeln.

»Wenn Euch der Zeitpunkt nicht genehm ist …«, meinte Liam zögernd.

»Er ist genehm.« Sie ging an ihm vorbei in das Zimmer, das von tintenschwarzen Schatten erfüllt war, die ihr einen Schauer über die Haut jagten. Sie vermutete, dass schon eine ganze Zeit niemand mehr hier drin gewesen war. Eine dicke Staubschicht bedeckte den Tisch, an dem sie vorbeiging. Es lagen keine Binsen auf dem Boden. Zwei Stühle standen einander neben einer geschlossenen Truhe gegenüber. Amiranth beachtete sie nicht, sondern wandte sich nur Liam zu.

Er starrte nach unten auf seine Hände, die locker ineinander lagen. Er gab keinen Ton von sich. Die Kälte, die sie umgab, schien sich noch zu steigern.

Sie fragte: »Geht Ihr nicht auf die Jagd, Mylord?«

»Nicht heute.«

»Ein ungünstiger Tag?«

»Eine einfache Jagd.« Er zuckte die Achseln. »Heute wird nur ein Hirsch gejagt. Ich ziehe … größere Herausforderungen vor.«

Sie nickte und verfiel ebenfalls in Schweigen, während sie unbehaglich an ihm vorbei zur Tür schaute, die nur wenig Licht einließ.

»Es steht mir nicht zu«, hub er schließlich an und unterbrach sich dann mit einem kurzen Lachen. »Ich höre mich das schon wieder zu Euch sagen. Ich fürchte, Ihr werdet mich zu kühn in meinen Reden finden, Mylady.«

»Wenn Eure Gedanken nicht kühn sind, werden es Eure Reden auch nicht sein«, erwiderte sie, während sie vorsichtig einen gewissen Abstand zu ihm hielt.

»Ja.« Aus haselnussbraunen Augen warf er ihr einen Blick zu. »Aber es sind kühne Gedanken.«

»Dann solltet Ihr vielleicht gar nicht sprechen.« Sie tat einen Schritt, um wieder in den Flur zu treten.

»Nein, wartet.« Er griff nach ihrem Arm und hielt sie mit Leichtigkeit zurück. Amiranth riss sich von ihm los und trat wieder tiefer ins Zimmer, weil er den Ausgang versperrte. Er musste den Ausdruck auf ihrem Gesicht bemerkt haben; er sprach jetzt sehr schnell.

»Bitte – ich bitte Euch noch einmal um Verzeihung. Aber ich muss mit Euch sprechen. Es geht um Euren Gemahl.«

Sie drückte sich das Körbchen fest gegen den Bauch und ließ ihn nicht aus den Augen. Liam seufzte und fuhr sich mit beiden Händen durchs

Haar, unbewusst ahmte er auch damit eine Eigenart von Tristan nach.

»Ich muss Euch fragen, kennt Ihr Tristan wirklich, Mylady?«

»Ich werde ja wohl kaum meinen eigenen Gemahl vergessen, Sir«, erwiderte sie scharf.

»Natürlich nicht. Ich meine ja auch nur, wie gut kennt Ihr ihn?«

»Gut genug!«

»Ich bin Euch zu nahe getreten. Ich entschuldige mich. Bitte, glaubt mir, dass ich nur aus Sorge um Euch so spreche, Countess.«

Unfähig, sich zu rühren, hob sie nur eine Augenbraue, während sie versuchte, wieder zu ihrer hoheitsvollen Haltung zu finden, weil das die beste Verteidigung gegen ihn und das, was er sagen wollte, zu sein schien. Liam drehte sich zur Tür um und legte eine Hand dagegen, sodass sie sich fast ganz schloss. Sein Schatten verschwamm auf dem Boden. Ihr Blick hing gebannt an diesem Schatten, nicht an seinem Gesicht und dem verstörten Ausdruck, der bei ihr leise Furcht auslöste.

»Ich habe nur sehr schwache Erinnerungen an meine Kindheit.« Seine Stimme durchdrang traurig die Dunkelheit des Zimmers. »Ich verließ Glynwallen in jungen Jahren, ich war erst zehn, und meine Erinnerungen an diese Zeit sind begrenzt. Aber es gibt ein paar Dinge, die ich nie vergessen werde. Die Stimme meines Vaters. Die Berührung meiner Mutter. Und Tristan und sein heftiges Temperament.«

Er ließ die Tür los. Sie stand nur einen Spaltbreit offen. »Häufig wirkte er sehr fröhlich auf mich. Ich erinnere mich an sein Lachen, das mich auch zum Lachen brachte. Aber wenn er wütend wurde …

Mylady, das war Furcht einflößend. Die Dienstboten rannten in solchen Moment davon, und er brachte meine Mutter zum Weinen. Ich höre immer noch meinen Vater, wie er ihn anschrie, und auch unseren ältesten Bruder und Tristan, der zurückschrie.«

»In jeder Familie gibt es Unstimmigkeiten«, meinte Amiranth ruhig. »Ich habe mich auch mit meinem Bruder gestritten.«

»Wirklich?« Mit einem angedeuteten Lächeln schaute er sie an. »Das kann ich mir gar nicht vorstellen. Ihr wirkt so freundlich.«

»Dann kann man seinem ersten Eindruck wohl nicht trauen.«

Sein Lächeln verschwand. »Nein. Das ist wohl wahr.«

»Mylord, was wollt Ihr mir eigentlich genau sagen?«

»Seid vorsichtig.« Seine Stimme brach. »Seid vorsichtig, Mylady. Euer Leben ist bisher sehr behütet verlaufen. Ihr könnt nicht wissen – ich weiß, dass Euer Gemahl viele Jahre fort war. Er sagt, er sei in Frankreich gewesen. Aber wie sehr hat er sich wohl verändert? Ich erinnere mich an seine Anfälle und seine Wut. Ich erinnere mich an die Tränen, die er auslöste. Er war nicht ... bei sich.«

»Bei allem Respekt, Mylord, das sind die Erinnerungen eines Kindes.«

»Aber nichtsdestotrotz sind es wahre Erinnerungen.«

»Ich danke Euch dafür, dass Ihr Euch Gedanken macht, Lord Liam. Jetzt müsst Ihr mich jedoch entschuldigen. Ich komme zu spät zu einer Verabredung.«

Auch als sie dicht vor ihn trat und sich bemühte,

ruhig und beherrscht zu wirken, rührte er sich nicht von der Tür weg. Er runzelte die Stirn und löste den Blick von ihr, sodass sie nur noch seine langen Wimpern sah.

»Ihr seid so reizend«, murmelte er. Die Worte waren kaum mehr als ein Hauch. »Ich will nicht, dass Mylady etwas zustößt.«

»Warum sollte mir etwas zustoßen?« Ihr Tonfall wurde scharf. »Warnt Ihr mich etwa vor meinem Gemahl? Ich versichere Euch …«

»Wo ist er die ganze Zeit gewesen?« Fast flehend schaute Liam wieder auf. »Er sagt, er sei im Gefängnis gewesen, aber es gab keine Lösegeldforderung für ihn!«

Amiranth trat einen Schritt zurück, und ihr folgend, fand er aufs Neue ihren Arm.

»Wenn es jedoch wahr sein sollte und er wirklich im Gefängnis war, hätten sie doch bestimmt sein Vermögen haben wollen. Aber wir haben nichts gehört!«

»Lasst mich los!«

»Es war eine Lüge, Mylady! Er blieb fort, allein aus seinen eigenen verrückten Beweggründen. Oder vielleicht war er ja doch im Gefängnis, wegen irgendwelcher Verbrechen, die er begangen hat …«

Sie riss sich von ihm los, und der Inhalt ihres Körbchens verteilte sich auf dem Boden. Funkelnde Nadeln rieselten mit leisem Klimpern nach unten, der Stoff schwebte davon, der Silberfaden wickelte sich glitzernd von der Spule.

Bewegungslos sahen beide zu, wie sich Amiranths Stickarbeit zu ihren Füßen bauschte. »Es tut mir Leid«, stieß Liam gepresst hervor. »Ich wollte nicht – ich wollte Euch nur warnen, Amiranth.«

»Amiranth«, ertönte eine andere Stimme träge

und Unheil verkündend. »Ich wusste gar nicht, dass du auf so vertrautem Fuße mit meiner Frau stehst, Bruder.«

Die Tür schwang auf. Tristan lehnte mit verschränkten Armen am Türrahmen, ein gefährliches Lächeln lag auf seinen Lippen. Er schaute Amiranth nicht an.

»Eine Anmaßung meinerseits«, erwiderte Liam sehr ruhig. »Sie hat mir das Recht nicht gewährt. Vergebt mir, Mylady.«

Sie nickte, denn sie traute ihrer Stimme nicht.

»Wirst du nicht irgendwo anders gebraucht, Liam?«, half Tristan ihm sanft auf die Sprünge. Eine schweigende Warnung lag auf Liams Gesicht, als er sich ihr wieder zuwandte und vor beiden eine Verbeugung machte und ging. Seine Schritte hallten durch den Korridor. Amiranth warf Tristan einen verstohlenen Blick zu, aber sie konnte nicht in seiner Miene lesen, denn sein Gesicht lag im Schatten, und aus dem Flur fiel nur wenig Licht in das Zimmer. Sie kniete sich hin und sammelte ihre Habseligkeiten ein. Der Silberfaden verhedderte sich glitzernd in ihren kalten Fingern.

Tristan beugte sich auch nach unten und griff nach ihrer Stickarbeit, die er eingehend betrachtete.

»Ich kenne dies«, meinte er und hielt es ins Licht. »Ich habe es schon mal gesehen.« Sie riss ihm den Stoff aus der Hand und stopfte ihn schnell in ihr Körbchen.

»Auf Safere«, fuhr er sie beobachtend fort. »Dort habe ich es gesehen. Ich dachte, es sei zurückgelassen worden.«

Amiranth stand auf und strich sich über ihre Röcke, ohne etwas zu erwidern.

»Du hast es mitgenommen. Es muss wichtig für dich sein.«

»Das ist es nicht«, sagte sie, und endlich gelang es ihr, den Raum zu verlassen, wobei sie hoffte, in die richtige Richtung zu gehen. Mit geschmeidigen Bewegungen folgte Tristan ihr. Er strich über ihre Hand, nahm sie in seine und brachte sie zum Stehen. Der Schein der Fackel warf einen goldenen Schimmer auf sein Haar.

»Hat er Euch Kummer bereitet, Mylady?«

Er verströmte wieder jenen Hauch von Gefahr. Amiranth wich seinem Blick aus. »Nein, überhaupt nicht.«

»Es ist schon seltsam, dass sich meine Frau allein im Dunkeln mit meinem Bruder trifft.«

»Ein Zufall. Wir sind einander zufällig begegnet.«

Er wartete, und deshalb fuhr sie nervös fort: »Er wollte nur über … seine Kindheit reden.«

»Wie … ungewöhnlich.«

Ihre Finger verkrampften sich unter seinem Griff. »Es ist die Wahrheit.«

»Das ist alles?«

»Er ist doch nur ein Junge, Mylord.«

»Er ist ein Mann, meine Liebe. Lass dich nicht in die Irre führen.« Warm und stark lagen seine Finger fast zu fest um ihre Hand. »Du hast schon einen Mann, Amiranth. Ich mag keine Konkurrenzkämpfe.«

»Er ist nicht …« Sie konnte den Satz nicht zu Ende führen. Die Worte blieben ihr im Hals stecken.

»Nein«, stimmte Tristan ihr zu. »Er ist nicht.«

* * *

Gemeinsam sagten sie den Gästen Lebewohl, als diese nacheinander grüppchenweise unter großem

Radau im Burghof und Durcheinander in den Stallungen Glynwallen auf edlen Pferden unter dem Getöse ungeduldiger Lords verließen.

Amiranth stand neben ihrem Ehemann und sprach allen mit leiser Stimme ihre guten Wünsche aus. Es kümmerte sie nicht sehr, ob sie zu hören war. Tristan selbst war viel munterer; er grinste, winkte allen zu und machte noch ein paar letzte Scherze, bis nur noch Augustin und sein Gefolge da waren, die sich zum Aufbruch vorbereiteten.

Wenn auch sie fort waren, würden nur noch sie und Tristan in dieser Burg zurückbleiben, wo sie das Getuschel der Leute, die hier lebten, umgab.

Sie umarmte ihren Bruder und dann Constanz. Dann trat sie zurück, damit die beiden in der Schar ihrer Ritter und einem Farbenmeer aus dem Blau und Weiß ihres Hauses, in dem alles von den Pferden bis hin zum kleinsten Wimpel erstrahlte, aufsteigen konnten.

Als Constanz im Sattel saß, winkte sie Amiranth zu sich heran. Sie trat zu ihr und versuchte, nicht so missmutig auszusehen, wie sie sich fühlte.

Constanz beugte sich zu ihr nach unten und hielt ihren Tonfall gedämpft. »Schick diese Frauen fort, Amiranth. Sie werden dir nichts Gutes bringen.« Mit einer behandschuhten Hand strich sie ihrem Pferd über den Hals und schaute sie ernst an. »An deiner Stelle würde ich sie so schnell wie möglich fortschicken. Es sind oberflächliche, bissige Geschöpfe, die nicht zu dir passen.«

Die Antwort kam ihr leicht über die Lippen, sie nahm eine alte Gewohnheit wieder auf: »Jawohl, Constanz.«

In diesem Augenblick lächelte Constanz sie plötzlich offen und freundlich an. Es war das erste

Mal, dass ihre Schwägerin Amiranth mit solch einem Blick bedachte. »Ich glaube, es wird dir hier gut gehen, mein Kind. Ich freue mich, dass du deine große Liebe wiedergefunden hast. Pass nur ein wenig auf, Gott schütze dich.«

Sie wandte sich von ihr ab. Erstaunt sah Amiranth zu, wie sie ihr Pferd wendete und sich an Augustins Seite gesellte. Gemeinsam ritten alle unter Fanfarenstößen, die vom Wehrgang schallten, aus dem Burghof.

* * *

Sie hielt sich von ihren Gemächern fern, bis es sich nicht mehr länger aufschieben ließ und es lächerlich gewesen wäre zu leugnen, dass es Nacht geworden war und alle Bewohner der Burg mittlerweile in Schlaf versunken waren. Tristans Männer lagen verstreut auf Bänken, auf den Binsen und in der Nähe der Kamine in der großen Halle. Pagen und Knappen lagen wie Welpen aneinander geschmiegt in den Ecken. Amiranth hatte den Eindruck, dass die Hunde im Bergfried dabei im Vorteil waren: sie kuschelten bei jedem, um etwas Wärme zu ergattern. Einige hoben ihre Köpfe, um sie zu beobachten, als sie durch die Türen ging.

Tristan würde nicht hier bei seinen Männern schlafen. Sie wusste, dass er den Luxus seines Zimmers zu schätzen wusste und dass er sein weiches Bett sowie die Privatsphäre, die sonst nur noch ihre eigenen Gemächer zu bieten hatte, nutzte ….

Er hatte einen Schlüssel. So sehr sie den Gedanken auch hasste, hatte sie doch keine Möglichkeit, ihn davon abzuhalten, ihn zu benutzen.

Ohne die Unruhe, die die Gäste mit sich gebracht hatten, wirkte der Bergfried viel leerer als zuvor. An so einem weitläufigen Ort war es nicht weiter verwunderlich, wenn man sich etwas unbedeutend fühlte, auch wenn sie die Herrin dieses Ortes sein sollte. Doch Amiranth fürchtete sich nicht vor dem Unbedeutendsein, sondern es störte sie, dass jetzt weniger Menschen, weniger Ablenkung, weniger Schutz zwischen ihr und Tristan standen. Auf leisen Sohlen huschte sie in ihr Zimmer, wobei sie sich bemühte, so wenig Lärm wie möglich zu machen. Im Kamin brannte ein Feuer, und jemand hatte das Bett für sie aufgeschlagen.

Tristan saß in einem Sessel neben dem Feuer und war in die Betrachtung von etwas, das er in seiner Hand hielt, versunken. Er schaute nicht auf, als sie eintrat. »Mylady«, begrüßte er sie sehr zurückhaltend.

Er trug wieder einen Hausmantel. Er bestand aus einem dunkelgrünen Wollstoff und war am Saum mit einem schmalen Muster in Gold und Türkis verziert. Tristan hatte ihn nur nachlässig gegürtet, sodass zu sehen war, dass er keine Tunika darunter trug. Der Mantel enthüllte seine breite Brust und die Muskeln, die vom Schein des Feuers deutlich hervorgehoben wurden.

»Diese Stickerei ist hervorragend«, meinte er zu ihr und schaute endlich auf. Sie brauchte nicht näher heranzutreten, um zu sehen, was er in der Hand hielt: es war ihre Stickarbeit mit dem Schwan, die so alt war wie ihre Ehe. Eigentlich war sie sogar noch älter, denn sie war in den Nebeln ihrer mädchenhaften Vernarrtheit begonnen worden.

»Es ist spät«, sagte Amiranth.

»Ja.« Aber er erhob sich nicht aus dem Sessel. Sein Blick richtete sich wieder auf den Stoff, und es lag ein sehr ernster Zug um seine Lippen. Sie ging zu ihm und streckte die Hand nach dem Stoff aus. Er achtete nicht auf ihre Geste. »Woher kenne ich das bloß?«, fragte er nachdenklich. »Warum kommt es mir so bekannt vor?«

Sie streckte weiterhin ihre Hand danach aus. »Du sagtest, du hättest es auf Safere gesehen.«

»Ja. Aber das ist es irgendwie nicht. Könnte ich es schon vorher gesehen haben?«

»Nein.«

Unter seinen Wimpern hervor warf er ihr einen Blick zu. Sein Gesichtsausdruck veränderte sich wieder, sein schurkisches Lächeln blitzte auf. Seine Finger legten sich um die Ränder des Stoffes, zogen ihn straff und ließen dann wieder locker. Dann strich er mit gleichmäßigen Bewegungen darüber, die sie aus irgendeinem Grunde beunruhigend fand. Amiranth beugte sich vor und entwand ihm den Stoff.

»Ich möchte, dass Ihr geht, Mylord.«

»Ich möchte aber nicht gehen«, erwiderte er und ließ sich entspannt zurücksinken. »Ich finde es hier sehr bequem.«

»Und wirst du auch die Nacht in diesem Sessel verbringen?«, fragte sie sarkastisch.

»Oh nein.« In seiner Stimme lag ein unterdrücktes Lachen. »So bequem ist es nun auch wieder nicht. Noch nicht.«

Sie stieß einen frustrierten Seufzer aus, wendete sich abrupt von ihm ab und trug die Stickerei zum Körbchen, das sie auf einem Seitentisch stehen gelassen hatte. Sie rollte den Stoff zusammen und legte ihn hinein.

Ohne Vorankündigung stand er plötzlich hinter ihr, legte seine Hand auf ihre und hielt sie zurück. Seine Hitze, die sie an ihrem Rücken spürte, gab ihr ein wohliges Gefühl. Sie blickte hinunter auf das Körbchen und versuchte, alles Denken und Fühlen auszuschalten. Trotzdem spürte sie ihn dicht hinter sich, sah seinen Arm, der ihrem gefolgt war, und die Farbe seines Ärmels, der sich über ihren Unterarm legte.

»Du bist sehr begabt«, sagte Tristan, während seine Hand immer noch ihre bedeckte, sie dann umdrehte, sodass ihre Handflächen aneinander lagen. Die Stickarbeit entglitt ihren Fingern und fiel neben das Körbchen, wo sie sich entrollte, sodass man das ganze Motiv sehen konnte. Angestrengt starrte Amiranth nach unten und konzentrierte sich auf den See, den Schwan und die Sterne. Sie hatte den Silberfaden verschwenderisch auf der ganzen Stickerei eingesetzt, sodass der ganze Stoff jetzt vor der umgebenden Nacht zu glitzern schien.

Sie wusste nicht recht, was aus diesem funkelnden Stück Stoff eigentlich werden sollte. Sie hatte ganz klein angefangen. Es war ein Tagtraum, den sie zusammengestickt hatte und der mit den Jahren immer größer und aufwändiger geworden war. Es war jetzt fast so groß wie zwei Kissen zusammen oder wie ein Altartuch, doch sie war immer noch nicht fertig. Sie wusste nicht, wann sie in der Lage sein würde, es zu beenden.

Tristan war noch dichter an sie herangetreten, während er seine Finger mit ihren verschlang. Sein Körper war ihr jetzt ganz nah, und sie spürte seinen Atem an ihrer Schläfe. Sie wagte es nicht, sich zu bewegen. Sie wagte es nicht, den Kopf zu drehen.

»Ich habe vor langer Zeit mit der Arbeit daran begonnen«, erklärte sie, um für Ablenkung zu sorgen, während sie sich auf den Schwan konzentrierte. »Es ist tatsächlich schon Jahre her. Bevor wir heirateten, bevor die Pest kam und alle starben.«

Seine Lippen glitten über die Stelle, wo sie seinen Atem gespürt hatte. Es war eine ganz leichte, flüchtige Berührung. Die andere Hand hatte er irgendwann um ihre Taille geschlungen, sodass sie sich nicht rühren konnte.

»Das bist du«, erklärte Amiranth, während sie gegen den Drang kämpfte, die Augen zu schließen und sich an ihn zu lehnen. Sie entzog ihm ihre Hand und legte sie auf den Stoff, um auf den eleganten Schwan zu weisen, der über einen saphirblauen See glitt. »So habe ich dich immer gesehen.«

Tristan hielt inne. Seine Lippen lösten sich von ihrer Schläfe, doch er zog sich nicht zurück. »So?«, fragte er völlig verwirrt. »So hast du mich gesehen?«

Ihre Stimme wurde leiser. »Bei Hofe habe ich dich immer aus der Ferne beobachtet. Ich habe dich bewundert. Du wirktest so gut aussehend auf mich. So allein. In meiner Vorstellung sah ich dich unter einem von nächtlichen Sternen übersäten Himmel. Du warst … unberührbar.« Amiranth verfiel wieder, diesmal länger, in Schweigen. Sie spürte, wie er den Kopf senkte und die Stickerei noch einmal betrachtete. Verlegen griff Amiranth danach und warf sie zurück ins Körbchen.

»Es war nur so eine mädchenhafte Vernarrtheit. Beachte es einfach nicht.«

»Was ist, wenn ich das aber möchte?«, fragte er mit sanfter Stimme.

»Dann bist du ein noch größerer Narr, als ich es damals war.« Sie löste sich aus seiner Umarmung. »Ich führe es jetzt nur deshalb zu Ende, weil es mich ärgern würde, wenn ich es nicht fertig stelle.«

»Und wie siehst du mich jetzt, Amiranth?«

Sie bemühte sich, ein kühles Lächeln aufzusetzen. »Ich würde an deiner Stelle lieber nicht fragen.«

Er trat zu ihr, und das Licht hüllte ihn völlig ein, versah sein Gesicht mit strahlenden Farben und ließ seine Augen hell leuchten. Sie wich zurück, bis sie merkte, was sie da tat, und stehen blieb, um die Stellung zu halten. Er lächelte sie mit einem abwesenden Blick an und nahm sie dann bei den Schultern, wobei sich seine Finger fest auf ihr Fleisch legten. Er senkte den Kopf. Er drückte einen Kuss auf ihre Schulter, genau an die Stelle, wo ihr Kleid aufhörte. Eine Hand glitt über ihren Rücken nach unten und zog sie dichter an ihn heran. Die nächsten Worte hauchte er gegen ihre Haut.

»Aber ich frage trotzdem.«

Sie schluckte und ballte weiterhin ihre Hände in den Falten ihrer Röcke. »Hör auf.«

»Wie siehst du mich jetzt?«, wiederholte er seine Frage hartnäckig, während er sie wieder küsste und eine heiße Spur aus Küssen auf ihrem Hals hinterließ.

»Ich …« Sie konnte ihren Gedanken nicht zu Ende führen. Er hatte ihn ihr genommen, hatte ihr jede Vernunft genommen mit seiner Berührung, dem Gefühl seiner Lippen auf ihr, dem sanften Hauch seines Atems, der sie wärmte.

»Dann wollen wir faire Bedingungen schaffen. Ich werde dir zuerst sagen, was ich sehe«, sprach er mit samtig weicher Stimme. »Eine außergewöhnlich schöne Frau mit einem freundlichen Herzen und dem schnellen Verstand eines Strategen. Eine Frau, die ich nie vergaß, nicht einmal im Tod, Amiranth. Die Frau, die ich liebe.«

»Lügner.« Ihr schwindelte von ihm, sie brannte. »Du liebst mich nicht.«

»Komm mit«, raunte Tristan, während er sie an sich drückte und mit sich zog, sodass sie kaum spürte, wie ihre Füße sich bewegten. Er führte sie nicht zu ihrem Bett, sondern quer durchs Zimmer zur Tür, die in seine Gemächer führte. »Ich kann es beweisen.«

Unter dem Türbogen hielten sie an. Er legte seine Hände um ihr Gesicht und küsste sie. Dieser Kuss war nicht so sanft wie die vorherigen, sondern von einem Hunger erfüllt, der etwas in ihr weckte, an das sie nicht denken wollte. Sie klammerte sich an die letzten Reste von Verstand, die ihr noch geblieben waren, und versuchte, seinem süß lockenden Ruf nicht zu erliegen.

»Oberflächlich wie alle Männer. Als ich noch unscheinbar war, hast du mich nicht so gern gemocht.«

Das verletzte ihn. Sie konnte es sehen. Aber er verbarg es gut, und außer dem kurzen Aufblitzen in seinen Augen war kein Hinweis auf seinen Schmerz zu erkennen. Seine Stirn sank gegen ihre. Sein Gesicht verschwamm vor ihren Augen. »Amiranth.« Seine Stimme klang tief, fast trauernd. »Ich habe mich selbst nicht gemocht.«

Ehe sie darauf etwas erwidern konnte, gab er ihr schon wieder einen schmerzhaft zärtlichen Kuss. Unruhe packte sie. Ihr war zu heiß in ihrer Haut, ihr Kleid saß zu eng. Sie wollte mit ihm weitergehen, aber andererseits auch wieder nicht. Er nahm ihr die Entscheidung ab, indem er sie plötzlich hochnahm und durch sein Zimmer zum Bett trug.

Es war genauso gewaltig wie der Bergfried und

passte zum Herrscher über solch einen Ort. Es war schwer und alt, aus dickem, dunklem Holz und eigenen Vorhängen. Keine hauchzarten Gespinste, sondern ein glänzender Goldbrokat, der in üppigen Falten bis zum Boden reichte. Sie spürte die Vorhänge an sich vorbeistreichen, als sie an ihnen vorbeiglitten. Dann war sie im Bett selbst und versank förmlich in den duftenden Pelzen und dicken Decken. Ihre Hände glitten über etwas, was sie nicht sofort erkannte: Rosenblätter, die über die Laken gestreut waren.

Stirnrunzelnd beobachtete sie, wie rosafarbene, cremefarbene und dunkelrote Kleckse durch ihre Finger rieselten.

Tristan ließ sich so dicht neben ihr auf das Bett sinken, dass sich die Falten seines Hausmantels dunkelgrün über ihr Kleid legten. Er griff nach dem Verschluss ihres mit Juwelen besetzten Gürtels, doch sie hielt ihn auf. Ihre Blicke trafen sich, während ihre Hand angespannt auf seiner lag.

»Du sagtest, ich könnte«, rief er ihr ganz sachlich in Erinnerung.

Das hatte sie. Aber so hatte sie es sich nicht vorgestellt und gemeint – in seinem weichen Bett, mit Blütenblättern und der lockenden Berührung seines Körpers an ihrem. Seine Hand bewegte sich ohnehin. Er wartete nicht auf ihre Antwort, sondern löste seine Hand aus ihrem Griff und wandte sich wieder dem Verschluss ihres Gürtels zu. Es war kein komplizierter Verschluss, er ließ sich leicht lösen. Der Goldbrokat umrahmte ihn wie die schimmernde Krone eines heidnischen Königs.

Der Gürtel öffnete sich. Er zog ihn heraus und drückte einen Kuss auf die Stelle an ihrer geschwungenen Taille, wo er gewesen war. Dann nahm er sie bei den Händen und half ihr, sich aufzusetzen, sodass sie einander im heidnischen Bett gegenübersaßen. Wortlos legte er seine Arme um sie, und ohne sie zu küssen, versank sein Blick voller Verzückung in ihren Augen. Sie spürte seine flinken Finger auf ihrem Rücken, die die Verschnürungen fanden und sie lösten. Die Enge ihres Kleides schwand, es wurde über ihren Kopf gezogen und flatterte zu Boden. Sie trug jetzt nur noch ein dünnes, flauschiges Unterkleid aus weißer Wolle. Seine Hände streiften, sie kaum berührend, über Schultern und Brüste. Ihren Bauch und ihre Schenkel und dann wieder nach oben, wobei er mit erregenden kreisenden Bewegungen ihre Formen nachfuhr. Sie war nicht in der Lage, den Blick von seiner Hand und der gebräunten Haut auf dem weißen Stoff zu lösen.

»Wie siehst du mich jetzt, Amiranth?«, raunte er dicht neben ihrem Ohr. Seine Lippen berührten sie dort, fanden ihr Ohrläppchen und zogen sich wieder zurück. Streichelnd fuhr seine Hand über ihr Bein nach unten. Seine Hände lagen flach auf ihrer Haut und glitten tiefer und tiefer über ihre Waden und ihre Knöchel. Ganz vorsichtig hob er einen beschuhten Fuß, dann war der Schuh fort. Dann der andere Fuß. Er strich wieder über ihre Waden und schob dabei ihre Tunika nach oben, sodass er die schlichten, warmen Strümpfe, die sie trug, enthüllte. Er griff sich eine Hand voll Rosenblätter und ließ sie über ihren Körper rieseln.

»Ich sehe einen Traum«, murmelte er, während er seine Hände und die Rosenblätter beobachtete. »Ich sehe meine Träume. Wie siehst du mich?«

Sie konnte nicht antworten. Der Hals war ihr wie zugeschnürt.

Sie konnte überhaupt nichts sagen. Finster und wild schaute Tristan zu ihr auf. Sie kannte jetzt diesen Blick bei ihm. Ja, das tat sie.

Sein Mantel öffnete sich noch weiter und wurde nur noch von der Schärpe, die als Gürtel diente, gehalten. Die Muskeln an seinem Bauch zogen sich zusammen, während er sich bewegte. Sie erhaschte einen Blick auf seine Schulter, glatte Haut und feste Muskeln.

Langsam ließ er einen Finger unter ihr Strumpfband gleiten und prüfte die Festigkeit des Sitzes. Dann zog er es herunter, streifte es ihr ab und warf es in den schattigen Raum. Unter seinen Handflächen rollte er den Strumpf nach unten, während seine Finger in einer unmerklichen Liebkosung über das zarte Fleisch ihrer Schenkel glitten. Über die ganze Länge ihres Beins erforschte er ihre Formen, die unter dem schlichten Material verborgen gewesen waren.

Sie biss sich in die Unterlippe, als er das Ganze auch mit ihrem anderen Bein tat, und sie konnte das leichte Beben, das sie erfasste, nicht unterdrücken.

Nachdem ihre Strümpfe ausgezogen waren, begann Tristan, ihre Tunika nach oben zu ziehen, bis ihr keine andere Wahl mehr blieb, als die Arme zu heben, um ihm zu helfen. Wieder überrollte sie ein Schaudern, als er fertig war. Nichts verhüllte mehr ihre Schönheit, als sie zwischen den Decken saß und seine Wärme auf ihrer Haut spürte. Amiranth verschränkte die Arme über ihrer Brust, doch dann ließ sie sie wieder sinken, denn sie war entschlossen, nichts von ihrer Schüchternheit zu zeigen und ihn nichts von jener geheimen Glut wissen zu lassen, die in ihr zu erwachen begann.

Wenn er ihre Reaktion bemerkt hatte, so ließ er sich davon nichts anmerken. Seine Hände und sein Blick hatten sich ihrem Haar zugewandt, das seit dem Morgen in einem festen Knoten hochgesteckt war. Er löste die Nadeln sehr vorsichtig, indem er eine nach der anderen herauszog, bis ihr Haar offen über ihre Schultern und Arme herunterwallte und half, sie zu verhüllen. Die Nadeln gesellten sich zu ihren Schuhen auf dem Boden.

Jetzt hielt er inne, um sie ganz ungeniert zu betrachten und jede Einzelheit von ihr zusammen mit den Rosenblättern und dem offenen Haar in sich aufzunehmen. Es war eine lang währende, kühne Musterung, die sie ungewollt erröten ließ. Dann drehte er sich um, und sie sah nur noch seinen in grünen Stoff gehüllten Rücken, von dem sich sein schwarzes Haar abhob. Als er sich wieder umdrehte, hielt er etwas in der Hand. Eine Schüssel aus poliertem Silber. Er griff hinein, seine Finger waren dunkel gefärbt und feucht, als er sie wieder herauszog. Zwischen den Fingerspitzen hielt er eine glänzende Brombeere. Er beugte sich zu ihr und hielt sie an ihre Lippen. Amiranth schmeckte den Saft, der in ihren Mund floss.

Sein Blick wirkte fast schläfrig und war ganz auf die Beere und ihre Lippen gerichtet. Jener schurkische Gesichtsausdruck blitzte kurz in seinen Augen auf.

»Ich sehe meine Träume«, sagte Tristan wieder langsam und nachdenklich, als könne er sich nicht völlig sicher sein.

Sie öffnete den Mund, sie wollte Einspruch erheben, irgendetwas sagen, aber stattdessen spürte sie die saftige Brombeere, die ihre Zunge berührte, und seine Finger an ihren Lippen. Sie war süß und saftig und ganz reif. Sie hatte keine andere Wahl, als sie anzunehmen. Er holte ihr eine weitere, die er ihr wieder an die Lippen hielt. Amiranth zögerte und war sich unsicher, ob sie weitermachen sollte und was das bedeuten würde. Aber sogar während sie zögerte, blickte er ihr tief und gebieterisch in die Augen.

Während sie die Beere aß, beobachtete sie, wie er sehr sinnlich und wissend lächelte. Als er sich zu ihr neigte, blieb sie vollkommen still sitzen. Ihre vom Saft befeuchteten Lippen fanden sich. Sofort bemerkte sie den Geschmack der Beeren und seinen Geschmack und schien nicht mehr atmen zu können. Mit den Zähnen zupfte Tristan zart an ihrer Unterlippe, dann vertiefte er den Kuss und fand ihre Zunge. Er ermutigte sie, seinen Kuss zu erwidern.

Er bewegte sich. Sie spürte seine Finger, die sich sehr kühl anfühlten, und als sie nach unten schaute, sah sie, dass er noch mehr Beeren genommen hatte und mit deren dunklem Saft über ihren Körper strich.

Wie siehst du mich?

Er senkte den Kopf, um der Spur des Saftes zu folgen. Mit weicher Zunge leckte er über ihre Haut, saugte an ihren Brüsten und dann voller Glut an ihren Brustwarzen. Sie sah, wie sich ihre Hände hoben und sich ihre Finger in seinem Haar vergruben, um ihn festzuhalten. Tiefblaue Kreise zierten ihre Haut mit seinem Zeichen. Gierig klammerten sich seine Hände an sie, und elegante Finger strichen über ihren Bauch und tiefer.

Wie sah sie ihn?

Wie ein im Dunkel flackerndes Feuer, ein schmerzhaftes und gewolltes Brennen.

Sie lag flach auf den Decken und streckte den Kopf nach hinten. Sie spürte ihn, seinen schlanken, muskulösen Körper, der nun keinen Mantel mehr anhatte. Sie spürte all die Dinge, die sie noch nicht kannte und die sie kennen lernen wollte. Er legte sich auf sie, und sie spürte den verlaufenden Saft der Beeren, die zwischen ihnen zerdrückt wurden. Er fand ihre Lippen; er schmeckte nach ungezähmten Dingen, nach Wildnis und fruchtigem Zucker.

Wie der Wind, eine Macht, die sie nicht beherrschen, sondern nur spüren konnte.

Ihr Körper wölbte sich dem seinen entgegen und genoss sein Gewicht, seine festen Muskeln und deren geschmeidige Anspannung. Das tiefe Pochen jener geheimen Glut, die sie schon fast vergessen hatte, wurde heftiger und überwältigender. Sie presste ihre Lippen auf seine Schulter und sah ihre Hände, die der Saft der Beeren zierte. Jene flüssige Süße, die sich auf ihn und seine Zunge übertrug, ihn fand und seinen wilden Herzschlag spürte, als sie mit ihren eigenen Erkundungen seines Körpers begann.

Wie Satin, wie Stahl.

Rosenblätter klebten an ihrer beider Körper und erfüllten die Luft mit ihrem betörenden Parfum. Sie bewunderte den nach unten hin schmaler werdenden Rumpf ihres Gemahls, seine langsamen, sicheren Bewegungen, während alte Erinnerungen wieder erwachten. Doch schöner, besser als damals war jetzt alles, und ihre eigenen heimlichen Träume kehrten zurück, die diesmal kein trauriges Ende nehmen würden.

Gemeinsam setzten sie sich auf. Sie küssten einander, während seine Hände über ihren Körper glitten und sie noch enger an ihn zogen. Sie merkte, wie sich seine Beine um sie schlangen, ihre eigenen Beine lagen bereits um seine Taille, und sich ihre Oberkörper gegeneinander pressten, während jener harte, drängende Körperteil von ihm steif an ihrem Bauch lag.

Wie Sonnenlicht über einer nebligen Landschaft, zu hell und schön, um hinschauen zu können.

Sie betrachtete sein gut geschnittenes, schönes Gesicht, mit dem er ihr aus glitzernden schwarzen Augen ein teuflisches Lächeln zuwarf. Er legte seine Hände um ihre Pobacken und zog sie, sich an ihr reibend, an sich. Die brennende Glut in ihr wurde übermächtig und verwandelte sich in flüssige Lava. Sie hielt ihn fest. Sie warf ihren Kopf zurück und schloss die Augen, während sich auch auf ihrem Gesicht ein wildes Lächeln ausbreitete, als Tristan sich über sie beugte und wieder von ihr kostete.

Wie das mächtige und süße und salzige Meer, bitter und sauber und völlig atemberaubend.

Leicht, fast schwerelos bewegten sie sich miteinander, und sie lag von tiefem Verlangen erfüllt wieder auf dem Rücken inmitten der Rosenblätter, während er mit ihren um seinen Leib geschlungenen Beinen auf ihr lag. Schnell drang er mit einem köstlichen Stoß in sie, und es tat überhaupt nicht weh, nicht wie damals. Sie hatte noch nicht einmal Zeit zusammenzuzucken. Da war nur ein seltsames Brennen neben der Freude und dann noch nicht einmal mehr das … da war nur noch dieses wunderbare Gefühl von ihm in ihr. Mit langsam gleitenden Bewegungen fand er ihren Rhythmus, der immer schneller wurde und ihr Verlangen noch höher schraubte.

Wie die Sonne selbst, jenseits aller Vorstellungskraft.

Ihre Glieder verschlangen sich miteinander, als wollten sie bis in alle Ewigkeit so miteinander verbunden bleiben. Da waren Rosen und Zucker und ein heftiger, immer stärker werdender Schmerz, den sie nicht benennen konnte. Da war der wilde, heidnische Tristan mit dem schwarzen Haar und den dunklen Augen vor dem Stoff aus Goldbrokat. Sein Körper war es, der auf ihr lag. Seine Zähne an ihrer Haut, seine Worte, abgerissene Laute, die sie nicht verstand. Atemlos nannte er ihren Namen – ihren richtigen Namen – voller Verehrung.

Wie ihre Seele.

Unter wilden Erschütterungen und hell strahlender Freude brach sie unter ihm auseinander. Sie spürte, wie er seine eigene Erlösung fand und sie, noch tiefer in sie hineinstoßend, noch enger an sich zog, während sich seiner Kehle ein fast qualvoller Laut entrang. Sie schlang ihre Arme fest um ihn und hielt ihn, während sie ihr Gesicht von ihm abwandte, damit er nicht sah, was in ihren Augen lag.

Wie Liebe.

* * *

Tristan betrachtete seine mit Rosenblättern übersäte Frau beim Schlafen. Überall auf ihrem Körper hatte er seine blauvioletten Spuren hinterlassen. Beide waren sie am ganzen Körper mit kunstvollen Mustern aus weichen Blütenblättern bedeckt. Mittlerweile war es tiefe Nacht geworden, und trotzdem konnte er sie immer noch sehen. Sie strahlte heller als die Sonne, und sie schimmerte wie Bernstein und Elfenbein. Er hielt sie in den Armen und genoss ihre Wärme unter den duftenden Decken.

Seine Träume waren wahr geworden. Ob es nun Schicksal war oder einfach nur Glück, konnte er nicht sagen, aber es kümmerte ihn auch nicht. Alles, was ihm etwas bedeutete, war jetzt hier bei ihm. Die vergangenen acht Jahre waren nur noch ein ferner Alptraum. Sie schlief ganz tief und fest, während Tristan seine stille Nachtwache hielt und jede Einzelheit an ihr bewunderte.

Seine Frau. Amiranth.

Die Nachtigall draußen vor dem Fenster stimmte ein fröhliches Lied an, als er, sie an sich ziehend, wieder auf das Bett sank.

14

Tristan war versucht zuzulassen, dass Amiranth ihm am nächsten Morgen aus dem Weg ging. Er musste aufstehen, ehe sie erwachte, und beim Frühstück schien sie nervös zu sein. Sie wich seinen Blicken aus, und ihre Wangen waren gerötet.

Durch Zufall oder mit Absicht hatten sich einige Strähnen aus ihrem Knoten gelöst. Sie lockten sich an der Seite ihres Gesichts wie dunkles Gold vor einer köstlich geröteten Wange. *Nur Haar,* dachte er plötzlich, als er sich wieder an ihre Worte erinnerte. Doch er würde nie so darüber sprechen, nicht über diese Fülle bernsteinfarbenen Haars, das sie glänzend umrahmte. Er erinnerte sich wieder daran, wie es sich in der letzten Nacht angefühlt hatte. Wie Seide war es durch seine Finger geglitten und hatte wie lebendig gewordene Phantasien ausgesehen. Wie es sich auf seinem Gesicht angefühlt hatte, wie es geduftet hatte und wie sie zwischen diesen üppigen, blonden und warmen Schichten ausgesehen hatte. *Nur Haar,* hatte sie gesagt. Aber für ihn war es ein Teil von ihr und somit der Teil von etwas fast Unbegreiflichem, das aus üppiger Fraulichkeit, dem Versprechen von Zuflucht in ihren Armen und dem Entzücken der letzten Nacht sowie all seinen unausgesprochenen Träumen von ihr bestand.

Deshalb lächelte Tristan sie an der Tafel an und beschloss, ihre morgendliche Schüchternheit zu überwinden und sie in der Nähe zu behalten, damit ihre Finger sich berühren konnten. Er sprach mit Worten zu ihr, denen er fast keine Aufmerksamkeit schenkte, weil ihn die verblassten blauen Schatten auf ihrer Haut ablenkten, die er knapp über ihrem Ausschnitt erkennen konnte – Brombeersaft, den sie versucht hatte abzuschrubben, der aber immer noch zu sehen war.

Das ließ ihn wieder lächeln. Sie bemerkte es. Er beobachtete, wie sie tief Atem holte, und war von der neuerlichen Röte, die ihr in die Wangen stieg, völlig gefesselt.

Tristan war nicht der einzige Mann am Tisch, dem es auffiel. Bei einem zufälligen Blick sah er, dass sein Bruder Amiranth mit zusammengezogenen Brauen anstarrte. Einer der Hunde kam zu ihm und schnüffelte nach Essen, abwesend strich Liam ihm mit einer Hand über den Kopf, um ihn dann wegzuschieben und Amiranth immer noch gebannt anzusehen. Als er ganz langsam aufschaute, bemerkte er Tristans Blick.

Schnell schaute er wieder runter auf den Tisch. Als der Hund wieder kam, gab er ihm einen Klaps, ohne jedoch den Kopf zu heben.

Mit voller Absicht nahm Tristan Amiranths im Schoß liegende Hand und zog sie an seine Lippen. Als sie sich zu ihm umdrehte, umfing er ihr Gesicht und küsste sie auf die Lippen – hier in aller Öffentlichkeit, wo alle es sehen konnten.

Sie wich zurück, und die Röte ihrer Wangen vertiefte sich noch mehr. Es ließ sich nicht sagen, ob aus Leidenschaft oder Verlegenheit. Es spielte ohnehin keine Rolle. Er litt es nicht, dass ein Mann – irgendein Mann – dachte, er könne das Herz seiner Gemahlin erringen.

Das Mahl nahm seinen gemächlichen Fortgang mit schläfrigen Dienstboten, gähnenden Edelleuten und zwangloser Unterhaltung. Sogar die Hunde schienen in Lethargie verfallen zu sein. Viele Bewohner von Glynwallen erholten sich immer noch von den Anstrengungen der Feierlichkeiten der vergangenen Tage. Es würde noch eine Weile dauern, bis die Burg zu ihrer normalen Routine zurückfand.

Mit Hilfe von Silas James hatte Tristan im Stillen Pläne für jene dreisten jungen Ritter geschmiedet, die seinem Bruder gedient hatten. Er wusste, dass sie wegen der Veränderungen in ihrem Leben ruhelos und schlecht gelaunt waren. Er war gegenüber den scharfen Blicken, die ihm zugeworfen wurden, nicht blind, und er sah auch die Grüppchen aus Männern und Frauen, die ihn aus verstimmten Gesichtern anschauten. Im Grunde konnte er es ihnen noch nicht einmal übel nehmen, sie waren jung und ungestüm und kühner, als die Welt in ihrer Vorstellung war. Früher oder später würden sie dumm genug sein, mehr zu tun, als nur die bösen Gerüchte zu streuen, die ihm zu Ohren gekommen waren.

Solch verquere Gedanken würde er nicht dulden und noch weniger irgendwelche Schritte, die gegen ihn unternommen wurden. Er musste sich das überhaupt nicht bieten lassen. Er würde sie alle fortschicken, jeden Einzelnen von ihnen zusammen mit ihren Frauen, Pferden und Habseligkeiten und was sie sonst noch auf seine Burg gebracht haben mochten. Er würde Liam unter der Bedingung, dass sie alle für immer dort blieben, eines seiner Güter übertragen. Sollten sie sich doch fern von Glynwallen in ihrer Ablehnung suhlen. Vielleicht würde er ihnen Safere geben. Er musste angesichts der Ironie, die hinter diesem Gedanken steckte, lächeln.

»Mylord, ich habe eine Idee«, sagte sein Bruder ins leise Gemurmel der Unterhaltungen beim Mahl hinein.

Tristan konzentrierte sich wieder auf den Augenblick, nahm einen Schluck von seinem Ale und lud Liam mit einer Bewegung seiner Hand dazu ein fortzufahren.

»Ich habe mir überlegt, dass ich Glynwallen vielleicht verlassen sollte.«

Tristan stellte seinen Becher mit Ale auf den Tisch. »Tatsächlich?«

»Ja.« Der Blick, mit dem er Tristan in die Augen sah, schwankte nicht. Er schaute nicht einmal für einen kurzen Moment zu Amiranth, deren ganze Aufmerksamkeit nun auf ihn gerichtet war. »Es gelüstet mich zu reisen, und letztendlich brauchst du mich ja doch nicht hier.« Er sprach langsam, als würde er sich jedes Wort überlegen. »Einige der Ritter haben den gleichen Wunsch, wenn es Mylord genehm ist.«

Seine Überraschung verbergend, musterte Tristan ihn. »Ich sehe keinen Grund, weshalb ich das nicht erlauben sollte. Die Welt ist groß, Bruder.«

»Das ist sie«, stimmte Liam ihm jetzt etwas schneller zu. »Ich dachte, dass wir vielleicht durchs Land reisen könnten und eine Weile auf einem der Güter bleiben.«

Tristan nickte. »Auf welchem?«

»Welches dir recht ist. Vielleicht Merlyff, dachte ich.«

Amiranth setzte sich neben ihm gerader auf, während ihre Hände die Tischkante umklammerten. Liam sprach weiter, ohne es zu bemerken.

»Es ist ziemlich weit von hier entfernt, und ich fürchte, dass es eine Weile etwas vernachlässigt worden ist.«

»Und deshalb eine regelnde Hand gebrauchen könnte«, führte Tristan den Gedankengang für ihn zu Ende.

»Ja. So ähnlich habe ich gedacht.«

»Ich finde, das ist eine hervorragende Idee«, sagte er und übertönte damit Amiranths Keuchen. »Vielleicht brauchst du ja doch mehr als nur ein paar Männer. Vielleicht brauchst du … eine ganze Anzahl und ihre Frauen, um den Besitz wieder wohnlich zu machen.«

Liam hob die Brauen. »Meinst du?«

»Ja, das meine ich.« Tristan warf ihm einen abschätzenden Blick zu. »Ich denke sogar, dass dein Plan mit aller zu Gebote stehenden Eile durchgeführt werden sollte. Ich verabscheue den Gedanken, dass auf einem meiner Güter Misswirtschaft getrieben wird. Ich bin mir sicher, dass alles wieder seinen rechten Lauf nehmen wird, wenn du dort bist.«

Eine leichte Herausforderung lag in Liams Augen, als er Tristans Blick erwiderte, aber er schaute weg, als Amiranth mit sehr heller Stimme zu sprechen anhub.

»Merlyff. Ich habe viel von der Schönheit dieses Besitzes gehört. Vielleicht werde ich Euch dort Gesellschaft leisten, Lord Liam.«

Ein betretenes Schweigen breitete sich aus. Liam schien verwirrt, und die anderen Leute drum herum wirkten unsicher. Tristan drehte sich zu ihr um, und sie erwiderte seinen Blick hochmütig. Die Röte, die jetzt auf ihren Wangen lag, war eindeutig auf Zorn zurückzuführen.

»Ihr werdet immer herzlich willkommen sein, Mylady«, sagte Liam schließlich galant. »Aber es ist wirklich eine sehr lange Reise. Ich denke, es ist am besten, wenn Ihr mit Eurem Besuch so lange wartet, bis wir sichergestellt haben, dass alles in einem für Euch angemessenen Zustand ist.«

»Ja«, pflichtete Tristan ihm mit flacher Stimme bei. »Es wird eine Weile dauern, bis Mylady sich das Gut ansehen kann.«

Amiranth kniff die Lippen zusammen, ihre Augen blitzten vor Wut, als sie ihm ins Gesicht sah. Steif erhob sie sich, deutete einen kurzen Knicks an und verließ dann den Tisch und die Halle.

Tristan beobachtete ihr Gehen – alle starrten ihr nach. Dieses Mal gab es keine zungenfertigen Entschuldigungen für ihr Verhalten. Er versuchte es noch nicht einmal. Stattdessen kämpfte er gegen das Gefühl an, das ihn zu überwältigen drohte: eine heftige, unleugbare Eifersucht. Sie wollte nur das Gutshaus, sagte er sich. Es war nicht der Mann, sondern nur das Gut. Er hatte es ihr einst versprochen, genau genommen ihrer Cousine, und nachdem ihre Pläne nun durchkreuzt worden waren, hatte sie zurückgeschlagen. Sie zog es gar nicht wirklich vor, mit Liam zusammen zu sein statt mit ihm.

Doch die Eifersucht blieb. Es war Tristan unmöglich, seinen Bruder noch einmal anzuschauen, und deshalb sah er nicht den nachdenklichen Ausdruck auf seinem gut aussehenden jungen Gesicht.

* * *

Amiranth schritt davon und fand sich wütend außerhalb des Bergfrieds inmitten von Wolken und dem dichten morgendlichen Nebel wieder.

Wie konnte er es wagen! Wie konnte er es wagen,

ihr Gut wegzugeben, als wäre in der letzten Nacht alles zwischen ihnen geregelt worden. Das war es nicht! Die letzte Nacht war nur …

Sie wusste nicht genau, was die letzte Nacht gewesen war. Sie konnte es … würde es nicht sagen. Es war unabwendbar gewesen. Das wusste sie. Es war nur das geschehen, was geschehen musste, wie sie mit der Zeit erkannt hatte.

Nein, dachte sie und blieb neben der Mauer des Kornspeichers stehen. Sie belog sich selbst. Die letzte Nacht war überhaupt nicht das, was sie erwartet hatte.

Sie hatte gewusst, dass sie eigentlich nicht das Recht hatte, sich ihm zu verweigern. Er war ihr Ehemann, und deshalb hatte er alle Gesetze der Kirche und des Landes hinter sich. Es war besser, sich diesen Gesetzen zu unterwerfen und die Qualen zu vermeiden, die sie in seiner Gegenwart überfielen, jenes Verlangen nach ihm, das sie wieder und wieder versucht hatte zu unterdrücken.

Sie hatte gedacht, dass es wie beim ersten Mal sein würde. Qualvoll und demütigend und ein schrecklicher Schmerz, der Zeit brauchte, um zu heilen. Sie hatte das raue Ende ihrer süßen Träume fast herbeigesehnt. Ein Teil von ihr hatte sogar daran gedacht, dies als Waffe gegen ihn einzusetzen, den Schmerz zu erdulden und ihn wenn möglich in Hass zu verwandeln. Amiranth wollte immer noch diesen Hass. Er war ein schlichteres Gefühl als die Empfindungen, die sie in Wahrheit quälten.

Alles, was sie über die körperliche Liebe wusste, waren Erinnerungen aus ihrer Hochzeitsnacht. Wie hätte sie daraus schließen können, wie es wirklich zwischen ihnen sein würde? Rosenblätter und Brombeeren, Feuerschein und Pelze. Goldbrokat von allen Seiten, als Tristan zu ihr kam, sie berührte und sie all diese Dinge spüren ließ, solch aufwühlende Empfindungen, dass sie am liebsten geschrien hätte …

Vielleicht hatte sie das auch getan. Es war eine köstliche Verwirrung, die an diesem kühlen nebligen Morgen von ihr Besitz ergriffen hatte, eine Erinnerung, die wärmer und weniger greifbar war als der Nebel, durch den sie jetzt schritt.

Und ein Baby könnte daraus entstehen. Amiranth schlang die Arme um sich und gab sich Träumen hin, über das, was kommen könnte.

Sie hörte den Ruf des Wachtpostens über dem Tor, der einen Reiter in nicht allzu großer Ferne ankündigte. Durch den Dunst am Boden war niemand deutlich zu erkennen, ein Reiter hoch zu Ross nahm plötzlich vor ihr Gestalt an, um genauso plötzlich auch wieder zu verschwinden. Er war so dicht neben ihr, dass sie den Klang von beschlagenen Pferdehufen auf Stein hören konnte.

Sie hatte sich schon abgewandt, als sie die Stimme des Mannes hörte, dessen Worte durch den Nebel gedämpft wurden.

»Wo ist der Herr?«, fragte er drängend.

Ein Junge antwortete ihm, offensichtlich einer aus dem Stall, der sich um das Pferd kümmerte.

»In der großen Halle, Sir. Er frühstückt.«

»Und wo ist Tristan Geraint?«

Amiranth erstarrte, als sie erkannte, wer da sprach: Hugh Fletcher, der unzufriedene Kastellan.

Der Stalljunge schien verwirrt zu sein. »Das habe ich Euch doch schon gesagt, Sir. In der großen Halle.«

»Ich meinte Lord Liam, du dummer Junge«, knurrte der Mann.

»Ich glaube, der ist auch in der großen Halle.« Der Junge schien sich nichts aus der Beleidigung zu machen. Sie hörte das Klappern der Schritte des Pferdes, als er ging.

Stille. Entweder war auch der Kastellan verhüllt vom Nebel gegangen, oder er stand wie sie da und lauschte den Geräuschen, die aus dem Burghof drangen. Sie wartete und atmete durch den Mund, während sie verzweifelt versuchte, den Nebel mit ihren Augen zu durchdringen. Doch sie bemerkte keinen Mann vor sich, sondern sah Teile der Gebäude, die gelegentlich aus dem wabernden Nebel auftauchten und wieder verschwanden.

Sie konnte nicht erklären, warum sie plötzlich von dem Gefühl einer bevorstehenden Gefahr durchdrungen wurde. Sie konnte nicht erklären, warum ihr Hugh Fletchers Stimme einen Schauer über den Rücken jagte, warum sie plötzlich das Gefühl hatte, in den Bergfried zurückrennen zu müssen, um Tristan zu finden und ihm zu erzählen, was sich gerade zugetragen hatte. Sie wusste nur, dass irgendetwas Bedrohliches im Gange war und dass er es verdiente, darüber in Kenntnis gesetzt zu werden. Seit Tagen hatte sie nichts von dem alten Kastellan gehört. Lange vor den Feierlichkeiten war er verschwunden. Nur der Himmel konnte sagen, was für einen Schurkenstreich er sich in dieser Zeit ausgedacht hatte. Sie war mit Tristan nicht so weit gekommen, um sich jetzt alles durch die Ränkespiele eines entlassenen Dienstboten kaputtmachen zu lassen.

Amiranth ging durch den Nebel zurück zum Bergfried.

* * *

Liam Geraint war auf dem Weg zur Messe und ging den kalten Steinkorridor entlang, der zur Kapelle führte. Die Ritter und ihre Damen, denen er zu einer gewissen Stellung verholfen hatte, mieden seinen Blick, als sie an ihm vorbeigingen, und tuschelten darüber, was sie beim Frühstück mitbekommen hatten: dass sie gehen würden, dass er seinem Bruder nachgegeben hatte und den Besitz dem Usurpator und seinen plebejischen Wächtern überließ.

Liam biss die Zähne zusammen und ließ sie tratschen. Keiner würde es wagen, seine Entscheidung offen zu kritisieren und so das bequeme Leben aufs Spiel setzen, das Liam finanzierte. Sie konnten mit ihm kommen oder sich zum Teufel scheren, ihm war das egal.

Dass er Glynwallen aufgeben musste, versetzte ihn in schlechte Laune; den Titel zu verlieren war schon schlimm genug, aber die Burg, diesen wohlhabenden und befestigten Ort zu verlassen, den er sich zu Eigen gemacht hatte …

Trotz der Tatsache, dass Merlyff ein kleines Juwel unter den Landsitzen war, tröstete es doch nicht über das hinweg, was er verloren hatte. Aber ein kleiner Trost war besser als gar nichts. Er hatte keine andere Wahl. Die Gefahr, von anderen ständig überwacht zu werden, war zu groß. So sehr ihn die jetzige Situation auch ärgern mochte, so tat er doch gut daran, sich daran zu erinnern.

Er hörte schnelle Schritte hinter sich, dann spürte er eine Hand auf seinem Arm. Er drehte sich um und erkannte seinen Kastellan, der sich vor ihm verbeugte und ihm leise etwas zuraunte.

»Mylord! Mein geliebter Herr …«

»Wo zum Teufel bist du gewesen?« Gereizt schüttelte er die Hand des Mannes ab.

Schweißgebadet und mit rot geränderten Augen trat Hugh Fletcher näher. »Ich habe Neuigkeiten über Euren Bruder und seine Frau, Mylord. Besondere Neuigkeiten, ich habe Dinge in Erfahrung gebracht, die die beiden erledigen werden. Ich habe den Beweis, dass der Mann, der behauptet, Tristan Geraint zu sein, zumindest ein Lügner ist!«

Liam blickte sich schnell im Korridor um, dann zog er Hugh an die Wand und ließ die anderen vorbeigehen.

»Erzähl mir alles«, befahl er, und der Kastellan begann zu sprechen.

* * *

Tristan war nicht in der großen Halle. Auch sein Bruder war nicht dort. Amiranth sah, dass die Mahlzeit fast vorüber war. Nur ein paar wenige verweilten noch bei Porridge und Ale. Die Messe würde bald beginnen, aber sie nahm nicht an, dass sie ihn dort in der Kapelle finden würde. Wenn sie hinging, um nachzuschauen, würde sie gezwungen sein, an der Messe teilzunehmen, auch wenn er nicht da sein sollte. Da war es besser, zuerst alle anderen möglichen Plätze aufzusuchen, wo er sich aufhalten könnte. Sollte er doch bei der Messe sein, würden sie ohnehin nicht miteinander reden können.

Er war weder in seinen Gemächern noch in ihren. Die Leute starrten sie an, als sie vorbeiging. Ihre verstohlene Neugier kümmerte sie nicht. Sie hatte nicht die Zeit, sich darüber Gedanken zu machen. Sie konnte nicht einmal Tristans Haushofmeister finden. Wahrscheinlich nahm er doch an der Messe teil, entschied sie endlich und kehrte um, um zur Kapelle zu gehen. Auf dem Weg dorthin hielt sie Augen und Ohren offen, um Hugh Fletcher zu entdecken. Er war nicht zu sehen.

Ein letztes Mal warf sie einen prüfenden Blick in die große Halle und sah etwas, was ihr zuvor entgangen war: ein sich bewegender Farbklecks in den Tiefen des Söllers, der den Raum überspannte. Sie schaute genauer, um die verräterische Bewegung noch einmal zu sehen, und wurde schließlich belohnt. Gedeckte Farben und ein dunkles Gesicht. Ihr Ehemann stand dort oben im Schatten und blickte auf sie herab. Er ließ sich nicht anmerken, dass er sie sah.

Amiranth war noch nie auf dem Söller gewesen. Er war Tristans Bereich, und sie hätte sich bei dem Gedanken, sein Zimmer zu erforschen, nicht wohl gefühlt. Aber sie fand die schmale, gewundene Treppe mit Leichtigkeit. Sie endete in einem Treppenabsatz, vor dem sich eine fest verschlossene, schwere Holztür befand.

Sie öffnete die Tür. Ein stiller Ort, an dem keine Lampe brannte und der dem Söller auf Iving sehr ähnelte. Der Raum wirkte prächtig und kalt, und am anderen Ende standen lange Säulen. Ein einzelnes Fenster wurde von kunstvoll behauenen Pfeilern eingerahmt. Schwere Möbel, Wandbehänge, saubere Binsen und Stühle mit Kissen prägten das Gesamtbild. Es gab schön geschmiedete Kohlenbecken, in denen sich jedoch keine Kohle befand, mit Perlen eingelegte, geschnitzte Tische sowie ein Schachbrett mit schweren Marmorfiguren, die gespenstisch vor ihr aufragten.

»Mylord?«

Ruhig trat er hinter einer der Säulen hervor, wo er mit den Schatten verschmolzen war. Sie zögerte einen Moment, als er so plötzlich auftauchte, und versuchte herauszufinden, was sich an ihm verändert hatte, seit sie ihn das letzte Mal vor nicht allzu langer Zeit gesehen hatte. Er trug dieselbe mitternachtsblaue Tunika, die an den Rändern schwarz eingefasst war, dieselben Beinkleider, dieselben Stiefel. Auch der Ausdruck, der auf seinem Gesicht lag, hatte sich nicht verändert und strahlte Wachsamkeit und Vorsicht aus. Sein Haar fiel immer noch ungebärdig bis auf seine Schultern, und seine Augen waren immer noch genauso undurchdringlich.

Sie sah, dass er ein Schwert trug. Ja, ein breites Schwert mit einem schlichten Heft aus Silber, das in einer Scheide steckte, die tief auf seiner Hüfte hing. Seit dem Tag, als er von Safere aus nach Frankreich aufgebrochen war, hatte sie ihn nicht mehr so schwer bewaffnet gesehen. Sie wusste nicht, was für eine Bedeutung dieses Schwert hatte. Es passte nicht in die Eleganz dieses Raumes oder zu seiner schönen Tunika. Es war eindeutig eine Waffe, die für den Krieg, fürs Töten bestimmt war. Das Schwert in Verbindung mit seinem grimmigen Gesichtsausdruck ließ wieder das ungute Gefühl von vorhin in ihr aufsteigen. Er hob eine Hand und rieb sich, sie immer noch beobachtend, die Schläfe.

»Geht es dir gut?«, fragte sie, obwohl das überhaupt nicht das war, was sie hatte fragen wollen.

»Ja.« Er ließ die Hand sinken und legte sie locker auf das Heft seines Schwertes.

Sie erinnerte sich wieder an den Grund ihres Kommens. »Wir müssen miteinander reden.«

Ein sardonisches Lächeln legte sich auf seine Lippen und kündete von Gefahr. »Du wirst mich nicht verlassen, Amiranth.«

»Was?«

»Du wirst auf keinen Fall weggehen.« Er stieß sich von der Säule ab und trat mit jener dunklen Anmut auf sie zu, die er imstande war, jederzeit anzunehmen. Es war, als würde ein Schatten in ihm zum Leben erweckt werden, der nun hoch vor ihr aufragte und immer näher kam. »Du wirst weder nach Merlyff noch sonst wo hin ohne mich gehen. Du bist mein. Das war schon immer so. Denke ja nichts anderes.«

»Ich denke, was mir gefällt«, erwiderte sie, von dem warnenden Ton in seiner Stimme aus der Ruhe gebracht. Sie trat ein paar Schritte zurück, um etwas Abstand zwischen sie zu bringen. »Du kannst mir nicht befehlen, was ich zu tun habe.«

»Mein«, wiederholte er und legte mehr Bedeutung in dieses einzelne Wort, als sie je zuvor gehört hatte: Drohung, Feindseligkeit, Besitz, als würde etwas Finsteres aus ihm sprechen.

Er war nicht bei sich …

Liams warnende Worte kamen ihr wieder in den Sinn, in diesem Moment schienen sie genau zuzutreffen und nicht irgendwelche dahergesagten Worte zu sein. Tristan war tatsächlich nicht bei sich. Jetzt nicht und sonst vielleicht auch nie richtig. Er war so unbeständig wie ein Schatten, der sich im Wechselspiel des Lichts veränderte.

Er beobachtete sie mit einem unter dem kalten Funkeln seiner Augen kaum wahrnehmbaren Lächeln, das einen spöttischen Zug annahm. Er streckte eine Hand nach ihr aus. »Komm zu mir.«

Sie spürte, dass sie wie versteinert dort verharrte, wo sie stand. Sie war weder in der Lage wegzurennen noch zu ihm zu treten, um seinem geraunten Befehl Folge zu leisten.

»Amiranth«, sagte er und legte diesen ihm eigenen Schatten in ihren Namen. »Komm her.« Ihre Lippen teilten sich. Sie konnte die Worte nicht finden, die ihre Bestürzung, ihren plötzlich aussetzenden Herzschlag, jene prickelnde Furcht ausdrückten, die ihre Hände zu Fäusten ballten und sie in ihren Röcken verbergen ließen.

»Meine Gemahlin«, flüsterte er und tat selbst den ersten Schritt, während sein durchbohrender Blick sie nicht losließ. »Meine hochverehrte Gemahlin. Willst du mir weglaufen? Ist es das, was du willst?«

»Nein«, hauchte sie und schaffte es, noch einen Schritt zurückzuweichen.

»Nein«, ahmte er sie immer noch spöttisch und so leise und tödlich nach. »Nein, ich glaube auch nicht. Komm her, Amiranth, komm jetzt zu mir.«

Und hilflos leistete sie seinem Befehl Folge, denn sie hatte Angst, dass er sie doch nur einfangen und diese Schwärze in ihm auf sie loslassen würde, wenn sie es nicht tat, sondern sich umdrehte und wegrannte.

Sie blieb vor ihm stehen. Doch sie schaute ihm nicht in die Augen, die so seltsam leer waren, sondern betrachtete den Kragen seiner Tunika. Er war gesäumt und mit einem komplizierten Muster versehen. Das war etwas, das sie verstand, im Gegensatz zu seinem Gesicht, in dem der Blick einer verlorenen Seele zu sehen war. Er hob eine Hand, umfasste damit ihre Wange, strich dann über ihre Brüste nach unten zu ihrer Taille, um die er seine Finger legte und sie so zwang, den letzten Schritt auf ihn zu zu tun.

»So. Bist du jetzt zufrieden?«, fragte sie mit einer Stimme, die kaum bebte.

Er antwortete nicht. Seine andere Hand folgte

der ersten und legte sich um die andere Hälfte ihrer Taille, sodass seine Finger in einer eindeutigen Demonstration seiner Macht sie fast umschlossen. In dieser Haltung verharrten sie und standen dabei so dicht beieinander, dass sie fast seinen Herzschlag hören konnte. Ihr eigener Herzschlag raste wie ein gewaltiger Sturm durch ihren Kopf und konnte es mit der Furcht, die sie fest im Griff hatte, aufnehmen.

»Ich habe einmal einen Menschen getötet«, raunte Tristan dicht neben ihrem Ohr. »Eigentlich habe ich das mehr als einmal getan. Aber dieser besondere Mensch war mein Freund. Hast du das gewusst?«

Sie schüttelte den Kopf.

»Natürlich wusstest du das nicht. Ich habe es dir ja nie erzählt. Ich habe es nie irgendjemandem erzählt. Aber es ist die Wahrheit, Amiranth. Ich tötete ihn, weil er mich verraten hatte.«

Sie fand den Mut, seinem Blick zu begegnen. »War es dein Bruder?«, fragte sie und konnte es nicht fassen, dass sie es gesagt hatte.

Sein spöttisches Lächeln kehrte zurück, war aber keine Erleichterung. »Nein.«

»Ich …« Sie versuchte, sich von ihm zu lösen, aber er lockerte seinen Griff nicht. Er wurde eher noch fester und unnachgiebiger.

»Er war mein Freund. Du hast ihn mal gekannt. Sir Gilbert, ein Vasall von mir. Wir sind zusammen nach Frankreich gegangen.«

Vor ihrem inneren Auge erschien das Gesicht eines Mannes, der fast noch ein Junge gewesen war und sie mit ihrer Cousine verglichen hatte. Bei dem Gedanken an den Krieg hatte er gelacht.

»Wir wurden gemeinsam gefangen genommen«,

fuhr Tristan fort, »und gemeinsam eingekerkert. Wir haben alles zusammen gemacht, als Knappen gedient, gespielt, Frauen den Hof gemacht, miteinander gerungen. Aber was, glaubst du wohl, ist in Frankreich geschehen, meine geliebte Gemahlin? Was, meinst du wohl, hat er getan, als diese verdammten Franzosen zu uns in den Kerker kamen, wo wir an den Wänden festgekettet waren?«

Amiranth rührte sich nicht mehr. Sie konnte sich dem Bann seiner Augen, ihrer kalten Schwärze, seinem eisigen Anblick nicht mehr entziehen. »Ich weiß nicht«, wisperte sie.

»Verrat«, sagte er mit vor Kälte klirrender Stimme zu ihr. »Ihm entschlüpfte mein Name, und sie griffen ihn sich von seinen Lippen. Dann rissen sie ihn dafür in Stücke.« Seine Gesichtszüge wurden härter, nahmen fast einen grausamen Ausdruck an. Er war nur noch die Maske eines gut aussehenden Mannes, der ungezähmt im Dunkeln lauerte. »Deshalb habe ich es getan. Sobald sie fort waren, kam ich irgendwie zu ihm und tat es. Er litt, musst du wissen, das Blut, so viel verdammtes *Blut* …«

Sie schloss ihre Hände um seine Arme. »Du tust mir weh.«

»Sie hätten ihn langsam sterben lassen, deshalb verschaffte ich ihm einen schnellen Tod – ich konnte sein Stöhnen nicht ertragen – und er *dankte* mir dafür, als er starb. Er *dankte* mir …«

»Hör auf!«

Ihre Stimme brach und war schrill vor Furcht. Endlich schien es zu ihm durchzudringen, denn sein Griff lockerte sich, und dann ließ er sie ganz los. Er blinzelte mit den Augen und blickte stirnrunzelnd auf sie herab, während er sich wieder die Schläfe rieb. Sie wich zwei hastige Schritte vor ihm zurück. Sie wandte sich nicht ab, sondern starrte in sein Gesicht.

»Ich liebte ihn«, sagte Tristan leise zu ihr. »Ich hätte ihnen selbst gesagt, was sie wissen wollten, wenn er es nicht zuerst getan hätte.«

Sie zitterte, doch nicht aus Angst. Sie versuchte, das Gesicht des Mannes, der den Namen Gilbert getragen hatte, zu vergessen. Sie versuchte, die Vorstellung zu unterdrücken, wie er wohl im Tode mit Tristan an seiner Seite ausgesehen haben mochte.

»Ich weiß, was Liebe ist, Amiranth. Ich weiß das sehr gut. Du sollst wissen, dass ich dich liebe und dass du mich nicht verlassen wirst. Nie.«

»Ich würde dich nicht verraten«, sagte sie und versuchte, es wahr klingen zu lassen.

»Nein«, stimmte er ihr sanft zu. »Das würdest du nicht tun.«

»Mylord?«

Keiner von beiden drehte sich beim Klang der Stimme von der Tür um. Sie waren völlig ineinander versunken.

»Vergebt mir, Mylord.« Es war Liam.

Amiranth drehte sich schließlich um; Hugh Fletcher stand dicht hinter Tristans Bruder. Sein Blick war direkt auf sie gerichtet, und in seinen Augen funkelte es fast triumphierend.

»Ich wollte nicht stören«, sagte Liam sehr sanft. »Doch ich fürchte, dass ich eine recht dringende Angelegenheit mit dir besprechen muss.«

Besorgt in Anbetracht von Liams Tonfall und dem Blick des Kastellans schaute Amiranth schnell zu Tristan. Sie hatte ihm noch nichts gesagt, er war unvorbereitet. Sie hatte ihn warnen wollen, das war in diesem Moment untergegangen, und jetzt …

»Mylady«, Tristan nickte ihr zu. Das war ein deutlicher Hinweis, dass sie gehen sollte, und er beachtete ihren Blick nicht.

»Mylord«, erwiderte sie und trat zu ihm. »Ich würde lieber bleiben.«

Ablehnend kniff er die Lippen zusammen. Amiranth bewahrte die Haltung und beharrte darauf, dass er ihr in die Augen schaute. Schließlich tat er es. Die Gefühle, die sie dort sah, berührten sie so tief, dass sie es bis in die Zehen spürte. Zorn, Verwirrung, Aufruhr, Schmerz.

Er nickte ihr kurz zu. Mit halb gesenktem Blick drehte sie sich den beiden anderen Männern nicht ganz zu, damit diese nicht in ihrem Gesicht lesen konnten.

Verlegen lachend hub Liam zu sprechen an. »Tja. Das ist wirklich sehr unangenehm. Aber ich habe neue Informationen über deine Gemahlin. Seltsame Informationen.«

Amiranth blickte auf. Tristan trat hinter sie und legte eine Hand auf ihre Schulter. Es war nur eine leichte Berührung und nicht mit der schrecklichen Kraft vergleichbar, mit der er sie zuvor gehalten hatte.

»Was für Informationen?«, fragte er unbeteiligt.

»Mein Mann ist nach Safere gereist.« Er warf Amiranth einen Blick zu, der voller Bedauern war. »Was er dort entdeckte, war höchst verwirrend.«

»Lass mich raten«, meinte Tristan. Aus seinem Tonfall konnte sie auf seinen Gesichtsausdruck schließen, arrogant und gelangweilt. »Ein verlassenes Gut, keine Leute, keine bestellten Äcker oder Felder, kein Vieh. Es wurde vor Monaten von der Pest heimgesucht. Ich war da, Bruder. Das ist nichts Neues für mich.«

»Ja. Die Pest hat uns alle getroffen, fürchte ich. Aber vielleicht kannst du mir ja auch erklären, warum Mylady hier vor uns steht, wo doch auf Safere ihr Grab ist.«

Tristans einzige Reaktion darauf war eine kurze Anspannung in seinen Fingern, die so schnell vorüber war, dass sie sie sich auch nur eingebildet haben konnte.

»Es ist wirklich eine ganz seltsame Sache«, fuhr Liam scharf wie ein Falke fort, »dass die Dame noch lebt … oder dass du es zumindest behauptest.«

Amiranth hörte ihre eigene Erwiderung. Ihre Stimme klang selbstbewusster, als sie sich fühlte. »Ein einfacher Fehler. Die Frau, die in diesem Grab liegt, ist in Wahrheit meine liebe Cousine. Als die Pest Safere heimsuchte, waren viele davon betroffen. Ich war in ein nahes Kloster gereist, um dort um Gebete und göttlichen Beistand zu bitten. Sie starb, während ich fort war, der Totengräber war verwirrt.«

»Und der Steinmetz ebenso?«, fragte Liam freundlich.

»Es waren für uns alle verwirrende Zeiten, würde ich sagen.« Sie warf ihm ein eisiges Lächeln zu, das ein Spiegelbild der kalten Furcht in ihr war.

»So hat es sich zugetragen.« Tristan ließ seine Hand über ihren Arm nach unten gleiten. Die Blicke der beiden Männer folgten der Liebkosung und sahen, dass sich seine Finger wieder ganz leicht und entspannt um ihre Taille legten. »Ich muss daran denken, jemanden nach Safere zu schicken, um diesen traurigen Fehler zu korrigieren. Aber zerbrecht euch nicht die Köpfe über die Vergangenheit meiner Frau. Sie ist jetzt in Sicherheit bei mir.«

Es war eine in Samt gehüllte Herausforderung, die dennoch offensichtlich war. Amiranth spürte, dass ihr das Lächeln auf den Lippen eingefroren war, während sie darum betete, dass sie sich beugen und keine weiteren Beweise verlangen würden.

»Das ist eine wirklich traurige Geschichte«, meinte Lord Liam immer noch überaus freundlich. »Gott möge Eurer Cousine Frieden schenken, Mylady. Vielleicht wisst Ihr ja auch die Antwort auf ein anderes Rätsel, das mir keine Ruhe lässt.«

Sie wartete und achtete darauf, ruhig weiterzuatmen, damit man nicht sah, wie ihr Herz raste.

»Mein Mann hat unterwegs seltsame Geschichten gehört. Geschichten über ein Paar, das durch das Land reiste. Man bezeichnete sie als Diebe. Ein Mann und eine Frau – ein dunkler Mann und eine sehr helle Frau –, die von Stadt zu Stadt zogen, Lebensmittel mitgehen ließen, Pferde stahlen …«

»Wie überaus betrüblich«, meinte Amiranth, ohne eine Regung zu zeigen.

»In der Tat. Es ist sogar noch betrüblicher, wenn man bedenkt, dass es so scheint, als seien sie aus der ungefähren Richtung gekommen, in der Safere liegt, um sich langsam bis zu dieser Burg durchzuschlagen.«

»Was wollt Ihr damit sagen, Mylord?«

»Nach allem, was man hört, handelt es sich um gefährliche Diebe, Mylady. Lügner, Verbrecher, die vorgeben, etwas zu sein, was sie nicht sind. Seid Ihr ihnen vielleicht durch Zufall auf Eurer Reise begegnet?«

»Bestimmt nicht.« Tristans Hand hatte sich fester um ihre Taille geschlungen. Sie konnte sein Gesicht nicht sehen und somit nicht erkennen, ob er eher zornig war oder wie sie nur Angst hatte. Aus dem

Augenwinkel sah sie das Glitzern seines Schwertes, das lang und schwer an seiner Hüfte hing. »Ich verkehre nicht mit gewöhnlichen Dieben.«

»Eine Hure«, grollte Hugh Fletcher und brach damit sein Schweigen. »Sie sagten, sie sei eine Hure gewesen. Sie hat Geld und eine schöne Stute gestohlen, die genauso aussieht wie die, auf der Ihr reitet …«

Sie spürte, wie Tristans Hand sie losließ, und drehte sich zu ihm um, aber sie war zu langsam, und es war schon zu spät. Er hatte sein Schwert bereits laut rasselnd aus der Scheide gezogen. Der tödliche Stahl sauste blitzend durch die Luft und auf den Kastellan zu. Fletcher stolperte nach hinten, und Tristan folgte ihm leichtfüßig. Mitten auf der Brust des Mannes kam die Schwertspitze zur Ruhe.

»Ich kann nicht glauben, was ich gehört habe, Bauer. Wagst du es wirklich, meine Frau zu beleidigen?« Das Schwert schwankte nicht. Amiranth unterdrückte einen Schrei. Tristans ganze Aufmerksamkeit war bedrohlich auf den Kastellan gerichtet. Liam war schweigend in die Tiefen des Raumes zurückgetreten.

»Ich würde nie die Countess of Haverlocke beleidigen«, erklärte Hugh, und an seinem Tonfall war zu erkennen, was er damit meinte: *Dies ist nicht die Countess.*

»Mylord.« Amiranth trat dicht zu ihrem Gemahl. Sie behielt dabei die Klinge im Auge und wie sich die Spitze in die braune Tunika des Mannes bohrte. Tristan schenkte ihr keine Beachtung. All die Gefahr, die er vorher ausgestrahlt hatte, war wieder da und hatte jetzt in der schimmernden Klinge des Schwertes und der Art und Weise, wie seine

Finger, die um das Heft lagen, abwechselnd rot und weiß wurden, Gestalt angenommen. Doch als er sprach, klangen seine Worte sehr höflich.

»Ich weiß nicht, was Ihr auf Eurer Reise gehört habt. Es ist mir auch egal. Ich will, dass Ihr meinen Besitz verlasst. Jetzt. Und kehrt nie zurück, denn ich schwöre Euch, dass Ihr das bedauern würdet.«

Eine Weile starrten die Männer einander an.

Mit einer schwungvollen, eleganten Bewegung, die über den bedrohlichen Moment hinwegtäuschte, zog Tristan das Schwert zurück und schob es wieder in die Scheide. Er blickte zu Liam, der an einem Tisch lehnte, und die Worte, die er an ihn richtete, waren nicht weniger freundlich und höflich.

»Willst du dich deinem Spion anschließen, Bruder? Oder wirst du von heute an deine unziemlichen Gedanken für dich behalten?«

Liams Blick flog zu Amiranth und dann zum Kastellan, der unter seinem Bart fahl geworden war. Er richtete sich auf.

»Ich bitte tausendmal um Entschuldigung. Mir erschien die Sache sehr geheimnisvoll, doch Mylady hat alles aufgeklärt.«

Tristan nickte. »Welch eine hervorragende Schlussfolgerung. Wenn ich es mir recht überlege, Liam, denke ich, dass es am besten wäre, wenn du sofort nach Merlyff aufbrichst. Sammle deine Männer und mache dich bald auf die Reise, noch innerhalb dieser Woche.« Er warf einen Blick auf Hugh Fletcher. »Und eines sollte klar sein: Ich werde keinen Klatsch bezüglich der Countess dulden. Es scheint so, als würde ich immer in eine unerträgliche Stimmung geraten, wenn es um meine Gemahlin geht.«

Ohne sich auch nur zu verbeugen, gingen Fletcher und dann Liam, bis nur noch Amiranth da war, die ihren Ehemann anstarrte und sich über das schmallippige, grimmige Lächeln auf seinem Gesicht wunderte.

* * *

In dieser Nacht kam er nicht zu ihr.

Sie hatte sich vor seinem Besuch gefürchtet; sie hatte sich danach gesehnt. Amiranth kannte kaum noch ihre eigenen Gedanken. Tristan hatte ihre Gefühle von innen nach außen gekehrt; sie kannte ihn und auch sich selbst nicht mehr.

Er hatte gesagt, er würde sie lieben. In jenem höchsten Moment der Gefahr im Söller hatte sie ihm endlich Glauben geschenkt, wie hätte man auch sonst den Ausdruck seiner Augen, die schreckliche Trauer und die Wut, die dort zu sehen waren, erklären sollen? Wie hätte man sonst sein Verhalten, die Worte und Handlungen eines Mannes, der völlig außer sich geraten war, erklären sollen?

Er hatte gestanden, ein Mörder zu sein. Doch sie fürchtete sich nicht vor ihm, nicht in dieser Weise. Er hatte so Schreckliches durchgemacht, dass sie es sich noch nicht einmal in ihren schlimmsten Alpträumen vorstellen konnte. Sein Leben war ihm so gewiss geraubt worden, wie man ihn ihr entrissen hatte. Ob es nun der Krieg oder das Schicksal gewesen war, spielte dabei kaum eine Rolle.

Er bedrohte sie und die Leute um ihn herum. Er verhielt sich wild, fast schon wahnsinnig. Trotzdem sehnte sie sich nach ihm. Sie wartete in ihrem Bett auf einen Ehemann, der nicht auftauchte, und schlief erst ein, als die Müdigkeit und die weit fortgeschrittene Nacht sie überwältigten.

Sie verbrachte eine traumlose Nacht, und am Morgen war er immer noch nicht zu ihr gekommen.

Amiranth vermisste ihn, als sie zum Frühstück ging, aber auch dort war er nicht. Die große Halle war zur Hälfte leer, und sie hörte das Murren der jungen Edelleute, als sie durch die Korridore ging. Sie kam an den Unterkünften der Damen vorbei und bemerkte die vielen Mägde, die herumgescheucht wurden, und den scharfen Tonfall der Edelfrauen, die das Packen beaufsichtigten. Lauthals beschwerten sie sich darüber, wie bald sie schon aufbrechen würden, mit welch unziemlicher Hast alles vonstatten gehe, wie langsam die Mägde seien und wie ungerecht doch das Leben wäre. Schön. Sollten sie doch gehen und sich woanders beschweren.

Aber wo war Tristan? Warum fühlte sie sich so verlassen ohne ihn?

Auch Lord Liam und sein verräterischer Kastellan fehlten beim Frühstück. Nur ein einziges vertrauenswürdiges Gesicht war zu sehen: Silas James blieb in ihrer Nähe. Er hatte ihr den Stuhl an der Tafel zurechtgerückt und zügig Befehle für ihr Essen erteilt. Sie spürte seinen ruhigen Blick hinter sich, während sie aß, und fühlte sich dadurch etwas wohler. Gerne hätte sie ihn nach Tristan gefragt, aber ihr Stolz hielt sie davon ab, und so aß sie schweigend weiter. Amiranth ertappte sich dabei, wie sie die Balustrade des Söllers musterte, aber heute stand dort oben kein Schattenmann. Der Raum war leer, sie überzeugte sich nach dem Essen davon, nur um ganz sicherzugehen. Vielleicht war er ja in der Zwischenzeit in sein Zimmer zurückgekehrt …

Plötzlich vernahm sie am Ende des Hauptkorridors lauter werdende Stimmen. Ihr Schritt wurde schneller und schneller, als sie dem Ursprung des Radaus entgegeneilte. Sie gelangte zur Tür, die zum Garten des Bergfrieds führte. Seit jenem Nachmittag vor einigen Tagen, als Tristan ihre wahre Identität entdeckt und geschworen hatte, sie für immer an sich zu binden, war sie nicht mehr hier gewesen.

Der Garten schien sich kaum verändert zu haben. Das Gras war immer noch genauso grün und die Bäume hoch und belaubt. Die Blumen gaben immer noch unter einem strahlend blauen Himmel ihren sommerlichen Duft von sich.

Eine ganze Horde von Menschen strömte über den Weg und zertrampelte das elegante Labyrinth aus Pflanzen und Kieselsteinen. Amiranth drängte sich durch sie hindurch, bis sie endlich zu dem Vorhang aus Weidenzweigen kam, die sich sanft in der Brise wiegten. Dann sah sie, was alle anderen auch sahen.

Unter den herabhängenden Weidenzweigen lag der zusammengekrümmte Leib eines Mannes, dessen Gesicht entsetzlich schlaff herunterhing. Hugh Fletcher lag dort in einer großen Lache Blut, die sich schwarz unter ihm ausgebreitet hatte und das üppige Gras besudelte.

15

Amiranth starrte auf den Körper, der vor ihr lag, und war innerlich seltsam ruhig. Sie drehte sich um und sah niemanden, den sie kannte. Deshalb wandte sie sich an einen Mann, der neben ihr stand. Es war ein rothaariger Geselle, der fast so weiß geworden war wie der Tote. »Hol Silas James her. Sofort!«, fügte sie hinzu, als er sich nicht rührte. Der Mann zuckte zusammen, verbeugte sich und drängte sich dann durch die Menge hindurch in Richtung Bergfried.

Sie nahm den vollkommenen Frieden des Gartens in sich auf. Die grünen Weidenblätter, die Richtung Himmel wehten, das warme Sonnenlicht auf ihrem Kopf. Sie konnte sich kaum dazu überwinden, wieder nach unten zu schauen. Hugh Fletcher lag immer noch dort, ganz offensichtlich war er ermordet worden.

»Tretet zurück«, befahl sie der Menge. »Zurück, habe ich gesagt!« Sie brachte die Menge dazu, zögernd zurückzuweichen – aber nicht weit und nicht für lange.

Sie drehte ihnen den Rücken zu, als sie sich zu dem Toten nach unten beugte. Mit einer Hand hielt sie ihre gerafften Röcke in die Höhe, damit sie nicht mit dem mit Blut besudelten Gras in Berührung kamen. Sie berührte seine braune Tunika über der Stelle, wo das Blut ausgetreten war, und hob sie ein wenig an, um die klaffende Wunde zu sehen, die den Stoff durchtrennt hatte. Sie rührte von einem einzigen Schnitt her und schien durch einen Stoß mit einer Klinge zwischen seine Rippen verursacht worden zu sein. Sie wusste genug über Messer, um zu erkennen, dass solch eine Wunde nicht mit einem Dolch zugefügt werden konnte, sondern nur mit einem Schwert.

Amiranth ließ die Tunika fallen, erhob sich und kämpfte gegen die Übelkeit an, die in ihr aufsteigen wollte. Sie schien gar nicht tief genug Luft holen zu können.

»Heilige Mutter Gottes, was ist denn hier passiert?« Liam war plötzlich an ihrer Seite. Seine Stimme klang fassungslos und laut, er sah völlig schockiert aus.

»Er ist tot«, konstatierte sie geistlos das Offensichtliche.

»Mylady, seht Euch so etwas nicht an! Kommt mit!«

»Nein.« Sie schüttelte den Kopf und widersetzte sich seinem festen Griff auf ihrem Arm. »Ich warte. Der Haushofmeister wird gleich da sein.«

»Mylady, Amiranth, bitte.« Liams Stimme wurde leise; die Sonnenstrahlen fielen schräg auf ihn. In ihrem verwirrten Zustand dachte sie einen Moment lang, jenen Tristan vor sich zu haben, den sie jenes erste Mal bei Hofe gesehen hatte. Sie hob eine zitternde Hand an ihre Augen, und als sie aufschaute, war es wieder Liam.

»Dann bitte ich Euch inständig, Euch zumindest hinzusetzen«, sagte er und führte sie zu einer nahen Bank, die sie gar nicht bemerkt hatte. Es handelte sich um einen schlichten behauenen Granitblock, auf den blattförmige Schatten fielen. Sie setzte sich hin und beachtete Liam nicht weiter.

Sie ignorierte auch alle anderen, denn ihre ganze Aufmerksamkeit war auf den schrecklichen Umriss bei der Weide gerichtet.

Und dann kam Silas James. Liam ging, um mit ihm zu sprechen. Die Menschenmenge zog sich wieder dichter zusammen, sodass sie von den weiteren Vorgängen nichts mehr mitbekam. Ihr Blick senkte sich auf ihren Schoß, auf ihre Hände, die einander auf ihren Röcken umklammerten. Die Farbe des Grases zu ihren Füßen schien ihr auf einmal zu hell und tat ihr in den Augen weh. Sie schloss sie.

Eine neue Stimme ertönte und löste ein leises Tuscheln bei den anderen aus. Sie wusste, wer es war. Sie kannte den Klang seiner Stimme, seinen Tonfall, die leichte Art, mit der er Befehle aussprach.

Sie öffnete die Augen. Tristan stand neben dem Leichnam und überragte alle anderen fast um eine ganze Haupteslänge. Sie sah, wie er sich zu ihr umdrehte und ihr einen vorsichtigen Blick zuwarf. Dann wandte er seinen Blick wieder ab.

Amiranth starrte auf einen Rosenbusch zu ihrer Linken, der den Anfang des Weges markierte. Die Blüten hatten die Farbe von Korallen. Die Blütenblätter waren klein und zart, und in der Mitte war ein gelber Tupfer zu sehen. An einem Dorn war ein Stück Stoff hängen geblieben. Nicht irgendein Stück Stoff, sondern ein wunderschöner Samt. Zweifarbig, dunkelblaue und dunkelrote Stücke, die zusammengenäht waren. Die Farben zweier großer Häuser, das zu einem verschmolzen war.

Sie nahm nichts anderes mehr wahr, nur noch dieses schmale Stück Samt, das offensichtlich von etwas viel Größerem abgerissen war. Einem Umhang.

Fast teilnahmslos streckte sie ihre Hand danach aus, pflückte es vom Dorn, ließ es in ihrer Hand verschwinden und verbarg dann ihre Hand zwischen ihren Röcken.

»Was habt Ihr gefunden, Mylady?«

Besorgt stand Liam mit einem ganzen Haufen Leute hinter sich vor ihr.

»Nichts. Nur ein Blatt.«

»Und dies!«, rief Liam triumphierend. Erschüttert beobachtete sie, wie er sich über den Busch mit den korallenfarbenen Blüten beugte und ein weiteres Stück Samt aus den Dornen zog, das sie nicht gesehen hatte. Dieses Stück war hauptsächlich blau und wies nur am Rand ein paar rote Fäden auf.

»Was ist das?«, fragte jemand.

Amiranth zuckte mit den Achseln. Das Herz schlug ihr bis zum Hals.

»Samt«, meinte Liam nachdenklich. Er hielt es Tristan hin, sodass alle es sehen konnten.

»Welche Farben, Mylord? Sie kommen mir irgendwie bekannt vor.«

Amiranth spürte, wie sie zu Stein erstarrte. Sie war plötzlich so kalt und unfähig zu denken wie der Granitblock, auf dem sie saß. Sie sah Tristan herantreten und den Stoff untersuchen. Ihre Blicke trafen sich über dem Rasen. Seine Augen waren schwärzer als die Nacht und völlig unergründlich.

Sie hielt ihren eigenen Stofffetzen immer noch fest in ihrer Hand verborgen, als sie aufstand und sich durch die Menschenmenge drängte, um in die dunklen Korridore des Bergfrieds zu gelangen. Ihr Gang war gemächlich. Sie ließ sich keine Eile anmerken. Sie war sich der Blicke, die auf ihr ruhten, und der Spekulationen, die hinter ihr angestellt wurden, bewusst. Nachdem sie um zwei Ecken herum und endlich allein war, rannte sie los.

Ihr Zimmer war leer. Sie schloss die Tür und lehnte sich mit dem Rücken dagegen. Dann drehte sie sich um und schloss sie mit bebenden Fingern ab. Nach Luft schnappend, rannte sie zur Tür, die ihre Gemächer miteinander verband, und riss sie auf. Auch sein Zimmer war leer. Seine Tür ließ sich nicht so leicht abschließen, aber schließlich schaffte sie es. Als das erledigt war, blickte sie sich wild in seinem Zimmer um. Die Hände hatte sie voller Panik in ihrem Haar vergraben.

Wo war er? Wo konnte er sein? Oh Gott, sie musste ihn finden. Seine Kleiderkisten standen alle dicht nebeneinander, und sie fand ihn in der zweiten zuoberst liegend. Nachlässig war er hineingeworfen und noch nicht einmal zusammengefaltet worden. Amiranth hob den schweren Umhang und hielt ihn zum Licht, das durchs Fenster drang. Unten am Saum waren dicht nebeneinander zwei Risse. Sie musste noch nicht einmal ihr eigenes Stück Samt darauf legen. Trotzdem tat sie es, indem sie den Umhang auf dem Boden ausbreitete, auf die Knie ging und ihren Streifen auf den längeren Riss legte.

Amiranth raffte alles zusammen und ging wieder in ihr eigenes Zimmer, wo immer noch ein Feuer im Kamin brannte. Sie warf den Umhang ins Feuer. Einen Moment lang fürchtete sie, dass sie das Feuer erstickt hatte; doch nein, es flammte an den Rändern des Stoffes wieder auf, der sich langsam entzündete, die Feuerzungen tanzten immer schneller darüber, vor ihren Augen wurden die Farben allmählich schwarz.

Sie presste die Hände an ihr Herz und sah zu,

wie er verbrannte. Die Hitze des Feuers brannte immer heißer auf ihrem Gesicht. Rechtzeitig erinnerte sie sich an das abgerissene Stück in ihrer Hand; sie warf auch dies ins Feuer.

Die Tür ihres Zimmers öffnete sich. Durch den Luftzug flammte das Feuer hell auf und beruhigte sich wieder, als die Tür geschlossen wurde. Tristan stand allein am Eingang, der Schlüssel zu ihrem Zimmer lag immer noch deutlich sichtbar in seiner Hand. Er sah sie nicht an, sondern die tanzenden Flammen, den verkohlten Samt, den dicken schwarzen Rauch, der unter der Abzugshaube des Kamins verschwand.

Sie fand keine Worte, die sie ihm hätte sagen können. Sie konnte bei seinem Anblick, seinen angespannten Gesichtszügen und dem leichten Heben seiner Mundwinkel, als er den Umhang erkannte, auch keinen klaren Gedanken fassen.

Er kam auf sie zu und ließ den Schlüssel auf einen Tisch fallen, an dem er vorbeiging. Der einzige klare Gedanke, der ihr kam, war: *Hoffentlich hat er die Tür wieder abgeschlossen.* Dann stand er vor ihr und legte ihr seine Hände auf die Schultern. Er hielt sie ganz locker umfangen, während sie in sein Gesicht starrte.

Er schien etwas sagen zu wollen, aber dann tat er es doch nicht, sondern beugte stattdessen den Kopf zu ihr herab. Sein Kuss war fast schmerzhaft, die vorsichtige Berührung, die er ihr vorher hatte angedeihen lassen, war innerhalb eines Herzschlags vorüber. Ihre Körper und deren Hitze fanden wieder zueinander.

Es war, als würde sie selbst in Flammen aufgehen. Die Furcht, die sie vorher im Klammergriff gehabt hatte, die Angst vor seiner Entdeckung wurde unter seinen Händen, seinen Lippen zu Rauch, ihr Körper wölbte sich ihm entgegen, während er sie noch dichter an sich zog und festhielt. Er ging nicht behutsam mit ihr um, sondern umklammerte sie und drängte sie immer weiter nach hinten, bis Amiranth die Wand an ihrem Rücken spürte. Sie war im Gegensatz zu Tristan kalt. Aber er schien immer noch nicht zufrieden zu sein; immer noch drängte er sich gegen sie, presste seine Hüften gegen ihre, küsste ihre Lippen, ihr Gesicht, und seine Hände vergruben sich in ihrem Haar. Grob, als würde sie ihm Widerstand leisten, stieß er ihre Beine auseinander.

Amiranth drehte den Kopf weg und holte keuchend Atem. Jetzt zerrte er an ihrem Mieder und zog den Stoff über ihre Schultern nach unten, sodass er mit seinem Mund ihre weiche Haut finden konnte.

»Meine Gemahlin«, raunte er leise an ihrer Haut und ließ seine Lippen über ihre Kehle und ihre Schultern gleiten. Hinunter bis zu ihren Brüsten. »Meine geliebte Gemahlin …« Sie hielt sich an ihm fest, um nicht das Gleichgewicht zu verlieren, und erwiderte willig seine Küsse, als er sich wieder ihrem Mund zuwandte. Sie vergrub ihre Finger in seinem glänzenden schwarzen Haar. Er küsste sie nicht, als er begann, ihre Röcke nach oben zu ziehen. Er starrte ihr bloß in die Augen, während beide völlig entrückt keuchten. Sie spürte seine Hände auf ihren Beinen, ihren Schenkeln, als er über ihre Strümpfe und die Strumpfbänder und dann über ihre nackte Haut strich.

Als er sie dort berührte, ging es wie ein Ruck durch ihren Körper. Seine Hände erforschten ihre Kurven, glitten weiter nach oben, und dann rieb er mit der Kante seiner Hand über ihre empfindlichsten Stellen.

Er gab ihr wieder einen langen und tiefen Kuss, während er die ganze Zeit sein erotisches Spiel mit ihr trieb und den Rhythmus seiner Hand beibehielt, bis sie mit ihrer Feuchtigkeit bedeckt war und sie mit einem Wimmern in der Kehle gegen ihn wankte. Er kannte sie so gut. Er wusste genau, wie er sie berühren musste, was sie wollte, wenn sie sich gegen ihn presste und sein Verlangen spürte. Aber er setzte seine Folterqualen fort, bis sie die Hände hob und über seine Härte strich. Sogar unter der Tunika fand sie seinen Schaft und erforschte durch den dünnen Stoff hindurch seine Form.

Tristan erstarrte. Sein Atem wurde abgehackt, in seinen Augen entzündete sich ein wilder Funke, sie glitzerten tiefschwarz. Er nahm ihre Hände, und gemeinsam sanken sie zu Boden. Amiranth kam mit gespreizten Beinen auf ihm zu sitzen, während seine Hände zerrend und ziehend auf ihren Hüften lagen. Sie brauchte keine Ermunterung, um ihn wieder zu finden und aus seinen engen Beinkleidern zu befreien.

Sie spürte seine glatte Hitze, die quälend gegen sie stieß. Sie legte ihre Hand auf seinen Schaft und führte ihn zu der Stelle, wo es sich am besten anfühlte. Die Berührung war so erregend, dass sie die Augen schloss und sich vor Verlangen auf die Lippen biss.

Tristan stöhnte. Er schob ihre Röcke beiseite, und mit einem schnellen Stoß drang er in sie ein, um sich dann tief in ihr zu vergraben. Amiranth ließ sich mit weit gespreizten Beinen weiter nach unten sinken und staunte über diese neue Position und die unglaublichen Gefühle, die in ihr geweckt wurden. Sie begann sich langsam, fast gemächlich zu bewegen, bis seine Hände an ihren Hüften sie zwangen, schneller zu werden, und sich ihr wieder ein Stöhnen entrang.

Er beobachtete sie dabei, wie sie sich miteinander bewegten. Ihr gut aussehender dunkler Ehemann, dessen Haar offen unter ihm lag und der sie mit sinnlichen Lippen begehrlich anschaute. Amiranth brach über ihm zusammen, als sie zum Höhepunkt kam. Sie keuchte an seiner Schulter und verbarg ihr Gesicht.

Tristan schlang seine Arme um sie. Mit einer geschmeidigen Bewegung drehte er sie auf den Rücken, mit den Lippen an ihrer Wange lag er auf ihr und fand innerhalb von Sekunden seine eigene Erlösung. Sie hörte ihn ihren Namen in einem langen, abgehackten Stöhnen keuchen.

Ihr Kleid hatte sich um sie beide geschlungen. Ihre Körper waren immer noch feucht und schamlos miteinander verbunden. Er hob den Kopf und schaute atemlos auf sie herab, während das Feuer hinter ihm schwelte.

»Ich liebe dich«, sagte Tristan herausfordernd und wartete nicht auf ihre Erwiderung, sondern gab ihr wieder einen langsamen, tiefen und erotischen Kuss. Sie schmeckte ihn und spürte, wie ihr Herz ihre ganze Brust schmerzhaft füllte.

Sie glaubte ihm. In ihrer tiefsten Seele glaubte sie ihm, und doch, nach all diesen Jahren des Sehnens nach ihm, wusste sie nicht, was es bedeutete. Er liebte sie, ja. Es mochte zwar die Liebe eines Wahnsinnigen, eines Mörders sein, aber es *war* Liebe, der umfassende und absolute Anspruch auf sie.

Wahnsinniger oder nicht, sie war an ihn gebunden und war es schon fast so lange, wie sie sich selbst kannte. Es war ein Zauber, den sie selbst geschaffen hatte – ihr wohlgestalteter Ritter mit der traurigen Vergangenheit und den Berührungen, die sie entflammen konnten.

Amiranth strich mit den Fingern über seine Lippen und spürte die Worte, als er sie wieder sagte und sein Blick ruhig auf ihr lag.

»Ich liebe dich.«

»Ich weiß«, erwiderte sie verzweifelt.

Er löste sich von ihr, sodass ein kalter Zug über ihre Haut strich. Er stand auf und brachte seine Kleidung wieder in Ordnung. Sie setzte sich auf und tastete mit einer Hand über ihr zerzaustes Haar. Dann zog sie ihre Röcke herunter.

»Warum hast du den Umhang verbrannt, Amiranth?«

Sie konnte ihm nicht darauf antworten, sondern schaute nur in ihren Schoß und auf die zerknitterten Falten ihres Bliauts. Er warf ihr einen Seitenblick zu, und sie schaute unter ihren gesenkten Wimpern zu ihm auf. Sie sah wieder die Arroganz auf seinem Gesicht und erkannte plötzlich, was sie bedeutete: Er wollte, er brauchte ihre Versicherung. Aber als er sprach, hörte sie nur kühle Beherrschung aus seiner Stimme.

»Ich habe es nicht getan. Du weißt das.«

Sie stand auch auf und ging zum Kamin, wo sie Zeugin wurde, wie der Rest des Umhangs, der ihr Hochzeitsgeschenk gewesen war, zu Asche wurde. Er trat dicht hinter sie. Sie nahm den leichten Geruch ihres Liebesspiels wahr, der sie beide umhüllte.

»Glaube mir, Amiranth.« Es war eine Forderung, keine Bitte.

»Das tue ich«, erwiderte sie. Plötzlich erschöpft, schüttelte sie den Kopf und lehnte sich gegen die Steinmauer. »Gott helfe mir, aber das tue ich.«

Da berührte er sie und drehte sie nur mit seiner Hand an ihrer Wange zu sich herum. Er gab ihr noch einen Kuss, noch ein Versprechen. Ihre Befürchtungen fielen von ihr ab, als Tristan sie zum Bett führte und sein erregendes Spiel aufs Neue begann.

* * *

Tristan musterte sein Schwert, er hielt die Klinge im weichen Licht des Söllers vor sich. Ein langer Sonnenstrahl fiel durch das von Pfeilern eingefasste Fenster hinter ihm genau auf die Spitze und hob das dunkle Rot von Blut hervor, das auf dem Stahl getrocknet war. Der Leichnam des ehemaligen Kastellans war von der Stelle unter der Weide entfernt worden. Er hatte das selbst überwacht, ehe er hinter Amiranth hergejagt war. Er wusste auch, dass das Blut mithilfe von vielen Eimern mit Wasser aus dem Gras gespült worden war, sodass es schien, als hätte der Bergfriedgarten wieder seinen Frieden gefunden. Von dem gewaltsamen Tod, der den Kastellan hier ereilt hatte, war nichts mehr zu sehen.

Er war am Nachmittag hingegangen und hatte sich selbst davon überzeugt. Er hatte den ganzen Bereich noch einmal untersucht. Doch er hatte nichts Ungewöhnliches gefunden, was auf den Mörder hingewiesen hätte, nichts außer jenem verräterischen Stück Stoff, das Liam gefunden hatte.

Aber Amiranth hatte sich an seiner Stelle um dieses besondere Problem gekümmert. Einen Augenblick lang verlor Tristan sich noch einmal in der Erinnerung daran. Wie sie ausgesehen hatte, als er die Tür aufgeschlossen und ins Zimmer getreten war. Ihr Gesicht, als sie sich vom züngelnden Feuer ab- und ihm zuwandte. Der Anblick des Umhangs, der hinter ihr in Flammen aufging und von dem auf jeden Fall dieses verdammte Stück Stoff im Garten stammte.

Ihre Augen hatten dunkel geleuchtet, ihre Haut hatte wieder jenen Alabasterton angenommen, wie immer, wenn ihre Gefühle in Aufruhr waren. In diesem Moment hatte er erkannt, was sie getan hatte. Auch sie hatte den dunkelblauen Samt wiedererkannt und hatte gehandelt, ehe er überhaupt daran gedacht hatte. Sie hatte den Umhang verbrannt und damit den Beweis vernichtet. Um ihn zu schützen.

Seine Liebe zu ihr schien heller zu brennen als das Feuer, heller als Wahrheit oder Lüge, Vertrauen oder Täuschung. Er hatte sie genommen, weil er sich nicht mehr hatte zurückhalten können, und sie hatte seine Umarmung mit Küssen erwidert, die genauso leidenschaftlich und verzweifelt wie seine waren.

Tristan hatte sie in tiefem Schlummer im Bett zurückgelassen. Sie lag so tief in ihren Träumen, als wäre es Mitternacht und nicht Mittag. Obwohl er sein besudeltes Schwert betrachtete, musste er lächeln. Sie war völlig erschöpft. Ihm gefiel der Gedanke, dass er etwas damit zu tun hatte.

Der Sonnenstrahl erlosch, als sich eine Wolke dazwischenschob. Makelloses Weiß verhüllte den blauen Himmel. In dem nun wieder dämmerigen Licht hätte man das Blut auch für Rost auf dem Stahl halten können, aber Tristan wusste es besser.

Es war Hugh Fletchers Blut. Dies war die Waffe,

die sein Herz durchbohrt hatte. Er hatte es unter den Kissen des Stuhls in der Ecke des Söllers gefunden, zwischen denen es raffiniert versteckt worden war. Das war beileibe nicht der Ort, wo er es letzte Nacht zurückgelassen hatte, und doch war dieses Zimmer der einzige Ort in der ganzen Burg, der unwiderruflich ganz ihm gehörte.

Wie lange war es her, dass er tatsächlich ein Schwert geführt hatte, fragte Tristan sich. Es fühlte sich gleichzeitig fremd und doch vertraut an. Es lag schwer in seiner Hand, doch sein Arm wusste genau, wie er es zu führen hatte. Erst gestern Morgen hatte er diesen schönen langen Stahl in einer zerschrammten Kiste gefunden, die sich in den Schatten des Söllers verbarg. Es waren die lang vergessenen Sachen seines Vaters. Er hatte es angelegt, weil es sich richtig anfühlte, das zu tun. Weil es ihn daran erinnerte, wer er gewesen war und wie er gelebt hatte.

Und jetzt war das Schwert benutzt worden und hatte seinen tödlichen Zweck erfüllt. Jedoch nicht von ihm.

Wer hatte also Hugh Fletcher getötet? Tristan fiel nur eine Antwort ein. Er ging zur Truhe, in der die alten Sachen seines Vaters lagen, und fand eine alte Tunika. Sorgfältig rieb er das getrocknete Blut ab und ließ es auf die Tunika bröckeln. Er polierte und polierte, bis das Weiß des Stoffes mit roten Flecken übersät war und der Stahl wieder sauber glänzte.

Er war der Meinung gewesen, schnell genug gehandelt zu haben, um den Groll seines Bruders abzulenken. Er hatte gedacht, dass es ein schlauer Schachzug von ihm gewesen war, die Unruhe aus seiner Burg zu vertreiben, indem er eine herrliche

Ablenkung bot: Merlyff. Mit dem Besitz gab es die Dreingabe eines Lebens im Müßiggang. Merlyff war so schön, dass selbst Könige es begehrten. Das wäre eine Gelegenheit gewesen, für die viele Männer ihr Leben gegeben hätten. Dieser Gedanke hatte etwas von schwarzem Humor: Vielleicht hatte Hugh Fletcher genau das getan.

Jemand klopfte an die Tür. Tristan schob die Klinge in die Scheide und legte sie wieder unter die Kissen des Stuhles, wo er sie gefunden hatte. Er warf die verdreckte Tunika in die Kiste und vergrub sie tief unter anderen Kleidungsstücken. Dann schloss er den Deckel. Abrupt stieg in ihm der Wunsch nach etwas Frischem auf, mit dem er seine Hände reinigen könnte, doch stattdessen wischte er sie seitlich an seinen Beinkleidern ab.

Silas James stand vor der Tür. In seinen Augen lag Vorsicht, und sein Gesicht war von etwas gezeichnet, das Sorge, aber auch bloß Müdigkeit sein konnte. »Der Leichnam ist in die Kapelle gebracht worden, Mylord, wie Ihr befohlen habt.«

Tristan trat zur Seite und ließ den Mann ein, der bis in die Mitte des Söllers ging. Silas drehte sich zu ihm um: die Sorge auf seinem Gesicht schwand nicht.

»Ich fürchte, es wird eine Untersuchung geben, Mylord.«

Tristan nickte, denn auch er rechnete damit. »Das ist normalerweise so.«

»Das ist wirklich eine sehr unglückselige Geschichte.«

»In besonderem Maße für Fletcher, möchte man sagen.«

»Ja.«

Er sah, dass sein Haushofmeister noch mehr sagen wollte und seine Worte abwog, als sei er unsicher. Tristan setzte sich hin und bedeutete Silas mit einer Handbewegung, das Gleiche zu tun. Mit gerunzelter Stirn ließ der alte Mann sich langsam auf den Stuhl sinken.

»Werdet Ihr nach den Männern des Königs schicken?«, fragte er schließlich.

Tristan seufzte.

»Das werde ich wohl tun.«

»Ihr könntet es ablehnen«, schlug Silas zögernd vor.

Tristan antwortete nicht darauf, sondern schaute nur zur Decke, auf das Mauerwerk und die Holzbalken, die sich über ihm wölbten. Er hatte Verständnis für das Zögern seines Haushofmeisters, wollte man die Verhältnisse auf Glynwallen positiv betrachten, so konnte man sie bestenfalls als prekär bezeichnen. Unter normalen Umständen hätte niemand außerhalb des Besitzes je von einer Untersuchung erfahren. Der Kastellan war nicht von vornehmem Geblüt gewesen, deshalb gab es eigentlich gar keinen Grund, den König einzuschalten. Als Earl könnte Tristan sich selbst mit dem Fall befassen, und es würde nichts über das Verbrechen über die Burgmauern hinausgelangen.

Aber das Leben auf Glynwallen war weit davon entfernt, als normal bezeichnet werden zu können. Falls Liam zu einer offiziellen Untersuchung durch den königlichen Hof drängte, und Tristan wusste, dass er dies tun würde, gäbe es keinen guten Grund, es abzulehnen. Sollte man in London davon erfahren, dass er eine derartige Untersuchung abgelehnt hatte, könnte die Angelegenheit sehr schnell sehr unangenehm werden.

Sehr sorgfältig hatte jemand darauf geachtet,

dass alle Hinweise gegen ihn sprachen. Der zerrissene Umhang, das blutige Schwert, und sowohl Amiranth als auch sein Bruder waren Zeuge seiner Drohung gegen den toten Kastellan gewesen. Es war fast perfekt.

Es war lediglich Glück gewesen, dass er das Schwert heute gefunden hatte; ein leichtes Funkeln auf der Spitze der Scheide war der Grund gewesen, warum er es auf dem abseits stehenden Stuhl entdeckt hatte. Es war pures Glück, doch er konnte sich nicht allein auf sein Glück verlassen. Wer konnte schon wissen, welche unangenehmen Überraschungen der morgige Tag mit sich bringen würde?

Die meisten der jungen Ritter in seiner Burg würden sich fraglos freudig gegen ihn wenden. Man spürte immer noch die Wut und die Vorbehalte, selbst sein Versprechen eines neuen Besitzes hatte die Gemüter nicht beruhigen können. Sie schienen alle auf seinen Bruder zu schauen, irgendetwas von ihm zu erwarten, was bisher noch niemand gewagt hatte laut zu fordern. Tristan wusste nicht, was sie in Liam zu finden hofften; vielleicht einen Anführer oder einfach nur die Sehnsucht nach dem, was einst gewesen war. Das Einzige, was er bisher in seines Bruders Augen gesehen hatte, war ein scharfer Verstand gepaart mit der scheinbaren Akzeptanz der geänderten Verhältnisse. Jetzt wusste er, dass Merlyff nicht genügen würde.

»Lord Liam hat bereits angefangen zu reden«, sagte Silas leise.

»Wirklich?« Er klang müde, er fühlte sich plötzlich auch so, wenn er an Liam, den Mord und all die Gefahren dachte, die ihn immer noch umgaben.

»Ja, Mylord.«

Silas gab keine weiteren Informationen, aber Tristan brauchte auch nicht zu fragen. Er konnte sich vorstellen, wie alles ablief: kleine Hinweise, die in irgendwelchen Winkeln und in der Nähe von Leuten, die zusammenstanden, fallen gelassen wurden. Man würde ihm unsichere Blicke zuwerfen, in den Augen der Menschen würde er die Spekulationen sehen. Liams Ritter würden den Klatsch aufnehmen, ihn auswalzen und ein noch dunkleres Gerücht daraus machen.

Die Geschichte wiederholte sich auf Glynwallen. Wieder einmal war da dieses Flüstern, das sich um ihn rankte und ihn einen Mörder, einen Wahnsinnigen nannte. Als junger Mann hatte er den Gerüchten tapfer die Stirn geboten, was für ein Narr war er doch gewesen. Ihm war die Zerbrechlichkeit seines Lebens nicht bewusst gewesen. Heute jedoch war sich Tristan darüber im Klaren, wie leicht seine Welt in sich zusammenbrechen könnte.

Falls die Männer des Königs kamen, würden sie innerhalb nur weniger Stunden die Wogen der geflüsterten Anschuldigungen mitbekommen. Vielleicht hörten sie auch von Amiranths falschem Grab auf Safere, von dem diebischen Paar, das eine schöne Stute gestohlen hatte – eine Saat des Zweifels, die ausgestreut und möglicherweise geglaubt wurde.

Es sprachen zu viele Dinge gegen ihn. Es gab zu viele Fragen, die um seine Person rankten, als dass seine Stellung als sicher bezeichnet werden konnte, und er wusste es. Wer konnte schon mit Sicherheit sagen, ob die Verleumdungen der Vergangenheit den Anschuldigungen der Gegenwart mehr Gewicht verleihen würden? Wer konnte schon sagen, was aus einem Earl wurde, von dem es hieß, er sei verrückt und ein Mörder, der so lange verschwunden gewesen war und dann mit wilden Geschichten über Lösegelder, die nie gezahlt worden waren, zurückkehrte, der keine Beweise für seine Worte besaß, außer vielleicht jenen, die in irgendeinem düsteren französischen Kerker lagen?

Tristan wusste, dass er in seinem Leben viel besaß. Das hieß, er hatte auch viel zu verlieren – seinen Titel, sein Heim. Seine Frau.

Amiranth. Was würde aus ihr werden, wenn er nicht mehr da war?

Ach was, flüsterte eine Stimme in seinem Kopf, *sie hätte doch Ersatz, oder etwa nicht? Liam wäre bestimmt mehr als bereit, sie über den Verlust ihres verrückten Ehemannes hinwegzutrösten, der ihr und seiner Burg entrissen worden war, damit er den Rest seines elenden Lebens in einer finsteren Londoner Zelle verbrachte. Sie müsste Glynwallen nicht einmal verlassen. Liam könnte bleiben, sie könnte bleiben, und mit der Zeit würde sie vielleicht ihre Trauer völlig in der Umarmung des zärtlichen neuen Earls überwinden …*

Tristan presste sich die Fäuste auf die Augen und den Kopf gegen die Rückenlehne seines Stuhles. Er spürte, wie sein Kopfschmerz wiederkam, dieses bedrohliche Pochen in seinem Schädel, das immer in schrecklichen Zeiten aufzutauchen schien. Er kämpfte dagegen an und versuchte sich auf das zu konzentrieren, was als Nächstes passieren würde und was er noch tun konnte.

Vielleicht besaß er ja genug Macht, um alles abzuwehren. Die Tatsache, dass sein Schwager und all seine Freunde von einst ihn wiedererkannt hatten, sprach für ihn. Im besten Falle würde es eine recht diffizile Aufgabe sein, mit Liam und dem Verrat fertig zu werden, aber bei Gott, er hatte schon in schlimmeren Schwierigkeiten gesteckt. Glynwallen gehörte ihm. Ebenso wie Merlyff, Layton, Staffordshire und Safere. Er würde bis zum letzten Blutstropfen kämpfen und diesen Ort lieber als Toter verlassen, ehe er sich irgendetwas wegnehmen ließe.

Insbesondere ehe er sich Amiranth wegnehmen ließe.

»Lord Liam fragt, wann die Beamten des Königs kommen werden«, sagte Silas in die tiefe Stille hinein.

Tristan öffnete die Augen, der Schmerz in seinem Kopf wurde zu einer pochenden Qual. Das Licht, das durch das nahe Fenster strömte, blendete ihn trotz der leichten Wolken, die den Himmel bedeckten.

»Schickt nach ihnen«, sagte er. »Lasst sie kommen. Wir werden diese Angelegenheit ein für alle Mal erledigen.«

16

Es schien Amiranth, als würde es in den Tiefen der Burg brodeln. Die unterdrückten Emotionen ließen die Menschen fast außer sich geraten. Die Dienstboten eilten nervös durch die Korridore; die feinen Edeldamen schwebten mit bleichen Gesichtern und großen Augen in Wolken aus Parfum vorüber, während sie sie beobachteten und über sie sprachen.

Es war mittlerweile das vierte Mal heute, dass sie eine Hand zum Kopf hob und ihre Finger über das Goldnetz gleiten ließ, das ihr Haar in Form hielt, und doch nur feststellte, dass alles an seinem Platz war. Es lag nicht an ihrem Aussehen, dass sie alle Blicke auf sich zog, sondern der Mord, in den ihr Ehemann verwickelt war, war der Grund für die Blicke.

Aber sie wussten nichts von dem Umhang. Sie konnten nichts davon wissen. Genauso wenig wie sie wissen konnten, was geschehen war, nachdem sie ihn verbrannt hatte. Dass Tristan zu ihr gekommen war. Dass sie sich geliebt hatten. Sie wussten nichts von den wilden Gefühlen, die von ihr Besitz ergriffen hatten, von der Angst, der Hoffnung und der festen, festen Entschlossenheit.

Tristan hatte Hugh Fletcher nicht umgebracht. Sie wusste nicht, wer es getan hatte. Der Kastellan war kein angenehmer Mann gewesen. Das zumindest konnte sie sagen. Er war ein engstirniger, kaltherziger Mann gewesen, hatte es aber trotzdem gewiss nicht verdient zu sterben. Der Mörder war höchstwahrscheinlich jemand von Glynwallen. Vielleicht hatte er Feinde gehabt, ein Leibeigener, den er beschimpft hatte, oder ein verstimmter Soldat, einer von Liams Rittern, vielleicht sogar Liam selbst, der immer einen so gierigen Ausdruck in den Augen hatte und ein kühles Lächeln zur Schau stellte.

Einen Augenblick lang presste Amiranth eine Hand über ihre Augen, um den fürchterlichen Gedanken zu verdrängen. Sie fühlte sich heute selbst halb von Sinnen und war ganz durcheinander von all den schrecklichen Ereignissen.

Wer immer es auch sein mochte, er hatte sich die Mühe gemacht, Tristans Umhang zu suchen, um ihn in Misskredit zu bringen.

Sie betrachtete die ganze Situation mit einer leichten Resignation. Außer der brutalen Ehrlichkeit, die sie in seinen Augen fand, gab es keinen Beweis für Tristans Unschuld. Davon würde sich kaum ein anderer überzeugen lassen. Von jedem anderen Gesichtspunkt aus betrachtet, schien es mehr als erwiesen, dass Tristan Geraint genau das war, was von ihm behauptet wurde: ein erbarmungsloser Mörder. Er hatte ihr gestanden, einem Freund das Leben genommen zu haben. Sie betete, dass niemand sonst davon wusste.

Es schien, als hätte sie sich im tiefsten Innern ihres Herzens nach all diesen Jahren nicht verändert. Sie glaubte immer noch, dass er niemanden kaltblütig ermorden konnte. Nicht ihr Ehemann.

Niemand sonst glaubte daran. Amiranth las es ihnen an den Gesichtern ab, erkannte es in der Neugier, die in den Augen dieser dreisten Ritter und ihrer Damen lag. Sie sah den Hoffnungsschimmer, der durch diese neuen Verwicklungen geweckt worden war und für sie vielleicht noch eine Wendung des Schicksals bedeutete. Vielleicht könnten sie auf Glynwallen bleiben und ihr träges Leben weiterführen. Sogar Tristans neue Garde schien unsicher zu sein, obwohl Silas James weiterhin treu zu seinem Herrn hielt. Sie freute sich darüber.

Sollten Liam und seine Ritter bleiben, würde sie gehen. Sollte Tristan gehen – mitgenommen werden –, würde sie ihm folgen. Außer Tristan war für sie nichts von Bedeutung. Aber Glynwallen war sein Vermächtnis, und sie würde sich nicht diesen gerissenen Plänen beugen, ohne zumindest einen guten Kampf zu liefern.

Das Abendessen war fürchterlich. Tristan saß schweigend vor sich hin brütend neben ihr. Sie gab nur die oberflächlichsten Kommentare zum Essen von sich, die er entweder ignorierte oder kurz angebunden beantwortete. Er rieb sich noch immer die Schläfe, als könnte das einen Schmerz lindern, der nicht vergehen wollte.

In der großen Halle war es leise. Nur das gelegentliche monotone Raunen geflüsterter Unterhaltungen drang an ihr Ohr. Dinge, die sie nicht hören wollte. Dinge, denen sie keinen Glauben schenkte.

Liam saß am anderen Ende der Tafel. Gelegentlich ertappte sie ihn dabei, wie er sie mit einem leichten Stirnrunzeln musterte. Er wirkte mürrisch und melancholisch. Das erfüllte sie mit Ungeduld, bis ihr aufging, dass er ja vielleicht seinen ehemaligen Kastellan vermisste. Scham überkam sie, dass sie nicht um den Verlust dieses Mannes trauerte, auch wenn er ihr Feind gewesen war.

Kurz vor dem Abendessen hatte Tristan ihr mitgeteilt, dass er die Nachricht von dem Mord nach London geschickt hatte. Edward würde höchstwahrscheinlich schon bald Männer nach Glynwallen schicken, und sie solle darauf vorbereitet sein.

Vorbereitet, in der Tat. Die Resignation, die sie schon vorher gespürt hatte, kam wieder zurück. Noch nie in ihrem ganzen Leben war sie auf etwas so unvorbereitet gewesen. Amiranth wandte sich wieder ihrem Essen zu und ließ Liam weiter starren. Was für eine üble Klemme. Was für schreckliche und tragische Schwierigkeiten.

Tristan beendete sein Essen früh, ehe noch der letzte Gang serviert wurde. Er drückte ihre Hand unter dem Tisch, dann stand er wortlos auf und verließ den Saal.

Erstaunt blieb Amiranth auf ihrem Stuhl sitzen. Jeder im Saal starrte ihm nach und beobachtete, wie er durch die Haupttür verschwand. Und dann richteten alle wie auf einen Befehl ihre Blicke auf sie.

Sie wandte sich dem Pagen zu, der ihr am nächsten stand, und bedeutete ihm mit einer Geste, dass sie mehr Wein wollte. Sie tat so, als wäre nichts Ungewöhnliches passiert. Mit einer Geduld, die sie selbst nicht bei sich vermutet hätte, gelang es ihr, ruhig und gelassen weiter zu trinken und zu essen, während sie so tat, als würde ihr die unnatürliche Stille, die sich über den Saal gesenkt hatte, nicht das Geringste ausmachen.

Das Essen schmeckte nach nichts. Der Wein konnte ihren Durst nicht löschen. Sie nahm ein paar der gezuckerten Mandeln, die ihr am Ende des Abends auf einem silbernen Tablett angeboten wurden. Als sie sich erhob, taten es ihr alle nach, aber alle warteten, bis sie vorbeigegangen war, ehe sie ihr aus der Halle folgten.

Sie ging, ohne zu wissen wohin, und war sich sehr wohl der Unruhe der Leute hinter ihr bewusst. Tristan hielt sich vielleicht wieder in seinem Söller auf, oder in seinen Gemächern. Der Söller lag näher. Sie würde es zuerst dort versuchen.

Da sie schon am Aufgang zum Söller vorbeigegangen war, drehte sie sich um und ging durch die Menge zurück. Sie beachtete sie überhaupt nicht, sondern ging nur kühn und erhobenen Hauptes mitten durch sie hindurch. Man gab ihr den Weg frei und wich ihrem Kleid, ihren Schultern, ihren locker schwingenden Armen aus. Gut.

Die Treppe zum Söller lag in gefährlicher Dunkelheit, niemand hatte die Fackeln entzündet, die die Stufen sonst beleuchteten. Sie tastete sich nach oben, indem sie ihre Finger über die Steinmauer gleiten ließ und ihre Röcke vorsichtig raffte. Der gedämpfte Lärm aus der großen Halle war immer noch zu hören, aber von oben schlug ihr nur dunkles Schweigen entgegen.

Die Tür stand offen. Drinnen empfing sie noch mehr Dunkelheit, die knappe Beleuchtung aus der Halle drang schwach durch die Säulen der Galerie und vertrieb den fernen roten Schimmer der Abenddämmerung, die durchs Fenster zu sehen war.

Hier war er nicht. Dann in seinen Gemächern. Sie drehte sich um und lief in etwas festes Warmes. Amiranth keuchte vor Schreck und wich zu schnell zurück, sodass sie auf ihre Röcke trat.

Kräftige Hände fingen sie auf und bewahrten sie davor zu stürzen. Liam hielt sie, sein Griff um ihre Arme war immer noch fest, sein Körper immer noch nah. Leise sagte er ihren Namen. »Amiranth.«

Mit einem zittrigen Lachen, das er lächelnd erwiderte, wich sie zurück.

»Wieder einmal ...«

»Wollt Ihr Euch entschuldigen. Ich weiß.« Sie holte tief Atem und hoffte, dass er nicht wahrnahm, wie aufgewühlt sie innerlich war. »Was tut Ihr hier, Mylord?«

»Euch suchen.« Der Klang seiner Stimme blieb leise und fast zu intim angesichts des leeren Raums, in dem sie sich befanden. Sie entfernte sich von ihm und trat ins blassgelbe Licht bei der Balustrade, wo sie sich sicherer fühlte.

»Ich bin Euch gefolgt – ich gestehe es«, erklärte Liam mit wieder ernst werdendem Gesicht. »Ich muss mit Euch reden. Es ist sehr dringend.«

Eine der Säulen der Balustrade war nah genug, um sie zu berühren. Sie unterdrückte das Verlangen, sich dagegen zu pressen, um etwas Festes im Rücken zu spüren. Er trat näher und war nun deutlicher im Licht zu erkennen. »Was ist so dringend, Mylord?«

»Eure Sicherheit – es geht um Euer Leben.«

Sie ließ ihre Stimme weiterhin unbeteiligt klingen. »Beides wird gut bewacht, Lord Liam.«

»Ich bete darum. Aber auch wenn man gut bewacht wird, kann einem etwas passieren.« Sein Blick schweifte hinter sie und richtete sich auf den offenen Raum über der großen Halle. »Hugh Fletcher war ein guter Mann. Er hat es nicht verdient zu sterben.«

Amiranth biss sich auf die Zunge, um Schweigen zu bewahren und der Versuchung zu widerstehen, sich an der Unterhaltung zu beteiligen. Er richtete seinen Blick wieder auf sie, und das Licht von unten löschte alle Linien auf seinem Gesicht aus, sodass er noch jünger aussah, als er war. Vor ihr stand ein Junge mit den warmen und anzüglichen Augen eines Mannes. »Ich habe Angst um Euch«, sprach er jetzt, und seine Stimme hatte einen tiefen verführerischen Klang angenommen.

»Wirklich?« Sie bemühte sich um ein sorgloses Lächeln. »Erst gestern habt Ihr mich noch für eine Betrügerin gehalten, wenn ich mich recht erinnere.«

»Nein, Amiranth, nicht Euch.« Er zuckte kurz mit den Achseln, und das Lächeln kehrte zurück, sodass seine ganze Gestalt erhellt wurde. »Die Geschichten, die Hugh mir erzählte, konnte ich nicht mit der Frau in Vereinbarung bringen, die ich kenne. Das Ganze war nur äußerst verwirrend für mich. Das ist alles.«

»Ich versichere Euch, Mylord, dass Ihr mich nicht kennt.«

Er wurde wieder ernst. »Ich würde aber gern«, meinte er mit einem merkwürdigen Ton in der Stimme. »Sehr gern sogar.«

»Leider werdet Ihr bald nach Merlyff aufbrechen. Ich fürchte, Euer Wunsch wird sich nicht erfüllen.«

»Oh, Merlyff.« Liam legte den Kopf zur Seite und richtete seinen Blick wieder hinter sie. »Ein wunderschöner Besitz. Aber vielleicht werden meine Wünsche ja stattdessen hier in Erfüllung gehen.«

»Das bezweifle ich. Es ist besser, wenn Ihr Euer Glück woanders sucht.«

Er wandte sich von ihr ab und ging durch das Zimmer in die Dunkelheit. Amiranth sah ihm hinterher. Seine Silhouette hob sich vom hohen Fenster ab, durch das der tiefviolette Abendhimmel zu sehen war. Dann ließ er das Fenster hinter sich und drang noch weiter in die Tiefen des Zimmers vor. Sie sah, dass er vor einem der Stühle stehen blieb, der an der gegenüberliegenden Wand stand, und sich an den Kissen zu schaffen machte. Während er ihr den Rücken zukehrte, wagte sie einen schnellen Blick zwischen den Säulen hindurch in die große Halle. Es waren nur wenig Leute da, die alle mit Aufräumen und Saubermachen beschäftigt waren. Keiner schaute zu ihr nach oben.

»Hier ist etwas, das ich Euch zeigen möchte«, sagte Liam, und sie drehte sich wieder zu ihm um. Als er zurückkam, sah sie Tristans Schwert mit dem schlichten Heft und der brüchigen Lederscheide in seinen Händen.

Die Luft um sie her schien plötzlich sehr kalt zu werden. Ihr tat das Herz weh. Sie wusste nicht, wie Liam die Waffe gefunden hatte, warum es an einem so seltsamen Platz wie einem Stuhl war, sie wusste nur, dass sie auf keinen Fall sehen wollte, wie er das Schwert aus der Scheide zog. Aber natürlich würde er es tun, und sie würde etwas sehen, was sie nicht ertragen konnte. Das Blut eines toten Mannes auf Tristans Klinge …

Matt glänzend und mit einem metallischen Rasseln, das ihr einen Schauer über den Rücken jagte, glitt das Schwert aus der Scheide. Liam hielt die Klinge hoch. Amiranth wandte den Blick ab, Verzweiflung stieg in ihr auf.

»Ich habe es erst heute Morgen entdeckt. Seht her, Amiranth, ich …« Er hielt plötzlich inne, während sein Blick sich förmlich an dem Schwert festsaugte. Nach einer Weile fand auch sie den Mut, es anzuschauen.

Es war lang und tödlich scharf. Es wirkte fast hell

trotz der dunklen Umgebung und glänzte sauber bis zur geschliffenen Spitze. Sauber.

Sie schluckte, und die Verzweiflung wandelte sich augenblicklich in Erleichterung, die ihren ganzen Körper überflutete und ihr fast zu Kopf stieg. »Ja?«, hakte sie nach. In der Stille des Söllers klang ihre Stimme laut. »Ihr wolltet mir etwas zeigen, Lord Liam?«

Langsam und vorsichtig schob er das Schwert zurück in die Scheide. Ein seltsamer Zug lag um seine Lippen, fast ein Lächeln, und sein Blick war gesenkt. Eine ganze Weile stand er bewegungslos da. Amiranth trat nach vorn und nahm ihm das Schwert aus den Händen. Sie lehnte es vorsichtig gegen eine der Säulen hinter sich.

»Ihr seid in Gefahr«, wiederholte Liam von der Stelle aus, wo sie ihn stehen gelassen hatte. »Wir wissen es beide. Er gehört zu meiner Familie und er ist mein Herr, ich liebe ihn. Aber er hat die Kontrolle über sich verloren. Wir wissen doch beide, was er zu Hugh gesagt hat.«

»Warum sollte *ich* denn in Gefahr sein, Mylord?« Sie richtete sich gerade auf und blickte ihn an. »Mein Ehemann würde mir nie etwas zu Leide tun.«

»Normalerweise wohl nicht.« Genauso anmutig wie sein Bruder hob er die Hände. »Aber er ist kein normaler Mann.«

»Nein«, stimmte sie ihm zu. »Das ist er nicht.«

»Eifersucht ist ein mächtiges Gefühl, Amiranth. Ich frage mich, ob Ihr wisst, wie mächtig.«

Etwas Neues, das sie sofort in Alarmbereitschaft versetzte, ging jetzt von ihm aus. Sie warf einen Blick zur offenen Tür und zum dunklen Treppenabsatz dahinter. Dann schaute sie wieder zu Liam.

Amiranth begann sich auf die Tür zuzubewegen. »Tristan hat keinen Anlass zur Eifersucht, Mylord.«

»Nein, das hat er nicht, nicht wahr?« Liam schien ihre Gedanken vorauszuahnen. Auf sie wirkte es so, als ob er sich gemächlich bewegte, aber er war vor ihr an der Tür und stand genau in ihrem Weg. »Tristan hat alles. Eine Burg, einen Titel, eine reizende Gemahlin …« Er streckte eine Hand aus. Bevor sie zurückweichen konnte, strich er mit den Fingern über ihre Wange. Amiranth fasste sein Handgelenk und stieß es weg. Aber er nutzte nur die Gelegenheit, mit einer schnellen Drehung nun seinerseits ihre Hand fest zu umschließen, während sie versuchte, sie ihm zu entziehen. Einen atemlosen langen Moment verharrten sie so, sehr nah beieinander mit ineinander verhakten Blicken.

»All die Jahre habt Ihr allein auf Safere verbracht«, murmelte Liam mit ganz weicher Stimme. »Ich frage mich wirklich, warum ich Euch nie besucht habe.«

»Ich bin sicher, dass Ihr viel zu beschäftigt wart«, presste sie zwischen den Zähnen hervor, dann befreite sie sich mit einem Ruck und wirbelte zur Tür herum.

Liam beobachtete ihr Gehen nur. »Zu seiner eigenen Sicherheit, wenn nicht zu Eurer, muss er eingesperrt werden, Amiranth. Die Männer des Königs werden schon bald wegen des Todes von Hugh herkommen. Ich werde tun, was mir die Ehre gebietet, und ihnen die Wahrheit über Tristan erzählen. Ich werde ihnen berichten, was er zu meinem Kastellan gesagt hat. Werdet Ihr das auch tun?«

Amiranth gab ihm keine Antwort, sondern drehte sich stattdessen um und sah den wachsenden

Lichtschein einer Lampe als flackernden Widerschein an den Wänden der Treppe. Der Klang schwerer und gleichmäßiger Schritte war zu hören, und ihr Herz erkannte sofort, wer sich dem Söller näherte.

Ihr blieb nur die Zeit, einen schnellen Blick zurück auf Liam zu werfen; er hatte sich von ihr entfernt, weit entfernt und stand nun wieder bei den Säulen. Im Dämmerlicht konnte sie sein Gesicht nicht erkennen.

Tristan kam oben an der Treppe an. Die Lampe warf wild tanzende Schatten auf ihn und enthüllte das dunkle Glitzern in seinen Augen. Auf seinen Lippen lag ein Lächeln, dass ihr Schauer über den Rücken jagte. Aber als er in den Raum trat, sagte er nur: »Da bist du ja endlich.« Sein schneller Blick registrierte ihrer beider Anwesenheit. Nervös rang Amiranth die Hände, doch dann unterließ sie es bewusst und strich ihre Röcke mit den Händen glatt. Gelassen trat Tristan in das Zimmer und begrüßte seinen Bruder mit diesem verbindlichen, gleichmäßigen Tonfall, der ihre Gänsehaut noch verstärkte. »Und du bist auch da, mein Bruder. Was für ein Glück.«

»Mylord.« Liam verneigte sich. Amiranth hoffte, dass Tristan nicht den kurzen Blick bemerkt hatte, den er ihr am Schluss zuwarf. »Amiranth.« Sie drehte sich zu Tristan, der auf einem großen Stuhl saß. Es war nicht der Stuhl, auf dem das Schwert versteckt gewesen war, sondern einer mit hellgrünen und goldenen Kissen und mit breiten, dunklen Lehnen aus Mahagoni. Die Lampe verbreitete ihren flackernden Schein auf einem Tisch, der neben ihm stand. Er streckte eine Hand nach ihr aus. Sie konnte nichts aus seiner Miene lesen.

Langsam ging sie auf ihn zu. Unvernünftigerweise fühlte sie sich schuldig, dass er sie hier zusammen mit seinem Bruder erwischt hatte, obwohl sie sich doch gar nichts hatte zu Schulden kommen lassen. Sie hatte ihn sogar verteidigt und war auf der Suche nach ihm hergekommen …

Seine Haut fühlte sich unter ihren Fingern sehr warm an. Er schloss seine Finger um ihre Hand, zog sie mit festem Griff dichter heran und nach unten, bis sie sich entweder unzüchtig auf seinen Schoß setzen oder sich ihm entziehen musste. Sein kalter heller Blick ließ sie nicht aus den Augen. Sie hatte viel zu viel Angst, um wegzuschauen.

Erst als sie verlegen errötend auf seinem Schoß saß, gab er ihre Hand und ihren Blick frei, um sich wieder Liam zuzuwenden, der sich nicht von der Stelle gerührt hatte. »Das trifft sich gut, Bruder. Ich wollte mit dir sprechen.«

»Mylord.« Liam verneigte sich wieder kurz.

»Ich bin neugierig. Warum haben deine Leute die Vorbereitungen zum Verlassen meiner Burg eingestellt?«

»Haben sie das? Vielleicht hängt das mit dem Mord zusammen, Mylord. Sie sind beunruhigt.«

»Ich verstehe.«

Amiranth spürte Tristans Berührung an ihren Schultern. Seine Hand glitt über ihren Unterarm und ihren Handrücken hinunter bis zu ihrer Taille. Die Hitze seiner Hand schien sich in sie hineinzubrennen, als er auch noch begann, sie mit langsamen kreisförmigen Bewegungen zu streicheln.

»Dann wirst du wohl mit ihnen sprechen wollen. Versichere ihnen, dass alles in Ordnung ist. Ich bin ganz fest davon überzeugt, dass für sie keine Gefahr besteht.«

Da Tristan hinter ihr saß, konnte sie sein Gesicht nicht sehen, aber sie sah Liams. Gebannt hing sein Blick an Tristans Hand, die sie weiterhin ganz gemächlich streichelte. Ihre Schamesröte vertiefte sich.

»Die Gefahr wird bald vorüber sein«, fuhr Tristan freundlich fort. »Meinst du nicht auch, Liam?«

»Ja. Ich hoffe es.«

»Das weiß ich.« Amiranth versuchte, ihre Position zu verändern. Doch Tristan hinderte sie mit Leichtigkeit daran und zog ihren Rücken dichter an sich. Mit der anderen Hand berührte er leicht ihren Hals. Sie spürte, dass er an einer Locke zog, die sich aus ihrem schönen Haarnetz befreit hatte. Sie fiel bis auf ihre Brust herab und fühlte sich kühl auf ihrer erhitzten Haut an.

»Früher einmal«, meinte Tristan nachdenklich, »hat mir der Gedanke an den Tod viel Schmerz bereitet. Ich genoss noch nicht einmal die Jagd. Erinnerst du dich noch daran, Liam?«

»Wenn du es sagst.«

»Was, erinnerst du dich etwa nicht mehr daran? Ich glaube, das war eines der wenigen Dinge, die wir gemeinsam hatten. Du konntest den Anblick von Blut nicht ertragen. Du hattest Angst vor Messern, vor dem Tod. Schon der Anblick eines blutüberströmten Rehs ließ dich wie ein kleines Kind heulen. Du hast dich immer an meine Beine geklammert und gebettelt, dass ich nicht jagen möge.« Er hielt einen Moment inne, als er die Locke nahm und sie sich um die Finger wickelte. »Ich fürchte, dass ich nicht erst lange überredet werden musste. Für meinen Geschmack war der Tod ein viel zu häufiger Gast auf der Burg. Und im Gegensatz zu einigen anderen hatte ich keine Freude daran.« Seine Finger verharrten in ihrer Bewegung. »Heute finde ich es … nicht mehr so störend wie früher.«

Mit vor der Brust verschränkten Armen lehnte Liam sich mit dem Rücken gegen eine Säule. »Zweifellos eine Folge des Krieges. Ich nehme an, dass es dir jetzt leicht fällt zu töten.«

Sie spürte in seiner vollkommenen Ruhe eine neue Anspannung, die sich in Tristan breit machte. Dann bewegte sich seine Hand wieder, und mit den Knöcheln strich er über das schwellende Fleisch über ihrem Mieder.

»Zweifellos«, bestätigte er langsam. »Aber du hast dich auch verändert, Liam. Ich muss gestehen, dass ich überrascht bin über die Veränderungen, die die Zeit bei einem Menschen vollbringen kann.«

»Wirklich? Nun ja, es ist letztendlich sehr viel Zeit vergangen. Die Jahre haben für uns alle viele Veränderungen mit sich gebracht.«

Tristan lachte, aber in Amiranths Ohren hörte es sich nicht sehr fröhlich an, sondern es schwang eher eine eisige Kälte mit. »Ja, ich denke, du hast Recht. Acht Jahre können einen Menschen völlig verändern. Tatsächlich scheinen einige Menschen im Laufe solch einer Zeitspanne ziemlich … begehrlich zu werden.«

Jetzt lag eine drohende Stimmung in der Luft, die sie sich nicht nur einbildete. Sie ließ sich von Tristans beiläufigen Worten und dem schamlosen Streicheln ihrer Brüste nicht zum Narren halten. Steif und hoch aufgerichtet blickte Liam jetzt hinter sie und übersah bewusst Tristans Hand, die die ganze Zeit über Amiranths Haut strich.

Tristan ergriff wieder das Wort. »Also hast du deine kindische Furcht vor Blut wohl abgelegt. Der, der du heute bist, muss das sehr nützlich finden.«

»Der ich heute bin?«

»Ja«, wiederholte Tristan träge. »Ein Killer. Der Mörder deines eigenen Kastellans.« Keiner rührte sich, keiner sprach. Aus der großen Halle hallten die schwachen Laute der Bediensteten nach oben, und Amiranth hörte ihren eigenen leisen Atem.

»Ich habe das Schwert gefunden, musst du wissen«, fuhr Tristan fast im Konversationston fort. »Und meine Frau fand den Umhang. Dachtest du wirklich, dass man mir mit so durchsichtigen Tricks schaden könnte?«

Langsam löste Liam die vor der Brust verschränkten Arme. Amiranth sah kurz ein Gefühl auf seinem Gesicht aufblitzen. Ob es Wut oder Angst war, konnte sie nicht erkennen. Doch er hatte seine Gesichtszüge sofort wieder unter Kontrolle und warf erst ihr einen schnellen Blick zu, um dann wieder Tristan anzuschauen.

»Du redest Unsinn, Bruder.«

»Ach? Ich glaube nicht, Bruder.« Ein leichter Druck an ihrer Taille ließ Amiranth sich erheben und zur Seite treten, als er ebenfalls aufstand und zu Liam hinüberging. Das Licht der Lampe schien dunkler zu werden, als er vorbeiging.

»Ich war es nicht, der Hugh Fletcher bedroht hat«, sagte Liam schnell. »Ich war es nicht, der ihm ein Schwert an die Brust gehalten hat!«

»Nein«, stimmte Tristan ihm mit einem eisigen Lächeln zu. »Das war ich.«

»Du gibst es also zu!« Liam blickte zu ihr, doch seine Stimme klang nicht so fest, wie es hätte sein können. »Du gibst zu, dass du ihn umgebracht hast!«

»Ich gebe zu, dass ich es getan hätte, wenn er mir noch mehr Ärger gemacht hätte.« Tristans Augen verengten sich, und er nahm einen scharfen, bösartigen, ja teuflischen Blick an. »Ich gebe zu, dass ihm von mir große Gefahr drohte. Soll ich dir sagen warum?«

Amiranth trat einen Schritt vor. »Tristan …«

Er beachtete sie nicht, sondern konzentrierte sich ganz auf den anderen Mann, während er gefährlich ruhig weitersprach. »Weil er meine Frau bedrohte. Das war alles. Ich versichere dir, dass das genügte, um mich dazu zu bringen, Blut zu vergießen. Ich werde nichts dulden, das mein Eigentum bedroht.«

Liam warf ihr wieder einen Blick zu, und jetzt gab es keinen Zweifel mehr daran, was von seinem Gesicht abzulesen war: versteckter Triumph.

»Tristan«, sagte Amiranth wieder, während sie näher trat. »Hör auf zu reden.«

Liam begann mit kleinen seitlichen Schritten zurückzuweichen, während er Tristan im Auge behielt, der seinen Blick nur bewegungslos erwiderte.

»Aber ich habe ihn nicht ermordet«, sagte ihr Ehemann, der jetzt ein dunkler Schatten war, den goldener Lichtschein umhüllte. »Ich habe es nicht getan, denn das hast du für mich erledigt. Nicht wahr?«

»Ganz ruhig«, beschwichtigte Liam, der sich immer noch bewegte. »Ganz ruhig, Bruder. Du bist verwirrt. Du weißt nicht, was du sagst …«

»Ich weiß genau, was ich sage. Ich erkenne einen Mörder, wenn ich einen sehe. Ich kenne dein Gesicht, in den letzten acht Jahren habe ich tausende solcher Gesichter gesehen, ich kenne diesen tödlichen Blick in deinen Augen. Dieses Loch in deiner Seele. Ich kenne dich wirklich ganz genau, du Mörder.«

Die teuflische Aura, die Tristan umgab, verstärkte sich, seine Muskeln spannten sich an, ein Raunen eisiger Gefahr umgab ihn, das auf etwas Dunkles in seinem Innern zurückging, was er kaum mehr beherrschen konnte. Er war größer als sein Bruder, breitschultriger, und er strahlte deutlich eine Gefahr aus.

Bedächtig hob er seine Hand zum Dolch an seiner Taille. Liam beobachtete ihn dabei und lächelte, als wolle er es nicht glauben. Seine Stimme nahm einen leicht neckenden Tonfall an, als wolle er jemanden beschwichtigen, der außer sich geraten war. »Denk doch nach, Bruder. Natürlich habe ich meinen Mann nicht getötet. Die Jahre in Mirgaux haben dir den Verstand verwirrt. Das ist alles.«

»Ist das so?« Er zog den Dolch. Er schimmerte silbern und gelb und schien eine natürliche Verlängerung von Tristans Hand zu sein.

Auch Liam hatte ein Messer. Das Heft ragte deutlich sichtbar aus seinem Gürtel. Er griff nicht danach, aber Amiranth konnte sehen, dass er es gerne getan hätte. Plötzlich legte sich ein besorgter Ausdruck über sein Gesicht, als würde er erst jetzt bemerken, was passieren könnte. Mit steifen Schritten trat er hinter eine Säule, während seine Augen auf Tristans Klinge ruhten.

»Hör auf, Tristan, du ängstigst deine Frau. Nimm den Dolch runter.«

»Meine Frau?« Tristan schien das überhaupt nicht zu stören, während er seine gemächliche, erbarmungslose Verfolgung in den Schatten fortsetzte. »Ach ja. Meine Frau.« Seine Stimme wurde etwas lauter. »Amiranth. Wie hieß noch mein Gefängnis in Frankreich?«

»Ich … Was?« Sie riss ihren Blick vom grässlichen Schimmer seiner Klinge los und sah ihm ins Gesicht, auf dem dieses dämonische Lächeln lag.

»Das Gefängnis, meine Liebe.«

Verwirrt starrte sie ihn an. »Ich weiß es nicht. Tristan, bitte …«

»Hast du das gehört, Liam? Sie weiß es nicht. Kannst du dir vorstellen warum?«

Amiranth begann sich ihnen beiden zu nähern. Sie wusste nicht, was sie tun sollte. Tristans Antlitz, eine versteinerte Maske, die keine Gefühle außer dieser erschreckenden Kälte preisgab, versetzte sie in Angst. Sie konnte nicht zulassen, dass er Liam etwas antat. Sie konnte nicht zulassen, dass er sich und sein Leben dafür aufs Spiel setzte.

Mit einem einzigen Blick, in dem eine kaum gezügelte Wildheit lag, ließ er sie innehalten, sodass sie förmlich zu Stein erstarrte. Sie erhaschte eine Ahnung von der Ewigkeit in der Schwärze seiner Augen – Folter und Gefangenschaft – und begriff in diesem Moment, dass sich das, was ihn jetzt trieb, nicht so leicht aufhalten ließe.

Er richtete seinen Blick wieder auf Liam. »Weil ich es ihr nie gesagt habe. Ich habe niemandem je den Namen jenes Ortes genannt. Mirgaux. Ich glaube, es ist sogar das erste Mal, dass ich ihn laut ausspreche. Wie kannst du also davon wissen? Außer …«

Liam zog seinen Dolch. »Du bist wahnsinnig!«

»Außer dass es doch eine Lösegeldforderung gab«, beendete Tristan seinen Satz.

Amiranth keuchte in atemlosem Entsetzen auf. Liam warf ihr wieder einen schnellen Blick aus aufgerissenen Augen zu. Seine Stimme hallte von den Steinwänden wider.

»Es gab keine Lösegeldforderung!«

»Wirklich?« Tristan ließ seinen Dolch zwischen den Fingern herumwirbeln, sodass der Schimmer des Metalls vor ihren Augen verschwamm. Ehe sie auch nur einmal blinzeln konnte, hielt er ihn schon wieder dicht vor Liam. »Woher kennst du dann den Namen?«

»Du hast ihn erwähnt!«

»Nein.« Ein einziges Wort, in dem seine ganze Überzeugung mitklang.

»Bleib, wo du bist!« Liam machte einen Satz auf ihn zu. Amiranth schrie auf und sprang vor, aber Tristan hatte den Dolch bereits beiseite gestoßen. Wankend rangen die beiden einen Augenblick miteinander und rannten dabei mit voller Wucht in sie hinein. Sie taumelte zur Seite, stürzte gegen eine der Säulen und dann zu Boden, wobei sie auf etwas langes Hartes fiel, das sich schmerzhaft in ihre Rippen bohrte. Tristans Schwert. Instinktiv griff Amiranth danach, zog es an sich und rappelte sich wieder auf. Als sie sich umdrehte, hielt Tristan Liam mit einem Arm um den Hals umklammert. Sein Gesicht war vor Anspannung verzerrt. Liam zog mit beiden Händen an Tristans Arm, erreichte jedoch gar nichts. Ein Dolch schimmerte auf dem Boden des Raumes.

Leise und besorgte Stimmen drangen durch die Tür zum Söller. Sofort richtete Liam seinen Blick auf sie und streckte eine Hand bittend nach ihr aus.

»Amiranth! Er ist wahnsinnig!«

Immer noch das Schwert umklammernd, rannte sie zur Tür und legte den Riegel vor.

»Mylord? Mylady?«

Sie wusste nicht, wer es war. Ihr Herz pochte so panisch, dass sie keine Stimme erkennen konnte. »Hier ist alles in Ordnung«, rief sie durch die Tür. »Geht weg.«

»Seid Ihr sicher?« Vielleicht war es Silas' Stimme oder einer von Liams Männern, die ihnen hinter der Tür nachspionierten.

»Verschwindet!«, rief sie mit scharfer Stimme. »Wir werden euch rufen, wenn wir euch brauchen!«

Teuflisch schön und mit glitzernden Augen beobachtete Tristan sie. Jeder Zentimeter seiner Gestalt strahlte Wildheit aus. Er neigte den Kopf, um leise ins Ohr des anderen Mannes zu sprechen.

»Das war's, fürchte ich. Gib die Wahrheit zu, Liam, vielleicht lasse ich dich dann am Leben.«

»Amiranth!«

Langsam schüttelte sie den Kopf, während sie Liam ansah und bei der Tür stehen blieb.

»Mich gelüstet es nach Blut, musst du wissen«, raunte Tristan. »Das ist doch genau das, was du die ganze Zeit gesagt hast, nicht wahr? Ich habe mich im Gefängnis verändert. Der Tod reichte mir seine Hand, und ich hieß ihn willkommen. Gestehe, was du Fletcher angetan hast, oder ich schwöre, dass ich dich so werde leiden lassen, wie ich es am eigenen Leib erfahren musste.«

»Nichts! Ich habe ihm nichts angetan!«

»Du überzeugst mich nicht, Junge.« Er verstärkte seinen Griff, und Amiranth beobachtete, wie sich das Gesicht des anderen verzerrte.

»Ich werde es sagen! Ich werde dir alles sagen!« Liam rang keuchend nach Luft und versuchte sich loszureißen, aber Tristan hielt ihn fest. »Lass mich los!«

Ohne Vorwarnung ließ Tristan ihn los und riss ihn herum, während sein Dolch aus dem Nichts auftauchte und sich seitlich in den Hals des Mannes bohrte. »Dann rede.«

Aber Liam sagte gar nichts, sondern hielt sich nur keuchend die Kehle. Verstohlen ließ er den Blick durchs Zimmer schweifen. Da sah sie es deutlich und klar: seine Gerissenheit, den grausamen Zug um seinen Mund, den brutalen Zorn, den er nicht länger verhüllte.

»Ihr habt es getan, nicht wahr?«, fragte Amiranth leise, während sie immer noch neben der Tür stand. »Heilige Mutter Gottes. Habt Ihr denn überhaupt darüber nachgedacht, was Ihr da tut? Einen unschuldigen Menschen einfach so umzubringen, weshalb?«

»Wegen Glynwallen«, antwortete Tristan ihr. »Und deinetwegen, nehme ich an, Mylady. Der kleine Liam ist anscheinend zu einem ziemlichen Opportunisten herangewachsen. Er wollte viel mehr als nur Merlyff. Er gedachte, die Gelegenheit zu ergreifen und dich gegen mich aufzuhetzen, um alles zu bekommen. Er tat es wegen des Vermögens, wegen des Titels und wegen eines Besitzes, um den ihn jeder beneiden würde. Ich kenne dieses Gefühl gut.«

Tristan stieß ein kurzes bitteres Lachen aus. »Aber du hast verloren, Junge. Und deshalb hast du jetzt alles verloren.«

Liam stürzte plötzlich los, griff Tristan an und versuchte, den Dolch an sich zu bringen. Wieder kämpften die beiden Männer mit fliegenden Fäusten gegeneinander.

Fast wie in Trance ging Amiranth auf sie zu und zog das Schwert aus der Scheide. Sie hielt es Liam erst gegen den Hals, und dann drückte sie es ihm an die Brust. Das brachte beide Männer sofort dazu, keuchend innezuhalten und sie anzustarren. Die Klinge lag erstaunlich leicht in ihren Händen und ließ sich gut führen. Durch den Druck, den sie damit ausübte, zwang sie Liam, sich von ihrem Ehemann zurückzuziehen. Alle panischen Ängste, die sie noch zuvor beherrscht hatten, waren verflogen. Es war ein seltsames Gefühl, so ganz ohne Angst zu sein, während der Hauch des Todes so dicht über ihnen allen schwebte. Und doch fühlte Amiranth sich ganz gelassen und stark. Da war nur dieses schwarze unheilige Ding, das in ihr aufstieg und wie der Mond bei einer Sonnenfinsternis alles Licht verhüllte. Sie erkannte sich selbst nicht mehr wieder. Nur ein einziger Gedanke schien jetzt noch eine Rolle für sie zu spielen, und deshalb stellte Amiranth die Frage, die von dieser schwellenden schwarzen Masse ganz nach vorn gedrückt wurde.

»Ich will eins wissen: Wie viele Lösegeldforderungen wurden für ihn gestellt?«

Liam antwortete nicht. Ein dünner Faden Blut lief aus seiner Nase. Mit zusammengebissenen Zähnen starrte er sie an.

»Wie viele?«, fragte sie wieder, immer noch ganz sanft, während sie mit dem Schwert fester zudrückte. Liam zuckte zusammen. Kühl fixierte sie ihn.

»Amiranth«, murmelte Tristan dicht hinter ihr.

»Ich will es wissen«, wiederholte sie sehr beherrscht. »Ich habe jahrelang auf dich gewartet. Ich bin jahrelang gestorben, weil du tot warst. Jetzt will ich es wissen.«

Stille. Niemand sagte ein Wort.

»Wie viele Forderungen?«, zischte sie und wusste plötzlich, was diese Schwärze in ihr war: Wut und Zorn, Gefühle, über die sie keine Kontrolle hatte und die wild, tief und rücksichtslos waren. Sie tat einen Schritt auf Liam zu, während ihre Hände das Schwert fest umklammerten. Sie übte etwas mehr Druck aus und suchte nach Blut.

»Zwei«, stieß Liam hervor, während er zurückwich. Mit erhobenem Schwert folgte Amiranth ihm, bis er mit dem Rücken an einer Wand stand und seine Hände flach an sie legte. Sie wandte ihren Blick nicht von der Spitze des Schwertes und dem langsam größer werdenden roten Fleck auf seiner Tunika ab.

»Drei«, keuchte er, als sie ihn wieder anstieß. Sein Gesicht war schweißüberströmt.

»Himmel!«, sagte sie ruhig. »Ich glaube, dafür werde ich Euch eigenhändig umbringen.«

Warme gebräunte Finger schlossen sich über ihren Händen. Sie merkte, dass sie jetzt zitterte, das Zittern ergriff allmählich ihren ganzen Körper. Tristan trat neben sie, drängte sie zurück und griff nach dem Schwert.

Sie erlaubte es ihm und ließ das Heft los. Sie spürte ihre Arme nicht mehr; sie fühlte überhaupt nichts mehr.

Tristan stand jetzt neben ihr, während er das Schwert weiterhin auf den anderen Mann richtete. Er warf ihr einen schnellen Blick zu und schenkte ihr dann ein leichtes Lächeln. »Anscheinend haben wir ein Problem, nicht wahr?«, meinte er zu Liam, der gegen die Wand gesunken war und seine Brust umklammerte. »In unserer Mitte befindet sich ein echter Verbrecher. Ein Mitglied meiner eigenen Familie ist zum Mörder und Dieb geworden. Möge Gott dir vergeben.« Sein Lächeln wurde dünner und lag nur noch als bitterer Zug um seine Lippen. »Und die Leute nennen mich verrückt.«

Liam nahm die Hand von seiner Tunika und starrte auf das Blut auf seiner Hand. Dann richtete er seinen Blick auf sie beide, während sich verächtlicher Leichtsinn in seinen Zügen ausbreitete. »Und was jetzt? Was willst du jetzt tun, mein schrecklicher Bruder? Du hast überhaupt keine Beweise. Nur Fletcher und ich wussten von den Lösegeldforderungen. Und ich kann mit Leichtigkeit ein Dutzend Männer als Zeugen für die Nacht, als er starb, beibringen und doppelt so viele, die beschwören, dass du wahnsinnig bist!«

»Das stimmt«, meinte Tristan nachdenklich. Die Schwertklinge neigte sich im Licht, wurde geschickt hin und her geschwungen, wobei Stahl und Gold schimmerten und ein heller Tropfen Rot an der Spitze zu sehen war. »Wenn die Männer des Königs kommen, wird dein Wort gegen meins stehen.«

»Und meins«, schwor Amiranth leise und heftig. »Und meines Bruders. Ihr könnt Euch ganz sicher sein, dass der Earl of Iving unseren König davon überzeugen wird, dass mein Ehemann Recht hat und geistig völlig gesund ist.«

Tristan hob das Schwert leicht an und drehte es dabei, als wolle er die Klinge untersuchen. Liam rührte sich nicht.

»Es scheint so, als werde dein Wort nicht ausreichen, Bruder. Deshalb meine ich, dass uns die Entscheidung nicht schwer fallen wird. Soll ich dich jetzt hier an Ort und Stelle töten? Oder wirst du gehen? Ich biete dir dein Leben, was mehr ist, als du verdienst, aber ich bin in einer großzügigen Stimmung. Hör genau zu. Nimm deine Ritter, ihre Frauen, alle miteinander und verlasse diese Burg noch heute Abend. In der Tat solltest du England ganz verlassen. Ich schlage Frankreich vor.«

Auf Tristans Gesicht lag ein Lächeln, das eigentlich kein Lächeln war; höflich und kalt, genau wie seine Stimme. »Du kennst ja bereits den Namen eines Ortes, wo du leben kannst, nicht wahr? Oder du bleibst und versuchst jetzt dein Glück gegen mich. Ich habe bereits nach den Inquisitoren des Königs gesandt. Noch ein Toter wird ihnen eine weitere Reise ersparen.«

Liam schien zu zögern. Sein Blick lag auf dem Schwert, und Blässe stieg in sein Gesicht, die einen krassen Gegensatz zum Blut auf seinem Antlitz bildete. »Du wirst es nicht wagen, mir etwas anzutun«, sagte er, aber Amiranth hörte den Zweifel, der in seiner Stimme mitschwang. »Du wirst es nicht wagen, mich umzubringen.«

»Ich war allein auf dem Söller meines Mannes«, erklärte sie mit gelassener Stimme, »als Lord Liam zu mir kam. Er schien ganz außer sich zu sein. Er redete wirres Zeug, sagte, er würde mich ganz wahnsinnig lieben, und ich versuchte zu fliehen. Er griff mich an, riss an meinem Kleid, meinen Haaren. Gott sei Dank kam mein Mann mir zu Hilfe. Wir trauern um seinen Tod, aber es gab keine andere Möglichkeit.«

Zustimmend nickte Tristan mit dem Kopf. Liam wurde noch blasser. »Es ist so weit«, meinte Tristan sachlich. »Wie lautet deine Entscheidung? Ein Leben fern der Heimat oder dein sofortiger Tod, damit meiner Rache Genüge getan ist?«

»Wenn ich gehe, wird man annehmen, dass ich weglaufe, dass ich Hugh Fletcher getötet habe!«

»So wird es sein.« Tristan lächelte wieder. »Aber es wäre doch nur die Wahrheit, nicht wahr?«

»Verflucht sollst du sein!«

Amiranth sah, wie Liam mit sich kämpfte und

wie schwer es ihm fiel, die unausweichliche Entscheidung zu akzeptieren. Seine Augen wurden glasig, und seine Finger ballten sich zu Fäusten.

»Ich werde gehen«, stieß er schließlich hervor.

»Jetzt und mit all deinen Leuten«, soufflierte Tristan.

»Ja.«

»Hervorragend. Ach, und nimm noch diesen Gedanken mit.« Sehr sanft richtete Tristan mit gerade ausgestrecktem, starkem Arm die Klinge wieder auf Liams Herz. »Ich kenne dein Gesicht, Junge. Ich kenne deinen Namen und den aller, die dich begleiten, und ich werde überall Spione haben. Wohin dein Weg dich auch führt, ich werde davon erfahren. Solltest du nach England zurückkehren, werde ich es erfahren. In Zukunft werde ich nicht so viel Gnade walten lassen. Wenn die Armee des Königs dich nicht einfangen sollte, dann werde ich es tun.«

Er warf Liam einen durchdringenden Blick zu und fügte sanft hinzu: »Und ich schwöre, dass ich dir keine zweite oder dritte Chance geben werde.« Mit immer noch erhobenem Schwert trat er zurück und schenkte Amiranth eins seiner geheimnisvollen Lächeln.

»Lass meinen Haushofmeister herein, Liebste. Er wartet zusammen mit einem guten Teil meiner Männer zutiefst besorgt hinter der Tür. Sie werden eine schöne Eskorte für meinen Bruder abgeben, wenn sie ihn und seine Gesellschaft an die Küste begleiten.«

* * *

Fünf Tage waren vergangen.

Der Tag war gerade angebrochen, und Amiranth hatte den Sonnenaufgang beobachtet, während sie oben auf dem Torhaus stand. Sie schaute zu, wie der farbige Lichtschein langsam über die Baumwipfel kroch und die Wolken mit goldenen, rosafarbenen und orangefarbenen Rändern versah. Hier oben regte sich kein Lüftchen, nicht einmal die leichteste Brise war zu spüren, und so trug jeder Laut weit und drang die Mauern zu ihr hoch. Das geschäftige Treiben der Arbeiter im Burghof, das leise Wiehern der Pferde von Tristans Garde, als sie durchs Tor ritten, die leisen Stimmen der Männer, die erst jetzt von der Küste zurückkehrten. Tristan war bei ihnen. Er war mit dem stämmigen Evan, dem Kastellan, und einem großen Kontingent seiner Männer, die alle schwer bewaffnet und wachsam angesichts der Feindseligkeit von Liam und seinen Leuten waren, aufgebrochen. Sie hatten sich, genau wie Tristan es angekündigt hatte, tief in der Nacht auf den Weg gemacht. Widerwillig schlurften sie durch die Tore der Burg einer Zukunft entgegen, die keiner vorhersagen konnte.

Sie weinte ihnen keine Träne nach. Obwohl sie wusste, dass Tristan ihnen alle Waffen abgenommen hatte, er hatte ihnen nur ihr Hab und Gut gelassen, würden sie nicht hungern müssen. Es war ein besseres Schicksal als das, zu dem er verdammt worden war, dachte sie. Sie brachen leise und fluchend in kleinen Gruppen auf, aber Amiranth hatte keine Geduld für ihre Vorwürfe. Solch raffinierte Gemüter würden schon ihren Weg in der Welt finden. So lange es nur nicht hier war. So lange nur ihr Ehemann keine Rolle in ihren Plänen spielte.

So war die Gefahr durch die Tore von Glynwallen geflohen, Liam war wirklich fort. Endlich erblickte Amiranth den einreitenden Tristan, der prächtig und groß auf seinem Schlachtross saß. Er sah wie ein tapferer Ritter aus, der von einer Reise heimkehrte, die Amiranth unendlich lang erschienen war.

Er sah nach oben und erblickte sie zwischen den cremefarbenen Steinblöcken. Er hob einen Arm zum Gruß. Sie lehnte sich über das eingemeißelte Einhorn und winkte zurück.

»Mylord kehrt heim«, sagte Silas James leise an ihrer Seite.

»Ja.« Allein wartete sie hier oben auf ihn, es dauerte nicht lange, bis Tristan mit langen Schritten über den Wehrgang auf sie zueilte. Der strahlend blaue Himmel umrahmte seine schöne Gestalt. Die Linien in seinem Gesicht schienen sich tiefer eingegraben zu haben, und sein Schritt wirkte unter der schimmernden Last seines Kettenhemdes und der Arm- und Beinschienen langsamer. Aber auf seinem Antlitz lag ein Ausdruck höchster Freude, der ihr den Atem stocken ließ, während eine Freude in ihr aufwallte, die der seinen in nichts nachstand.

Amiranth tat die letzten Schritte auf ihn zu und barg ihren Kopf an seiner Schulter. Sie spürte, wie er seine Arme um sie schlang und seinen Kopf auf ihren sinken ließ. Eine geraume Zeit sagten beide kein Wort. Als sie wieder aufschaute, war die Sonne hinter den Wolken hervorgetreten, und Tristan blickte mit Augen auf sie herab, die es in ihrer Klarheit und Wärme mit dem Morgen aufnehmen konnten.

»Sie sind fort, raus aufs Meer, alle miteinander.« Er drückte einen Kuss auf ihre Stirn und gab einen ganz kleinen Seufzer von sich.

Immer noch an seine Schulter gelehnt, meinte sie: »Es scheint mir nicht fair, ihn einfach so davonkommen zu lassen. Nicht nach dem, was er dir angetan hat.«

Seine Antwort war sanft. »Vielleicht ist es das nicht. Aber es war die klügere Entscheidung. Trotz allem, was er getan hat, ist er mein Bruder. Und ich glaube nicht, dass ich noch einen Tod ertragen könnte – nicht einmal seinen.«

»Trotzdem«, murmelte sie trotzig.

»Ja«, stimmte er ihr müde zu. »Das Leben ist voll solcher Schicksale. Ich habe mein Scherflein abbekommen.«

»Aber jetzt reicht es.« Sie hob den Kopf und berührte vorsichtig und sanft sein Gesicht, während sie die Linien um seinen Mund mit den Fingerspitzen nachfuhr.

Seine Wimpern sanken herab, und seine schöne Gestalt war wieder einmal von einem goldenen Hauch umgeben, der ihn wie einen heidnischen König aussehen ließ. Jene mythische Anmut verflog auch nicht, als er den Blick wieder hob und sie aus ernsten Augen ansah.

»Merlyff steht jetzt leer.« Er hob eine Hand und legte sie an ihre Wange. »Wenn du willst – wenn es immer noch dein Wunsch ist, darfst du gehen.«

Er hielt jedes Gefühl aus seinen Worten fern, aber sie konnte sehen, was ihn das kostete. In seinen Augen konnte sie erkennen, wie sehr er litt.

»Ich werde dich hier nicht festhalten, Amiranth. Ich will dich nicht mit Gewalt halten.« Sie setzte zu einer Antwort an, aber er hielt sie davon ab, indem er ihr einen schnellen harten Kuss gab, ehe er sich von ihr löste. Die erste morgendliche Brise erhob sich und zerzauste sein Haar, sodass es den Schimmer der aufgehenden Sonne einfing. Ganz langsam und vorsichtig ging Tristan vor ihr in die

Knie – nicht bittend, sondern voller Stolz richtete er seinen Blick auf sie. Schweigend stand sie da, als wieder eine Brise aufkam und ihre Röcke umspielte.

»Aber wenn du bleibst«, sagte Tristan, »werde ich für einen Ausgleich für unsere Vergangenheit sorgen. Ich liebe dich aus tiefster Seele. Ich liebe dein Herz, deinen Verstand und, ja, auch deinen Körper. Du lässt mich Dinge spüren, die ich nie gekannt habe. Du lässt mich erkennen, dass ich gute Gründe habe zu leben und weiterzuleben. All diese vergangenen Jahre warst du bei mir, Amiranth, während all des Schmerzes und der Einsamkeit warst du immer in meinem Herzen. Du musst mir das nicht glauben, aber ich schwöre, dass es wahr ist.« Ernst schüttelte er seinen vom goldenen Schimmer der Sonne umrahmten Kopf. »Ich weiß, dass ich dich gar nicht verdiene, aber ich werde den Rest meines Lebens damit verbringen, mich deiner würdig zu erweisen.«

Als sie sich immer noch nicht rührte, fügte er schlicht hinzu: »Ich verspreche es.« Einen Moment lang verharrten sie bewegungslos. Die Worte blieben ihr im Halse stecken; sie konnte nicht reden, ihre Hoffnungen waren zu groß.

»Bitte«, sagte er mit angespannter Stimme. »Bitte, Amiranth. Lass mich nicht allein. Ich will nicht – ich will nicht wieder ohne dich sein.« Die Qual, die aus seiner Stimme und seinen Worten sprach, erlöste sie endlich und durchströmte sie tief und mächtig. Sie trat zu ihm, nahm seine Hände und half ihm, sich zu erheben.

»Ich habe nie aufgehört, dich zu lieben«, sprach sie. »Ich versuchte es und schaffte es doch nicht.« Sie schüttelte den Kopf und sah mit Sonnenlicht in den Augen zu ihm auf. »Seit meiner Kindheit habe ich immer nur den einzigen Wunsch gehabt, mein Leben mit dir zu verbringen, Tristan Geraint. Jetzt bin ich erwachsen und nicht so dumm, dich je wieder gehen zu lassen.«

Er starrte sie an, und sie sah die Wandlung, die er durchmachte: in seinen stoischen Blick schlich sich Verwunderung und dann Erleichterung. Langsam breitete sich ein strahlendes Lächeln auf seinem Antlitz aus, und dann brach Tristan in ein erstauntes Lachen aus, während er sie ungestüm und bestimmt in seine Arme zog.

»Oh, Gott.« Er zog sie eng an sich, und seine Lippen berührten ihr Haar. »Es scheint, ich war Narr genug für uns beide.«

»Ja, das warst du. Aber das Glück ist den Narren hold, habe ich gehört.«

Er lachte wieder, und der fröhliche Klang seiner Stimme wallte durch ihren Körper. Dann löste er sich von ihr, um ihr gut aussehend und entschlossen in die Augen zu schauen. »Ich werde mir so viel Glück holen, wie ich kann, wenn das bedeutet, dass ich dich bekomme.«

»Genau wie ich, mein tapferer Ritter.« Amiranth hob ihm ihren Kopf zum Kuss entgegen, während sie das süße Gefühl ihrer Liebe genoss. Ihr Gemahl, ihr Held, war endlich heimgekehrt und drückte sie liebevoll an sich.

Epilog

In den Tiefen eines schattigen Raumes schlief ein Paar friedvoll in einem großen Bett. Ein dunkler und ein heller Körper lagen aneinander geschmiegt unter Tüchern und Fellen. Ein schimmernder Baldachin aus Goldbrokat blähte sich gelegentlich in einer sommerlichen Brise, und die weich fallenden Falten raschelten leise in der Nacht.

Der Raum war groß und wunderschön eingerichtet. Überall standen elegante Sessel und Tische, große Truhen und Kommoden. Rosen und Binsen verbreiteten einen angenehmen Duft und stimmten auf den Sommertag ein, der mit der Morgendämmerung kommen würde. In dem Sessel, der dem langsam verlöschenden Feuer im Kamin am nächsten war, lag ein langes, besticktes Kissen, das das letzte Licht einfing. Es schimmerte im Dunkeln und zeigte eine kunstvolle Szene aus zwei anmutigen Schwänen, die nebeneinander über einen saphirblauen See glitten und ihre Geheimnisse unter funkelnden Sternen teilten.